ENCORE UNE
DERNIÈRE DANSE

UN ROMAN

Jerome Mark Antil

ISBN-13: 9798988644804
(Édition Poche)

Numéro de contrôle de la bibliothèque du Congrès : 2017906854

LITTLE YORK
BOOKS
New York · NY · Dallas · TX

À Leah Chase
6 janvier 1923 – 1er juin 2019

Un bayou du sud de la Louisiane.

CHAPITRE 1

IL SAVAIT QUE S'IL NE FUYAIT PAS BAYOU CHENE, il mourrait. Français cajun – une valeur sûre – il avait neuf ans lorsqu'il saisit le moment opportun pour se laisser glisser et s'agripper à la branche éclatée d'un cyprès chauve. Cette branche le retint suffisamment longtemps pour qu'il puisse se faufiler dans un des creux du tronc. Dans l'obscurité, il marcha pieds nus sur des œufs de canard branchu et des fourmis grouillantes. Bravant la peur, il demeura immobile la majeure partie des deux jours qui suivirent. Quand il entendit des jurons, ce qu'il supposait être le fracas d'une bouteille de whisky vide se brisant contre un rocher en contrebas, puis une camionnette s'éloigner, il attendit la nuit, et réalisa que la voie était libre. Il descendit et courut le long de la rive du bayou, puis sur environ un kilomètre, traversant les bords herbeux de l'autoroute jusqu'à ce qu'il aperçoive un camion à plateau garé sur une aire de repos, une bâche posée sur son chargement. Il monta et se cacha sous la bâche plusieurs heures, jusqu'à ce que le camion s'arrête complètement. Il bondit hors de la remorque, soigna sa cheville saignante à l'aide de feuilles humides puis se glissa dans la poubelle d'un abattoir pour s'y cacher. Son estomac était trop vide pour vomir à cause des odeurs, alors il respira par petites bouffées et parvint à s'endormir. Peu avant l'aube, un grincement métallique le réveilla. La lumière aveuglante d'un lampadaire perça au travers du couvercle entrebâillé et un contremaître, bottes blanches en caoutchouc pourri au poing, grogna :

— Du balai, vieux !

et

— Dégage, péquenaud !

Le garçon, qui faisait plus vieux que son âge, convainc le contremaître de lui donner du boulot en échange des bottes et de quelque chose à manger. Impressionné par ses efforts, l'homme lui donna des bandages pour sa cheville, deux sandwichs, un bouquet d'aneth emballé dans de la cellophane, ainsi que les bottes et du ruban adhésif.

— Reviens me voir. Si on manque de personnel, je te donnerai du travail à la journée.

Sentant la liberté caresser son visage pour la première fois, et espérant avoir couru vers une nouvelle vie, il déambulait, sac à la main, à la découverte de la ville de Carencro. Arrivé sur Bab Road dans ses bottes en caoutchouc rapiécées, le bruit aigu et lancinant des scies électriques débitant du bois sec le fit s'arrêter et regarder autour de lui. Grignotant son aneth comme un dessert d'*Antoine's*, il ne put s'empêcher de remarquer, par la porte ouverte d'un petit hangar, les grandes lames de scies circulaires suspendues comme des décorations de Noël. Un homme tenant un porte-bloc en sortit et s'arrêta. Aux yeux de Peck, il avait l'air honnête. Le garçon vit un lit de camp en bois et en toile posé le long du mur au fond du hangar, derrière les lames. Ce hangar en bois était l'entrepôt à lames de l'usine de bateaux. Le garçon tendit son couteau de chasse devant l'homme.

— Il s'appelle Dundee, Monsieur.

— Joli couteau, mon grand, mais ce n'est pas mon domaine, dit l'homme.

— Touche la lame, Monsieur, touches-y, dit le garçon.

L'homme tâta la lame.

— Impressionnant, mon grand, mais je ne suis pas...

— Il n'est pas à vendre, Monsieur. Je le garde aiguisé, c'est tout. Tu as des haches, des couteaux et des lames. J'ai vu dans ta grange.

Le garçon tâcha de troquer ses talents d'aiguiseur contre

l'utilisation du lit de camp et posa des questions sur la tondeuse à gazon cassée qui se trouvait sous le porche.

— Cette vieille tondeuse ? demanda l'homme.

— *Oui*[1].

— Elle n'est plus bonne qu'à être désossée, je crois.

— Elle marche plus ? demanda le garçon.

— Non, plus depuis des années.

— Si je la trifouille et la répare, je pourrai m'en servir ?

— Tu t'y connais aussi en moteurs, pas vrai ?

— J'crois bien que j'me débrouille, pour sûr.

— Comment tu t'appelles, jeune homme ?

Le garçon connaissait son prénom, Boudreaux Clemont Finch, mais en sa qualité de fugueur, il ne voulait pas le faire connaître aux étrangers.

— Les gens m'appellent Peck.

— Comment gardes-tu ta lame aussi tranchante, Peck ?

— Je la frotte avec une coquille d'œuf.

— Une coquille d'œuf cassée ?

— Un œuf entier, avant qu'il bouille.

— Je pensais que seule ma grand-mère connaissait cette astuce, dit l'homme. C'est comme ça qu'elle aiguisait ses ciseaux de couture. Quel âge as-tu ?

— Assez vieux pour t'faire un bon travail, Monsieur.

— Tu as de la famille, mon grand ?

— Nan, je suis tout seul.

L'homme tendit la main.

— Je m'appelle LeFleur. Marcel LeFleur.

M. LeFleur serra la main de Peck et consentit à le laisser dormir dans le hangar en échange de l'affûtage des lames. Il donna à Peck la tondeuse en panne ainsi qu'une pince, deux bougies d'allumage et une plaque chauffante qu'il gardait dans son pick-up.

— Débranche la plaque quand tu ne l'utilises pas, Peck. La sciure de bois s'enflamme facilement, évitons de faire des

---

[1] En français dans le texte. Les autres mots français en italique étaient déjà en français dans le texte original.

étincelles.

— D'accord, je vais faire comme ça, M. LeFleur.

— Regarde dans l'armoire. Il doit y avoir une couverture, une cafetière, peut-être même une poêle.

— Oui, Monsieur.

— Cette ampoule doit rester allumée en permanence.

— Oui, Monsieur.

— Et pas d'essence dans le hangar.

— Jamais, Monsieur.

C'était il y a des années, Peck est adulte depuis longtemps maintenant, mais il n'était pas sûr de son âge, et lorsque le fabricant de bateaux lui dit un jour qu'il avait l'air d'avoir une vingtaine d'années, il en prit son parti. Incapable de lire, d'écrire ou de compter, il crée des mots à syllabes multiples dont il change le sens. Il sait parler français. Quand il raconte son passé, il mentionne son âge en disant :

— Je savais nager, ce qui signifie qu'il avait huit ou neuf ans.

Ou bien :

— Je ne savais pas nager, ce qui signifie qu'il n'avait peut-être que trois ou quatre ans.

Ou encore, comme on dit en patois cajun :

— J'avais quatre ans, p'têt trois.

Lorsqu'il ne tond pas la pelouse de l'hospice, on peut le voir sur les rives du bayou pêcher au cordeau ou sur les marchés de la ville échanger ses prises – tortues serpentines, poissons-chats et grenouilles – avec des acheteurs de poissons et d'œufs pour quelques dollars les bons jours, ou contre quelques œufs bruns si la pêche fut mauvaise. Il propose à l'épicier de laver sa vitrine contre trois-cents grammes de chicorée du marché français et un pot de cannelle indienne moulue. Sur la plaque chauffante de l'atelier d'affûtage des lames du moulin où il dort, il fait bouillir quatre œufs dans sa casserole de café à la chicorée du matin. Il en mangera deux et gardera les deux autres pour le déjeuner. Le jeudi, il passe la tondeuse.

Tous les jeudis matin, il marchait dans la pénombre

jusqu'au paisible hospice qui surplombe le paisible Bayou Carencro. C'était jadis le majestueux manoir des Hildebrandt. Depuis le jour où il prit son poste, il y a bientôt dix ans, jusqu'à la semaine dernière, il n'avait pas manqué une seule tonte du jeudi. Dès les premières lueurs du soleil sur le bayou, il était au bord de l'eau, lançant son cordeau appâté dans le bayou derrière l'hospice, cordeau qu'il récupérerait en fin de journée, avant de faire le plein d'essence et de démarrer sa tondeuse.

Mais aujourd'hui, c'est mercredi, et un détective privé vient de menotter Peck à l'un des bancs publics de la pelouse derrière l'hospice. Il l'a dissuadé de tenter de s'échapper, ou il serait sans doute abattu, et lui a souhaité bonne chance au tribunal avant de s'éloigner. À présent seul à l'aube, et dans l'attente d'un sort inconnu, Peck regarde un vivaneau grimper lentement la racine d'un cyprès chauve alors que le soleil matinal commence à percer le brouillard. Un serpent nageant à la surface parmi une foule de petites grenouilles et d'écrevisses attire son attention. Le sens de l'observation n'est pas un jeu pour Peck, c'est sa façon de survivre.

— Les alligators dorment encore, murmura-t-il. *Vous gagnez cette fois, serpents.*

Chapitre 2

LES ENNUIS DE PECK COMMENCÈRENT LE JOUR où il fit du stop à Carencro avec son ami Gabe. Gabe était l'un des patients de l'hospice dont Peck tondait la pelouse. C'était un homme noir agréable et plein d'entrain, un officier de l'armée à la retraite qui avait servi vaillamment en Corée et au Viêt Nam. Un demi-siècle plus tard, il était devenu un vieillard assez costaud. Peck et lui étaient assis dans la cabine d'un camion de transport de bétail de douze mètres de long et se dirigeaient vers l'endroit qu'ils pensaient être l'I-90. Peck avait pour projet de suivre cette autoroute jusqu'à Newport, dans le Rhode Island. Ce jour-là, Gabe eut un aperçu du manque de fiabilité de Peck en termes de réflexion stratégique, une fois loin du bayou. Cela n'enlevait rien à la gratitude du vieil homme pour le grand cœur et la ruse héroïque de ce garçon qui l'avait sorti de l'hospice, lui et ses cachets. Il était sincèrement reconnaissant. Tandis qu'ils planifiaient leur voyage en marchant dans la rue Guilbeaux, ils admirent ensemble que l'objectif était simple : se rendre à Newport, dans le Rhode Island, pour le festival de jazz du mois d'août, afin que le vieil homme puisse se retrouver une dernière fois dans son élément et assister à un concert de jazz avant de mourir. L'armée avait appris à Gabe à diriger, à suivre ou à s'écarter du chemin, mais pour ce qui était de se rendre à Newport, il avait pris du recul et fait confiance à l'initiative de Peck. Gabe était heureux et peu lui importait de savoir quelle direction ils prendraient, car il ne songeait qu'à s'allonger dans l'herbe avec un verre de Chivas, du salami ou un morceau de fromage, en écoutant du jazz et en regardant la vie et les couchers de soleil virevolter le temps d'une semaine.

— Messieurs, dit le chauffeur du camion, c'était un bon café et une bonne conversation matinale. J'ai apprécié votre compagnie.

— Merci pour le kawa, vieux, dit Peck.

— Je vais vous déposer à environ un kilomètre.

— Hein ? demanda Peck, comme s'il venait de se réveiller.

— Nous arrivons à Kenner. C'est juste un peu plus loin, dit le chauffeur.

— Comment ça nous déposer ? demanda Peck.

— C'est là que je fais demi-tour. Je pose ce chargement et je charge une cargaison de rondins de pin histoire de ne pas retourner à vide à Carencro.

— Mais t'avais dit que tu prenais la I-95, dit Peck.

— Non, c'est toi qui m'as dit que vous preniez la I-95, Peck.

— On n'a même pas quitté Lewisana !

— Nous avons fait beaucoup de chemin depuis Carencro. Vous êtes plus près que vous ne l'étiez ce matin.

— Mais t'avais dit que tu allais...

— Non, je n'ai pas dit ça, Peck, dit le chauffeur.

— Tu dis...

— On s'est mal compris.

— Je le jurerais, dit Peck.

— Pas la peine de jurer, Peck. Je t'ai demandé où tu allais, je t'ai vu acheter des bouteilles d'eau à la supérette.

— Ah ouais, ça pour sûr ! dit Peck. Je m'en rappelle vach'ment bien. Mais je me souviens qu'après t'as dit qu'on pourrait faire du stop avec toi aussi loin que tu vas.

— Eh bien voilà, Peck.

— Je me souviens qu'il a dit ça, Peck, dit Gabe.

— Hein ?

— Ici, c'est aussi loin que je vais.

Peck regarda Gabe.

— J'crois bien que j'aurais dû lui d'mander où c'était, "aussi loin".

Ils semblaient tous deux réfléchir à la mouise dans

laquelle ils venaient de se mettre : de leur point de départ à Carencro quelques heures plus tôt, ils auraient mieux fait de continuer tout droit jusqu'à Memphis et de continuer vers le nord à partir de là. Mais il était trop tard pour ça : le conducteur du camion de transport de bétail s'arrêta dans un relais routier à Kenner et parqua son véhicule dans un nid-de-poule rempli d'eau de pluie boueuse. Peck connaissait le chauffeur depuis qu'ils avaient bu des bières et joué au billard ensemble dans un saloon en bas de la route de l'abattoir où Peck avait travaillé un été, comme tueur de veaux. Il l'aimait bien.

— C'est tout pour moi, les gars, dit le chauffeur. Bonne chance à vous.

Peck et le chauffeur échangèrent un regard vitreux. Peck tendit sa main valide et lui serra la main.

— Qu'est-ce qui t'est arrivé à la main, Peck ? Pourquoi tu saignes ? demanda le chauffeur.

— J'me suis coupé avec des hameçons, répondit Peck.

— Vous aurez plus de chances d'atteindre la 95 en prenant l'autoroute I-12, dit le chauffeur. Elle est sur mon chemin, si vous voulez que je vous dépose.

Gabe et Peck se regardèrent, réfléchirent à la proposition puis haussèrent les épaules. Gabe tira un grand sac en toile de l'armée par-dessus le dossier du siège et le tendit à Peck, qui le jeta au sol par la portière ouverte.

— Une minute, Peck, dit le chauffeur.

Il se pencha pour attraper une trousse de premiers soins derrière le siège. Il prit un tube de pommade antiseptique et une boîte de pansements.

— Tiens, prends ça, Peck, dit-il en tendant la main. Nettoie la main que tu as esquintée, garde-la propre et bande-la bien jusqu'à ce qu'elle guérisse. Ne la laisse pas s'infecter.

— Merci vieux, dit Peck.

Peck sortit le premier de la cabine du camion, puis aida Gabe à en descendre. Ils s'écartèrent du chemin puis se retournèrent quand les freins à air du camion se mirent à gazouiller, faisant basculer l'engin vers l'avant, le pneu avant droit éclaboussant au passage un nid-de-poule, et faisant cliqueter la cheminée du diesel, qui éructait des volutes noires. Le chauffeur tira sur la sangle en cuir du klaxon, émettant deux adieux sonores et amicaux. Quand le camion fut hors de vue, Peck se retourna, l'air penaud. Il avait quelque chose en tête.

— Gabe, je sais ce que t'es sûrement en train d'penser, mais j'te jure les yeux dans les yeux, j'ai bien cru que son bahut nous emmènerait jusqu'à la I-95, jusqu'au bout ! Maintenant, nous v'là rendus au milieu de quelque part que j'ai jamais entendu parler, dans une de ces villes nouvelles, et je nous ai déjà perdus avant même qu'on ait quitté Lewisana.

— Ne sois pas trop dur avec toi-même, l'ami, dit Gabe. Il aurait pu...

Peck l'interrompit.

— P'têt que j'suis juste pas ton homme.

— Écoute-toi un peu, dit Gabe.

— Hein ?

— Nous sommes en train de vivre l'aventure de notre vie – enfin, de *ma* vie, en tout cas – et tant pis si on s'est plantés de direction. C'est la vie, mon grand. Moi, je te dis : et alors ? La route que l'on a prise est la seule preuve qu'il nous faut pour s'assurer qu'on va bien s'amuser. C'est ça l'aventure, Peck : s'amuser en chemin.

— Moi je m'amuse pas, Gabe.

— Nous voilà rendus à Kenner, mon grand. Réjouis-toi, vieux frère, car grâce à cette bifurcation, nous ne sommes plus qu'à quelques kilomètres de la Nouvelle-Orléans, des Quartiers et de la joie de vivre.

— Les Quartiers, Gabe ? Tu veux dire le Quartier Français ? demanda Peck.

— Pas exactement, vieux frère. Frenchmen Street – c'est près du quartier français, dit Gabe. Cela fait toute la différence pour nous autres qui sommes au parfum et savons où loger pour une somme modique, et pour ces hommes et femmes de passage qui passent la nuit en ville et font des notes de frais, en quête de beignets et de fruits de mer, ou peut-être d'une nuit avec un joli garçon ou une minette des faubourgs.

— Eh voilà, Gabe. T'as la folie des grandeurs, mais je suis

qu'un jardinier. J'ai pas les ronds pour ton Quartier ou ta Frenchmen Street. Les huîtres coûtent pas loin d'un dollar là-bas et elles sont pas plus bonnes que celles de Lafayette. Pas plus bonnes du tout ! Pas mal de crevettiers me l'ont dit, ça pour sûr.

— Cette aventure est à mes frais, mon grand. Tu tiendras ta parole en t'occupant de ton vieil ami, et je veillerai à ce que tu sois bien traité, et peut-être qu'on s'amusera un peu en chemin.

Il tendit la main à Peck.

— On est d'accord, mon grand ?

— Marché conclu, Capitaine, dit Peck en serrant la main de Gabe.

Gabe eut un sourire satisfait et cogna dans le vide, d'un crochet du droit.

— C'est ça l'esprit ! annonça-t-il.

— J'vais aller au relais routier là-bas d'mander aux gens, dit Peck.

— Quoi donc ?

— J'vais voir qui c'est qui va dans le Quartier pour qu'il nous dépose, dit Peck.

— Il est tôt, vieux frère, et le soleil cogne, dit Gabe.

Peck se tourna lentement vers Gabe. Tête baissée, il regardait le sol, du genre "m'emmerde pas", comme s'il s'apprêtait à frapper du pied un caillou. — Gabe, j'voulais te demander une question.

— Tout ce que tu veux, vieux frère.

— Le prends pas mal mais, sans vouloir être méchant, j'voudrais bien que t'arrêtes de m'appeler ton grand ou ton frère. Ça sonne pas naturel dans ta bouche et c'est pas bien d'embrouiller la tête des gens comme ça – ils le font déjà assez tout seuls – avec toi un homme noir et moi un Cajun blanc comme un squelette et tout ça.

— Tu n'as rien d'un squelette, vieux frère. J'ai vu les infirmières te mater par la fenêtre, torse nu. Il n'y a rien de squelettique dans ces épaules. Ces dames étaient sans doute en train de parier sur celle qui atteindrait ton Popol en premier !

14

— Squelette, c'est ma façon d'parler, c'est tout, Gabe. J'veux dire que j'étais blanc, c'est pas une histoire d'ossature ou un truc du genre. Elles ont vraiment fait ça ? Quelles dames ?

— *Mon grand* et *vieux frère* sont des figures de style pour moi aussi, dit Gabe. Mais si tu le prends comme ça, j'arrêterai de les utiliser.

— Oh, c'est pas moi, Gabe. Je suis fier de te connaître et d'être ton ami, mais c'est d'autres gens plus ignorants, tu sais. Tout irait super bien s'il n'y avait pas de gens ignorants. Il y en a plein dans le coin, oh ça pour sûr !

Gabe pointa le doigt vers l'est.

— Voici la route vers la Nouvelle-Orléans, dit Gabe.

— On peut s'trouver un chauffeur jusqu'à l'I-95, jusqu'au bout, dit Peck.

— Commençons à marcher. Nous serons bientôt à Frenchmen Street.

— Hein ? Marcher ?

— Marchons d'un pas régulier et nous y serons à la nuit tombée ou juste après, c'est sûr. J'ai vu un panneau tout à l'heure. C'est à vingt bornes.

Peck hésita.

— Attends. J'ai oublié c'que je voulais dire. Je te fais sortir en douce de l'hospice et j'te dis pas les ennuis que j'vais avoir à cause de ça. Et Gabe, tu peux te mentir à toi-même tant que tu veux, mais tu peux pas me mentir à moi : tu sais que tu vas pas bien, sinon t'aurais pas été là, d'abord. Maintenant, qu'est-ce tu crois qu'ils vont dire que je laisse un vieux malade marcher de Kenner jusqu'à la Nouvelle-Orléans*se* ?

— Je ne le dirai à personne, sourit Gabe.

— Qu'est-ce qu'ils diront quand tu crèveras, M. le capitaine Jordan, l'ancien combattant ? Ils m'arrêteront pour meurtre, aussi sûr que deux et deux font quat'.

— Je suis mourant, Peck, pas malade, dit Gabe.

Peck laissa tomber le sac de toile et tapa du pied comme pour insister.

— Une p'tite minute, Capitaine. Je suis p'têt ignorant, mais je suis pas *couillon*. Si t'es à l'hospice, c'est que t'es malade, pas vrai ?

— Mon cœur et mes jambes vont bien, dit Gabe. Je rouille de l'intérieur, c'est tout. J'ai des termites dans le ventre. Je peux toujours marcher, ça calme la douleur. Maintenant, j'apprécierais que tu ne me le rappelles pas toutes les deux minutes, et j'aimerais bien que tu me rejoignes et que tu arrêtes de ronchonner, pour changer.

Peck céda, et les deux comparses partirent de Kenner et s'en allèrent vers l'est d'un pas décidé, le sac de toile posé sur l'épaule de Peck.

— Gabe, maintenant réfléchis bien, dit Peck.

— De quoi tu parles, mon grand ?

— C'est la blonde aux belles gougouttes qui me regardait torse nu ? Réfléchis bien, l'ancien.

— Elle et l'infirmière de jour, la sœur avec la coupe afro verte, dit Gabe.

— Toutes les deux ? Pour de vrai ?

— Elles te mataient toutes les deux comme si t'étais un bon gros steak.

— Elle est pas mariée, la blonde ? Elle sort pas avec l'autre gars qui la dépose, celui-là qu'a un pick-up ? demanda Peck.

CHAPITRE 3

C'EST JUSTE APRÈS LE CRÉPUSCULE ROUGE que le vieillard et son jeune ami s'engagèrent pour la première fois sur l'avenue Saint-Charles, s'arrêtant sous un réverbère pour reprendre leur souffle et admirer le tramway qui passait devant eux.

— Sens-moi ça, Peck, dit Gabe. Respire à fond, mon grand. À pleins poumons ! C'est ça, vivre. Ce n'est pas pour rien qu'on a des narines, vieux frère. La respiration est l'œuvre de Dieu – voilà ce que c'est.

— Hein ?

— Des odeurs et encore des odeurs, vieux frère. Celle du sucre en poudre, des beignets, des coquilles d'huîtres écaillées, de la fumée du charbon de bois, de la chicorée, et le parfum d'une dame. Mon Dieu, mon Dieu... Si ce n'est pas l'odeur du paradis, alors qu'est-ce que c'est ? Je sens même les termites qui rongent les racines des cornouillers.

— Où c'est qu'on va faire ça, Gabe ? On reste ici ou on va plus loin ?

— Laisse-moi voir ça, dit Gabe.

Gabe tâta sa poche fétiche et en sortit un vieux portefeuille en cuir brun, craquelé par le soleil. Il y avait mis son permis de conduire, vingt-huit dollars en billets et deux reçus de Dunkin' Donuts qu'il gardait car l'un portait le nom d'une boisson qu'il aimait déguster, et l'autre le nom d'un sandwich qu'il aimait prendre au petit déjeuner. En guise de monnaie, il avait deux billets de dix, un billet de cinq et trois billets d'un dollar.

— Vingt-huit dollars, dit Gabe. D'après mes calculs, on

devrait pouvoir s'offrir un verre ou deux chacun, une bière, pas un Chivas, peut-être un gombo d'écrevisses avec du riz. On pourra écouter de la musique gratuitement un peu partout. En tout cas, ici, à la Nouvelle-Orléans, c'est le cas. Marchons jusqu'à Frenchmen Street pour écouter du smooth jazz. C'est juste au bout de la rue, à quelques pâtés de maisons.

Peck s'indigna.

— Tu veux dire qu'on va là-bas, à Newfalls...

— À Newport, l'interrompit Gabe.

— Hein ?

— À Newport, dans le Rhode Island, vieux frère.

— Ouais, Newport. Tu m'dis qu'on traverse les États-Unis et qu'on a que vingt-huit dollars dans not' tirelire ?

— Franchement, mon grand, dit Gabe, tu pourrais au moins te rappeler le nom de l'endroit où on va : c'est Newport. Newport, dans le Rhode Island. On a déjà fait trois heures de route vers le sud-est quand il aurait fallu rouler vers le nord. Tâchons de nous souvenir de la ville où nous allons.

— Sans rire, Gabe. Qu'est-ce qu'on va faire avec vingt-huit dollars ?

— Ça suffira pour... commença Gabe.

— J'peux pas t'emmener là-bas avec vingt-huit dollars.

— J'ai mon permis de conduire sinon, dit Gabe.

— T'es pas drôle, dit Peck.

— J'ai pensé qu'on aurait besoin d'un peu de légèreté.

— J'aime le blues comme tout le monde, Gabe, mais t'es pas dans le vrai.

— Le blues ? demanda Gabe.

— Tu m'as compris, Gabe.

— Tu as dit blues ?

— T'as bien entendu.

— Je ne dirais pas ça trop fort, Peck, pas ici à la Nouvelle-Orléans.

— Hein ? demanda Peck.

— La Nouvelle-Orléans, c'est la ville du jazz, vieux frère ! La ville des marchands, des marins, du whisky et des bordels : ce sont eux qui ont fait le jazz. Le blues, c'est Beale Street. Les esclaves qui ramassaient le coton et les coups de fouet dans le dos donnèrent naissance au blues. Le blues, c'est Memphis. Le coton. Mets-toi ça en tête, mon grand.

— Je sais pas c'est quoi le plus stupide, a déclaré Peck. Moi qui fait du stop que je savais pas qu'on finirait à Kenner ou de t'avoir fait sortir de l'hospice en douce. J'ai laissé mon boulot et un beau cordeau sur la rive du bayou, et j'suis parti pour ce Newport, ou je ne sais où, avec vingt-huit dollars en poche. C'est pas stupide, franchement ?

— Peck, tu as combien d'argent sur toi ?

— De la petite monnaie, c'est tout, tu l'sais bien. Commence pas à...

Peck repris son souffle.

— Tu sais qu'on n'a pas attendu ma paye pour se tirer.

— Pas de panique, mon ami, dit Gabe, tout va s'arranger. Tu verras.

— Avec vingt-huit dollars ?

— Tu devrais écouter du jazz pour te calmer. Le jazz est fils de vagabonds comme nous, qui n'avaient nulle part où aller, et de corps transpirants qui dansaient et s'allongeaient côte à côte, la fenêtre grande ouverte pour mieux apprécier la fraîcheur nocturne et le murmure des rues. Écouter du jazz ne nous coûtera pas un centime, mais cela guérira nos âmes, je peux te le promettre. Le jazz est volontairement doux et fou. Le jazz, c'est mon peuple qui parle fort le soir avant de se taire à l'église le matin. C'est la liberté de se fondre dans la masse, de s'envoler sans aller nulle part, et de ne rien dire à personne à la lumière du jour. Le jazz nous montrera le chemin, baby. Sois cool, l'ami. Détends-toi.

— T'as le droit d'être détendu, l'ancien, t'es en train de mourir ! Moi, ils vont me choper à coup sûr et pis ils vont me pendre.

À quelques pâtés de maisons du Quartier, dans une ruelle parallèle à Frenchmen Street, dans le salon d'une vieille bicoque, un solo de saxophone gémit dans la rue.

Waaaa waaaa da viiiiiiii... Waaaa wi woouu waa wawa wi wooouu, pleurait le saxo, comme s'il disait : "Entrez, mes frères, le dîner est servi, vous n'êtes pas d'ici, eh bien entrez quand même. Posez vos pieds et nourrissez votre âme loin de la pénombre."

Le saxo hurlait depuis la bicoque, coincée entre deux bâtiments comme entre deux serre-livres colorés. D'un côté, une boîte à striptease sordide composée d'une seule pièce, avec un balcon au premier étage et une rambarde à l'intérieur, histoire de se rincer l'œil. La porte était ouverte, tandis qu'un aboyeur distribuait des flyers promettant aux jeunes hommes de passage tous les plaisirs possibles et imaginables. Deux bracelets de fer usés recouverts d'une laque rouge, ainsi qu'une balançoire en bois, pendaient immobiles au-dessus d'un bar désespérément vide. De l'autre côté, une chambre à louer avec un panneau sur la porte du rez-de-chaussée indiquant "Complet" et un autre à la fenêtre de l'étage, qui disait "Divination & Massage" avec une adresse mail.

La musique venait de la bicoque blanchie à la chaux coincée en plein milieu. Le son doux et velouté du saxo flottait dans la brise chaude de la nuit, comme pour prendre l'air, à la recherche des âmes qui avaient besoin d'un remontant. Dans l'embrasure de la porte, on pouvait entendre des balais caresser la peau tendue d'une caisse claire, et le claquement sensuel d'une paume frapper les cordes d'une contrebasse à un rythme régulier, comme dans une incantation vaudou – de vrais aimants pour l'oreille d'un ex-capitaine de l'armée.

Sans quitter des yeux l'enseigne de bière en néon rouge qui luisait sur le mur du fond, Gabe saisit le bras de Peck pour garder l'équilibre et gravit les deux marches qui menaient à la salle. Un quatuor était en train de jouer. Les yeux blancs et brillants d'un frère au visage bleu-noir qui jouait du saxophone s'ouvrirent en grand, regardèrent Gabe et se refermèrent dans un faible gémissement, lui souhaitant la bienvenue. Le groupe se trouvait dans le coin gauche de la bicoque, sur une scène à peine surélevée. Une bougie éteinte était posée sur chacune des petites tables qui entouraient l'espace de danse central. Mais il était encore trop tôt pour qu'il y ait du monde ou pour allumer les bougies. Un plancher en bois, probable survivant de deux guerres mondiales et de la guerre de Sécession, et qui avait connu davantage d'inondations que de termites, était ciré pour les danseurs ou pour s'asseoir et boire un verre quand un concert avait lieu.

Le long du mur de droite se trouvait un bar et huit tabourets chromés. Une rangée de bouteilles de whisky et de mixtures en tout genre était alignée le long d'une étagère fixée au long miroir derrière le barman. Tandis qu'ils observaient le bar, leurs yeux furent attirés par le dos blanc laiteux d'une dame en robe de satin rouge, aux épaules dénudées et à la silhouette plus qu'appréciable. Son coude droit reposait délicatement sur le bar et sa main, aux ongles vernis d'un rouge éclatant, tenait un verre à martini dont le bord portait des traces de rouge à lèvres. À côté de cette charmante demoiselle, se tenait une autre fille, à peine plus petite, en collants noirs brillants, les cheveux attachés. À en croire son reflet dans le miroir, elle était tout aussi avenante et gironde que la dame en rouge. La fille en collants noirs se pencha vers un homme à sa droite. Elle tenait un cigare gros comme le pouce afin que l'homme l'allume.

Voyant son cigare, Peck donna un coup de coude dans les côtes de Gabe.

— T'as déjà vu ça, Gabe ? demanda-t-il.

— J'en ai vu pas mal au Vietnam, dit Gabe.

— Je crois que j'vais devenir dingue.

— Elle doit boire du cognac, dit Gabe. Un bon cigare se déguste avec un verre de cognac.

L'homme qui tenait le briquet portait un costume en lin blanc, une bague en saphir bleu au petit doigt, une chemise bleue avec un col blanc et des poignets mousquetaires, et des boutons de manchette en or terni. Son chapeau de paille était posé sur le bar entre la fille et lui. Trois autres hommes étaient assis au bar. L'un d'eux, vêtu d'une salopette et coiffé d'une casquette d'ouvrier, avait l'air d'un docker. Il lisait un journal hippique. Un autre homme sirotait un café, un petit gobelet posé à côté de sa tasse. Gabe devina qu'il s'agissait de Kahlua. Le troisième homme, un Noir, était assis au bout du bar. Il écrivait de la main droite sur un petit carnet à spirales, tenant dans sa main gauche un verre d'alcool de prune. Gabe montra du doigt le quatuor de jazz.

— Asseyons-nous là-bas.

— Ça roule, dit Peck.

— Je vais me passer de l'eau sur le visage, histoire de me rafraîchir. Trouve-nous une table près du groupe, Peck. Je te rejoins dans une minute.

CHAPITRE 4

QUAND GABE N'ETAIT ENCORE QU'UN JEUNE TURC, à l'époque de la guerre du Vietnam et des violentes manifestations anti-guerre, des sit-in, des émeutes raciales, des drapeaux et des soutiens-gorge brûlés, il collectionnait les jeunes femmes à son bras, se vantant de ses médailles militaires et connaissant comme sa poche les coins et recoins de la vie nocturne de n'importe quel centre-ville américain. À l'époque, un jeune homme noir devait faire preuve d'intelligence et suivre son propre chemin, mais avec un peu d'agilité, de finesse et de débrouillardise, il pouvait passer du bon temps.

Aujourd'hui, les jeunes hommes de toutes les couleurs qui déambulent à la Nouvelle-Orléans ont pratiquement tous le même regard vide. Ils vivent chez leurs parents et planifient leur avenir à l'heure près, entre deux textos. Quand l'un d'eux a de l'argent dans la poche de son jean, ou une carte bancaire en état de marche, il a de quoi voir venir pendant une heure ou deux. Quand il n'a pas les moyens, son imagination se bloque et il conclut qu'il ne peut pas faire grand-chose. S'il est hétérosexuel, il tentera probablement de coucher avec une femme au regard affable, qu'importe son âge, ou avec toute femme de sa génération ou plus jeune qui partage ses ambitions. Il lui fera la cour puis persuadera sa conquête de le laisser coucher avec elle, au moins pour un soir, faisant habituellement le strict minimum pour combler les fantasmes de sa belle, entre l'appel de la nature qui l'attirera vers le frigo et la bière fraiche, et l'espoir que sa dulcinée aura suffisamment d'instinct maternel pour veiller à ce qu'il soit correctement nourri le lendemain matin. Pour lui, plaisir sexuel rime avec bacon. Le petit déjeuner du lendemain est l'orgasme de l'homme du XXIe siècle.

Mais Gabe n'était pas un jeune homme d'aujourd'hui. C'était un vieux monsieur des années cinquante. Un très vieil monsieur. Il était sur le point de partager des décennies de sagesse sur ce que les joies de la liberté avaient représenté pour lui – un homme noir – à l'époque où il était plus pauvre qu'un chat de gouttière.

Les deux compères s'installèrent à une table, jouant le tout pour le tout. Sans dire un mot, leurs regards se portèrent sur le groupe, puis sur le bar. Les fesses rebondies paraissaient bien fermes dans leur satin rouge et la taille en sablier ne passait inaperçue ni pour l'un ni pour l'autre. Surtout pour Gabe.

— J'ai toujours eu un faible pour les jolis culs, dit Gabe.

— Ah oui, marmonna Peck.

— Et ça, c'est un beau cul !

— T'as déjà couché avec une vraie prostituée, Gabe ? demanda Peck.

Gabe le regarda.

— J'parle pas de la pute à deux dollars qui te fait un truc en vitesse. Nan, j'veux dire celles qu'on appelle les prostituées de luxe, les belles call-girls haut de gamme tout comme il faut.

— Ça ne me rajeunit pas, dit Gabe.

— T'as déjà fait ça, Gabe ?

— Il fut un temps, quand j'étais jeune recrue à Fort Campbell, où nous prenions un bus de la base pour Newport.

— Là où on va, Gabe ? Newport ?

— Non, pas ce Newport, mon grand. Nous, on va à Newport dans le Rhode Island. Le Newport où nous allions en autobus est dans le Kentucky, le long du fleuve.

— Le Mississippi ?

— Non, la rivière Ohio.

— Ah, d'accord.

— C'était à la fin des années cinquante, mon grand. Les gens comme moi n'avaient pas le droit de s'asseoir et de manger avec les Blancs au comptoir des brasseries de Cincinnati...

— Et pourquoi pas, Gabe ?

— À cause de la ségrégation. Une époque sombre pour l'Amérique, mon grand.

— J'en ai entendu parler, Gabe. Désolé, mon pote.

— Mais de l'autre côté de la rivière, dans le Kentucky, Peck – une fois la nuit tombée et pourvu qu'on vienne seuls, on pouvait leur filer douze dollars contre une séance de galipettes sur des draps propres.

— Avec des femmes blanches ?

— Toutes blanches et charmantes, mon grand.

— Vieille canaille ! dit Peck.

— Je me souviens que j'avais toujours douze billets dans chaque poche pour que la fille puisse graisser la patte qu'il fallait et me faire entrer en douce. Avec deux poches pleines d'argent, j'avais le droit à deux tentatives.

— Un homme noir. J'ai entendu des histoires sur cette époque, Gabe.

— Ce n'était pas un secret que les femmes de ces bordels de bas étage avaient pris goût au chocolat à force de perdre leur temps avec des puceaux qui les besognaient péniblement – ces petits Blancs précoces qui étudiaient à l'université de l'autre côté de la rivière, à Cincinnati. Elles me zieutaient sur le pas de la porte, me souriaient, regardaient autour d'elles puis me laissaient entrer. Elles pouvaient chevaucher un Noir le temps d'un tour de manège – elles ne devaient juste pas en parler aux mauvaises personnes.

— Vieux cochon ! Dis-moi, Gabe, quand t'étais capitaine, c'était-il différent ?

— Différent ?

— Quand tu payais pour ça, c'était différent quand t'étais capitaine ?

— La seule différence, c'est que je pouvais demander ma fille préférée et m'attarder un peu quand la fermeture approchait, dit Gabe.

— Ça devait être quelque chose, l'ancien.

— En effet.

— Mais, tu sais, je dis que tu l'as mérité, Gabe, tout ce

que t'as enduré. Je veux dire, être noir et tout ça, à l'époque. J'ai entendu des histoires, faut pas oublier ça.

— Des histoires, je peux t'en raconter, mon grand.

— Gabe, quand t'étais capitaine... Je veux dire, quand t'étais quelqu'un et tout ça, c'était pas le paradis de te réveiller à côté d'un beau petit lot ?

— Ça dépend.

— Ça dépend ?

— Ça dépend si je me couchais ivre ou saoul, dit Gabe.

— Hein ? demanda Peck.

— Quand je me couchais sobre, j'étais là où je voulais être, avec une femme que j'avais charmée, et appris à connaître. C'était toujours agréable de se réveiller ainsi. Mais ce n'était pas la même chose de se coucher saoul.

— Bah, pourquoi ?

— À l'heure de la fermeture, je partais avec la dernière femme assise au bar. On se couchait ivres morts puis on se réveillait le nez dans les aisselles de l'autre, avec la peur d'ouvrir les yeux.

Les balais de la batterie se mirent au garde-à-vous, grattèrent et firent claquer un solo de caisse claire. Gabe mit ses mains à plat sur la table, les doigts bien écartés histoire de ressentir les vibrations de la basse, puis il ferma les yeux, remuant doucement la tête le temps du solo. Quand le bassiste fit de nouveau claquer ses cordes, Gabe rouvrit les yeux en souriant.

— Peck, vieux frère, notre voyage sera long. Je suis un vieil homme, et c'est seulement en cette qualité que je vais t'apprendre des choses qui te seront utiles toute ta vie. Et, une fois six pieds sous terre, ma tombe fleurira chaque fois que tu m'adresseras un sourire ou une pensée, en te rappelant qu'elle vient de moi.

— Gabe, il y a vingt-huit dollars dans ton portefeuille pourave et mille-six-cents bornes à parcourir. Il y a pas grande sagesse dans un calcul pareil, mais continue, professeur.

— Tu vois, l'ami, s'il n'y a pas de musique quelque part, que tu veux écouter de la musique et que tu n'as pas beaucoup de fric, ce n'est pas la peine d'entrer dans un lieu pareil. Il n'y a rien à en tirer.

— Sans fric, j'fais dans mon froc ! s'exclama Peck dans un rire bien gras.

— Mais dans un établissement comme celui-ci – ou disons, un boui-boui – la musique est au premier plan. On a notre propre table et pas beaucoup de blé, alors tout ce qu'on peut faire, c'est rester assis et profiter de la musique aussi longtemps que possible, sans rien payer, jusqu'à ce que quelqu'un décide qu'il est temps pour nous de commander une boisson ou de verser une obole. Dans ce cas, nous devrons soit consommer soit partir. C'est la loi du marché.

— C'est ce qu'on t'a appris à l'armée, Capitaine ?

— Ça s'appelle composer avec les règles, vieux frère. La survie.

— C'est un peu comme pêcher sans appât, dit Peck.

Gabe regarda Peck en se demandant si ça valait la peine qu'il en dise davantage.

— Vieux frère, je pourrais, autour d'un Chivas ou deux, te raconter ma vie telle qu'elle était du temps où je portais l'uniforme comme militaire de carrière. Mais il n'y a pas assez de temps dans cette vie ou dans la prochaine, et pas assez de gin au bar – et tu n'aimerais pas ça, même s'il y en avait – pour décrire ce que c'est pour un homme noir de passer sa vie en Amérique. Fin de la leçon.

Gabe saisit son siège à deux mains pour l'orienter vers le groupe.

Peck fronça les yeux. Il avait l'air de se demander s'il avait vexé son nouvel ami, mais il se dit qu'il valait mieux la mettre en veilleuse. C'est alors que la dame en rouge regarda par-dessus son épaule puis pivota sur son tabouret afin d'en descendre. Son talon haut menait à une longue jambe envoûtante et nue, tandis qu'un porte-jarretelles rouge ruisselait le long d'une cuisse blanche et chaude avant de se refermer sur des bas noirs et transparents de couturier français. Sans quitter Gabe des yeux alors qu'il regardait le groupe, elle se leva, arrangea sa robe puis se dirigea vers leur table. Sa robe de couturier semblait coûter cher, tout comme ses chaussures, et son décolleté aurait fait perdre la raison à bien des hommes. Salace n'est pas le bon mot pour décrire ses beaux yeux, mais sa sensualité allait de pair avec ce qui semblait être des seins parfaitement sculptés. Son sourire était sincère, c'était celui d'une femme qui aimait le jazz et le blues.

— *Bienvenue, Messieurs*, dit-elle.

Gabe se retourna et leva les yeux.

— J'ai peur que mon français ne... commença-t-il.

— Le bar est en libre-service, dit-elle.

— On vient juste de s'installer, je n'avais pas remarqué, dit Gabe.

— Charlie devrait mettre un panneau ou quelque chose.

— Ça aiderait. Merci de nous l'avoir dit.

— Tant que j'y suis, que puis-je vous servir, Messieurs ?

Gabe lui tendit la main.

— Je m'appelle Gabe.

— Bonsoir, Gabe, je m'appelle Sasha, ravie de vous rencontrer.

— Maman m'a appelé Gabriel, en espérant que je sois un ange.

— Pourquoi, tu n'es pas gentil, petit ange ? demanda Sasha.

— Maman était créole.

— Créole, sérieusement ? Je suis française cajun !

— Elle venait de Cameron Parish. Je suis né là-bas. Maman disait toujours que j'étais son ange.

— Ça fait de toi un Créole, l'ange Gabriel.

— En fait, Maman était quarteronne.

— Tu es doré, Gabriel, comme la trompette de Louis

28

Armstrong ! Quel joli teint, hâlé comme le bronze.

— Plutôt comme la rouille. J'ai quelques années au compteur.

— C'est ta grand-mère ou ton grand-père qui était... Tu sais, esclave ?

— C'est mon papa qui était esclave. Ma mère était acadienne, elle est venue de France en passant par le Canada. Elle a acheté mon père, l'a affranchi puis lui a demandé de l'épouser.

— Bien joué, Grand-mère ! J'aurais adoré rencontrer cette femme.

— Maman disait que Mamie était un sacré personnage.

— Nous autres Louisianais sommes presque tous métis, chéri, dit Sasha.

— Mon père était fabricant de pianos, déménageur et accordeur à Joliet. Il travaillait dur. Noir comme les dièses et les bémols du clavier, dit Gabe.

— Joliet ?

— Près de Chicago, dans l'Illinois.

— Alors, tu es un métis avec la musique dans la peau.

— Un bâtard, plutôt.

— Ta mère avait raison, tu es un ange.

Elle lui tendit la main.

— Enchantée, Gabriel. Mon amie assise là-bas s'appelle Lily Cup. Elle serait bien venue avec moi, mais elle est occupée pour le moment.

— Chérie, on n'a pas les moyens de s'payer une fille ce soir, désolé, dit Peck.

— Je vous demande pardon ? répondit Sasha.

— Le garçon ne pensait pas ce qu'il... commença Gabe.

— Madame, on vient p'têt pour boire une bière et écouter du jazz, ça pour sûr, mais pas pour les dames, si tu vois c'que j'veux dire, dit Peck.

Sasha sourit et toisa Gabe du regard.

— Ton ami est sérieux ? demanda-t-elle.

— Veuillez l'excu... commença Gabe.

— Qu'est-ce que je te sers, chéri ?

— Si nous ne vous avons pas offensée, belle Sasha, j'aimerais un Chivas on the rocks et une cervoise pour mon ami.

— Un Chivas et une bière, c'est noté, dit Sasha.

— Vous avez du gombo ?

— Non, pas de gombo, chéri, mais on fait le meilleur riz aux haricots de Frenchmen Street. C'est quatre dollars pour un grand bol et c'est diablement savoureux. C'est la mère de Charlie qui le prépare dans l'arrière-salle.

— Alors oubliez le Chivas et notez deux bières et deux bols de haricots rouges. Merci beaucoup, Mlle Sasha.

Sasha sourit et s'en alla.

— Vous avez de la sauce piquante ? demanda Gabe.

— Du Tabasco, et peut-être de la Louisiana. Je vais regarder ça.

— Je prendrai de la Louisiana, s'ils en ont, ma douce. Sinon, du Tabasco, ça ira. Merci.

À ce moment-là, les membres du groupe passèrent devant Sasha en direction du bar pour prendre leur pause. Elle s'arrêta comme si elle avait oublié quelque chose, tourna les talons, revint jusqu'à la table, s'y appuya d'une main et regarda Peck droit dans les yeux.

— Je viens de comprendre, dit-elle.

— Hein ? grogna Peck.

— Tu insinues qu'on est des putes ? demanda Sasha.

Peck se redressa sans rien dire.

— J'ai raison, pas vrai, cow-boy ? Tu nous prends pour des putes.

Peck regarda Gabe, en espérant qu'il l'aide. Mais nul secours ne vint.

— Ne le regarde pas. Comment tu t'appelles ? demanda Sasha.

— Peck.

— C'est pas un nom ça, Peck, déclara Sasha.

— Hein ?

— C'est quoi ton vrai nom ?

— Boudreaux Clemont Finch, dit Peck.

— J'en étais sûre. Personne ne s'appelle Peck, à moins d'être un connard. Qui a eu l'idée de t'appeller Peck, M. Boudreaux Clemont Finch ? Ne te fous pas de ma gueule ou je demande à Charlie de te jeter dehors. Qui, alors ?

— Mme Feller, à l'école.

Les mains de Peck tremblaient, fébriles, mais il retrouva son calme en fixant le décolleté de Sasha, qui tâchait de respirer entre ses deux seins tandis qu'elle se penchait.

— Mme Feller ne t'a pas surnommé Peck, pas vrai ?

— C'est Mme Feller qui...

— Arrête de mentir.

— Eh bien...

— Elle ne t'a pas appelé Peck mais Péquenaud car tu ouvrais toujours ta grande gueule sans jamais réfléchir, je me trompe ?

— Un truc comme ça, ouais, dit Peck.

— Et tu as quitté l'école avant d'apprendre les bonnes manières, je parie.

Pendant ce temps, la confiance de Peck n'avait fait qu'augmenter, à mesure qu'il réalisait qu'elle ne le frapperait pas à coups de talon. Plus il l'énervait, plus il pouvait admirer la caverne paradisiaque que formait sa poitrine. Pour la première fois de sa vie peut-être, il gardait le silence et hochait la tête en signe d'assentiment, et avec grand plaisir.

— Écoute-moi bien, le péquenaud. L'année dernière, j'ai placé plus de quatre-vingt-dix mille dollars sur mon compte épargne, j'ai une Bentley décapotable et un SUV Cadillac, mes trois maisons sont payées et j'emploie neuf femmes à plein temps dans l'immobilier.

Sasha s'arrêta. Elle surprit Peck en train de fixer sa poitrine. Elle sourit et l'observa un peu plus, prenant plaisir à voir ses yeux valser. Elle lui rendit sa muflerie, regarda son torse, ses cuisses et son jean serré, ses bras bien tendus, puis haussa les sourcils en signe d'approbation.

Elle se redressa.

— M. Boudreaux, préférez-vous votre bière en bouteille ou dans un verre ?

— En bouteille c'est bien, M'dame.

Sasha lui tendit la main.

— On va s'entendre facilement, toi et moi, non ?

— Aussi facilement que d'manger de la laitue, dit Peck en lui serrant la main.

Elle se tourna vers Gabe et lui fit un clin d'œil.

— Ange Gabriel, peut-être pourrais-tu apprendre au péquenaud en quoi consiste une excuse avant que je revienne avec vos bières et vos haricots.

— Mais certainement, dit Gabe.

Elle se retourna, regarda Peck par-dessus son épaule avec un sourire dans les yeux et s'éloigna, s'assurant cette fois de se déhancher comme il faut, consciente d'avoir deux paires d'yeux rivés sur son derrière.

CHAPITRE 5

LE GROUPE ÉTAIT DE RETOUR et jouait des airs de Louis Armstrong lorsque Sasha revint avec les boissons et deux bols de riz aux haricots rouges.

— Bonté divine, comme ça sent bon ! s'exclama Gabe.

— Les meilleurs haricots de Frenchmen Street, dit Sasha.

— Veux-tu te joindre à nous ?

— Eh bien, ça dépend, dit Sasha.

— Je ne m'assois pas avec le premier venu. Et je n'aime pas discuter.

— Ça dépend de quoi, ma belle ?

— Tu sais danser ? demanda Sasha.

— Du jazz de la Nouvelle-Orléans et une belle femme – que rêver de mieux ? Ton bâtard créole sait danser, chérie. Et pas qu'un peu.

Elle sourit, lui fit un clin d'œil, retourna au bar, prit son martini et son sac à main puis revint s'asseoir en se déhanchant au rythme de la musique. Gabe se leva et tira une chaise.

— Merci, Gabe. Quel gentleman !

Elle se pencha et l'embrassa sur la joue.

— Un martini. C'est ta boisson préférée ? demanda Gabe.

— Disons que c'est la plus efficace, dit Sasha. Et j'aime l'aspect du verre dans ma main.

— Ne m'en parle pas, dit Gabe. À une certaine époque, je pensais qu'avoir un verre de Chivas on the rocks dans le creux de la main me donnait une certaine classe.

— Vous ne vouliez pas un Chivas, Gabe ?

— Pas ce soir, chérie, je savoure la musique et mes

haricots rouges.

— N'empêche que t'aurais la classe, un verre à la main.

— Quand je suis bien habillé, avoir un verre à la main fait ressortir mes poignets mousquetaires et mes boutons de manchettes.

— Ce qu'on ferait pas, hein ? demanda Sasha.

— Excuse-moi, chérie, mais ce riz aux haricots est le meilleur que j'ai mangé de ma vie, dit Gabe. Je me demande quel est son secret, tu le connais ?

— Elle ne le révélera jamais, mais je pense qu'elle fait fondre son beurre dans du bouillon de poulet, qu'elle le saupoudre de farine puis qu'elle fait bouillir le riz dans ce mélange, dit Sasha.

— Sans oublier la Sainte Trinité, dit Gabe.

— Hein ? demanda Peck.

— À la Nouvelle-Orléans, rien n'est cuisiné sans oignons, poivrons et céleri, Boudreaux. Gabe sait de quoi il parle, dit Sasha.

Gabe porta une cuillère de riz à ses narines.

— Je pense que tu as raison pour la farine, dit Gabe. Peut-être un roux avec de la farine et de la graisse de poulet filtrée dans sa formule secrète de beurre fondu dans du bouillon de poulet. C'est un savant mélange de saveurs. Un vrai repas de gourmet.

— Et toi, Peck ? demanda Sasha. Le riz aux haricots te plaît ?

— Oui, M'dame.

— Tu es dans l'immobilier ? demanda Gabe.

— Exact.

— J'imagine que Katrina a mis votre secteur sens dessus dessous, à la Nouvelle-Orléans.

— Tu parles, et la marée noire de BP n'a pas aidé non plus, dit Sasha. Et puis les ouragans Harvey, et Nate... Un ouragan chasse l'autre, alors on tâche de survivre.

— Je suis ravi d'apprendre que tu prospères dans les affaires, dit Gabe.

— Eh bien, merci.

— Il n'y a rien de plus satisfaisant qu'une femme au sommet de son art.

— Gabriel, va-t-on parler toute la nuit ou est-ce qu'on va danser ?

Elle jeta un coup d'œil à Peck.

— Me regarde pas, dit Peck.

— Ce n'était pas le cas, dit Sasha. Je me disais juste que tu devrais aller t'asseoir avec Lily Cup au bar ou peut-être l'inviter à nous rejoindre.

Peck regarda Gabe, l'air inquiet, sachant qu'ils n'avaient pas un kopeck en poche. Il attendait un signe de Gabe.

— Tu vas l'adorer, Peck. Le riz aux haricots se déguste à température ambiante. Il se conservera toute la nuit, dit Sasha.

— Nous sommes un peu à sec ce soir, dit Gabe.

— Comment se fait-ce ? demanda Sasha.

— Nous sommes venus boire un verre, manger un bol de gombo et écouter du jazz. L'endroit avait l'air de correspondre à notre budget.

— Il n'y a rien de sec chez toi, Gabriel, dit Sasha.

— Quelle agréable surprise de rencontrer une danseuse aussi belle que toi, dit Gabe.

— Gabriel, tu donnes à cet endroit un style qu'il n'avait pas connu depuis longtemps. J'aurais juré que tu étais jazzman à l'instant où tu es entré.

— Sois tranquille, ma douce, dit Gabe, en tapotant ses doigts sur son torse.

— Ce soir, c'est moi qui vous invite, chéri, dit Sasha.

— C'est trop aimable, dit Gabe. Mais tu ne...

— Tu ferais bien de prendre un Chivas.

Gabe sourit.

— Je vais t'en chercher un. Maintenant, goûte tes haricots. Quand je reviens, on danse !

Sasha revint avec un Chivas pour Gabe, puis regarda Peck.

— Boudreaux, va informer Lily Cup que sa présence est exigée.

— Hein ?

— Prends une chaise pour elle au passage.

— Tu veux que je lui d'mande de venir ici ? demanda Peck.

Sasha fit la grimace.

— Peck, dis : demander.

— Hein ?

— Dis le mot : demander.

— D'mander.

— Seigneur... dit Sasha. Bon, va lui "d'mander" de ramener ses fesses ici.   — Tout de suite ?

— Tout de suite.

— Qu'est-ce que j'dois faire ?

— Aide-la à marcher. Elle est en train de se murger.

Peck resta debout, réfléchissant à sa phrase d'accroche.

— Et dis-lui de laisser ses cigares au bar, dit Sasha.

Gabe repoussa son bol, posa sa serviette par-dessus, se leva et tendit la main à Sasha.

— Ils jouent du Joe Williams, ma chérie. On y va ? demanda Gabe.

Le son était lent et profond, d'une douceur vibrante, avec des notes qui s'écoulaient comme si elles devaient payer un loyer pour entrer dans la pièce. D'après Gabe, le saxo jouait du Joe Williams. Les deux partenaires s'enlacèrent d'abord pudiquement, comme le font les étrangers qui dansent ensemble pour la première fois. Ce n'est qu'après un second solo de saxo que les bras de Gabe saisirent la taille de Sasha, la serrant étroitement contre lui. Le visage de Sasha se blottit doucement dans le cou de Gabe. Elle pouvait sentir l'odeur de la sueur sur son col, et celle du savon liquide dans son cou. Elle posa une main sur l'épaule du vieil homme et l'autre sur sa nuque.

— Tu sens bon, se dit-elle à voix basse.

Gabe ferma les yeux et, fidèle aux notes de musique, fit des pas courts et réfléchis en balançant son corps. Ils ne firent plus qu'un au milieu de la salle, qui commençait à se remplir de clients locaux. La salle s'anima aussi de l'odeur beurrée du riz aux haricots rouges, et de rires respectueux poliment étouffés pour permettre l'écoute de la basse et de la batterie. Ce n'est qu'après cinq slows d'affilée que les deux danseurs rouvrirent les yeux.

— Qu'est-ce que je vais faire de toi ? demanda Sasha.

— C'est comme si cette piste de danse était faite pour nous, dit Gabe.

— Seigneur, soupira-t-elle.

Ils se retournèrent et regagnèrent la table.

— Il était temps, vous deux, bredouilla Lily Cup. Asseyez-vous et venez vous joindre à la fête.

— Gabriel, je te présente mon amie, Lily Cup, dit Sasha. Lily Cup, voici Gabe.

Lily Cup tendit une main hésitante, moulinant dans les airs.

— Bonjour Gabe, dit Lily Cup. Tu m'excuseras, je suis un peu...

Lily Cup eut un hoquet.

— Et puis merde : je suis bourrée !

Gabe lui serra la main, levant son Chivas à sa santé.

— Tout le plaisir est pour moi, Mlle Lily Cup. Ravi de vous rencontrer.

Lily Cup hocha la tête, cligna des yeux comme des balais d'essuie-glaces, puis récompensa la courtoisie de Gabe par un sourire suivi d'un rot. Elle tortilla son corsage autour de son index et le pointa vers Peck, les yeux toujours rivés sur Gabe.

— Avez-vous rencontré Peck, M. Gabriel ? demanda Lily Cup en enfonçant son doigt dans les côtes de Peck. Voici Peck. Il est très gentil.   — Appelez-moi Gabe, Lily Cup, et oui, je l'ai rencontré. En fait, Peck et moi sommes arrivés ensemble tout à l'heure. Nous nous connaissons déjà.

— Hein ? demanda Lily Cup, en hoquetant.

— Prêt pour une autre bière, Peck ? demanda Gabe.

— J'dis pas non, répondit Peck. La même que celle-là, c'est bien.

Le regard confus de Lily Cup se brisa alors que ses lèvres laissèrent échapper un rire pétillant.

— T'aimes pas la façon dont il parle, franchement ? demanda-t-elle.

— Peck est en partie cajun, Lily Cup. C'est un Cajun français pur jus, dit Gabe. Il fait passer ses idées avec un style bien à lui. Il faut parfois tendre l'oreille, mais au final on s'entend bien. Pas vrai, vieux frère ?

Peck esquissa un sourire.

— Tu parles le français cajun ? demanda Sasha. *Vous parlez le français acadien ?*

— Je connais quelques mots, répondit Peck. *Je sais que certains.*

— Intéressant, dit Sasha.

— Eh, vous savez quoi ? demanda Lily Cup, en renversant la moitié de son verre sur la table.

— Quoi ? demanda Gabe.

— Au début, j'ai cru qu'il s'appelait Péquin, dit Lily Cup. Elle se moucha dans son poing. Péquin, t'as compris ? Péquin ?

— Peck, que dirais-tu de demander à Charlie un café noir bien serré pour Lily Cup ? Avec beaucoup de sucre, demanda Sasha.

Peck poussa sa chaise, se leva puis se dirigea vers le bar.

— Attends ! bredouilla Lily Cup. Laisse-moi venir avec toi. Charlie, c'est mon pote.

Elle se leva, faisant valser le dossier de sa chaise. Peck la rattrapa, passa son bras autour de sa taille, la tint fermement à ses côtés puis ils s'éloignèrent en titubant.

— Tu veux danser, chérie ? marmonna Lily Cup.

— Eh, Peck ! dit Sasha.

Peck se retourna.

— Hein ?

— Panne de whisky...

— Ça roule.

— Café noir, avec sucre, murmura Sasha.

Peck et Lily Cup atteignirent les tabourets du bar.

— J'ai comme l'impression que cette jeune femme

en a lourd sur la conscience, dit Gabe.

— Elle est en plein milieu d'une affaire de meurtre, dit Sasha. Le procès commence demain.

— Merde, alors... dit Gabe.

— Elle est persuadée que son client est innocent mais elle a peur de perdre le procès.

— Elle est avocate de la défense ? demanda Gabe.

— Oui, et elle est sacrément douée, répondit Sasha.

— C'est donc ça, dit Gabe. Pas étonnant qu'elle se mette une murge.

— Elle fait toujours ça quand ses procès commencent. Elle dit que le whisky lui nettoie les neurones.

— C'est une façon de voir les choses, j'imagine, répliqua Gabe.

— Elle a besoin d'un Peck ce soir, dit Sasha. Espérons qu'il parviendra à la désintoxiquer et à lui faire oublier son procès l'espace d'un instant.

— Pourquoi pas, mais je n'irais pas parler à Peck de cette affaire ou du boulot de Lily, dit Gabe.

— Si tu le dis, tu dois avoir tes raisons. Puis-je te demander lesquelles ?

— Laisse-moi le dire comme ça : tu peux me "d'mander"... Qu'est-ce que tu en dis ?

— Oh, je comprends.

— C'est le même péquenaud qui t'a quasiment traité de pute avant même que tu ne te sois présentée.

— J'ai compris, dit Sasha. Tu es un homme intelligent.

— J'ai quelques années au compteur, princesse, mais la musique et toi avez réveillé mon sixième sens, dit Gabe.

— Eh bien, dansons avant qu'il ne se rendorme, dit Sasha.

Ils se levèrent et prirent leurs marques comme s'ils dansaient ensemble depuis des années. Gabe lui tendit les bras.

— Le jazz, c'est surtout le swing, quelques notes bleues

ici et là, dit Gabe. C'est du free jazz, du jazz à l'ancienne qui remonte parfois aux années cinquante. Ces mecs sont doués.

Sasha se pencha et embrassa son cou.

— Tais-toi et serre-moi, Count Basie, chuchota-t-elle. Serre-moi fort.

Gabe glissa sa main droite sur ses fesses, lui donnant une tape amicale, puis la ramena à sa taille.

— Je voudrais te ramener chez moi, marmonna Sasha. Mais mon petit ami risque d'être là.

— Cela donne une autre couleur à la situation, pas vrai ? demanda Gabe.

— Oh, pas comme ça, Gabe. Je veux juste te garder près de moi... Pour danser.

Il leva la tête et lui embrassa l'oreille alors qu'ils tournaient en rond.

— Qu'est-ce qui amène de belles femmes comme toi et ton amie dans une ruelle de Frenchmen Street, alors que vous pourriez être dans un endroit chic du Quartier Français ?

— C'est parce que tu es là, dit Sasha.

— Tu es venue ce soir car tu savais qu'on allait venir ?

— C'est une métaphore, chérie.

— Je m'en doutais.

— C'est vivant ici. L'alcool ne coûte pas cher, les gens arrivent en nage après une journée d'honnête labeur, et puis il y a des concerts, c'est pour ça que les gens viennent.

— Bien vu, dit Gabe. Je n'y avais pas réfléchi.

— Tu sens bon, dit Sasha.

Gabe la fit tournoyer sur un riff de saxo, soutenu par un trombone à coulisse.

— Meilleur que ton copain ?

— Contente-toi de danser.

— Doit-on s'attendre à ce qu'il débarque et fasse une scène ?

— James n'est pas comme ça.

— Tous les hommes sont comme ça, chérie.

— James est une mauviette. Il est sûrement au Commander's Palace en ce moment, pour impressionner ses amis. Il est chirurgien à Bâton Rouge.

— Il vit à Bâton Rouge et dîne à la Nouvelle-Orléans ? demanda Gabe.

— Il est ici trois jours par semaine, dit Sasha.

— Intéressant.

— Nous avons tous deux des carrières bien remplies.

— Je suis un vieil homme, chérie.

— Tu ne danses pas comme un vieux.

— Je m'y connais en amour.

— Je n'en doute pas, mon ami créole.

— Ça ne ressemble pas à de l'amour, si je peux me permettre.

— Contente-toi de danser.

— Tu l'aimes ?

— J'aime ton odeur, dit Sasha.

— Si les odeurs étaient une route, ma belle dame, nous serions déjà sur la lune, dit Gabe. Tu sens les poudres et les huiles parfumées, un matin de paresse et des rideaux qui volent dans la fenêtre ouverte, une calèche qui passe au pas dans la rue et des pétales de roses jaunes qui reposent sur les courbes sinueuses de ton ventre lisse et ferme.

Sasha serra Gabe au plus près, comme dans un orgasme.

— Bon sang, gémit-elle. Tu es doué.

— Je suis un vieux Noir élevé dans les quartiers sud de Chicago, dit Gabe. Maman m'obligeait à lire tous les jours, à être gentil et à toujours dire aux filles qu'elles étaient jolies. Quand ils m'enrôlèrent dans l'armée, elle me dit d'y rester et d'apprendre un métier.

— Quelle gentille maman, dit Sasha.

Sasha embrassa Gabe dans le cou.

— Ta mère peut être fière.

— Maman aurait adoré t'entendre dire ça.

— Qu'est-ce que je vais faire de toi ? J'aimerais que tu me serres dans tes bras comme ça pour toujours.

— Je suis flatté, jeune fille, mais après cette danse, je serai toujours un vieillard et toi une belle femme, et ton chirurgien est en train de prendre son dessert au

Commander's Palace, en attendant de te rejoindre au lit ce soir.

— Gabe, connais-tu Satchel Paige ?

— C'est un célèbre lanceur de baseball, un frère. Bien sûr que je connais Satchel Paige.

— Sais-tu ce qu'il répondait quand on lui demandait son âge ?

— On pense qu'il était presque centenaire quand on lui a demandé ça. Oui, je sais, dit Gabe. Il a dit : "Quel âge auriez-vous si vous ne connaissiez pas votre âge ?"

— Où est-ce que toi et Peck vivez ? Laissez-moi vous ramener, dit Sasha.

— Nous ne vivons pas à la Nouvelle-Orléans.

— Oh ? Où logez-vous ?

— Nulle part.

— Comment ça, nulle part ?

— On doit prendre la route, dit Gabe.

Sasha leva la tête.

— Quoi ?

— On va dans le Rhode Island.

— Quand part votre avion ?

— On ne prend pas l'avion.

— Vous allez à Rhode Island ?

— Oui.

— Ce soir ?

— On fera du stop quelque part.

Sasha s'arrêta de danser et recula.

— Gabe, tu n'as pas d'argent.

Gabe ne dit rien, il l'attira vers lui et la fit tournoyer.

— Et je sais que Peck non plus, ajouta-t-elle.

Gabe la fit tournoyer de nouveau, au rythme de la musique.

— Où allez-vous, dans le Rhode Island ?

— À Newport. C'est une longue histoire. Ne parlons pas de ça maintenant, dit Gabe.

Elle s'arrêta de danser et recula.

— Un peu qu'on va en parler, Gabe.

Gabe détourna le regard.

— Je ne passe pas la soirée à danser avec un homme sans m'y attacher. Je me suis attachée. Alors, pourquoi Newport ? Pourquoi ce soir ?

Gabe se pinça les lèvres.

— Ça suffit, aboya Sasha. Qu'importe où vous allez. Je te conduis jusqu'à Memphis, vieil âne têtu.

— Ça va aller, dit Gabe. Merci pour la proposition, mais...

Sasha saisit son sac à main.

— Tu n'es pas un tueur en série ou un truc du genre ?

Gabe la regarda dans les yeux, les paupières mi-closes en signe d'exaspération.

— Où est Peck ? demanda Sasha. Leurs tabourets sont vides.

Peck et Lily Cup n'étaient en vue nulle part.

— Je me demande où ils sont partis, dit Gabe.

Sasha baissa sa robe, ajusta son corsage et se dirigea vers le bar, cherchant leurs boissons devant les tabourets vides, puis dans une arrière-salle où se trouvaient les toilettes. Au bout de quelques minutes, elle ressortit et se dirigea vers Gabe en souriant.

— Ils n'en ont pas pour longtemps.

— Oh oh, dit Gabe.

— Elle a dû cuver maintenant, dit Sasha.

— À en croire mon imagination et l'expression sur votre visage, jeune femme, je devine que votre amie avocate vient de capturer un jeune raton laveur cajun.

— On peut dire ça comme ça, répondit Sasha. Au moins elle ne pense pas à son procès pour meurtre en ce moment, ça c'est sûr.

Gabe tira vers lui son Chivas et son bol de riz aux haricots.

— Je vais chercher ma voiture, dit Sasha.

Gabe regarda sa montre puis repoussa son Chivas.

— Retrouvez-moi tous les deux devant le bar, d'ici quinze ou vingt minutes, dit Sasha.

— Chérie, dit Gabe. Ce n'est pas bien. Tu n'as pas à...

— Il fallait que j'aille à Memphis de toute façon. Un promoteur local aimerait acheter un hôtel dans le Quartier ou dans le Garden District pour en faire une copropriété. Je l'appellerai une fois là-bas, dit Sasha.

— C'était une belle soirée... commença Gabe.

— N'en dis pas plus, dit Sasha. Je vous conduis à Memphis, et quand nous aurons passé Jackson, je veux connaître toute l'histoire. *Comprenez-vous, Monsieur ?*

Gabe leva les yeux de son riz aux haricots.

— C'est compris, ma chérie. Ne tarde pas.

Sasha prit les joues de Gabe dans ses mains puis se pencha pour lui déposer un baiser sur le nez.

— Dis à Peck de ne pas bouger et dis à Lily Cup que je l'appellerai plus tard, qu'elle ne s'inquiète pas, dit Sasha. Finis tes haricots. Je vous retrouve dehors. On a six heures de route devant nous.

Gabe et Peck raccompagnèrent une Lily Cup souriante et sobre à l'extérieur et la mirent dans un taxi. Gabe ne posa pas de questions à Peck. Il le laissa seul avec les impressions de sa rencontre dans l'arrière-boutique. La voiture entra dans l'allée ; c'était une Bentley décapotable bleu clair dont le toit était relevé.

— Mon Dieu, dit Gabe en admirant les lignes de l'élégant bolide.

Il caressa délicatement le capot.

— Elle est bleue et magnifique.

— *Bleu clair*, dit Peck.

Sasha sortit, fit le tour du véhicule et ouvrit le coffre avec sa clé électronique.

— Lily Cup est toujours là ? demanda-t-elle.

— On l'a mise dans un taxi, dit Gabe.

— Merde. Elle a les clés de chez moi.

— On passe les chercher ? demanda Gabe.

— Non.

— Ça ne me dérange pas, dit Gabe.

— Je vais me débrouiller.

— Tu ne comptes pas nous conduire à Memphis en robe de satin, Sasha ?

— Mets ton sac dans le coffre, Peck chéri, ça ira. Assieds-toi à l'arrière, dit-elle.

— Aurais-je l'honneur de conduire cette belle machine, chérie ? demanda Gabe. J'aimerais savoir ce que ça fait. J'ai un permis valide et je n'ai bu qu'un Chivas de toute la soirée.

— Bonne idée, dit Sasha, laisse-moi cuver ma vodka.

Gabe se mit à sourire comme un petit garçon. Il se dirigea vers le côté conducteur puis monta à bord. Toujours en talons hauts et en satin Chanel, Sasha ouvrit à Peck la portière côté passager.

— Vise un peu la garniture, Peck, dit Gabe. Fais attention, c'est un modèle de collection.

Sasha se pencha depuis le trottoir et se glissa par la porte ouverte.

— Tu sais où l'on va, Gabe ?

— À Memphis ? demanda Gabe.

— Tourne à droite sur St. Charles, à gauche sur Calliope, puis roule en direction de la 90. Nous devons prendre l'I-10 puis l'I-55 vers le nord.

Elle avança le dossier du siège passager.

— Je vais me débrouiller. Je connais la ville, dit Gabe. Sasha, veux-tu regarder dans mon sac de sport pour voir s'il n'y a pas quelque chose que tu puisses enfiler ?

Peck rampa vers la banquette arrière.

Sasha se pencha à nouveau.

— Peck, y a-t-il un sac de sport derrière le siège ? demanda Sasha.

Peck prit le sac et le tint le long de la portière. Sasha se pencha, prit le sac, le posa sur le siège avant et fit glisser la fermeture éclair.

— On ne regarde pas, les gars, dit Sasha en sortant les vêtements du sac.

— Tu peux te changer dans les toilettes du bar, dit Gabe.

— Quand j'étais mannequin, je devais me changer en pleine rue, au milieu des badauds. Je n'en ai pas pour

45

longtemps.

Debout dans sa robe rouge sans manches en satin de chez Chanel, elle sortit du sac un collant noir et un sweat-shirt, qu'elle jeta sur son épaule nue. Elle posa la main sur la portière ouverte de la voiture, s'efforçant de garder l'équilibre tandis qu'elle enlevait ses talons aiguilles Dior. Pour enlever ses bas, elle tendit la main entre ses jambes, saisit le bas de sa robe et le tira vers le haut, dévoilant des bas français noirs à hauteur de cuisse, de belles jambes minces et des cuisses blanches comme le lin. Puis, plus haut encore, juste au-dessus de son entrejambe dépourvu de culotte et couvert d'un duvet délicat, un porte-jarretelles noir lacé de satin s'accrochait à ses hanches comme un rideau de scène au-dessus de son ventre ferme et sensuel. Elle surprit les regards dans la voiture rivés sur son bas-ventre nu.

— Grands dieux, les garçons, ne regardez pas ! dit Sasha. Une dame ne peut-elle pas avoir un peu d'intimité ? demanda-t-elle en souriant.

— Désolé, gloussa Gabe.

— Vous avez déjà vu le coquillage d'une fille, non ? *L'entrejambe d'une fille* ?

Il y eut des sourires penauds, mais pas de réponse.

En un déclic, le porte-jarretelles se détacha de ses cuisses. Il pendait désormais dans le vide, retenu par deux crochets boutonnés en haut de chaque bas. Couvrant ses hanches avec sa robe, elle repoussa les bas puis, une jambe à la fois, les enleva puis les jeta avec le porte-jarretelles dans un sac plastique. Saisissant le collant noir posé sur son épaule, elle glissa chaque pied dans une jambe puis gigota des cuisses et des hanches, de gauche à droite, faisant passer le collant sous sa robe, jusqu'à la taille. Elle demanda qu'on l'aide à ouvrir sa fermeture éclair. Une passante l'assista et la robe de satin rouge tomba sur ses chevilles, la laissant debout avec pour seuls vêtements des collants et un soutien-gorge noir sans bretelles. Elle enleva un pied de la robe, la souleva délicatement avec l'autre pied puis la posa sur le siège de la voiture. Faisant toujours face à la portière ouverte de la voiture, elle prit le sweat-shirt sur son épaule et le tendit à la fille derrière elle pour qu'elle le tienne un instant. Elle se tenait là, en collants et en soutien-gorge noir sans bretelles, qui laissait deviner deux seins blancs comme neige. Elle passa la main dans son dos et dégrafa son soutien-gorge, laissant ses seins mous repousser celui-ci. Gabe, Peck, trois passants au coin de la rue ainsi qu'un couple qui attendait de pouvoir contourner la portière ouverte de la voiture, qui bloquait le passage dans l'allée, étaient tous très attentifs, bouches bée, observant fixement le soutien-gorge tomber de sa poitrine. Sasha ignora le couple qui attendait pour passer, se pencha pour ramasser le soutien-gorge, regarda Peck et sourit. Elle regarda Gabe et lui fit un clin d'œil.

— Nous sommes près du Quartier Français, *mes amis.*

La fille tendit le sweat-shirt à Sasha. Elle le passa par-dessus sa tête et l'enfila pour cacher sa poitrine, puis embrassa la fille sur la joue en guise de remerciement.

— Nos corps de chair n'ont rien à cacher qui ne puisse être vu à la Nouvelle-Orléans, surtout pendant le Carnaval. Mardi Gras, les costumes, les perles, et tout ça. Pas vrai ? demanda Sasha.

— Rien à cacher, dit la fille.

— Apparemment, c'est aussi le cas pendant l'été, plaisanta Gabe en tâtant le volant de ses deux mains. Je ne m'en plains pas, du reste.

— C'est comme ça que ça se passe ici, chéri, dit la fille.

— Décrochez vos mentons du sol, tous les deux, dit Sasha, remettez vos yeux dans leurs orbites et mettons-nous en route. Il y a six heures de route jusqu'à Memphis.

Sasha roula sa robe, ses chaussures et son soutien-gorge et fourra cette boule hors de prix dans le sac plastique, qu'elle tendit à Peck.

— Merci chérie, dit-elle à la fille qui se tenait près d'elle.

Puis elle se tourna vers les curieux de passage.

— Le Mardi Gras est fini, les amis.

De légers applaudissements retentirent tandis qu'elle grimpait dans la voiture.

— Peck, mets le sac dans le compartiment derrière toi,

chéri.

Gabe finit par comprendre qu'une Bentley démarre toute seule en appuyant sur un bouton, puis ils roulèrent lentement dans la ruelle jusqu'à Frenchmen Street. Deux hommes passant une nuit qu'ils n'oublieraient pas de sitôt et une femme complice qui les accompagnait sur un coup de tête, bien décidée à percer les mystères de son nouveau danseur d'ami et de ce Newport qu'elle ne connaissait que par voie de presse – et par la bouche de l'homme qui dansait plus tendrement que quiconque n'avait jamais dansé avec elle.

CHAPITRE 6

PERSONNE NE PARLAIT. Ils laissaient Gabe profiter de l'instant et inspecter les moindres détails de l'éblouissant tableau de bord dernier cri qui brillait dans la nuit comme le cockpit d'un avion de ligne. La voiture semblait flotter d'un panneau à l'autre aussi pensivement que les pieds du vieil homme sur une piste de danse. Gabe souriait comme s'il avait retrouvé ses jeunes années de militaire en permission.

Ce n'est qu'à Ponchatoula que Sasha releva la tête après s'être assoupie. Elle regarda derrière elle et vit Peck, la tête en arrière, dormir profondément. Elle regarda le profil du vieil homme et ses yeux, grands ouverts et pétillants tant il était fier de conduire une voiture de rêve, bien concentrés sur la route. Elle passa la main par-dessus la console et gratta légèrement l'intérieur de la cuisse de Gabe avec ses ongles.

— Tout va bien ? demanda-t-elle.

— Je profite de cet engin, dit Gabe, sans quitter la route des yeux.

— Tu veux discuter ? demanda Sasha.

— Parle-moi, bébé, dit Gabe.

— Peux-tu me parler de Newport ?

— Tu as dit Newport ?

— Newport, oui.

— Il n'y a rien à en dire.

— Rien, vraiment ?

— Newport, dans le Rhode Island.

— Gabe, je croyais que quelque chose s'était passé entre nous, là-bas.

— Sur Frenchmen Street ?

— Sur la piste de danse, dit Sasha.

— Oh, c'est le cas, dit Gabe.

— Si c'est le cas, ne fais pas ça.

— Nous allons à Newport, c'est tout, dit Gabe. Que dire d'autre ?

— Si je me suis trompée, alors très bien. Je me suis trompée.

Gabe ne répondit pas.

— *Vieil homme têtu* ! marmonna-t-elle.

— Nous allons au festival de jazz de Newport, dit Gabe.

— D'accord, d'accord. Je l'aurais deviné, jazzman, surtout après avoir dansé avec toi pendant cinq heures, dit Sasha. Ce n'était pas si compliqué, tu vois ?

Ils regardèrent la route en silence pendant un kilomètre, peut-être deux.

— Mais quels sont tous ces secrets, bébé ? demanda Sasha.

— Quels secrets ?

— Pourquoi voyager sans argent ? Pourquoi faire du stop ? Aide-moi à comprendre.

Gabe restait concentré sur la route.

— Si tu ne sais pas, tu peux me parler...

— J'ai de l'argent, dit Gabe.

— On dirait bien qu'il t'échappe ce soir, chéri, dit Sasha.

— J'ai de l'argent.

— Je n'en veux pas à ton argent, chéri, j'aime ta façon de danser.

— Mon argent est comme qui dirait gelé en ce moment, dit Gabe.

— Tu es marié ?

— Tu n'y es pas du tout, dit Gabe.

— Alors quoi ?

— C'est un problème temporaire, un contretemps momentané, et Peck et moi aimons marcher, alors nous n'y avons pas réfléchi et nous sommes mis à faire du stop.

— Eh bien, il n'y a pas de quoi être fier, chéri.

— Fier de quoi ?

— De faire du stop.

— Comment ça ?

— Tu devrais envisager une autre approche, dit Sasha.

— Où veux-tu en venir ?

— Je ne comprends pas ton histoire d'auto-stop, dit Sasha. Vous avez pris un bol de riz aux haricots sur Frenchmen Street puis tu as rejeté ma proposition de vous emmener à Memphis. Peux-tu m'expliquer ? Il y a quelque chose qui m'échappe ?

— On a commencé ce matin.

— De la Nouvelle-Orléans ?

— De Carencro, dit Gabe.

— De Carencro ?

— Oui, de Carencro.

— Carencro, en Louisiane ? Notre Carencro ? demanda Sasha.

— Celui-là même, dit Gabe.

— Tu aurais dû prendre une boussole...

— Je sais de quoi ça a l'air, dit Gabe.

— Ou une bonne carte routière !

— C'est notre premier jour sur la route.

— Sans vouloir t'offenser, Gabe, Carencro est à l'ouest de Frenchmen Street, à deux ou trois heures de route, et Newport est au nord, du moins la dernière fois que j'ai regardé, dit Sasha.

— Ma boussole dort à l'arrière, dit Gabe.

— Lui ?

— Lui.

— Peck est ta boussole ?

— Nous avons opéré depuis un léger transfert de responsabilité.

— Si je comprends bien, tu comptais sur l'enfant prodige pour t'indiquer le chemin... sur des milliers de kilomètres ? demanda Sasha.

— J'admets que si le jeune Péquenaud Finch avait dirigé le programme spatial, il aurait été capable de faire atterrir la mission Apollo en Caroline du Nord, si tu veux mon avis.

Sasha regarda la lumière de la console qui brillait sur la cuisse de Peck.

— Il est bien foutu, dit Sasha.

— Lily Cup ne voulait pas lui lâcher la jambe quand on l'a mise dans un taxi ce soir. Je suppose qu'elle est de ton avis, dit Gabe.

— Elle en avait besoin, dit Sasha.

— Le garçon aussi, à vrai dire. C'est la première fois depuis que je le connais qu'il arrête de déblatérer comme lui seul en a le secret.

— Tu le connais depuis longtemps ?

— Depuis quelques semaines, mais je ne l'ai rencontré que ce matin.

Sasha se reposa, observant la route défiler devant elle.

— Si tu es fatigué, je peux conduire.

— Tout va bien, dit Gabe. Si je n'étais pas là à conduire cette belle voiture, j'aurais sans doute passé la nuit assis à regarder par la fenêtre.

Un autre kilomètre s'écoula en silence.

— Quelle est votre histoire, Gabe ? À toi et à Peck ?

— Ne me pose pas de questions, chérie. Je ne veux pas te mentir.

Elle se tourna et leva les fesses de son siège, accoudée sur la console. Elle se pencha et embrassa Gabe sur l'épaule.

— *Tu sens si bon*, chuchota Sasha.

— Tu es entre de bonnes mains, ma belle. Ne t'inquiète pas.

— Je prends soin de mes amitiés, dit Sasha. Je suis française cajun, c'est plus fort que moi.

— Bébé, tu donnes à ce vieux Créole l'impression d'être au lycée. Tu es vraiment dotée d'un caractère bien à toi, comme un bon vin, dit Gabe.

— Alors sois mon ami, Gabe. Ne me fais pas passer pour une imbécile en te suppliant de te confier à moi.

— Chérie, je... commença Gabe.

— Ce n'est pas ça, l'amitié, dit Sasha.

Le visage de Gabe se crispa. Il aurait voulu que le bal ne s'arrête jamais, mais il savait que les musiciens finissaient toujours par rentrer chez eux. Un semi-remorque passa devant la

Bentley bleu clair. Gabe rassembla ses esprits, le regard fixé sur le compteur de vitesse.

— Ils ont tout. Ma carte de sécurité sociale, ma carte bleue, mon laissez-passer, mon acte de naissance : tout ce que je possède est dans leur coffre-fort, là-bas à Carencro, dit Gabe. Sur ordre du médecin, ils m'ont dépouillé comme un gamin récalcitrant et m'ont tout pris lors de mon admission.

— Pour quoi faire ?

— Par sécurité, soi-disant.

— Je ne comprends pas, qui ça ? La police ?

— Ils ont même voulu prendre ma putain de montre, mais je ne les ai pas laissés faire. Ils m'ont dit que tout ce que je pouvais garder, c'est un portefeuille vide et mon permis de conduire, au cas où je m'égarerais et que quelqu'un me trouverait.

Sasha se rassit dans son siège. Elle pensait qu'il valait mieux le laisser divaguer.

Un autre kilomètre de silence passa dans la pénombre avant que Sasha ne reprenne son interrogatoire.

— Alors, qui est Peck pour toi ?

— Peck est le jardinier et l'homme à tout faire...

— Homme à tout faire ?

— Et jardinier.

— Il tond la pelouse ?

— À moins qu'il ne se fasse virer pour cette escapade, il tond la pelouse à l'hospice de Carencro où j'ai été déposé et laissé pour mort pendant qu'on me torturait.

Gabe serra le volant, déçu d'avoir dit la vérité plus tôt qu'il ne l'aurait voulu. Il se pinça les lèvres.

Le corps de Sasha s'affaissa sur son siège.

— *L'hospice*, murmura-t-elle.

— L'hospice, marmonna Gabe.

Elle tourna la tête et regarda droit devant elle dans la nuit. Elle se retourna, s'assit en silence puis regarda les yeux de Gabe. Quelques kilomètres de silence l'aidèrent à réfléchir.

— Peck et toi allez à Newport pour écouter de la

musique, n'est-ce pas ? demanda Sasha.

— Du jazz, répondit Gabe.

— Encore une dernière fois, se dit Sasha à voix basse. Gabe entendit.

— Encore une dernière danse, dit-il.

Elle s'approcha de lui et serra doucement son avant-bras.

— *C'est beau*, murmura Sarah.

— Laisse-moi te dire quelque chose, dit Gabe.

— Ne te sens pas obligé, Gabe. Je ne voulais pas...

— Ce garçon n'a peut-être pas fait maths sup, mais il a eu assez de cœur pour remarquer ce vieil homme qui refusait de mourir sur les rives d'un bayou de Louisiane. Il a laissé tout ce qu'il possédait – son cordeau, sa tondeuse et ses râteaux, son travail – et il a pris une décision. Il a gardé sa dignité et fait sortir en douce un vieil homme de là. Ce garçon s'est de lui-même porté volontaire pour exaucer un vœu et aider un vieillard à mourir là où il le désirait.

— Peck a fait tout ça ? demanda Sasha.

— Ce jeune homme a tout abandonné pour moi. Je l'aime beaucoup pour cela, alors je tolère ses manières.

Une larme coula des yeux de Sasha tandis qu'elle fixait les bandes fugaces de la route qui défilaient sous la voiture, les feux arrière du semi-remorque luisant devant ses yeux. Elle posa la paume de sa main sur la cuisse de Gabe, griffa avec ses ongles un x et un o – qui signifiaient "câlin et baiser" – tapota la jambe de Gabe puis laissa sa main posée sur sa cuisse.

— Jure de me réveiller si tu veux que je conduise.

Gabe acquiesça, en se pinçant les lèvres.

— C'est juré, bébé. Dors donc un peu.

Ils étaient cinq kilomètres au sud de la bretelle en direction d'Hazlehurst quand la grêle se mit à tomber. Le crépitement de la grêle sur le capot et le coffre ressembla d'abord à celui d'une caisse claire dans une marche militaire. Le toit en toile grondait sous l'effet de la tempête de glace. La grêle tomba ensuite par salves, comme si on la jetait directement sur la voiture avec une pelle à neige.

— C'est quoi ce merdier ? s'exclama Gabe.

— Qu'est-ce qui s'passe ? brailla Peck depuis la banquette arrière.

La tête de Sasha tressaillit. Elle se redressa et réalisa ce qui était en train de se passer.

— Merde, dit-elle.

— Une tempête, dit Peck.

— Une averse de grêle. En plein milieu de la nuit, dit Gabe.

— L'enfer, dit Sasha.

— J'ai ralenti à vingt à l'heure, dit Gabe. Je n'y vois que dalle. J'ai peur de m'arrêter. J'ai peur de me ranger sur le bas-côté et de me garer. On se prendrait la grêle de toute façon, ou pire, on pourrait atterrir dans un marais et mourir tous noyés.

Un semi-remorque de quinze mètres de long frôla la voiture, côté conducteur. Sasha le pointa du doigt.

— Les feux arrière, dit-elle.

— Quoi, les feux arrière ? demanda Gabe.

— Ce camion. Suis ses feux arrière.

— D'accord.

— Ne les quitte pas des yeux.

— Ce n'est pas bête, mais au premier pont, on se gare, dit Gabe.

— Ne quitte pas ces feux des yeux, dit Sasha. Et tâche de suivre ce camion.

Sasha se pencha en avant et ajusta le GPS sur le tableau de bord.

Les grêlons devenaient de plus en plus gros et agressifs à mesure qu'ils frappaient la voiture et couvraient leurs voix d'un vacarme étouffant.

— Hazlehurst ! cria-t-elle.

— De quoi ? cria Gabe.

— C'est juste devant. Il y aura un viaduc, un pont ou quelque chose sous lequel on pourra se garer.

— Hazlehurst, c'est noté, s'écria Gabe. Le GPS nous

fera signe quand on sera en approche ?

— En principe, oui. Je surveille le GPS, tu surveilles les feux arrière.

Trois éclairs blanchirent le ciel, révélant au moins cinq centimètres de grêle s'accumulant sur la route.

— Je pensais que les averses de grêle n'arrivaient qu'au printemps, dit Gabe.

— La grêle ne connaît pas de saison dans le sud, dit Sasha. En Louisiane, les assurances auto coûtent moitié moins cher si tu gares ta voiture dans un garage à l'abri de la grêle et du soleil.

— Cette nuit, même l'enfer doit geler ! cria Gabe. Seigneur, ne me laisse pas mourir dans une tempête de glace.

— Gabe ! cria Sasha en se redressant. Prépare-toi à ralentir et à te ranger sur le bas-côté.

— Fais-moi signe, bébé.

— Le GPS nous fera signe quand on sera sur le point de passer sous le viaduc. Tiens-toi prêt à t'arrêter et à te garer.

— Hazlehurst, répéta Gabe.

— Hazlehurst, confirma Sasha.

— Je suis prêt, dit Gabe. J'attends ton signal.

Un camion passa sur la gauche, éclaboussant de neige fondue le flanc de la voiture. Il continua à rouler effrontément, dépassant le semi-remorque que Gabe suivait.

— Prépare-toi, ça arrive, dit Sasha.

Gabe se pencha sur le volant, prêt et alerte.

— On y est presque, dit Sasha.

Elle répétait :

— Pas encore. Pas encore. Pas encore. Tiens-toi prêt, Gabe. Ralentis... Maintenant !

Le bruit ravageur de la grêle tombant sur la voiture s'arrêta.

Le viaduc était soutenu par d'énormes poutres de béton, épaisses de deux mètres chacune, et hautes d'au moins six mètres pour soutenir l'autoroute qui passait au-dessus. Gabe roula doucement, à la recherche d'un coin où se garer.

Trois voitures, un camping-car, une moto et un pick-up tractant une remorque à bateau se trouvaient sous le viaduc, rangés sur le bas-côté. Gabe vint se garer à droite de l'une des voitures et manœuvra pour grimper le talus de béton qui s'étendait sous le pont.

Sasha se retourna sur son siège et se mit à genoux. Elle se pencha sur la console, prit la tête de Gabe entre ses mains et l'embrassa sur la bouche. Puis elle se pencha en arrière et dit :

— Merci, mon chéri. Tu es notre héros du soir.

Ils restèrent assis en silence histoire de calmer leurs nerfs après cette harassante traversée de trente kilomètres sous des trombes de grêle dure comme la pierre. De temps en temps, une voiture sortait de sous le viaduc pour reprendre son chemin, puis une autre s'arrêtait. Gabe baissa la vitre, prit une poignée de grêlons et la tendit à Sasha et à Peck pour qu'ils les voient.

— Espérons que cette belle voiture ne soit pas endommagée, dit-il.

— Au diable la voiture, dit Sasha. Tout le monde va bien, c'est tout ce qui compte.

Gabe ouvrit sa portière et posa le pied au sol.

— Où tu vas ? demanda Sasha.

— J'ai des affaires à régler, dit Gabe.

Sasha sourit.

— Je serai derrière un de ces pylônes en béton, si jamais tu as besoin de moi.

— Laisse-le moteur tourner, pour la chaleur, chéri, dit-elle.

Gabe se glissa vers l'extérieur et referma la porte derrière lui.

Sasha se retourna et se tint à genoux pour regarder Peck sur le siège arrière. Elle avança le dossier du siège conducteur.

— Peck ?

— *Oui* ?

— Gabe m'a expliqué ce que tu as fait.

— Hein ?

— Tu es un bon ami, dit-elle. D'avoir quitté ton travail et tout ça.

— Il a dit quoi ? demanda Peck.

— Que tu es le meilleur ami qu'un homme puisse avoir.

— Gabe a dit ça, pour de vrai ?

— Il a dit que tu avais renoncé à tout ce que tu avais pour l'aider à exaucer sa dernière volonté.

— Si tu parles de quand je l'ai sorti de là-bas, c'est tout ce que j'ai fait, chérie. Je suis pas au courant d'une volonté, à moins que tu parles d'aller entendre du jazz à Newport, dit Peck.

— Tout ce jazz... dit Sasha. Comme la chanson.

— T'aurais fait tout pareil si t'aurais vu ses yeux, quand il était assis sur ce banc dans l'parc, dit Peck.

— Tu es un homme bon, Peck, Dieu te le rendra.

— Vraiment, sans rire ?

— Tu as aidé un homme mourant, ajouta-t-elle.

— J'aide un ami puis c'est tout, dit Peck.

— On récolte ce que l'on sème. Tu seras récompensé.

— Tu m'as déjà bien récompensé sur Frenchmen Street, ça pour sûr, dit Peck.

— Tu veux dire, en te présentant à Lily Cup ?

— Eh bien, ça aussi, s'esclaffa Peck. Je parlais des haricots et du riz, et p'têt aussi que j'pensais à ton habillage dans la rue et tout ça. Mazette, c'était queq'chose !

— Je suis tellement embarrassée, plaisanta Sasha, feignant de se cacher les yeux avec sa main. *Oh, mon dieu, je suis tellement gênée.*

Elle haussa les sourcils d'un air inquisiteur et pointa du doigt ses deux seins.

Peck eut un rictus, se remémorant la séance d'habillage.

— Qu'est-ce qu'ils ont, mes nichons, Peck ?

— Hein ?

— Tu peux m'expliquer ? plaisanta Sasha. Ce n'est qu'une paire de seins.

— J'en ai vu d'autres, chérie, mais puisque tu me d'mandes, tout c'que je peux dire, c'est que les mecs paient de l'argent pour en voir de plus près, dans les clubs et tout, dit Peck. Beaucoup d'argent.

— De plus près ? Tu veux dire voir des seins de plus près ?

Peck ne dit rien.

— Tu vas dans ces clubs, toi, Peck ?

— Non, non, jamais, dit Peck.

— Et pourquoi pas ?

— J'suis jamais allé dans un club comme ça.

— Tu n'aimes pas voir des filles nues ?

— C'est pas ça. J'ai pas de sous pour y aller, dit Peck.

— Tu as vu les seins de Lily Cup. Ils t'ont plu ?

— Non, pas vraiment.

— Tu n'as pas aimé voir ses...

— Elle a pas enlevé sa chemise.

— Tu me vois sous cette lumière ? demanda Sasha.

— C'est pire qu'une lampe à pétrole, chérie !

Sasha alluma le plafonnier au-dessus de sa tête et se tourna de sorte que le GPS et la console éclairent sa poitrine.

— Maintenant je vois, dit Peck.

Elle remonta son sweat-shirt au-dessus de ses seins.

— De toi à moi, Peck. Voilà ta récompense.

— Oh, M'dame ! glapit Peck.

— Ce coup d'œil est ma façon de te remercier, mon grand, pour avoir aidé Gabriel, dit Sasha. Je te présente mes deux copines.

— Bon Dieu, elles sont bien belles, ça pour sûr !

Peck les fixa du regard histoire de les garder en mémoire. Pour l'aider, Sasha se pencha en avant avec un sourire, observant les yeux de Peck pendant dix bonnes secondes. Puis, elle se redressa, baissa son sweat-shirt et se retourna.

C'est alors que la porte du conducteur s'ouvrit et que

Gabe se pencha à l'intérieur.

— Peck, je peux te parler une minute ? demanda Gabe.

— Hein ? demanda Peck.

— J'aimerais te parler une minute dehors, mon grand.

Peck pensa d'abord que Gabe les avait vus tous les deux, qu'il était contrarié et qu'il voulait en discuter.

— Tu crois qu'il nous a vus ? chuchota Peck à Sasha.

— Peck, il faut que je te parle, dit Gabe.

— Je crois qu'il a besoin d'aide, dit Sasha, tu ferais mieux d'aller voir.

Alors que Peck sortait de la voiture, Gabe le prit par le bras, ferma la porte et l'emmena de force à l'arrière du véhicule, prenant Peck en sandwich entre le coffre et lui.

— Ne regarde pas tout de suite, mais tu vois, derrière moi, le maigrichon sur la moto noire ? Avec un cuir noir, derrière mon épaule...

— Je le vois, dit Peck.

— Le type sur la moto, derrière la remorque à bateau, là derrière.

— Je le vois. Qu'est-ce qu'il a ?

— Cet enculé a volé mes cachets.

— Ta boîte de cachets, Gabe ? Toute la boîte ?

— Mon Contin, mon antidouleur, dit Gabe.

— Il t'a pris ton cachet ou toute la boîte, Gabe ?

— Toute la boîte. C'est de la morphine, mon grand. Sans elle, demain à la même heure, j'aurai déjà envie de mourir à cause de la douleur.

— Il est venu comme ça et... ? commença Peck.

— J'étais en train de pisser par là-bas, puis j'ai voulu prendre mon cachet – juste derrière ce pylône-ci. Alors, ce fumier m'a donné un coup de poing derrière la tête, il m'a pris la boîte des mains et il s'est enfui.

— T'as pris ton cachet ?

— J'ai pris mon cachet, je l'ai avalé sans eau, mais je n'avais pas refermé la boîte, alors l'autre fils de pute m'a cogné derrière la tête et a pris mes cachets. Je suis tombé à genoux, donc je ne pense pas qu'il sache que je l'ai vu. Je l'ai vu courir jusqu'à sa moto.

— Monte dans la bagnole, grogna Peck.

— Quoi ? demanda Gabe, confus. Aide-moi à...

Peck saisit fermement le bras de Gabe.

— Remonte dans la bagnole, ferme la porte et ouvre le coffre.

— Qu'est-ce que tu as en tête ?

Peck empoigna la chemise de Gabe par l'avant et le tira vers lui.

— Maintenant, bon sang, Gabe, avant qu'il se casse. Monte dans la bagnole, l'ancien. Tout de suite.

Gabe fit le tour de la voiture, ouvrit la portière et monta.

— Ouvre le coffre, cria Peck.

CHAPITRE 7

La BENTLEY FUT SECOUÉE par le choc du coffre fermé avec fracas. Peck ouvrit la portière côté passager, vit le siège vide, Sasha au volant et Gabe assis sur la banquette arrière. Il monta à bord et referma la porte.

— Démarre, aboya-t-il.

Sentant la tension, Sasha acquiesça et baissa la vitre, juste assez pour regarder sur sa gauche.

— Allons-y, grogna Peck.

Elle démarra et se faufila entre une petite voiture et un gros camping-car. Surveillant les phares à l'approche, elle s'engagea sur l'autoroute et accéléra nerveusement. Plus elle se sentait en confiance en suivant un semi-remorque, plus elle roulait vite pour le rattraper. Une fois arrivés à un kilomètre au nord de Crystal Springs, ils ne virent plus aucun signe de grêle ou de pluie. La route était complètement sèche. C'était comme s'ils étaient sortis d'une pièce pour entrer dans une autre.

Une fois le calme retrouvé, Peck tendit le bras entre les dossiers des sièges, effleurant au passage la cuisse de Gabe. Les doigts de Gabe saisirent la main de Peck en réalisant que sa boîte de cachets s'y trouvait. Il prit la boîte et, des deux mains, serra celle de Peck et lui dit :

— Merci, mon frère... Merci.

Gabe sourit. Il pouvait enfin pencher sa tête en arrière et attendre que le sommeil vienne.

Sasha accéléra à 112 km/h et activa le régulateur de vitesse.

Elle préféra ne pas demander, mais elle vit dans le reflet

du tableau de bord que Peck avait récupéré les médicaments de Gabe. Elle fut émue de le voir donner ses cachets à Gabe. Elle regarda Peck et sourit. C'était un homme simple, et ses passions l'étaient tout autant : laisser son cordeau le nourrir la nuit et gagner assez d'argent en passant la tondeuse et en aiguisant des lames pour louer une chambre quelque part. Et il se souciait des gens, prêt à abandonner le peu qu'il possédait pour aider un vieil homme qu'il ne connaissait pas.

— Si tu continues à aider mon danseur, le capitaine Jordan, je vais finir par devoir t'offrir une corbeille de roses en signe de remerciement, M. Boudreaux Clemont Finch, dit Sasha. Ce qu'on ferait pas...

Sasha regarda dans le rétroviseur et surprit le sourire de Gabe, les yeux fermés, appréciant sa gentillesse et savourant ses plaisanteries. Ce jeune homme simple avait agi pour aider son ami sur le champ, sans réfléchir. Et dans son monde, une réponse immédiate avait paru appropriée.

Peck sourit à l'écoute du compliment, puis leva la main droite, laissant ses doigts accueillir le sentiment d'être important tout en recoiffant ses cheveux décolorés par le soleil. Spontanément, Sasha saisit sa main droite et la guida vers son côté de la console – forçant Peck à pivoter.

— Qu'est-ce que je vais faire de toi, Boudreaux ?

Elle leva la main de Peck et l'embrassa. Elle l'embrassa encore.

— C'est quoi ton numéro, Peck ?

— Hein ?

— Ton numéro de portable. Envoie-moi un texto pour que je l'aie, dit Sasha.

— J'ai pas de téléphone, chérie.

— C'est courageux ce que tu as fait là-bas, dit Sasha. Tu es notre héros.

Elle embrassa sa main une fois de plus puis la tint contre sa poitrine.

— Quand je serai de retour à la maison, dit Sasha, je t'achèterai un téléphone. Tu as déjà eu un téléphone portable, Peck ?

— Non, M'dame.

— Pourquoi pas ?

— J'ai pas d'argent, et je saurais pas qui appeler.

— Il faudrait que tu en prennes soin, dit Sasha.

— J'prends bien soin de mes choses, dit Peck.

— Peck, ne te sens pas obligé de répondre, dit Sasha.

— Hein ?

— Sais-tu lire et écrire ?

— Non, M'dame. J'suis pas resté à l'école, dit Peck.

— Viens à la Nouvelle-Orléans quand tu seras prêt, et je ferai en sorte que tu apprennes à lire et à écrire.

— Pour de vrai, chérie ?

— Tu as envie d'apprendre ?

— J'ai pas été plus loin que le CE2, et encore, une semaine, dit Peck. Je me suis enfui de l'école et de ma mère adoptive. J'ai besoin que de mon cordeau pour m'en sortir.

— Tu me laisseras essayer ? demande Sasha.

— Nan, nan.

— Je connais un bon professeur.

— J'pourrais lire sans que personne se moque de moi ? demanda Peck.

— Il n'y aura personne, à part toi.

— J'veux bien, alors.

— Tu auras ton propre professeur particulier, dit Sasha. Tu apprendras vite.

— Dis donc, ce serait queq'chose ! Si je savais lire, tu sais, les contrats et ce genre de trucs, je pourrais p'têt me trouver une pirogue, poser des pièges à crabes et les vendre à des restaurants chics.

— Les crabes à carapace molle rapportent gros, dit Gabe.

— J'ai le droit de poser cinquante pièges sans licence, dit Peck. Si je savais lire et avoir une licence, j'pourrais avoir trois-cents, p'têt même deux-cents pièges !

— Il te faudra un bateau plus grand qu'une pirogue, Peck, dit Sasha. Peut-être pourrions-nous être partenaires.

Sasha retira la main de Peck de sa poitrine puis tendit la sienne pour lui serrer la main.

— Marché conclu ? demande-t-elle. *Nous avons une affaire ?*

— Marché conclu, dit Peck en lui serrant la main.

Il se pencha en arrière et reposa sa tête, les yeux fermés et le sourire aux lèvres. Gabe aussi. Ils étaient tous deux endormis quand trois voitures de police de l'État du Mississippi apparurent en face et passèrent en trombe, aussi rapides l'une que l'autre, leurs sirènes bleues et blanches clignotant comme un orage d'été, fonçant vers le sud à toute allure. Sasha les regarda passer puis garda un œil sur leurs gyrophares dans les rétroviseurs latéral et central jusqu'à ce qu'ils soient hors de vue. Peck et Gabe, endormis, n'en surent rien.

Sasha avait ses habitudes, c'est certain. Elle était d'abord une femme – et elle célébrait sa féminité à chaque instant – mais elle était aussi l'égale des hommes : une femme travailleuse et confiante, à la tête d'une agence immobilière prospère. Présidente de la chambre de commerce deux années de suite, elle appréciait la compagnie d'un jeune chirurgien de Bâton Rouge, qui n'était toujours pas certain d'être assez mûr pour se marier. Elle appréciait l'indépendance de son numéro de charme occasionnel pour les hommes et les garçons, du moment qu'ils étaient bons danseurs de jazz. Elle aimait s'habiller avec sa meilleure amie Lily Cup, et se pavaner en décolletés de satin Chanel et Givenchy hors de prix ainsi qu'en Prada, attisant les regards tout en écoutant du jazz et en dansant des slows au Charlie's Blue Note quelques soirs par mois. Elles s'y sentaient en sécurité et y étaient célébrées comme de gracieuses *belles* de la Nouvelle-Orléans. Charlie les raccompagnait toujours chez elles. Sasha était une honnête citoyenne qui respectait la loi, mais après avoir vu ces voitures de police, l'inquiétude se lisait sur son visage.

Elle regarda la route devant elle, ne sachant pas ce qu'elle devait faire. Elle tapota et pressa la cuisse de Peck.

— Peck ?

— Hein ?

— Réveille-toi, chéri, dit-elle.

Peck sursauta, puis il se redressa en se frottant les yeux.

— Ouais ? demanda Peck.

— Il faut que je te demande quelque chose, dit Sasha.

— Je suis réveillé, dit Peck. D'mande-moi.

Sur le siège arrière, Gabe se redressa en se frottant les yeux.

— Peck, là-bas, pendant la tempête de grêle...

— Ouais, bah quoi ?

— Quand nous étions sous le pont, as-tu fait quelque chose qui pourrait nous causer des ennuis ? demanda Sasha.

Peck garda le silence.

— Il faut qu'on sache, Peck.

Peck garda le silence, regardant droit devant lui.

— As-tu fait quelque chose qui pourrait amener la police à nous rechercher ? demanda Sasha.

— Tu ferais mieux de lui dire, mon grand, dit Gabe.

Peck garda le silence, comme s'il réfléchissait à ce qu'il allait dire.

— Elle sait ce que tu as fait pour moi, vieux frère. Nous apprécions ce que tu as fait, mais réponds-lui, mon grand.

— D'abord, il m'a dit d'aller me faire foutre, dit Peck.

— Raconte-nous, dit Gabe en penchant la tête sur le dossier du siège.

— Alors je lui ai dit que s'il avait tant besoin des médicaments d'un vieil homme, p'têt qu'il avait pas besoin de ses clés de moto. Alors j'ai pris les clés sur sa moto pour pas qu'il puisse la démarrer et s'enfuir, dit Peck.

Sasha et Gabe attendaient la suite.

— C'est là qu'il a sorti un couteau.

— Oh mon Dieu, dit Sasha.

— Les deux chauffeurs du pick-up qui tirait le bateau étaient en train de pisser derrière un poteau. Ils sont arrivés et ont d'mandé ce qui se passait, alors je leur ai raconté et ils ont proposé de m'aider. J'ai vite attrapé la main du voleur mais il se débattait, alors je l'ai foutu par terre, j'ai approché le couteau dans sa main du pneu de la moto et j'ai enfoncé la lame dedans. J'ai fait un trou trop gros pour être réparé.

— Et après ? demanda Gabe.

— Après, j'ai pris mon coude et j'lui ai mis une mornifle :

boum boum ! Mais je l'ai pas tué.

— Dis-nous tout, vieux frère, dit Gabe.

— Je lui ai juste filé une mornifle avec le coude.

— Tu l'as frappé avec ton coude ? Au cou ou au visage ? demanda Gabe.

— Je sais faire la différence entre un coup mortel et une mornifle, Gabe. Après, un des autres gars a trouvé tes médicaments dans le blouson du mec au couteau et il me les a donnés. Ils m'ont remercié et ils m'ont dit qu'il avait sans doute forcé leur camion et le camping-car aussi. Après, ils m'ont dit que j'pouvais y aller et qu'ils s'occuperaient du motard.

— C'est vrai ? demanda Sasha.

— Oui, M'dame, dit Peck.

— Tout est vrai ? demanda Gabe.

— Eh bien, nan, nan, dit Peck. Pas tout.

— Dis-moi, mon frère, dit Gabe.

— J'voulais le tuer, Gabe...

— Oh mon Dieu, dit Sasha.

— Tout comme il a fait pour toi en te prenant tes cachets. Il aurait pu te tuer, mon pote. J'voulais le tuer, mais je jure que je l'ai pas fait.

Gabe se rassit. La peur et les pleurs montaient dans les yeux de Sasha.

— Mais je l'ai pas fait, Gabe. J'te jure.

— Je te crois, Peck, dit Gabe.

— Tuer, ça me connaît. Une mornifle, c'est juste une correction, pas une mise à mort. C'est pas une patate. D'ailleurs, je l'ai vu tenir son nez qui pissait le sang. Son oreille aussi saignait quand j'ai donné ses clés de moto aux autr'mecs.

— Je te crois sur parole, dit Gabe.

— Moi aussi, mais si ces policiers allaient sous le pont, c'est qu'il s'est passé quelque chose depuis notre départ.

— Peut-être y a-t-il eu un accident, à cause de la grêle, dit Gabe.

— Nous ne pouvons pas courir le risque. Peut-être qu'ils cherchent cette voiture, dit Sasha.

— Une Bentley dans le Mississippi, dit Gabe. Ils nous

repéreront en un clin d'œil.

— Je lui ai juste mis une mornifle, dit Peck.

— On te croit, Peck. Rendors-toi, dit Sasha.

— Il était là quand je suis parti avec les cachets de Gabe, je le jure.

— Je sortirai de l'autoroute à Jackson. Nous irons jusqu'à Vicksburg puis au nord jusqu'à Memphis, dit Sasha. Cela nous mettra à l'abri des regards, mais ça nous rallongera d'une heure ou deux. Nous serons à Memphis dans la matinée.

Sasha arriva à Vicksburg, se dirigea vers le nord et alluma la radio sur une station de blues. Chaque ville qu'elle traversait semblait leur sourire et leur souhaiter la bienvenue, comme dans une lente danse : Yazoo City, Cleveland, Clarksdale, Helena. L'aube commençait tout juste à poindre quand elle entra dans l'hôtel Peabody et s'arrêta à la conciergerie. Elle baissa la vitre tandis qu'un homme approchait.

— Bienvenue au Peabody. Puis-je vous aider ? demanda le groom.

— Peux-tu attendre deux ou trois minutes, chéri ? demanda-t-elle.

— Bien sûr, Madame, prenez votre temps.

— Je vous ferai signe.

Le groom acquiesça et partit. Elle releva la vitre et mis son téléphone portable à l'oreille.

— Bienvenue au Peabody, que puis-je faire pour vous ?

— Oui, bonjour... Le service réservations, s'il vous plaît, dit Sasha.

— Certainement. Un instant, s'il vous plaît.

— Ici la réservation du Peabody, quelle est votre date d'arrivée ?

— Oui, bonjour, il me faudrait deux chambres communicantes. Avec enregistrement tôt le matin. Une seule nuit. Avez-vous des chambres disponibles aujourd'hui ?

— Laissez-moi vérifier si nous avons deux chambres communicantes.

— Merci.

— Certainement, Madame. Nous avons deux chambres

disponibles. Quand arriverez-vous ?

— Nous sommes déjà là, dit Sasha. Nous venons d'arriver.

— Votre nom, s'il vous plaît ?

— Michelle Lissette, dit Sasha.

— Pouvez-vous épeler Lissette ?

— Avec deux s et deux t, dit Sasha.

Sasha lui donna son numéro de carte de crédit, le remercia puis, le téléphone toujours rivé à l'oreille, fit signe au concierge.

— Vous êtes inscrite, Mme Lissette. Deux chambres communicantes avec enregistrement immédiat.

— Merci.

— Tout le plaisir est pour moi, et bienvenue au Peabody.

— Pouvez-vous donner les clés de nos chambres au concierge pendant que nous prenons nos affaires dans la voiture ?

— Un groom vous les apportera dans un instant.

— Je vais remplir la paperasse, dit Sasha en raccrochant.

Gabe et Peck étaient stupéfaits. Sasha regarda en direction de Gabe.

— Mieux vaut ne pas parler, ou très peu, dit Sasha. Ne dites rien à personne. Nous sommes exténués. Nous avons roulé toute la nuit depuis une conférence à Chicago.

— Michelle ? demanda Gabe. Michelle Lissette ?

Elle tendit à Gabe un billet de vingt dollars.

— Donne ça au groom une fois dans la chambre.

— Michelle Lissette ? demanda Gabe.

— Je m'appelle Sasha, Gabriel, dit Sasha.

Peck et Gabe descendirent de la voiture et restèrent prostrés, comme s'ils attendaient d'autres instructions.

— La voiture s'en tire bien, dit Gabe. Pas une égratignure !

Tandis que le groom sortait de l'hôtel avec les clés des chambres, Sasha ouvrit le coffre et demanda à Peck de sortir le sac de sport. Elle referma le coffre. Le groom les suivait avec un chariot transportant le sac kaki, alors qu'ils descendaient la rampe intérieure menant à l'un des halls d'hôtel les plus célèbres de Memphis.

Gabe était déjà venu dans cet hôtel. Il le trouvait toujours aussi impressionnant.

— Peck, peut-être ne connais-tu pas Elvis Presley ? dit Gabe.

— J'connais Elvis, dit Peck.

— C'est dans ce hall d'hôtel qu'il a signé son contrat avec RCA. — Qui connaît pas Elvis ?

Peck s'arrêta subitement, les yeux grands ouverts. Ce hall d'hôtel était un monde à part entière, aussi grand qu'un pâté de maisons. Un bouquet composé de centaines de fleurs rouges se déployait au-dessus d'une fontaine qui s'écoulait au milieu de la pièce, tandis qu'un piano à queue Steinway trônait sous un lustre de cristal surplombant les tables et les chaises en cuir disposées sur de fins tapis orientaux. La devanture des boutiques et le bar situé à l'une des extrémités du hall étaient tous deux en acajou foncé assorti. Le plafond, haut de vingt-et-un mètres, était orné de poutres sculptées à la main, de peintures murales et de moulures dorées, et bordé par un balcon de fer forgé situé à l'étage.

— Ils ont construit cet hôtel juste après la guerre de Sécession, expliqua Gabe. C'est un lieu historique, Peck. Mets-t'en plein les mirettes, mon grand.

— Au revoir, les garçons, dit Sasha. J'appellerai votre chambre plus tard.

D'un geste de la main, elle attira leur attention vers la gauche en direction d'une grande rangée d'ascenseurs pour leur indiquer où aller. Puis, tandis qu'un groom suivait les deux hommes, elle tourna à droite et se dirigea vers la réception pour signer les papiers et procéder à l'enregistrement.

Le lendemain midi, personne n'était encore assez réveillé pour penser à prendre contact.

CHAPITRE 8

SASHA frappa à la porte qui séparait leurs chambres.

— Gabe ? demanda-t-elle. Tu es là ?

— Une minute, dit Gabe.

Le verrou cliqueta et la porte s'ouvrit.

— Entre, entre, dit Gabe. Assieds-toi. On vient de se réveiller. J'allais justement chercher du café.

— Tu comptes aller voir les canards ? demanda Sasha.

Sasha enlaça Gabe, le serra dans ses bras et l'embrassa dans le cou.

— Bon sang, c'est vrai, dit Gabe. J'avais oublié la fameuse marche de midi des canards de Peabody.

Il regarda l'horloge sur le bureau.

— Il est trop tard, mais je vais descendre nous chercher du café.

— Gabe ? demanda Sasha.

— Oui, chérie ? dit Gabe.

— Mon cœur, sachant ce que tu m'as dit, je ne peux pas partir et te laisser maintenant, dit Sasha.

— Sasha chérie, si j'avais su que ça changerait quelque chose, je ne te l'aurais pas dit.

Sasha le regarda dans les yeux, maintenant qu'elle savait pour son séjour à l'hospice.

— Peck et Gabe iront très bien. Ne t'inquiète pas.

— J'ai appelé mon bureau et j'ai pu arranger mes rendez-vous et mes visites. Ça nous laisse un peu de temps pour régler tout ça.

— Où étais-tu quand j'avais la moitié de mon âge ? demanda Gabe.

— Il faudra juste que j'appelle l'acheteur potentiel de

71

l'hôtel, tant que je suis là, répondit Sasha.

Elle l'embrassa dans le cou.

— Tu peux appeler le room-service si tu veux du café, dit Sasha.

— Je veux juste descendre faire un tour, marcher. Je veux m'imprégner de l'atmosphère et me remémorer l'époque où je logeais ici, comme militaire. Je prendrai un broc de café sur un plateau, peut-être quelques viennoiseries. J'ai besoin de marcher.

— Mets-le au compte de la chambre, dit Sasha.

— J'ai assez d'argent pour nous offrir un broc de café. J'ai envie de me promener à nouveau dans ce grand hall. Cela fait des années que je n'ai pas séjourné chez cette charmante vieille dame, dit Gabe.

— Qui l'eût cru, danseur et romantique ! dit Sasha.

— Attends-moi ici, dit Gabe. Mets-toi à l'aise, il y a un journal sur la table d'appoint. Je ne serai pas long.

— Où est Peck ? demanda Sasha.

Elle se dirigea vers le fauteuil et s'assit.

— Dans la baignoire, dit Gabe.

— Ça a l'air plutôt calme là-dedans, dit Sasha.

— Il m'a dit, commença Gabe, et c'est une citation directe, qu'il ne voulait pas d'une douche qui nécessite une combinaison secrète pour être chaude ou froide. Ah ! Il fait trempette dans sa baignoire en regardant sa carte comme Magellan.

— C'est Peck, quoi, dit Sasha.

— Je reviens tout de suite, dit Gabe.

— Je t'attends. Profite bien de ta promenade. Et demande à quelle heure les canards se remettent à marcher !

Sasha tira le tiroir du bureau situé à côté d'elle. Elle en sortit le guide du Routard et celui de l'office du tourisme de Memphis. Elle regarda son téléphone pour voir si elle avait des messages. Elle enleva ses chaussures et commença à feuilleter les magazines. Au bout d'un quart d'heure, la porte de la salle de bains s'ouvrit et Peck en sortit, nu comme un ver. Les deux mains autour d'une serviette posée sur sa tête, il se frottait les cheveux comme s'il était au spa. C'était au tour de Sasha de rester bouche bée, savourant le gigotement de son engin : un moment inoubliable. Les bras et les jambes du garçon étaient d'un rouge brûlé par le soleil, ses fesses et ses hanches blanches comme le coton.

— Lily Cup, petite veinarde, se dit Sasha à voix basse.

Peck retira la serviette du haut de sa tête et commença à se frotter les oreilles quand il découvrit Sasha assise là, le regard fixe.

Il recula d'un bond comme s'il avait marché sur un serpent à sonnettes puis abaissa la serviette pour couvrir son entrejambe.

— Tu es commando aussi ? dit Sasha.

— Depuis quand t'es là ? demanda Peck.

— Assez longtemps, dit Sasha en souriant.

— Il faut prévenir quand y a une dame dans la pièce.

— Mais qui t'a dit que j'étais une dame, Peck ? demanda Sasha.

— Tu vois c'que je veux dire, dit Peck.

— Tu te souviens de ce que je t'ai dit quand je t'ai montré mes copines ?

— Tu ferais mieux de répéter, dit Peck.

— On récolte ce que l'on sème, dit Sasha.

— Tu as bien vu mes copines et ma minette, c'est normal que je vois... Dis-moi, Peck, as-tu donné un nom à ton copain ?

— T'es drôle, dit Peck. Non, il a pas de nom.

— Et pourquoi pas Willy ? demanda Sasha.

Un léger coup de pied répétitif se fit entendre contre la porte. C'était Gabe, qui voulait qu'on lui ouvre.

Peck se tint derrière la porte, la serviette posée sur son entrejambe et Sasha ne ratant pas l'occasion de mémoriser ses fesses nues et bien tendues. Gabe entra avec un plateau sur lequel étaient posés un broc de café, trois tasses, un pichet de lait en argent, des sucres et un assortiment de pâtisseries pour le petit déjeuner.

Peck retourna dans la salle de bains.

— Gabe, prends mon froc qu'est sur le lit, dit Peck.

Gabe sourit à Sasha, imaginant le plaisir qu'elle avait dû ressentir à contempler les parties d'un jeune homme. Il posa le plateau sur le bureau et lança son jean à Peck.

— Et c'est pas un Willy, beugla Peck.

— Tu as raison, mon chou, dit Sasha.

— Hein ? demanda Peck.

— Willy est un nom de petit garçon.

— Comment aimes-tu ton café ? demanda Gabe.

— Tu l'as vu, toi, Gabe ?

— Chérie, je sais que le garçon et moi sommes proches, mais bon dieu, non, je ne l'ai pas vu...

— Hmm. Un grand garçon comme ça, il doit s'appeler Willard, ou peut-être William.

La porte de la salle de bains se referma derrière Peck avec fracas.

— Avec deux sucres et un peu de crème.

— Tu vas lui causer une dépression, dit Gabe en versant le café.

— Lui, une dépression ? demanda Sasha.

— Le gosse n'est toujours pas propre, remarqua Gabe.

— Et moi alors ? Il est sorti de là en se séchant les cheveux avec une serviette, pénis au vent, l'air ravi. Ma tension a grimpé en flèche rien qu'en restant ici.

— Tu as dit avec de la crème ? demanda Gabe.

— Juste un doigt.

Gabe lui tendit une soucoupe et une tasse de café, prit la sienne et s'assit sur le bord du lit.

— Gabe, il faut qu'on parle.

— Alors, parlons.

— Si tu veux toujours aller à Newport...

— C'est le cas.

— Réfléchis un peu, dit Sasha.

— Ça fait des mois que j'y réfléchis, dit Gabe.

— Tu voulais aller là-bas quand tu pensais que rien d'autre ne comptait pour toi, n'est-ce pas ?

— C'est une des raisons, je l'admets.

— Maintenant, ce n'est plus le cas.

— De quoi ?

— Tu as des amis maintenant. Tu as Peck... Tu m'as moi. Nous te soutiendrons, mon cœur, à travers tout ça. Quoi qu'il arrive.

Gabe sourit.

— Où étais-tu pendant toutes ces années ?

— Tu vas avoir besoin d'argent.

— Je commence à m'en rendre compte. Dans cette ambiance crépusculaire, le besoin d'argent ne m'a jamais traversé l'esprit.

— Redis-moi, Gabe. Pourquoi ton argent est-il gelé, exactement ?

— Ils ont gardé tous les objets de valeur que j'avais à Carencro, dit Gabe. Ils paient toutes les dépenses avec mon assurance ou ma carte de crédit. Je n'ai aucun contrôle sur la carte ou sur ce qu'ils débitent.

— À quelle banque es-tu ?

— Bank of America.

— Pour pouvoir faire quelque chose, la banque a besoin de deux pièces d'identité.

— Je n'en ai qu'une.

— Qu'est-ce que tu as ?

— Ils ont gardé ma carte de sécurité sociale pour que je n'aie qu'une seule pièce d'identité. Je n'ai plus que mon permis de conduire.

— Je pense que tu es parano, Gabe. Ils se soucient vraiment de toi.

— Si je suis parano, pourquoi ne me laissent-ils pas partir avec mes médicaments ?

— Tes médicaments sont des narcotiques, Gabe. Ils veulent juste te protéger pour éviter que tu te blesses.

— Ou qu'on me vole, ajouta Gabe. Ce qui est arrivé.

— Ouais, ou qu'on te vole, ajouta Sasha.

— Difficile d'avoir les idées claires dans un endroit pareil.

Sasha consulta son téléphone pour trouver l'adresse d'un bureau de la sécurité sociale à proximité.

— Il y a une antenne de la sécurité sociale sur Monroe Avenue, dit Sasha.

— Et donc ?

— Nous leur rendrons visite, demanderons une carte

temporaire, puis nous irons dans une banque demander une nouvelle carte bancaire.

— Les gens de Carencro ne peuvent-ils pas tracer une carte bleue ? demanda Gabe.

— Comment ça ?

— J'ai lu quelque part que les distributeurs automatiques enregistrent toutes les transactions en vidéo maintenant.

— Bien vu, dit Sasha.

— Ces caméras voient tout, dit Gabe.

— Alors voilà ce qu'on va faire, dit Sasha. Aujourd'hui, nous irons récupérer ta carte de sécurité sociale temporaire. Puis nous irons à la banque demander une carte bleue. Ils peuvent en fabriquer une pendant que nous attendons. Ensuite, nous irons au supermarché acheter des cartes de crédit prépayées en une seule transaction et nous mettrons quatre ou cinq cents dollars sur chacune d'elles. Ils ne pourront tracer que la transaction du supermarché sur ta carte ici à Memphis, mais pas avant quelques jours car c'est bientôt le week-end.

— Et si j'achète les cartes au supermarché, il n'y aura pas de caméra comme au distributeur.

— Je vous mettrai tous les deux dans un avion pour Rhode Island, et votre trace s'arrêtera ici à Memphis.

— Quelle perspicacité, dit Gabe.

— Ce soir, on va faire la fête à Beale Street. C'est moi qui régale, dit Sasha.

— Trouvons un peu de blues, dit Gabe.

— Les chambres sont à nous toute la nuit, dit Sasha.

— Femme, si j'étais plus jeune, mes sabots seraient en train de donner des coups de patte comme un jeune taureau à l'heure qu'il est, dit Gabe.

— Les vieux taureaux sont les meilleurs, Gabe, tu ne savais pas ?   — Vraiment ? Eh bien, tu as failli m'avoir, dit Gabe.

— Lentement et doucement, c'est mieux, dit Sasha.

— Tu es un sacré brin de femme.

— Je parie que tu dis ça à toutes les femmes, espèce de gros bœuf, dit Sasha en sirotant son café.

Peck sortit de la salle de bain en jeans et sans chemise.

— Eh bien, bonjour Peck. William et toi voulez du café ? demanda Sasha.

Peck l'ignora et s'assit à côté de Gabe sur le lit.

— Regarde-toi. Tu es rouge comme du Tabasco, dit Sasha.

— On a marché de Kenner jusqu'au Quartier, dit Peck.

— Je n'arrive pas à croire que vous ayez marché de Kenner au Charlie's Blue Note.

— Le soleil de l'après-midi, c'est le plus chaud.

— Quand on sortira, j'irai acheter de l'aloe vera et je te frotterai le dos et les bras, dit Sasha.

Elle se mit à parcourir le menu du room-service, lisant à haute voix les formules déjeuner. Peck choisit ses plats préférés en clignant des yeux.

— Tu vas où ? demanda Peck.

— Gabe et moi avons quelques courses à faire, dit Sasha. Ça risque de nous prendre quelques heures.

— Ça roule.

— Ça te dérange de rester ici et de regarder la télévision jusqu'à ce qu'on revienne ?

— Non M'dame, dit Peck.

— Je vais commander à manger.

— J'ai faim. Tout ce qu'on a becté depuis qu'on s'est enfuis, c'était des haricots hier soir.

— Je vais demander ça en bas, dit Sasha. Attends qu'ils frappent et laisse-les entrer.

— Oui M'dame, dit Peck.

— Je vais laisser un billet de vingt sur la table de chevet, dit Sasha. Donne-le à la personne qui t'apportera à manger.

— Oui M'dame, dit Peck. Vingt dollars, carrément ?

— Peck, il y a deux sortes de personnes : celles qui refusent de travailler sans salaire et celles qui travaillent sur la base de la confiance, dit Sasha. Les serveurs travaillent dans l'espoir qu'on les récompense par un pourboire si le service nous satisfait. Donne-lui vingt dollars.

Peck semblait avoir compris.

Plusieurs heures plus tard, la porte de la chambre de Gabe s'ouvrit. Sasha et Gabe entrèrent, une enveloppe de banque à la main. Peck se leva d'un bond pour les accueillir.

— Peck chéri, dit Sasha, va dans ma chambre et allume la télévision. Gabe a besoin de faire une sieste avant d'aller à Beale Street.

Alors que Peck s'apprêtait à franchir le seuil de la porte, Gabe l'arrêta.

— Avant de partir, Peck. Attends une minute, vieux frère, dit Gabe.

Il prit cinq cartes de débit prépayées dans le sac du supermarché, déchira l'emballage de chacune d'elles et les lui mit entre les mains.

— Tiens, tu t'occupes de l'argent, dit Gabe.

— Hein ? demanda Peck.

— Je suis un vieil homme, mon frère. Quelqu'un me roulerait et nous dévaliserait, comme avec mes médicaments.

— *Mais pourquoi moi* ? demanda Peck.

— Tu es mon meilleur ami, Peck, dit Gabe. Assure-toi que personne ne mette la main dessus.

Peck tâta sa poche arrière, puis sa poche avant.

— Gabe, dit Peck. Je peux avoir ton portefeuille ?

Gabe tendit son portefeuille à Peck.

— Tu parles de ce vieux truc pourave ?

Peck plaça soigneusement cinq cartes de crédit prépayées dans le portefeuille de Gabe, le plia et le mit en lieu sûr dans sa poche avant droite. Il regarda Gabe comme le ferait un fils, lui faisant comprendre du regard qu'il pouvait compter sur lui. Il entra dans la chambre de Sasha et ferma la porte à double tour. Gabe s'assit et s'étendit sur son lit. Sasha délaça puis retira ses chaussures. Elle s'allongea auprès du vieil homme, plaçant son bras sur sa poitrine, ses ongles dansant sur sa chemise, griffant légèrement le haut de son torse.

— C'est vraiment gentil de ta part, dit Sasha.

— Quoi donc ? demanda Gabe.

— Tu penses que ton ami est capable d'assumer toutes ces

responsabilités ?

Gabe tourna la tête et la regarda dans les yeux.

— Je suis désolée, je ne voulais pas... commença-t-elle.

— Chérie, si je pouvais trouver les mots – si je pouvais ne serait-ce qu'écrire ce que c'est que d'être un homme noir – il n'y a pas de mode d'emploi quand on naît noir en Amérique, tu sais. Si je pouvais, alors je serais capable d'exprimer ce que c'est que d'être un vieil homme noir pour que les gens comme toi puissent comprendre.

— Tu peux le dire, Gabe. Les Blancs comme moi.

— Si j'ai appris une chose après toutes ces années, c'est à connaître l'être humain. Un Noir, s'il est malin, apprend très tôt à qui faire confiance et de qui s'éloigner. Hier matin, le jeune homme ici présent s'est approché de moi de son propre chef et, sans se soucier de ma couleur de peau, m'a dit : "Mon vieux, tu veux sortir d'ici, exac' ? Ça s'voit dans tes yeux."

— Peck a dit ça ? murmura Sasha.

— Tu sais quoi, ma belle ? Si Peck quittait l'hôtel maintenant et disparaissait pour de bon, il m'aurait déjà témoigné plus d'honneur et de respect que cette vieille âme noire n'en a vu de la part d'un seul homme au cours de sa vie – et c'est une longue vie.

Sasha sourit, se pencha et déposa un doux baiser sur les lèvres de Gabe, caressant doucement l'une de ses joues avec la main.

— Je suis désolée, dit Sasha.

— Pas de problème, dit Gabe.

Il y eut un moment de silence.

— Gabe ?

— Quoi, chérie ?

— Tu veux en parler ?

— Peux-tu m'en dire plus sur Michelle Lissette ? demanda Gabe.   — Michelle Lissette a un petit ami, James. Elle l'aime, et il dit qu'il l'aime aussi, dit Sasha.

— Michelle Lissette devrait être avec son homme, chérie.

— Mais il ne danse pas.

— Pas un seul pas ? demanda Gabe.

79

— Seulement si je lui demande, et jamais comme toi, Gabe. Sasha aime danser ; elle et Lily Cup se déguisent et sortent s'amuser quelques fois par mois, pour danser. Je deviens Sasha.

— Une soirée entre filles, dit Gabe. Alors, qui est Lily Cup dans la vraie vie ?

— Lily Cup est Lily Cup, la seule et l'unique.

— Alors, tu es la seule qui sortes incognito au Charlie's Blue Note ?

— Yep.

— Et tu te mets sur ton trente-et-un pour plaire aux danseurs ?

— Une fille peut en dire long au sujet d'un homme sur une piste de danse.

— Michelle Lissette aime-t-elle son homme ? demanda Gabe.

— Michelle Lissette aime James, mais il n'excite pas Sasha comme, eh bien, tu sais.

— Je ne sais pas, dit Gabe.

— Restons-en au fait qu'elle se sent bien avec lui. Oui, Michelle l'aime... Et c'est un bon coup.

— Mais ? demanda Gabe.

— Mais je ne suis pas sûre que Michelle ferait tout pour le conduire à Memphis au beau milieu de la nuit.

— Ce chirurgien m'a l'air très respectable, dit Gabe.

— Il l'est.

— C'est un facteur important quand il s'agit de choisir un homme pour la vie.

— Je sais.

— J'espère que Michelle Lissette ne risque pas son avenir avec ce jeune homme en traînant ici à Memphis avec deux vagabonds. Tu n'aurais pas beaucoup d'avenir avec moi, tu sais.

— Je ne suis pas ici parce que je suis amoureuse de toi, dit Sasha.

— Notre relation va bien au-delà de ça, dit Gabe.

— Je suis ici parce que je suis tombé amoureuse de la personne que tu es et de tout ce que tu m'as appris en l'espace de quelques heures.

— Je ne suis qu'un vieillard qui refuse d'attendre la mort, dit Gabe.

— Tu es bien plus que ça, mon vieux, dit Sasha.

Gabe prit un air curieux.

— Tu es l'homme le plus sensible et le meilleur danseur qui m'ait jamais étreinte sur une piste de danse, dit Sasha.

— C'est gentil, chérie, mais pas tout à fait... commença Gabe.

— Tu es comme un professeur de vie, toi, vieux têtu. Je croyais connaître la musique mais hier soir, tu m'as appris la différence entre le jazz et le blues.

— Je t'ai dit que Memphis était le berceau du blues, n'est-ce pas ? demanda Gabe.

— Et je refuse de rentrer chez moi tant que nous n'aurons pas dansé le blues.

— Maintenant, je me souviens.

— *Certains hommes peuvent être si épais* !

— Ça veut dire quoi, au juste ?

— Certains hommes sont si lourds ! dit Sasha.

— Cela te fera une histoire à raconter à tes petits-enfants, dit Gabe. Ton expédition nocturne à Memphis avec deux parfaits inconnus.

— Pour l'instant, c'est mon histoire. Ça fera un beau chapitre dans mon livre, dit Sasha.

Gabe tourna la tête et regarda au plafond.

— Cancer de l'estomac, chuchota-t-il.

Sasha avait entendu. Elle maintint son regard sur ses ongles qui bougeaient sur la poitrine de Gabe.

— Il y a trois mois, ils ne m'ont donné que deux mois à vivre. Ils ont dit que si le cancer ne me tuait pas, la péritonite s'en chargerait. Et c'est à peu près tout ce que j'ai à dire à ce sujet.

Sasha avait entendu la référence à l'hospice sur la route de Memphis, mais elle était stupéfaite de sa soudaine franchise. Elle laissa passer un ange ou deux puis tenta une pointe d'humour.

— Faire l'amour est-il mauvais pour ce que tu as ? demanda Sasha.

— Faire l'amour serait un putain de miracle ! plaisanta

Gabe.

— Tu sens bon, doux prince, dit Sasha.

— Ma chérie, tes câlins, tes baisers, ton sourire et tes griffures surpassent tous les rapports sexuels que j'ai eus, laisse-moi te le dire.

— Tu es vraiment adorable.

Ils restèrent allongés sans rien dire, à la recherche de distractions telles que la déco des murs ou les moulures au plafond, dans un silence interminable.

— Bien sûr, dit Gabe, rompant le silence, tu as de jolies doudounes, c'est un fait.

Sasha explosa de rire, puis elle se mit à genoux et chevaucha Gabe en remontant son sweat-shirt au-dessus de sa tête. Elle s'approcha du visage de Gabe puis saisit un sein dans chaque main.

— Doudounes ? beugla-t-elle.

— Oh mon Dieu, dit Gabe.

— Doudounes ?

— Hé hé, soupira Gabe.

— Eh bien, Monsieur Gabriel Jordan, proclama-t-elle en se caressant les seins. Je ne crois pas que vous ayez été dûment présentés. J'aimerais que tu rencontres solennellement mes amies. Laisse-moi les renommer en ton honneur, chéri.

— Tu ne me les as jamais présentées, dit Gabe. C'est dingue, non ?

— Gabe, cette fille s'appelle maintenant Gabriella, comme toi. Gabriella est l'audacieuse.

— C'est la Démocrate, dit Gabe.

— C'est une petite coquine, dit Sasha. Dis bonjour à Gabriella.

Sasha se pencha, laissant son mamelon toucher le visage de Gabe. Il sourit et l'embrassa doucement, respectueusement. Sasha se redressa et présenta son autre sein.

— À partir de maintenant et pour toujours, dit Sasha, celle-ci s'appelle Jordan. Elle est un peu timide. Il faut lui parler doucement.

Sasha se pencha pour le baiser de Jordan. Elle s'arrêta,

baissa la tête pour réfléchir puis se redressa. Son sourire se changea en larmes, puis en sanglots silencieux.

— Je ne veux pas que tu meures, Gabe.

Elle se couvrit les yeux avec ses mains.

— Ce n'est pas le moment de pleurer, dit Gabe.

— J'ai envie de pleurer, gémit Sasha. *J'ai gros cœur*.

— Je suis un homme heureux. Tout ce que je veux, c'est vivre jusqu'à ma mort. C'est tout ce qu'un homme peut demander. Vivons chaque minute passée ensemble et ne perdons pas une seconde à pleurer. Il y a longtemps que je n'ai pas été aussi heureux dans cette vie que je le suis en ce moment. Je remercie tes amies, Gabriella et Jordan, mais surtout je te remercie, ma chérie. Ton chirurgien de Bâton Rouge est un homme chanceux, laisse-moi te le dire.

— Il l'est, n'est-ce pas ?

— Maintenant, essuie tes larmes.

— Y a-t-il quelque chose au monde que je puisse faire pour toi, Gabe ? N'importe quoi. Dis-moi.

— Maintenant que tu le dis, il y a bien quelque chose, dit Gabe.

— N'importe quoi, Gabe.

— Tu peux me laisser me reposer pendant que tu descends te trouver quelque chose à mettre sur Beale Street ce soir. On danse le blues et tout ce que tu as, c'est une robe de satin rouge hors de prix roulée en boule dans le coffre de la voiture.

— C'est vrai, j'ai failli oublier.

— Et nous savourerons le meilleur blues et les meilleures côtelettes du pays, je te le promets.

Sasha se leva du lit, se dirigea vers la porte quand elle éclata de rire, en se tordant en deux à n'en plus respirer.

— Ça va, chérie ? demanda Gabe.

— Je viens de comprendre, balbutia-t-elle.

Elle se retourna, pointant du doigt son sein gauche.

— "Gabriella, c'est la Démocrate !"

Chapitre 9

SASHA REDÉCOUVRIT LES MAGASINS du centre-ville de Memphis avant de regagner sa chambre.

Elle jongla avec les sacs de courses et parvint à atteindre son sac à main, y cherchant à tâtons la clé magnétique de sa chambre, l'essayant d'abord sur la porte de la chambre de Gabe, puis sur la sienne. Une fois à l'intérieur, elle posa ses paquets sur le sol. Peck, en jean et torse nu, était allongé sur le dos. Un oreiller posé sur le visage, il dormait profondément devant la télévision allumée sur la chaîne de l'hôtel. Elle poussa la porte de la chambre communicante et jeta un œil à l'intérieur. Les rideaux étaient tirés et, dans la pénombre, elle vit Gabe en train de dormir. Il respirait bruyamment dans son sommeil. Sasha s'approcha de son lit, releva l'édredon posé sous ses jambes et le couvrit. La main de Gabe s'agrippa à la couette et la blottit contre son menton avec un sourire de satisfaction indolent. Sasha observa le vieil homme un moment, puis retourna dans sa chambre. Elle ferma la porte pour éviter que la lumière n'entre dans la chambre de Gabe. Elle prit un sac de courses et s'assit sur le lit à côté de Peck. Elle souleva un pot d'aloe vera, lut l'étiquette, dévissa le couvercle et y plongea ses doigts.

— Ça risque d'être un peu froid, chuchota Sasha à Peck, qui dormait encore à moitié. Elle badigeonna son ventre blanc, qui ne présentait aucune brûlure, avec la paume de la main. Il se redressa subitement.

— C'est quoi, ça ?

— C'est de l'aloès, pour ta brûlure, chéri. Détends-toi.

Peck jeta un coup d'œil puis se rallongea, plaçant un oreiller derrière sa nuque, tandis que ses yeux suivaient la main de Sasha. Il la sentait glisser le long de sa taille, passer sur son ventre jusqu'à l'autre côté puis revenir en sens inverse. Peck ne précisa pas que ce n'était pas son ventre qui était brûlé. Sasha observait le mouvement de la peau de Peck ondulant sous sa main, et celui de ses muscles lorsque sa main palpait la chair. Elle reprit de l'aloe vera et, partant du nombril, poussa le gel tel un chasse-neige sensuel vers le milieu de sa poitrine jusqu'au cou. Sa main poussait le gel vers le haut, puis, mettant sa main en coupe, le faisait redescendre par le milieu de la poitrine jusqu'au nombril, qui se soulevait doucement sous l'effet du plaisir et du froid, puis, lentement, du bout des doigts, elle entrait légèrement dans son jean. Elle prit le pot, remplit sa main de gel et, avec les paumes, posa le pot sur le sol.

— T'en as presque plus, dit Peck doucement.

Sasha le regarda dans les yeux sans se laisser distraire, étirant et tendant les deux mains, ciblant sa poitrine et ses mamelons, aplatissant les mains sur chacun d'eux, tout en restant suffisamment calme pour garder la tête froide.

— J'en ai encore, dit Sasha, souriant d'un air faussement pudique alors que ses yeux roulaient au contact des muscles et des mamelons dardés de Peck sur ses paumes et ses doigts tendus. Le mouvement de ses mains se situait à la frontière entre l'application d'aloe vera sur un coup de soleil et le massage érotique. Peck était partant dans les deux cas. Ses yeux étudiaient le mouvement des mains de Sasha. C'était comme s'il pouvait ressentir les sensations qu'elle éprouvait.

— Je vais chercher une serviette, dit Sasha.

— D'accord.

— Ouvre ta braguette.

— Hein ? demanda Peck, s'asseyant et s'appuyant sur ses coudes alors que Sasha se levait.

— Il faut une serviette pour quand tu te retourneras, imbécile, dit Sasha en plaisantant. Tu ne voudrais pas en mettre partout sur les draps, n'est-ce pas ?

— Mais... commença Peck.

— Ouvre ta braguette et retourne-toi, dit Sasha.

Entendre "retourne-toi" le rendit moins réfractaire à

l'idée de trahir son nouveau meilleur ami Gabe, alors Peck s'exécuta.

Sasha et lui se connaissaient depuis moins de vingt-quatre heures, et il n'avait pas eu le temps d'apprendre que Sasha et Lily Cup devenaient toutes deux pêcheuses d'hommes, lorsqu'elles allaient écouter du jazz au Charlie's Blue Note dans la ruelle à côté de Frenchmen Street. Elles avaient la technique et la patience nécessaires pour savoir où et quand lancer leurs cordeaux.

Peck s'assit et laissa Sasha étendre une serviette de bain sur le lit. Il déboutonna son jean, baissa sa braguette de quelques centimètres et se retourna pour se mettre sur le torse.

Sasha sourit, un pot de gel neuf à la main. Elle grimpa sur Peck et se mit à califourchon sur ses genoux.

— Lève tes fesses, dit-elle.

— Hein ? demanda Peck.

— Lève ton cul une seconde, dit Sasha.

Il s'exécuta. Sasha saisit sa taille et tira sur son jean, finissant d'abaisser sa fermeture éclair.

— Oh, dit Peck.

Sasha lui tira l'arrière du jean jusqu'à la raie puis enfourcha cette paire de fesses qu'elle avait admirée plus tôt dans l'après-midi, quand il était sorti de la baignoire. Avec le même soin que pour son torse, Sasha badigeonna le dos et le haut des fesses de Peck, vidant un pot de gel complet.

— Tu te sens mieux ? demanda Sasha.

— Oui, grommela Peck, la tête plongée dans un oreiller.

Sasha se retira, s'essuyant les mains avec une serviette.

— Tu veux voir ce que j'ai acheté pour ce soir ? demanda-t-elle.

— J'veux bien, dit Peck. Il passa la main sous son ventre pour fermer sa braguette. Il mit un oreiller devant son entrejambe puis roula sur le côté pour voir ce que Sasha avait encore en réserve.

— J'ai trois tenues, dit Sasha. Je n'arrive pas à décider laquelle porter.

— J'vois ça, dit Peck.

— Une dame dans un magasin m'a dit que le BB King's avait le meilleur blues et la meilleure piste de danse. Tu aimes les côtelettes, Peck ?

— *Ah oui*, dit Peck.

Debout près des sacs de courses, Sasha passa son sweat-shirt par-dessus sa tête pour l'enlever. Elle descendit ses collants une jambe à la fois, se tenant complètement nue, regardant Peck comme si elle lisait en lui dans un moment de réflexion, pensant à la tenue qu'elle essaierait en premier. C'était comme s'il n'y avait personne dans la pièce avec elle. En tant que jeune homme ayant passé la majeure partie de sa vie dans un atelier d'affûtage de lames, Peck était fasciné par cette expérience. En tant que pêcheur, il était curieux.

— Où t'as été élevée ? demanda Peck.

— Pardon ?

— Où t'as grandi, chérie ?

— Pourquoi demandes-tu ça ?

— Où alors ?

— Où je suis née ou où j'ai grandi ?

— Grandi.

— Près de Pecan Island.

— Ah *oui*.

— Mais je suis allée à l'école à la Nouvelle-Orléans avec Lily Cup, à partir de l'âge de six ans.

— Ah ok.

— Pourquoi me demandes-tu ça ? demanda Sasha.

— Je savais que t'avais grandi dans un endroit comme ça.

— Un endroit comme quoi ?

— Une île, près de l'eau, chérie, dit Peck.

— Tu savais ? Comment ça ?

— Tu t'mets tout le temps toute nue.

Sasha sourit, posa les mains sur ses hanches et bomba la poitrine.

— Tu te plains ?

— Non, non, oh non, M'dame.

— La vendeuse m'a suggéré d'arriver de bonne heure si on veut avoir une table sur la piste de danse, dit Sasha. Elle enfila une robe noire qu'elle fit descendre sur son corps nu.

— Je laisse toujours les étiquettes sur les vêtements jusqu'à ce que je sois sûre qu'ils me plaisent, au cas où je voudrais les rendre, dit Sasha.

C'était une robe salopette à manches longues, qui ne nécessitait pas de soutien-gorge et qui enfermait délicieusement son décolleté et le haut de sa poitrine dans un cadre de tissu. La robe lui arrivait à mi-cuisse. Elle se retourna une fois, puis deux, se penchant vers l'arrière en regardant par-dessus son épaule.

— Qu'en penses-tu, Peck ? Elle te plaît ?

— J'aime beaucoup.

— J'aurais préféré une robe sans manches. Il fait si chaud dehors, dit Sasha.

— Ça me plaît, dit Peck.

— Bien, dit Sasha. Mais c'est trop ras la touffe, alors j'ai pris des culottes, au cas où. Regarde ça, Peck.

Sasha prit trois petites culottes, les mélangea et en jeta deux sur le bord du lit. Elle enfila une culotte noire, la tira sur ses hanches puis ajusta sa jupe. Elle haussa les sourcils en direction de Peck, cherchant son approbation.

— Tu es jolie. Super jolie.

— Bien. Tu danses aussi ce soir, alors tu dois te faire beau, dit Sasha.

Peck n'avait rien d'autre à se mettre que ce qu'il portait. Il était assis sur le lit, comme pour rassembler ses pensées concernant ce qui venait de se passer devant lui. Aujourd'hui, un autre monde était né sous ses yeux.

— J'ai pris une photo de toi tout à l'heure et l'ai montrée à un vendeur dans un magasin. Il a estimé que tu faisais du 32.

— Hein ?

— Voici un nouveau jean, une ceinture sexy que j'ai choisie pour toi et un t-shirt que tu pourras porter ce soir. Si le jean ne te va pas, on peut le rapporter.

— T'as prise une photo de moi ? demanda Peck. Quand ça ?

Sasha enleva sa robe et l'accrocha dans le placard. Elle baissa sa culotte et la posa sur le bureau. Elle se dirigea vers le lit, en choisit une nouvelle, rouge, l'enfila puis se dirigea vers la porte qui séparait les deux chambres. Peck était distrait.

— Je l'ai prise tout à l'heure, dit Sasha en ramassant son sweat-shirt. Je vais aller parler à Gabe. On te fera signe avant de partir pour Beale Street, que tu aies le temps de te préparer.

Sasha avait jugé préférable pour la sécurité de son smartphone de ne pas montrer à Peck la photo de lui en train de s'essuyer la tête tout en faisant prendre l'air à ses bijoux de famille, ni de lui dire qu'elle l'avait envoyée à Lily Cup qui avait répondu par un emoji à la langue pendante et un "Où es-tu ?".

Pendant que Gabe dormait, Sasha fouilla dans son sac de sport et en sortit un pantalon et une chemise. Elle déplia la planche à repasser de l'hôtel, repassa les vêtements avec le fer à repasser de l'hôtel et les accrocha dans le placard. Elle tira les rideaux et prit des photos du soleil couchant avec son téléphone.

— C'est l'heure de te lever, gros paresseux, dit-elle.

Elle s'assit sur le lit de Gabe, se pencha et passa doucement ses ongles dans son dos et sur ses épaules. Gabe roula sur le côté, réveillé.

— Y a-t-il quelque chose que tu ne peux pas manger, mon chéri ? demanda-t-elle.

— Presque tout convient tant que je prends mes médicaments.

— Ça te dit, des côtelettes ? demanda Sasha.

— J'adore les côtelettes d'ici, chérie, mais je devrais sans doute calmer le jeu. Je vais prendre des crevettes et du riz, dit Gabe.

Un groom les accueillit tous les trois dans le hall, devant les ascenseurs, et les escorta à l'extérieur jusqu'à la calèche que Sasha avait réservée. La nuit était chaude et calme, le coucher de soleil d'un rouge flamboyant et, au rythme des derniers klaxons de l'après-midi, la calèche se dirigea vers la rue historique de Beale Street.

Quand ils entrèrent tous les trois bras dessus bras dessous au BB King's, le groupe était en train de jouer Beale Street Blues. Sans attendre, Sasha indiqua à une hôtesse une table près de la piste de danse. Le trombone jouait un riff, soutenu par le tuba, avec un banjo et une batterie en guise de section rythmique. Sasha fit signe à Peck de suivre l'hôtesse et de réserver une table, puis elle prit la main de Gabe et le conduisit jusqu'à la piste de danse, le faisant tourner autour d'elle comme s'il était son trophée de la soirée. Bien reposé, il fut à la hauteur de la tâche, lui tendant la main, lui enserrant la taille et l'attirant près de lui. Leurs pieds immobiles, mais leurs corps se balançant, ils commencèrent à danser puis firent une pause, recommencèrent puis firent une pause, se balançant comme des joueurs de football ou de basketball, alternant mouvements de tête et feintes d'avant en arrière. Ils s'accrochaient l'un à l'autre et se balançaient au son du blues, avec un soupçon de Dixie ; ils faisaient une pause et se balançaient une fois, deux fois, trois fois, puis encore une fois, et se balançaient de nouveau d'avant en arrière par secousses syncopées au son du piano, de la trompette et de la clarinette.

C'était comme si un rideau s'était ouvert et qu'ils s'étaient retrouvés à jouer les premiers rôles dans une pièce de théâtre, se balançant d'avant en arrière dans un jeu de va-et-vient sensuel. Cette nuit-là, il fut question de trombone, de clarinette, de banjo, de tuba et de batterie, et non d'orages de grêle, de bandits de grand chemin et de mauvais moments. Gabe se sentait bien et voulait vivre l'instant présent, et il dansait bien ce soir-là. Le groupe termina un bœuf, les applaudissements remplirent la salle puis la musique reprit. Les cuisses de Gabe guidait les hanches de Sasha comme s'ils étaient tous deux des figurines au sommet d'une boîte à musique. La robe de Sasha remontait suffisamment pour échauffer les curieux de la soirée, mais restait bien ajustée sur ses belles cuisses, laissant les yeux se concentrer sur ses mouvements, et leurs âmes sur les rythmes du groupe.

Il fallut cinq morceaux avant que le groupe ne s'arrête pour faire une pause. Gabe et Sasha terminèrent par un pas de danse acrobatique. Sasha passa ses bras par-dessus les épaules de Gabe et l'embrassa dans le cou, d'abord à gauche, puis à droite. C'était comme si elle marquait son territoire aux yeux de la foule rassemblée pour les regarder danser. Ils rejoignirent Peck à la table.

— Ouf ! dit Sasha.

— Je te le dis, chérie, dit Gabe, il n'y a rien de tel que le blues... C'est triste et c'est joyeux. Les deux à la fois, c'est ça le truc. C'est comme bosser dans un champ de coton toute la journée dès l'aube et se dire : "Oh, je suis si triste maintenant, oh, ma journée est triste mais il y aura de la musique plus tard. Seigneur, fais-moi juste traverser ces champs de coton, fais-moi juste traverser cette journée – il y aura de la musique ce soir".

— J'ai faim, dit Sasha. Peck, tu as regardé le menu ?

— Des côtelettes et une bière, dit Peck en montrant une photo.

— Des crevettes avec du riz, et peut-être un Chivas pour moi, chérie, dit Gabe.

— J'ai grignoté un peu tout à l'heure, pendant que je faisais mes emplettes, dit Sasha. Je vais prendre un martini et picorer dans vos assiettes, si ça ne vous dérange pas.

Gabe prit un mouchoir plié et tamponna son front, ses joues et son cou.

— Ça ne te dérange pas de rentrer en voiture à la Nouvelle-Orléans après nous avoir déposés à l'aéroport demain ? demanda Gabe.

— Tu es sûr de vouloir parler de ça maintenant ? demanda Sasha.

— Nous attendons nos plats, parlons-en, dit Gabe.

— Ça peut attendre, non ? demanda Sasha, en essayant de lui faire comprendre qu'ils feraient mieux d'en parler seul à seul.

— Pendant le repas, bébé, avant qu'on ne se remette à danser, dit Gabe.

Sasha montra Peck du doigt.

— Et tu danses ce soir, dit-elle.

Sasha se pencha en arrière et regarda la tenue de Peck.

— Il est pas beau, notre Peck, dans son nouveau jean et son nouveau t-shirt, Gabe ?

— C'est un homme nouveau, dit Gabe. Vieux frère.

— Tu me dois une danse, dit Sasha à Peck.

Après avoir mangé un morceau et profité du moment et du son de Memphis, Gabe et Sasha retournèrent sur la piste et s'enlacèrent le temps de cinq autres chansons, bougeant comme un seul homme. Elle terminait chaque danse par un baiser dans le cou de Gabe.

— Tu sens bon, murmura-t-elle.

— Le savon de l'hôtel, répondit-il.

De retour à la table, sirotant son martini et picorant dans les plats, Sasha dit à Peck qu'il ferait mieux d'être prêt, car le prochain slow était pour lui.

— Gabe, il faut que je te dise quelque chose, pour que tu ne t'énerves pas si je ne te l'avais pas dit, dit Sasha.

— Me dire quoi ? demanda Gabe.

— Je ne l'ai appris qu'aujourd'hui.

— Qu'est-ce qui ne va pas, bébé ?

— Tu ne peux pas prendre l'avion pour Rhode Island demain, dit Sasha.

— Comment ça ? Pourquoi ?

— En tout cas, pas avec Peck.

Gabe se pencha vers elle pour écouter.

— Je ne voulais pas en parler ici, dit Sasha, mais je ne veux pas que tu sois en colère parce que je ne t'ai rien dit.

— Dis-moi, bébé. Que se passe-t-il ? demanda Gabe.

— Peck n'a pas de pièce d'identité, dit Sasha.

— Où veux-tu en venir, chérie ?

— Sans pièce d'identité, impossible d'acheter un billet d'avion de nos jours. Pendant mon rendez-vous avec l'homme qui cherche un hôtel à la Nouvelle-Orléans, j'ai demandé vos billets à son agent de voyage. C'est elle qui m'a dit.

— Peck, c'est vrai ? demanda Gabe.

— Hein ?

— Tu n'as pas de carte d'identité, mon grand ?

— Nan, dit Peck.

— Pas de permis de conduire ?

— Nan, dit Peck.

— Tu ne conduis pas ?

— On peut pas avoir de permis en Louizian' si on sait pas lire et écrire. On peut pas avoir de carte d'identité si on n'a pas d'acte de naissance.

— Tu t'es déplacé à pied pendant toutes ces années, mon

grand ?

— À pied ou en bus, dit Peck.

— Et si vous reveniez tous les deux à la Nouvelle-Orléans ? demanda Sasha. On retournerait s'amuser et danser chez Charlie. Je m'occuperai de vous deux, je trouverai du travail à Peck.

— Chérie, dit Gabe, je sais que tu veux bien faire et que tu as un cœur gros comme ça, mais le vieux Gabe doit quitter cet endroit pour le festival de jazz de Newport, où, si Dieu le veut, il sirotera un peu de Chivas avant de mourir.

Il se retourna sur sa chaise, face au mur. La dure réalité du moment s'imposa à chacun d'eux. Ce n'était pas une aventure qu'ils vivaient, ni un tour de manège, mais le dernier voyage d'un homme qui avait partagé sa dernière volonté avec son nouvel ami, un ami qui s'était proposé et qui voulait plus que tout l'aider à le réaliser. Sasha se leva, se pencha et embrassa Gabe, qui faisait la moue, sur le sommet du crâne.

— Ça va s'arranger, chéri, murmura-t-elle. Ne t'inquiète pas. Je vais trouver un moyen de vous emmener tous les deux à Newport.

Elle tendit la main à Peck. Il leva les yeux quand elle claqua des doigts et le désigna.

— Allez, beau gosse, dit-elle. Dansons.

Elle fit signe à la serveuse d'apporter un verre de porto à Gabe.

Le groupe jouait une douce, lente et douloureuse version de « I Believe to my Soul ».

Avant qu'ils ne s'enlacent, Sasha regarda Peck avec des yeux différents. Elle était encore secouée par la réaction de Gabe, qui les avait ramenés à la réalité du moment. Elle tira Peck vers elle d'un coup sec, lui pressant le dos avec sa main pour que ses seins réchauffent son cœur.

— Suis mes mouvements, dit-elle.

Après plusieurs minutes de danse collés-serrés, Peck prit le coup de main et Sasha trouva le courage de faire sens de la vérité du moment.

— Il est mourant, Peck.

— Je sais, chérie.

— Qu'est-ce qu'on peut faire ? demanda Sasha.

Elle pencha la tête en arrière pour regarder les yeux de Peck, qui en disaient long.

— Je veux aller avec le vieux, dit Peck. J'ai promis.

Sasha sourit, se pencha vers Peck et embrassa son cou en signe de remerciement.

— J'ai promis au vieux, murmura Peck. *J'ai promis au vieil homme.*

Sasha serra Peck dans ses bras.

— Tu m'as caché ça, Peck ?

— Hein ?

— Tu parles français ?

— Très peu, dit Peck. *Très peu.* Ma nounou adoptive m'en a appris un peu. L'homme aux alligators m'a surtout appris à jurer.

Ils firent le tour de la salle.

— Tu es un homme bon, dit Sasha. Gabe a de la chance de t'avoir.

Ils tournaient dans un mouvement de balancier, se déplaçant lentement au son de la guitare électrique, en pleurant à chaudes larmes.

— Tu n'as pas de permis de conduire, donc tu ne peux pas conduire, sinon je vous aurais loué une voiture, a dit Sasha.

— Gabe peut conduire, chérie.

— C'est trop loin pour que Gabe conduise seul.

Peck se pencha en arrière, juste assez pour voir les seins de Sasha pressés contre son torse, puis il l'attira à nouveau contre lui.

— Vous pourriez prendre le train ou le bus, dit Sasha.

Peck releva la tête.

— Tu peux venir, chérie ? On va tous dans ta voiture ?

— J'ai du travail, dit Sasha. Je dois faire visiter des appartements toute la semaine.

Leurs hanches s'enchâssèrent en un tour, la cuisse de Peck se glissant entre les jambes de Sasha.

— Peck, chéri ? demanda Sasha.

— Hein ?

— Est-ce William ?

Peck ne répondit pas et continua à danser.

— Je crois bien que c'est lui, dit Sasha. Mince alors.

— Je fais pas exprès, chérie.

— Je ne m'en plains pas.

— Nan, nan.

— Il doit être fier, n'est-ce pas ?

— Le dis pas à Gabe.

— Ça reste entre nous, dit Sasha.

— Ça roule, merci.

— Dis-moi juste que tu emmèneras Gabe à Newport comme promis.

— Je le ferai, chérie.

— Que tu prendras soin de lui et que tu le protégeras.

— Je tiens ma parole.

Sasha s'arrêta et fléchit ses cuisses contre le membre de Peck.

— Je fais pas exprès, chérie, je l'jure.

— William pense par lui-même.

— Tu le diras pas ? demanda Peck.

— Il n'y a rien à dire.

Elle embrassa l'oreille de Peck.

— Ton coup de soleil va mieux après mon massage à l'aloès ?

— Super bien, ça pour sûr ! dit Peck. Je pèle même pas.

— Je devrais te masser encore une fois, on ne sait jamais, murmura-t-elle. Plus tard.

Peck la regarda, ne sachant pas s'il s'agissait d'une proposition coquine ou d'une véritable opportunité médicale.

La musique s'arrêta. Sasha cessa de bouger puis serra Peck dans ses bras.

— Merci pour la danse, dit-elle.

Elle baissa la main et pinça les fesses de Peck.

— Marche derrière moi, chéri, personne ne remarquera ton Popol.

Ils s'assirent avec Gabe, portèrent un toast à la soirée,

finirent leur repas puis discutèrent des trompettistes de jazz, des guitaristes de blues et de ceux qui avaient le plus influencé Elvis.

— Elvis a appris en écoutant les musiciens noirs pauvres de Beale Street à l'époque de la ségrégation et les chanteurs de gospel dans les églises de Memphis, expliqua Gabe. Roy Orbison a inspiré son registre vocal.

— Gabe, tu es le type le plus calé en musique que je connaisse, et j'ai grandi à la Nouvelle-Orléans, dit Sasha.

— Étudie les gens et tu connaîtras leur musique, dit Gabe.

— Vous êtes un enfant de Chicago à la carrière bien remplie, Capitaine Jordan. Quand avez-vous eu le temps d'étudier les gens ?

— Ma formation militaire s'est déroulée principalement dans le Sud, chérie. J'ai voyagé à l'arrière de nombreux bus ici. C'est assis au fond des bus qu'on apprend le mieux à connaître les gens.

Gabe appréciait l'équilibre entre le porto, les crevettes et le riz, et il avait encore assez d'énergie pour danser jusqu'à minuit. Assis à la table, il leur montrait comment les leaders des big bands, Count Basie et Glenn Miller, utilisaient les accords de guitare comme base rythmique.

Peck obtint la dernière danse tandis que Gabe sortit pour respirer l'air frais de Memphis, observer le spectacle de Beale Street et attendre leur retour en calèche à l'hôtel Peabody peu après minuit.

Ils admirent tous les trois que les spiritueux avaient pris le dessus, qu'ils pionceraient ce soir et aviseraient autour du café et du petit déjeuner le lendemain matin. Sasha apporta un verre d'eau au chevet de Gabe et lui tendit avec son cachet. Gabe était allongé et la regardait en souriant.

— Pourquoi ai-je cette impression ?

— Quelle impression ? demanda Sasha.

— L'impression que tu n'es pas tout à fait prête à dormir ? dit Gabe.

— Tu peux dire ça rien qu'en me regardant ?

— Tu as ce regard dans les yeux.

— Combien de martinis ai-je bu, Gabe ?

— Je n'ai pas compté, chérie, mais sans doute trop pour t'allonger sans prendre tes marques, proposa Gabe.

— Je ne suis pas fatiguée, dit-elle.

— Peut-être que Peck se portera volontaire pour rester éveillé et partager son point de vue sur les mérites de la vodka et du vermouth.

— Tu crois ?

— Eh bien, tu as appris à ce garçon à danser, dit Gabe. C'est la moindre des choses qu'il puisse faire pour toi.

Gabe sourit et posa la tête sur son oreiller.

Sasha le borda et lui dit qu'elle pensait peut-être passer un peu de temps à soigner les coups de soleil de Peck.

Gabe s'esclaffa.

— Je veux sentir tes bras autour de moi une dernière fois.

— Je reviens tout de suite.

— Chérie, ça me ferait plaisir. Faites votre petite affaire tous les deux, mais s'il te plaît laisse ce vieillard se réveiller à tes côtés demain matin.

Sasha s'agenouilla sur le sol, regardant droit dans les yeux fatigués de Gabe. Elle ne voulait pas gâcher sa soirée en pleurant. Elle tira la couverture sous son menton, se pencha et lui embrassa la main.

— Dors bien, beau vieillard, dit-elle. *Bien dormir, toi beau vieil homme.*

Elle se leva.

— Je reviens, mon chéri, dit-elle. Je te le promets.

Gabe lui prit la main et la serra.

— Ne donne pas de crise cardiaque à notre garçon. Lui et moi avons encore de la route devant nous.

CHAPITRE 10

LES RIDEAUX ÉTAIENT TIRÉS dans la chambre de Gabe, bloquant le lever du soleil sur le Mississippi et étouffant le tumulte du matin dans cette capitale du blues qui se couche tard. Les courbes de Sasha s'étaient nichées sous la couverture, immobiles. Gabe, lunettes de lecture sur le nez, était assis dans un fauteuil, ayant rapproché une lampe de bureau. Il tournait tranquillement les pages du journal de Memphis. Il avait déjà fait une première excursion dans le hall histoire de faire un tour et de récupérer un broc de café à la cannelle, un pichet de crème et trois tasses avec leurs soucoupes. La première tasse du capitaine lui avait laissé le temps de parcourir les pages consacrées à la musique et aux arts, à la recherche des grands noms qu'il avait connus dans ses jeunes années. Il aimait beaucoup trouver des photos de ces personnalités et se remémorer les moments qu'elles évoquaient. Il en était à sa deuxième tasse lorsqu'il se retourna et plia le journal pour lire les nouvelles locales.

— Oh, oh ! se dit-il à voix basse.

Il leva ses lunettes de lecture sur son front, pliant la page à nouveau pour la ramener à une taille convenable. Il tint le journal près de son visage, laissant ses lunettes tomber de son front sur ses yeux.

— Je n'y crois pas, dit-il à voix basse.

Il poursuivit sa lecture.

— Mais quel enfoiré... dit Gabe.

Sasha se réveilla. Elle leva la tête, éloigna le drap et la couette de son visage, plissant les yeux sous la lumière de la lampe.

— Quoi ? demanda Sasha.

— Bonjour chérie, dit Gabe.

— Que se passe-t-il ? chuchota-t-elle.

— Tu veux du café à la cannelle ?

— Tu as dit "Quel enfoiré", Gabe. De qui parlais-tu ?

Gabe remplit une tasse de café, y ajouta un peu de crème et l'approcha d'elle. Elle se redressa, plaça quelques coussins derrière son dos, et saisit la tasse que Gabe lui tendait. Gabe se rassit et prit le journal plié.

— Quelle heure est-il ? demanda-t-elle.

— Écoute, dit-il.

— Écouter quoi ?

— Il y a toute une rubrique. Écoute ça :

"Deux hommes ont été attaqués et dépouillés de leur pick-up à Hazelton, dans le Mississippi, jeudi en fin de soirée. Brock Singleton et Winton Makaylah s'étaient garés sous le viaduc de Hazelton pendant la tempête de grêle qui a déversé des grêlons larges de trois centimètres sur une zone de quarante-cinq kilomètres ce soir-là. Les deux hommes étaient descendus de leur véhicule, le laissant sans surveillance, afin de demander à un conducteur de camion-remorque des informations sur l'état de la route lorsqu'ils virent le suspect fouiller dans la cabine de leur pick-up. Une bagarre s'ensuivit. Le suspect aurait sorti un couteau et poignardé Singleton à deux reprises, une fois dans la poitrine et une fois au visage. Tandis que les victimes s'occupaient de ses blessures et tâchaient d'arrêter l'hémorragie, le voleur prit la fuite avec leur pick-up, laissant sa propre moto derrière lui. La plaque d'immatriculation de la moto avait été enlevée, rendant sa traçabilité plus difficile. La police de l'État du Mississippi demande aux témoins de se manifester. Singleton a depuis été transféré dans la clinique ophtalmologique d'urgence de l'hôpital de Knoxville, ville où vivent ses parents. Les autorités du Tennessee coopèrent avec la police de l'État du Mississippi, leur permettant d'interroger Singleton de manière informelle dans l'espoir de découvrir des indices. La famille de la victime offre une récompense pour toute information conduisant à la condamnation de ce bandit de grand chemin, un fugitif présumé armé et dangereux.

— Ce sont les voitures de la police fédérale qui nous ont dépassés, dit Sasha.

— Et pour cause, dit Gabe. Cet enfoiré m'a frappé sur la tête puis a mis deux coups de couteau à ce type.

— Gabe, tu crois que ce sont les deux mêmes qui ont défendu Peck ?

— Il y a quelque chose de bizarre dans ce rapport, dit Gabe.

— Quoi donc ?

— Ils omettent une bonne partie de l'histoire.

— Qu'est-ce qu'ils omettent ? Ça me semble correct.

— Ils doivent avoir une bonne raison, dit Gabe.

— Je ne te suis plus, Gabe. Quelque chose m'échappe ?

— Par exemple, le coup de couteau dans le pneu de sa moto ? L'article n'en parle pas, dit Gabe. Comme la bagarre avec le voyou après que Peck l'ait frappé avec ses coudes. Ils n'en parlent pas non plus.

— Tu as raison, dit Sasha. Peck n'a-t-il pas dit qu'ils lui avaient dit qu'ils s'occuperaient du gars puis qu'ils l'avaient laissé partir ?

— Tout ça serait sorti pendant l'interrogatoire, dit Gabe.

— Alors, à quoi tu penses ?

— J'ai passé six ans aux affaires internes de l'armée. Je suis formé pour savoir quand des faits sont omis.

— Tu veux dire omis volontairement ?

— Il y a une raison à cela.

— Comme quoi ? Tu peux m'expliquer ?

— Ils cherchent quelque chose.

— J'espère que ce n'est pas ma Bentley.

— Je ne pense pas, dit Gabe.

— Attends. Ils cherchent Peck ?

— Sûrement une affaire de drogue ou de gang de motards qui n'est pas terminée.

— Quel détail dans l'article t'a fait penser à ça ?

— Si deux hommes avaient dit à Peck qu'ils s'occupaient du voyou, n'auraient pas appelé les urgences d'abord ? dit Gabe. Et si cet homme n'était pas déjà en cavale...

— Tu veux dire le motard ?

— Exactement, s'il n'était pas en cavale, il serait resté

pour réparer son pneu et n'aurait pas à voler un pick-up pour se faire la malle. Peu importe à quel point il a ramassé, il aurait léché ses blessures, mais serait resté pour réparer son pneu crevé.

— Donc, tu penses qu'il était en cavale depuis le début ?

— Je pense que oui, et je pense que la justice le sait et qu'elle est à la recherche d'indices, dit Gabe.

— Quelle heure est-il ?

— Huit heures deux.

— Il faut que je me lève, dit Sasha.

— Finis ton café, dit Gabe.

— Notre avion part à treize heures. Je vais prendre une douche, commande le petit-déjeuner.

— Attends un peu.

— Quoi ?

— Une petite minute, ma belle. Tu ne me racontes pas ?

— Te raconter quoi ?

— À quelle heure m'as-tu rejoint la nuit dernière ?

— Peu après que tu te sois endormi.

— Ça alors ! dit Gabe. Aussi loin que je me souvienne, tu étais en chaleur.

— Ce n'est pas vrai.

— Tu hurlais à la lune, chérie.

— Tu ne m'as même pas laissée prendre plus de deux, enfin, trois martinis, a dit Sasha.

— Tu n'as rien mangé. La vodka adore s'installer dans un estomac vide.

— Oh mon Dieu, quelle idiote, dit Sasha en se levant.

— Quel avion ? Je croyais que tu avais dit que Peck ne pouvait pas prendre l'avion.

— Il ne peut pas, dit Sasha.

— Alors, de quel avion tu parles ?

— Toi et moi allons à Providence à treize heures.

— Ça te dérangerait de me mettre au courant ?

— Je vais te trouver un hôtel où dormir. Mon vol retour atterrit à neuf heures. Demain, je mettrai Peck dans un autocar et lui donnerai des instructions sur comment et où te trouver. Puis je reprendrai le travail. Il sera là-bas dans deux jours maximum. Tout est prévu.

— Qu'est-ce que Providence vient faire là-dedans ?

— C'est notre destination, Providence.

— Mais je vais à Newport, dit Gabe.

— Newport est plein, niveau chambres d'hôtel, dit Sasha.

— Je n'avais pas pensé à ça, dit Gabe.

— Je vais te trouver une belle chambre à Providence. Tu devras prendre le taxi jusqu'à Newport. Il se peut même que l'hôtel ait une navette pour le festival. Ça commence demain. Tu n'étais pas d'humeur à parler de tout ça hier soir.

— Nous avons fait quelques jolis pas de rhythm and blues, n'est-ce pas ? demande Gabe.

— Les meilleurs que j'ai jamais faits. Tu es un danseur exceptionnel.

— Alors, comment notre garçon a-t-il réagi quand tu l'as rejoint hier soir ?

— Peck ?

— Il a cru qu'il était mort et qu'il était au paradis ?

— Il a aimé que je me mette en petite culotte pour enfiler mon sweat-shirt, il a aimé que je lui frotte le dos avec de l'aloès, mais je ne crois pas que me voir rendre mes tripes au-dessus de la cuvette de toilettes pendant une heure soit l'idée qu'il se faisait d'une conquête. Je me suis passé de l'eau sur le visage, me suis brossé les dents, me suis gargarisée puis suis venue me blottir à tes côtés, déclara Sasha.

— Si près du but, et pourtant si loin, se dit Gabe. Pauvre gosse.

— Je ne l'aurais pas fait.

— Ton chirurgien t'attend à la maison.

— Du moins, je pense que je ne l'aurais pas fait, dit Sasha. Je ne sais pas, il ne faut jamais dire jamais.

— C'est drôle : plus on vieillit, plus on réfléchit aux conséquences, dit Gabe.

— J'imagine qu'on a parcouru trop de kilomètres ensemble ces trente-six dernières heures. Trente-six heures, tu te rends compte ? demanda Sasha.

— C'était un merveilleux voyage, ça c'est sûr, déclara Gabe. J'ai l'impression de vous connaître depuis des années.

— Appelle le room-service, dit Sasha. Je vais retourner dans ma chambre me doucher. Je vais renvoyer Peck ici, là où est sa place, histoire de sauver les apparences. Je serai brève. Ferme la porte entre nos deux chambres.

Gabe décrocha le combiné et le tendit à Sasha.

— Tu veux quelque chose en particulier ?

— Un très grand jus de tomate avec du Tabasco, mais ne l'ajoutez pas dans le verre – apportez la bouteille, je m'en occuperai – deux steaks tartare avec des oignons hachés, et du bacon grillé bien croustillant, dit Sasha. Et un muffin toasté, sec.

Gabe était au téléphone avec le service d'étage quand Peck entra dans la chambre, fermant la porte de la chambre de Sasha derrière lui.

— Trois œufs brouillés, saucisse, biscuits, et porridge ? demanda Gabe.

Peck sourit en signe d'approbation.

Gabe regarda Peck plier ses nouveaux jeans et ses nouveaux t-shirts puis les poser sur le bureau. Il passa commande, donna le numéro de la chambre puis posa le téléphone. Remarquant le journal contenant l'article qu'il venait de lire à Sasha, il le ramassa.

— Peck, j'aimerais te montrer quelque chose.

— Ouais, dit Peck.

— Non, dit Gabe. Tout bien réfléchi, je ferais mieux d'attendre Sasha. Nous en parlerons pendant le petit-déjeuner.

— Ça va bien, Gabe ?

— Tout va bien, vieux frère. Ça peut attendre, dit Gabe.

Peck se versa une tasse de café et s'assit sur le lit.

— Tu t'es drôlement bien débrouillé sur la piste de danse, jeune homme, je peux te l'assurer.

— Pour de vrai ? demanda Peck.

— Tu étais parmi les meilleurs danseurs, vraiment. Tu apprends vite, mon grand. N'est-ce pas le paradis d'enlacer cette femme au son du blues ?

Peck ne répondit pas. Il hocha la tête, semblant fouiller

dans sa mémoire.

— Comment va ton coup de soleil, mon grand ? demanda Gabe en souriant.

Peck regarda Gabe dans les yeux puis détourna le regard.

— J'pèle même pas. Ça marche bien, ce truc, dit-il.

Gabe était un gentleman, un ancien militaire respecté et un ami loyal. Il ne voulait pas pousser la taquinerie trop loin. Un coup frappé à la porte indiqua que le petit déjeuner était arrivé. Gabe ouvrit et tint la porte pour que le groom puisse entrer et installer la table pliante.

— Dois-je mettre le couvert pour trois ? demanda le groom.

— Tout à fait, dit Gabe. Nous avons une invitée.

— Vous avez fait du chemin pour venir ici ? demanda le groom. D'où nous arrivez-vous ?

— De la Nouvelle-Orléans, répondit Gabe. Nous sommes arrivés tôt hier matin.

— Deux villes de musique géniale, dit le groom. Où allez-vous ensuite ?

— Nous allons à Newport pour le festival de jazz. C'est dans le Rhode Island, dit Gabe.

Le groom finit de dresser la table puis tendit à Gabe un chéquier et un stylo. Gabe signa et ajouta un pourboire de vingt dollars.

— Merci, Monsieur, dit le groom. Bon voyage. J'espère que vous avez apprécié votre séjour au Peabody. Appelez-nous si vous avez besoin de quoi que ce soit.

Il fit un signe de tête, d'abord à Peck, puis à Gabe, et partit.

— Gabe, je croyais qu'on était censés rien dire, dit Peck. On n'est pas de Chicago ou un truc du genre ?

Gabe posa sa main sur sa bouche et réfléchit tout en regardant Peck.

— Et puis merde, grogna-t-il. Je suis un vieillard, c'est normal que je ne me souvienne pas de tout. Ça va aller.

— Je n'essaie pas de... commença Peck.

— Peck, si on te mettait sur une scène sous un projecteur

et que cent personnes se tenaient à un mètre de toi pour deviner d'où tu viens, crois-moi, vieux frère, ils ne répondraient pas Chicago.

Sasha frappa à la porte et Gabe ouvrit. Elle était sapée comme une reine, vêtue d'un tailleur gris austère, d'un pantalon froissé, d'un chemisier blanc très amidonné et d'une cravate à rubans croisés. Elle portait de petits talons noirs et ses cheveux étaient attachés en chignon, façon femme d'affaire.

— Eh bien dis donc ! commenta Gabe.

— Bonjour messieurs, dit-elle. Qu'est-ce que vous regardez ?

— Pourquoi... commença Gabe.

— Nous, les filles du Quartier, savons-nous faire belles, pas vrai, chéri ?

— Ma foi, dit Gabe.

— J'ai acheté cet ensemble hier, sachant qu'on devait voyager aujourd'hui. Je voulais être bien habillée, dit Sasha.

— Tu t'es surpassée, chérie, dit Gabe.

— J'ai quelque chose pour toi, dit Sasha.

Elle fouilla dans son sac de courses et lui tendit une paire de lunettes de soleil Aviator.

— Mets-les.

Elle sortit un chapeau de paille des Bermudes et le tendit à Gabe, ainsi qu'une chemise de golf vintage avec le célèbre canard de Peabody brodé sur le devant.

— Maintenant, tu es prêt pour ton festival de jazz, chéri, dit Sasha.

Gabe célébra son nouveau style pimpant devant un miroir.

Il posa le chapeau, les lunettes de soleil et la chemise sur son lit, tira une chaise pour que Sasha s'asseye et fit signe à Peck d'en prendre une autre.

Alors qu'ils mangeaient, la femme d'affaires Michelle Lissette saisit le téléphone portable de son alter ego Sasha, histoire de se mettre à jour et de vérifier ses rendez-vous et ses billets d'avion. Quelques instants plus tard, elle reçut un texto. Elle leva les yeux vers Peck.

— Peck, où es-tu né ?

— J'sais pas, répondit Peck.

— Il faut qu'on trouve ton acte de naissance.

— Hein ?

— Il nous le faut pour t'obtenir une carte d'identité.

— Peck, dans le camion de bétail, juste avant d'arriver à Kenner, tu m'as parlé d'une nounou adoptive, vieux frère. Tu te rappelles où elle vivait et comment elle s'appelait ? demanda Gabe.

— Prudhomme, dit Peck. Alayna Prudhomme, entre Bayou Sorrel et Choctaw.

— Lily Cup va nous aider, dit Sasha. Tu te souviens de Lily Cup, n'est-ce pas, Peck ?

Peck sourit.

— Elle est avocate.

Sasha lui fit un clin d'œil et envoya l'information par texto à Lily Cup.

— Boudreaux Clemont Finch, c'est ça ? demanda Sasha.

— *Oui*, dit Peck.

— Et elle a déjà rencontré William.

Peck baissa la tête, un sourire penaud aux lèvres.

— Je suis prêt à mettre le prix, dit Gabe.

— Je m'en occupe, dit Sasha. *Aider un ami.*

— Youpi ! dit Peck.

Il se pencha et embrassa Sasha sur la joue.

Sasha posa sa tête contre la sienne et prit un selfie, qu'elle envoya par texto à Lily Cup. En attendant la réponse, elle posa son téléphone et saisit une fourchette.

— Peck, tu vas encore passer une journée ennuyeuse à l'hôtel, dit Sasha. J'emmène Gabe à Rhode Island, mais je serai de retour ce soir. Demain, tu prendras le bus.

— Pourquoi j'peux pas y aller aujourd'hui ?

— Parce que tu ne pourras pas le retrouver avant que j'aie trouvé un hôtel pour lui et que je ne revienne te le dire, dit Sasha. Demain, tu grimpes dans le bus et tu seras là-bas avant la nuit, dans deux jours maximum.

Peck regarda Gabe.

— Ça te va, grand-père ?

— Ça me va, vieux frère, dit Gabe.

Il leva le poing. Peck leva le sien et ils se firent un check.

— Peck, donne à Gabe son portefeuille. Il aura besoin de son permis et de ses cartes bancaires. Je veillerai à ce que tu aies de l'argent de poche aujourd'hui et demain pour ton voyage.

— Tu es une sainte, dit Gabe. Que Dieu te bénisse pour cela.

— Il l'a déjà fait, dit Sasha. Il m'a envoyée ici pour vous amener tous les deux à Newport. Peck, il y a quelque chose que tu dois savoir.

— Qu'est-ce que j'dois savoir, chérie ?

— L'homme avec qui tu t'es battu dans le Mississippi a poignardé un autre homme et a volé son pick-up.

— Pour de vrai, chérie ?

— Il est en cavale.

— J'y ai seulement mis une mornifle.

— Une chose est sûre : il se dirigeait vers le nord, dit Sasha.

— Bah, et alors ?

— Alors il pourrait passer par ici. Et ils cherchent peut-être des témoins, dit Gabe.

— Il a tué un homme ? demanda Peck.

— Il l'a poignardé à la poitrine et au visage, dit Gabe. L'homme est à l'hôpital.

— Un témoin comme moi ? demanda Peck.

— Tâchons d'être prudents, dit Sasha.

— Ce n'est pas tant la police le problème que le motard, dit Gabe. S'il te voit, il se souviendra peut-être que tu pourrais témoigner. Il a déjà poignardé un homme.

— Alors je reste ici ? demanda Peck.

— Je serai de retour ce soir, dit Sasha. Peut-être qu'on dansera avant que tu ne prennes le bus demain.

— Maintenant, souvenez-vous, vous deux, grogna Gabe avec un sourire narquois.

— Quoi ? demanda Peck.

— Pas plus de trois martinis, dit Gabe.

— Bah pourquoi ? demanda Peck.

— Ça ne risque pas, a dit Sasha.

— Je reprends le travail demain. Je dépose Peck à la gare routière tôt le matin, puis j'ai six heures de route jusqu'au Vieux Carré.

— Fais attention à toi, chérie, dit Gabe. Tu es une précieuse cargaison.

— Et si le poignardeur voit sa Bentley ? demanda Peck.

— Il roule vers le nord. Sasha va vers le sud, dit Gabe.

Après le petit-déjeuner, Peck mit ses vêtements dans la chambre de Sasha. Sasha essaya en vain d'acheter une valise à Gabe, qui préférait son sac de sport de l'armée sur lequel était marqué "Capitaine Jordan". Sasha quitta la chambre de Gabe et prolongea la sienne pour une nuit supplémentaire. Peck s'installa, prêt à passer une longue journée à regarder la télévision et à manger à l'hôtel.

CHAPITRE 11

— *ATTACHE TA CEINTURE, BEAU GOSSE*, dit Sasha.

— La nuit va être mouvementée, dit Gabe en riant.

— Attache ta ceinture, dit Sasha.

— J'ai emmené mon papillon voir ce film, dit Gabe.

— Quel film ?

— Ève. C'était en 1950. Ou peut-être en 1951. J'étais à Fort Benning. Tu es trop jeune pour connaître ce film là.

— J'aime les vieux classiques, dit Sasha. Je suis bien là avec toi, pas vrai ? Attache ta ceinture.

— J'ai compris, dit Gabe.

— Tu veux que je mette ton chapeau dans le porte-bagages ?

— Oh non, Madame, dit Gabe. J'aime trop mon nouveau look décontracté. Ça faisait longtemps. Et en première classe, voyez-vous ça !

— Gabe, as-tu déjà été marié ?

— En septembre, cela fera trente-six ans que je suis veuf. Ma femme était l'amour de ma vie.

— C'est le papillon que tu as emmené au cinéma ?

— Oui.

— C'est trop mignon, dit Sasha.

— Nous avions un fils, Harold. Mon portrait craché. Nous en étions si fiers.

— Avions ? Il est décédé ?

Gabe lui a serra la main.

— Il est toujours dans mon cœur. Je l'ai perdu en Irak. Il était militaire de carrière, comme moi. Il aurait été capitaine lui aussi.

Gabe tourna la tête, regardant par le hublot. Sasha fit signe à l'hôtesse de l'air d'apporter deux cafés.

— Son peloton déjeunait dans une grande tente, loin de toute action.

Sasha lui prit la main.

— Ils ont dit qu'un mortier avait touché un camion de munitions garé à l'extérieur. Ils sont tous morts.

— Je suis désolée, dit Sasha.

— Ils pensent que c'était un tir ami.

L'hôtesse interrompit la conversation, tendant à chacun une tasse de café.

— Ta femme savait danser ?

—Mon Dieu, comme elle bougeait, dit Gabe.

Il bascula sa tête en arrière et fixa le plafond de l'avion.

— Il n'y avait pas une danse qu'on ne voulait pas essayer, et crois-moi, on les a toutes essayées. Cette femme a appris à ce monsieur je-sais-tout de Chicago plus d'un pas de danse.

— Si elle savait danser, je suis sûre que tu l'aimais.

— Cette femme était tout pour moi, depuis le premier jour où j'ai croisé son regard. Elle mettait cinq centimes dans le distributeur de Coca-Cola.

— Cinq centimes ?

— C'est ce que coûtait un Coca à l'époque. On s'est rencontrés alors que j'étais en congé, de retour de Corée, en transit vers les États-Unis. La première chose qu'on a faite après s'être regardé dans les yeux fut de mettre une pièce dans le juke-box du club des officiers puis de danser.

— Officiers ? Tu étais capitaine, n'est-ce pas ?

— Non, pas encore à l'époque. Mais, bon sang, comme mon papillon dansait.

Il tourna la tête et regarde Sasha.

— Sans dire un mot, nous avons dansé.

— Tu peux dire son nom, Gabe.

— C'était à Fort Dix.

— Tu as dit Fort Benning.

— J'ai dit ça ?

— Peu importe, Gabe. Essaye de te reposer.

— Je perds la tête. Plus le temps passe, plus je perds la tête, se dit Gabe à voix basse.

— Elle sera toujours avec toi si tu prononces son nom, Gabe.

— C'était à Fort Dix. Nous avons dansé et pris un train pour Harlem.

Les yeux de Gabe s'embuèrent de souvenirs.

— Je suis sérieuse, dit Sasha. C'est bien de mentionner le nom d'un être cher, Gabe. Elle sera toujours avec toi, et elle sera avec toi quand... eh bien, tu sais.

— Beverly, dit Gabe.

— Beverly. C'est un joli nom.

— Je l'appelais Papillon.

Il tourna la tête et regarda par la fenêtre.

— Beverly semblait parfaite pour toi, dit Sasha en tendant une serviette à Gabe.

Gabe se retourna vers Sasha.

— Et toi, Michelle Lissette ? As-tu envie de parler de ton passé ?

— Je n'ai jamais été mariée. J'ai été fiancée deux fois, mais quelque chose en moi refuse de laisser un homme régir ma vie. J'aime gagner mon propre argent et être indépendante. J'ai l'impression de tous les faire fuir, d'une manière ou d'une autre.

— Tu vas souvent chez Charlie avec Lily Cup, n'est-ce pas ?

— Souvent, je ne dirais pas ça. Disons de temps en temps, quand on a envie d'être enlacées. On s'habille aussi sexy que possible et on mate les mecs dès qu'ils passent la porte. Parfois, on a de la chance.

— Ton chirurgien cautionne-t-il cette activité annexe – parfois chanceuse ?

— Eh bien, s'amuser n'est pas tromper. Par chance, je veux dire qu'on trouve un bon danseur de jazz. Je suis fidèle.

— La robe rouge que tu portais lors de notre rencontre était à tomber par terre. Elle laissait peu de place à l'imagination, mais elle a certainement réveillé ma libido.

— Porter du Chanel et du Givenchy, c'est la moitié du plaisir. Une danse sensuelle au son du meilleur jazz de Frenchmen

Street, c'est l'autre moitié. Les plaisirs de la danse ne sont pas sans risques, mais la plupart du temps, nous rentrons seules à la maison. Charlie nous raccompagne.

— Alors, vous aviez un œil sur nous quand nous sommes entrés ? demanda Gabe.

— Oh que oui, dit Sasha. Je vous ai jaugés à l'instant où vous êtes arrivés.

— Un vieillard comme moi, pourquoi ça ?

— Dès que tu es entré, je l'ai su en te regardant dans le miroir derrière le bar.

— Comment as-tu su que je savais danser ? demanda Gabe.

— Quand tu t'es assis près des musiciens. Voilà comment. Je t'ai vu pointer du doigt une table et dire à Peck d'aller la garder pendant que tu allais aux toilettes.

— Et Peck, alors ? Quelles furent vos premières impressions sur lui ?

— Lily Cup m'a donné un coup de coude quand Peck est entré avec toi. Elle se demandait si son engin était aussi, eh bien, "massif" que ses coups de soleil ou sa beauté, celle des garçons de son âge.

Une hôtesse récupéra leurs tasses à café puis l'avion atterrit à Charlotte, leur donnant assez de temps pour marcher dans le terminal jusqu'à la porte d'embarquement et attraper leur correspondance à destination de Providence. Cette fois, Gabe laissa Sasha mettre son chapeau dans le porte-bagages et s'adossa à son siège pour somnoler. Sasha lut quelques magazines. À Providence, Sasha trouva l'hôtel Courtyard et calcula leur tarif hebdomadaire pour les longs séjours. Gabe laissa son numéro de carte en guise de caution, déposa son sac dans sa chambre, puis il prit l'ascenseur pour descendre dans le hall, où Sasha rassemblait des brochures d'information sur la ville et le festival.

— Tu as faim ? demanda-t-elle.

— Oui, j'ai faim.

— Allons manger un morceau, dit Sasha. On discutera en mangeant.

Sasha tint le bras de Gabe qui la conduisit de l'hôtel à

quelques rues de là, au bord de la rivière Woonasquatucket. La rivière était étroite. Des paniers de fer reposaient sur des piliers en béton, alignés à une trentaine de mètres les uns des autres, au milieu de la rivière.

— Tu es déjà venue ici ? demanda Gabe.

— Non, jamais.

— Le soir, ils remplissent de bois ces paniers de fer et les allument. Ils appellent ça "WaterFire" : feu aquatique. C'est assez impressionnant, dit Gabe.

— Ce doit être magnifique, dit Sasha. Et romantique.

— Allons à Canal Walk, dit-il en pointant du doigt. C'est juste là. On achètera un hot-dog ou un snack aux vendeurs ambulants.

Ils marchèrent jusqu'au carrefour de Canal Walk.

— On va dans quelle direction ? demanda Sasha.

— Voyons voir, dit Gabe. Si c'est le pont de Point Street, alors ce doit être par là-bas. Oui, c'est par là. Ce n'est pas loin.

Ils marchèrent tous les deux, admirant les curiosités du centre-ville. Ils achetèrent de quoi manger chez deux vendeurs ambulants, emportèrent leur nourriture jusqu'au pont de Point Street puis s'assirent sur un banc.

— Il est toujours là, à ce que je vois, dit Gabe.

— Qui est toujours là ?

— Tu vois de l'autre côté de la rivière, sous le pont ?

— Oui, mais je ne vois personne.

— On peut voir où il se tient et s'appuie sur le mur pour jouer, dit Gabe. Le mur est usé là où il s'appuie.

— Qui ça ? demanda Sasha.

Elle vida une dose de moutarde sur son hot-dog.

— Il joue le plus beau sax alto que j'ai entendu au nord de Memphis, dit Gabe.

— Le pont de Point Street, dit Sasha. On en apprend tous les jours.

— C'est un saxophoniste génial, dit Gabe.

— Comment un homme peut-il laisser une telle empreinte sur le mur ?

— Avec sa veste en cuir, dit Gabe. Il s'appuie le long du

mur dans sa veste en cuir, je n'en sais rien. Les années passent et il est toujours là, c'est tout ce que je peux dire.

— Je te crois.

— Il va bientôt faire nuit.

— Fais attention quand tu marches seul une fois la nuit tombée, dit Sasha.

— Je te le promets, chérie, dit Gabe.

— Laisse tes objets de valeur dans ta chambre et mets le panneau *"Ne pas déranger"*, dit Sasha. Garde toujours ton permis de conduire sur toi. Fais une copie couleur et laisse l'original dans ta chambre.

— On dirait que plus le temps passe, plus un vieil homme devient vulnérable, déclara Gabe.

Sasha termina son encas puis balaya l'écran de son smartphone pendant que Gabe mangeait quelques frites.

— Ok, Gabe, d'après ce site, les concerts d'avant-festival et certains concerts off du festival de jazz commencent demain. Je vais te trouver un pass qui couvre tout l'événement.

Gabe fouilla dans sa poche et sortit une carte de paiement.

— Sers-toi de ça.

Il la tendit à Sasha.

— Il fait beau, j'ai de la chance, dit Gabe. Pourvu que ça dure toute la semaine.

Sasha valida la transaction pour l'achat des billets sur son téléphone.

— On est bons. Peck et toi avez vos pass pour le festival, dit Sasha. On les imprimera à l'hôtel. Newport est à 50 kilomètres.

— Il y aura des bus, j'en suis sûr, dit Gabe.

— Gabe, au lieu de t'embêter à chercher une navette, prends un Uber. On ouvrira un compte avec l'une de tes cartes. Tu appelles un numéro spécial, tu commandes une voiture et tu leur dis où tu vas. Ils viennent te chercher et tout est payé à ton arrivée. Tu n'as pas besoin de signer. Le prix de la course et le pourboire sont déjà inclus, et tu n'as pas besoin d'avoir de cartes ou beaucoup de liquide.

— Tu as pensé à tout, bébé, dit Gabe. Je ne te remercierai jamais assez.

Sasha regarda Gabe droit dans les yeux.

— C'est tout le contraire, dit-elle. J'essaie de *ne pas* penser à tout.

— Vivre chaque jour jusqu'à la mort, dit Gabe. C'est ce qu'on peut espérer de mieux, chérie.

Ils marchèrent vers l'hôtel, écoutant le tumulte de la ville. Sasha retint ses larmes et fouilla dans son sac à main. Elle en sortit un billet de cinquante, le plia et le pressa dans la paume de Gabe.

— Donne ça à ton ami, dit Sasha.

— Mon ami ?

— Ton ami saxo alto sous le pont, dit Sasha. Qu'il me joue *When Sunny Gets Blue*".

Gabe empoigna la main de Sasha et le billet de cinquante, et passa le bras autour de ses épaules. Ils s'arrêtèrent devant son hôtel. Elle l'embrassa sur la joue, d'un côté, puis de l'autre. Elle fit signe à un taxi qui attendait là. Elle prit Gabe dans ses bras, posa sa tête contre sa poitrine, sans qu'aucun des deux ne dise un mot. Elle lui prit la main et l'embrassa deux fois en guise d'adieu.

— Je dois y aller, dit-elle. Je t'appellerai demain dans ta chambre pour te dire quand arrivera le bus de Peck. Si tu ne décroches pas, je laisserai un message ou je continuerai à appeler jusqu'à ce que tu répondes. Tu pourrais peut-être aller le chercher à l'arrêt de bus. N'oublie pas d'appeler Uber.

Sasha tendit à Gabe des cartes de visite avec ses coordonnées.

— Il vaudrait mieux que j'aille le chercher, dit Gabe. La ville risque de submerger le garçon.

— Je vais lui acheter quelques chemises à l'aéroport ici ou à Memphis quand j'atterrirai, dit Sasha. Veille à ce qu'il soit bien habillé quand tu l'emmèneras au festival. Ne le laisse pas porter de t-shirt.

Gabe sourit.

— Tu es une vraie mère poule.

— As-tu assez de médicaments ?

Gabe la regarda dans les yeux. Il embrassa sa main puis la relâcha.

— À bientôt, mon amour, dit Sasha. *Jusqu'au revoir, mon*

amour.

— Je t'attendrai tant que la musique bat son plein, dit Gabe.

Sasha atterrit à Memphis à 8h45. Sur le trajet du Peabody, elle eut le temps de répondre à ses mails, d'acheter le billet de bus de Peck pour Providence et d'envoyer un texto à Lily Cup pour lui dire qu'elle partirait pour la Nouvelle-Orléans de bonne heure, car le bus de Peck partait à 4 h 30 du matin. Elle remercia le chauffeur, sortit du taxi et donna un pourboire au groom qui avait ouvert la porte de l'hôtel en lui souhaitant la bienvenue.

— Qu'as-tu fait de ta journée ? demanda Sasha.

— J'ai marché et j'ai appris plein d'bonnes choses sur Memphis, dit Peck.

— Je pensais que tu resterais à l'intérieur pour ne pas risquer d'être vu par le motard cinglé.

— Nan, nan.

— Tu avais promis.

— D'ailleurs, j'devais me trouver un sac pour mettre mes trucs.

Peck brandit un sac de sport en toile neuf.

— C'est un beau sac pour tes affaires.

Peck prit une grosse bobine de fil de pêche noir.

— J'ai acheté ça aussi, dit Peck.

— Pour quoi faire ?

— Un fil de quatre-vingt-dix kilos, c'est pour ça.

— Pourquoi as-tu acheté ça ?

— Le monsieur me l'a offert avec le sac de sport.

Ayant dormi pendant son vol, Sasha était alerte, mais ses muscles étaient fatigués d'être restée assise. Elle tendit à Peck un sac de courses contenant deux chemises neuves, posa son sac à main sur la table du lit et s'étira les bras, réprimant un bâillement.

— Mets ça dans ton sac, Peck.

— Il va bien, Gabe ? demanda Peck.

— Il va bien. Il est dans un bel hôtel, il sait comment se rendre au festival et il a un billet pour toi.

— Un billet ?

— Un pass pour le festival de jazz et les concerts off. Il en faut un pour entrer.

— Le vieux cap'taine me manque déjà, dit Peck.

— Ton bus est à 4h30 du matin.

— Ah... D'ac'.

— Tu as envie de danser ce soir ?

Peck la regarda dans les yeux, se souvenant de la nuit dernière.

— Des côtelettes, dit-il, esquivant son regard pour observer le sac contenant les chemises.

Sasha enleva sa veste, son chemisier, ses chaussures et son pantalon, et les posa sur le lit. Elle détacha son soutien-gorge couleur chair et le jeta sur le tas de vêtements. Elle se dirigea vers la salle de bains. Peck leva les yeux du sac qu'elle lui tendait. Elle croisa son regard et se retourna.

— Je file me doucher.

— Je t'attends ici, chérie.

— On part dans une demi-heure. Fais-toi beau, dit-elle.

Peck brandit une de ses nouvelles chemises.

— Parfait, mon cœur. Sois gentil, range mon costume et mon chemisier.

Peck ramassa les vêtements tandis que la porte de la salle de bains se referma derrière elle.

Sasha sortit à temps, vêtue du même pull noir qu'elle avait porté la veille. Elle enfila ses chaussures à côté du lit.

— Jette ma culotte sur le bureau, bébé, dit-elle. La rouge.

Peck s'exécuta puis la regarda se pencher pour enfiler la culotte et la remonter jusqu'à la taille.

Le BB King's était bondé de locaux et de touristes. Une envoûtante guitare électrique jouait un blues lancinant. Sasha tendit un billet de vingt au serveur pour qu'il lui indique deux places libres. Deux places étaient disponibles, à condition de partager une table sur la piste de danse. Sasha prit Peck par la main et le conduisit à leur table, tirant une chaise pour lui. Le couple qui partageait la table, de jeunes mariés d'une vingtaine d'années, étaient en train de déguster des côtelettes. Tenant le goulot de sa bouteille de bière dans une main et une côtelette dans l'autre, le marié était vêtu d'un short cargo, d'une chemise de golf et d'un chapeau de paille fait-main acheté à un vendeur ambulant lors de leur arrivée. Elle tenait son mari par le bras, et sa côtelette entre les mains comme un épi de maïs. Elle portait un short en jean et un t-shirt.

Sasha les salua avant de se pencher vers Peck.

— Je ne bois pas ce soir. J'ai beaucoup de route demain.

— Moi non plus, alors, dit Peck.

— Que dirais-tu d'un Virgin Mary ?

— C'est quoi, ça ?

— Un jus de tomate avec du Tabasco et une branche de céleri, dit Sasha. Servi chaud.

— Ça roule, dit Peck.

Sasha commanda les boissons et une assiette de côtelettes à partager. Quand la serveuse s'eût éloignée, Sasha se pencha et embrassa Peck sur l'oreille.

— Dansons.

Elle serra Peck contre elle, les bras sur ses épaules, la tête posée contre son cou. Les bras de Peck étaient posés autour de sa taille, ses mains écartées la tenant serrée contre lui. Peck pouvait sentir les larmes de Sasha sur son cou et son dos tandis que les musiciens passaient lentement d'un solo de guitare blues à l'autre. Sa poitrine se gonflait, son estomac se contractait pendant qu'elle sanglotait en silence, pensant sans doute à Gabriel, l'ami qu'elle était sur le point de perdre pour toujours. Ils dansèrent quatre slows puis retournèrent à la table. Le regard du marié vers Sasha, de l'autre côté de la table, valut à ce dernier un regard meurtrier de son épouse doublé d'un coup dans les côtes. Il saisit sa bouteille de bière, la porta à ses lèvres puis adressa à Sasha un sourire enjôleur.

Peck prit une côtelette, qu'il grignota. Sasha détourna le regard, souleva son verre de la main gauche et en but une gorgée. De la main droite, elle prit une serviette en tissu qu'elle passa sous la table pour la poser sur les genoux de Peck. Elle fit glisser sa paume sur la cuisse de Peck, effleurant sans le vouloir un William en plein réveil. La nuque de Peck se mit à bouger. Sasha sourit et se pencha vers son oreille.

— Merci d'être l'ami de Gabe, dit-elle.

— Le vieux Gabe est mon pote maintenant, chérie, dit Peck. J'suis fier de l'connaître.

Sasha lui gratta brièvement la cuisse avec ses ongles puis retira sa main. Elle prit une côtelette en attendant que la musique reprenne.

— Chéri, si tu ne sais pas lire, comment fais-tu pour te souvenir des choses dont tu dois te souvenir ?

— Je me souviens, c'est tout.

— Donc si je te dis que Gabe est à l'hôtel Courtyard, tu t'en souviendras ?

— Tu peux me l'écrire ? demanda Peck.

— Je croyais que tu ne savais pas lire !

— Je sais pas lire, mais si tu l'écris, je le montrerai aux gens et je trouverai comme ça.

Sasha se pencha, les yeux sur le marié qui continuait de mater sa poitrine. Elle embrassa Peck sur l'oreille, comme si elle appréciait ses raisonnements simples et instinctifs.

— Dansons, dit-elle.

Ils se déplacèrent au son d'une guitare plaintive. Peck serra Sasha contre lui. Elle cessa de sangloter, mais la manière dont elle s'agrippait au cou et à la tête de Peck donnait à ce dernier l'impression de sentir chez elle le désespoir et le vide qui s'emparent parfois des personnes bienveillantes.

— J'ai un téléphone pour toi à l'hôtel.

— Hein ?

— Un téléphone prépayé. J'ai mis trois cents dollars dessus. Tu demanderas à Gabe de te montrer comment ça marche.

— Oui, M'dame. Mais pourquoi faire ? demanda Peck.

— J'aimerais que tu m'appelles si quelque chose arrive.

— Ah, *oui*.

— C'est compris ?

— Oui, M'dame, dit Peck.

— N'oublie pas de m'appeler tout de suite s'il se passe quoi que ce soit, dit Sasha.

Son visage enfoui dans le cou de Peck et les contractions de son estomac contre son corps trahissaient à nouveau ses sanglots silencieux. Il était minuit passé quand Sasha sentit le

William de Peck à l'intérieur de sa cuisse, ce qui l'amusa, alors que la guitare électrique pleurait un solo haut perché, comme une larme tombant au milieu d'un climax gémissant.

Le morceau s'acheva sur leur étreinte immobile. Ne pensant qu'à elle, Sasha, vidée de ses émotions, posa ses mains autour de la taille de Peck, les abaissa vers ses fesses puis l'attira fermement vers ses cuisses fléchies. Ses yeux s'ouvrirent alors qu'elle se réveillait de sa solitude. Elle s'accrocha aveuglément au bras de Peck, qui la ramena à la table. Le marié était aux toilettes tandis que la mariée remuait son daiquiri avec une paille. Sasha demanda l'addition à la serveuse puis se pencha au-dessus de la table.

— Chérie, dit-elle, tous les hommes aiment mater.

— Il ne fait que ça, dit la mariée.

— Quand vous êtes-vous mariés ?

— Hier. On s'est mariés à Little Rock.

— Il a de la chance, dit Sasha.

— C'est tellement embarrassant. Je sais qu'il m'aime.

— Depuis combien de temps le connais-tu ? demanda Sasha.

— Depuis le CM1, dit la mariée.

— Et toi, tu l'aimes ?

— J'aime cet homme plus que tout.

— Alors ne t'inquiète pas pour ça, chérie.

— Je sais qu'il m'aime.

— La prochaine fois que tu le surprends en train de mater, montre-lui un mec dans la pièce et chuchote-lui à l'oreille que tu te demandes si ce mec en a une grosse.

La mariée ricana.

— Montre-lui un beau gosse, puis demande à ton homme comment connaître la taille d'une bite.

Les yeux de la mariée se plissèrent alors qu'elle levait la main pour cacher sa bouche rieuse de ses doigts délicats.

— Il me tuerait.

— Il ne te tuera pas, chérie. Dis-lui qu'il sait maintenant ce que tu ressens quand lui mate les nanas. Ça lui apprendra à se tenir tranquille.

Sasha paya l'addition, fit un clin d'œil à la mariée, qui avait à présent un sourire aux lèvres, emmena Peck à l'extérieur puis fit signe à une calèche de se rendre au Peabody.

Sasha régla l'alarme de son téléphone à la lueur de sa lampe de chevet sur 3 h 30 du matin puis le posa sur la table de nuit. Elle enleva sa salopette, baissa sa culotte, qu'elle posa sur le sol à côté du lit, puis se glissa sous la couette et le drap de dessus pendant que Peck, sorti en slip de la salle de bain, s'approchait doucement du lit.

— À quelle heure que j'dois être au bus ?

— Je te déposerai à quatre heures, dit Sasha.

— Merci bien, chérie.

— Je reviendrai dormir ici avant de partir pour la Nouvelle-Orléans.

— Super, ça roule.

Il commença à tirer une couverture de l'autre côté du lit.

— Où crois-tu aller comme ça ?

— Oh ? demanda Peck. P'têt par terre alors ?

Sasha sourit et releva le drap, l'invitant à s'y blottir.

— Si je dors nue, tu dors nu, dit Sasha. *Si je suis nue, tu dois l'être aussi.*

Peck poussa un petit rire nerveux et commença à se glisser dans le lit.

— *Mais non, mais non*, dit Sasha.

Le drap toujours en main, elle pointa le sous-vêtement de Peck du doigt. Peck se glissa à l'intérieur, souleva le drap du genou puis rebondit sur le matelas tout en retirant son slip et en le jetant sur le bureau.

Sasha éteignit la lumière. La pièce demeura immobile et silencieuse un bon moment. Il n'y eut aucun mouvement dans le lit : ni l'un ni l'autre ne s'était retourné, ni n'avait tiré sur les draps ou la couette pour trouver la bonne position.

— Peck ?

— *Oui* ?

— Tu es bon danseur.

— *Merci*, chérie.

— Tu serais superbe en cravate blanche, queue de pie et

smoking.

Peck ne répondit pas.

— Il y a un bal d'hiver à la Nouvelle-Orléans.

Peck ne répondit pas.

— Voudrais-tu être le cavalier de Lily Cup au bal d'hiver ?

— Hein ?

— C'est le plus grand des bals de la Nouvelle-Orléans, Peck. Je suis chaperon. Je serai en Givenchy. Lily Cup fera partie de ma cour. Elle serait resplendissante dans ses diamants avec toi à son bras en cravate blanche et queue de pie.

— P'têt bien, chérie.

Une incertitude silencieuse emplit l'obscurité, comme lorsqu'on croit être la seule personne à être réveillée.

— Peck ?

— *Oui* ?

— Tu as une copine ?

Peck tourna la tête vers Sasha, froissant sa taie d'oreiller amidonnée.

— Nan, nan.

— Pas de copine ?

— Personne en particulier, chuchota Peck.

— Tu en as déjà eu une ? demanda Sasha.

— Hein ?

— Tu sais, une vraie histoire d'amour, as-tu déjà... ?

— T'es triste pour Gabe, chérie ?

— Je n'aurai plus l'occasion de danser avec lui, dit Sasha.

— Tu danses bien avec lui, chérie.

— Je suis si triste.

— Vous aurez de beaux rêves, dit Peck.

— Tu veux dire des souvenirs ?

— *Oui.*

— On a de bons souvenirs.

— Je parie qu'il rêve de toi.

— Vraiment ?

— Il rêve que tu danses avec lui, chérie.

— Et toi, tu rêves d'une fille ? demanda Sasha.

— Je connais une fille, chérie.

— Ah oui ? Où habite-t-elle ?

— À Anse La Butte, dit Peck.

— Est-ce qu'elle t'aime ?

— C'est pas ma copine, chérie.

— Et toi, tu l'aimes ?

Il y eut un silence.

—Tu l'aimes ? demanda Sasha.

Peck pencha la tête en arrière et sourit dans son oreiller, comme s'il venait d'être pris la main dans le sac.

— Tu l'aimes ?

— C'est pas ma copine, mais on s'entend bien, j'dirais.

— Elle est jolie ?

— Oui, M'dame, pour sûr qu'elle l'est !

— Qui est la plus sexy ? Moi, Lily Cup, ou ta copine ? Sois franc.

La main chaude de Peck toucha doucement la poitrine ferme de Sasha dans l'obscurité. Il chercha lentement, trouva un mamelon et se mit à jouer avec doucement.

Sasha posa sa main sur celle de Peck et la suivit légèrement tandis qu'elle explorait les courbes de son sein, son mamelon, et bientôt l'autre sein et son mamelon.

— Mes copines te plaisent, Peck ?

Sa langue trouva son sein dans la pénombre. Ses lèvres chaudes se posèrent sur son mamelon dardé et se mirent à le téter. Sasha posa le dos de la main sur sa bouche en fermant les yeux. Elle se montra patiente face à sa tendresse.

— On ne devrait pas, Peck, chuchota Sasha.

Peck lui lécha le sein, tout autour du mamelon.

— Nous sommes tous les deux tristes et vulnérables, dit-elle.

Peck suçota.

— Je me demande si Gabe dort.

Peck leva légèrement la tête mais laissa sa main continuer à caresser et pétrir doucement le sein de Sasha dans un silence où il ne savait plus quoi dire.

— Tu l'aimes ?

— Son mec est sur une plat'forme, dit Peck.

— Elle est mariée ?

— Pas mariée, mais elle a un mec sur une plat'forme. Trois s'maines là-bas, deux s'maines ici, dit Peck.

— Alors, William vient donner un coup de main, c'est ça ?

— Est-ce que je peux te toucher en bas, chérie ? demanda Peck.

— Pour quoi faire, Peck ? demanda Sasha.

— Je peux ?

— Qu'est-ce que tu manigances ?

La main de Peck descendit le long du ventre chaud et lisse de Sasha et vint se poser sur sa main.

— Tu as les mains douces, dit Sasha.

Peck ne dit rien. Trouvant la perle de Sasha, il la caressa doucement du bout des doigts jusqu'à ce que ses cuisses se soulèvent légèrement vers sa main, la tête enfoncée dans son oreiller. Lentement, patiemment, il entoura sa perle de sa main, la faisant rouler entre deux doigts comme il le ferait d'un petit raisin sec imbibé de vin.

— On ferait mieux d'arrêter, Peck, gémit Sasha.

— *Cela vous aide-t-il à oublier, jolie dame ?* demanda Peck.

— Ça aide, dit Sasha. *Ça aide.*

Les doigts de Peck tournaient patiemment autour de la perle, en silence, attendant les sons qu'il reconnaîtrait. Soudain les cuisses de Sasha se soulevèrent fermement et ses fesses fléchirent encore et encore, se soulevant du matelas dans la main de Peck, ses doigts saisissant et tirant les bords de l'oreiller autour de son visage. Elle ne fit aucun bruit. Ce n'était pas nécessaire. Ses fesses et ses cuisses se tendirent, frémirent un peu, puis se relâchèrent et s'enfoncèrent profondément et sans bouger dans le matelas brûlant. Peck retira sa main, roula sur le dos et regarda dans l'obscurité.

Le silence régnait à nouveau.

— Comment s'appelle-t-elle ?

— Elizabeth.

— Elle parle français, n'est-ce pas ?

— *Oui.*

— J'aurais deviné.

— Comment ça, chérie ?

— Tu parles un bon français.

— J'la connais depuis longtemps.

Un silence s'installa à nouveau dans la pièce, peut-être dû à l'anxiété ou à la réflexion sur la suite des événements.

— Dormons un peu, dit Sasha.

— Oui, M'dame, dit Peck.

Sasha roula vers Peck, leva sa jambe sur sa cuisse, survolant William puis s'accrochant à sa hanche, la jambe posée sur son ventre. Elle sentit une bosse au sommet de sa cuisse.

— Elizabeth a de la chance de vous avoir, toi et William, les soirs de solitude, chuchota Sasha.

Peck ne dit rien.

— Bonne nuit, dit-elle.

— Bonne nuit, chérie.

Sasha se pencha et embrassa doucement l'oreille de Peck, posant la tête sur son oreiller.

— Merci, murmura-t-elle.

Peck ne répondit pas. Quand Sasha fut endormie, il tourna la tête vers son visage. Il sentit des larmes froides couler sur l'oreiller. Il savait que l'amitié de Sasha et celle de Gabe l'obligeait à dormir, et seulement dormir.

CHAPITRE 12

COMME UN ROBOT, LE GPS DE LA BENTLEY INDIQUA LA DIRECTION à suivre pour une navigation matinale entre l'hôtel Peabody et la gare routière Greyhound. Ni Sasha ni Peck ne firent mention de leur aventure. Les larmes sur son oreiller en disaient assez long. Sasha se gara et ils entrèrent dans une gare routière bien éclairée.

— Tu veux un sandwich pour le petit déjeuner ? demanda Sasha. On a le temps avant que ton bus n'embarque.

— T'as pas besoin d'attendre, dit Peck. T'es fatiguée. Va te reposer.

— Asseyons-nous là-bas et prenons un café en attendant, dit Sasha.

Sasha se dirigea vers un comptoir et commanda deux cafés, un bagel aux saucisses et aux œufs pour Peck et un bagel toasté pour elle.

— Ton trajet en bus dure trente-six heures. Ça fait un jour et demi.

Peck leva les yeux de son sandwich.

— Tu devrais arriver à Providence après-demain, dans l'après-midi.

— Ça roule, dit Peck.

Sasha sortit une enveloppe et un paquet de son sac à main.

— Je t'ai acheté un pass découverte pour le bus.

— Chérie, t'as pas besoin d'acheter...

— Je ne l'ai pas achetée. Gabe l'a achetée avec sa carte.

— Ah.

— Il est valable trente jours, alors garde-le bien. Et voici quelques billets de vingt dans une enveloppe. Ne l'ouvre pas ici.

Mets-la dans ta poche. C'est suffisant pour t'acheter de quoi manger en chemin, payer le taxi ou te dépanner en cas d'urgence si jamais tu as besoin une fois là-bas, dit Sasha. Gabe t'attendra à Providence, mais on ne sait jamais.

— Merci, chérie. C'est quoi un pass découverte ?

— C'est un billet qui te permet de monter dans n'importe quel bus Greyhound et de te rendre n'importe où pendant trente jours à partir d'aujourd'hui. Tu pourras t'en servir pour rentrer à la Nouvelle-Orléans. C'est un pass pour monter dans n'importe quel bus.

— Terrible ! dit Peck.

— Peck, voici ton nouveau téléphone. C'est moi qui te l'offre. Il est prépayé. Demande à Gabe ou à quelqu'un d'autre de te montrer comment ça marche.

— Gabe n'a pas de portable, chérie.

— Alors demande à quelqu'un d'autre de te montrer. Ou alors je te montrerai quand tu seras de retour à la Nouvelle-Orléans. Mets-le dans ton sac.

— Merci, chérie.

— J'ai noté l'hôtel de Gabe avec le numéro de téléphone et l'adresse au cas où tu en aurais besoin. Et voici ma carte de visite. Mets-la dans ta poche et ne la perds pas. Si tu as besoin de me contacter, demande à quelqu'un de t'aider à utiliser ton téléphone pour m'appeler ou m'envoyer un message. Utilise un chargeur et branche-le dans le bus pour qu'il reste chargé.

— Tu vas manquer à Peck, dit Peck.

— Tu te souviens du voyou à la moto ? demanda Sasha.

— *Oui*, dit Peck.

— J'ai peur qu'il soit toujours en cavale, dit Sasha.

— Je sais.

— Sois prudent, Peck.

— J'le serai.

Les haut-parleurs résonnèrent pour annoncer la voie du bus pour l'embarquement. Sasha accompagna Peck jusqu'au bus. Elle l'enlaça une dernière fois puis l'embrassa sur la joue.

— Tu crois que Peck saura lire un jour ?

— Bientôt, dit Sasha. Au revoir, bébé. Embrasse Gabe pour

moi. Prends bien soin de lui. Je te trouverai un professeur à mon retour au Quartier.

Peck monta à bord du bus, avançant prudemment, scrutant les visages des deux côtés de l'allée ; certains endormis, d'autres lisant, d'autres encore rivés à leurs écrans d'iPad, d'autres le regardant en retour. Il choisit un siège vide à l'arrière, côté fenêtre, derrière deux filles endormies portant des shorts en jean déchirés et des t-shirts de l'université de Princeton. Il regarda dehors et vit Sasha lui faire signe. Elle ne voyait rien à travers les vitres teintées, mais elle salua affectueusement de la main son nouvel ami. Le moteur du bus démarra en trombe. Le bus recula dans la nuit puis s'éloigna en décrivant un grand virage dans une rue déserte de la ville. Sasha se retourna et regagna sa voiture.

Peck ignorait combien de temps il avait dormi lorsqu'il fut réveillé par les secousses du bus qui arpentait paisiblement l'autoroute. Le soleil était levé et déjà haut dans le ciel. Il leva la tête et s'assit bien droit, observant les rangées de têtes devant lui. Il regarde la route devant lui, un camion Walmart au loin.

— Bonjour, dit un homme assis à côté de lui.

C'était un jeune homme noir, costaud et large d'épaules. Il arborait un sourire gentil et une coupe de cheveux stricte. Il était assis bien droit, un écouteur dans chaque oreille. Son col était amidonné et pressé, et son téléphone portable posé sur sa cuisse.

Peck se frotta les yeux.

— On est où ? demanda-t-il.

— Nous serons bientôt à Nashville, dit le jeune homme. Où allez-vous ?

— Je vais à Providence, dit Peck. Ça fait une trotte depuis l'bayou. Et toi ?

— Je vais à Parris Island, dit le jeune homme.

— Paris ?

— C'est en Caroline du Sud, dit le jeune homme.

— Ah.

— Je me suis engagé dans les Marines. Le camp d'entraînement est à Parris Island.

— Vingt dieux, t'es un Marine ? demande Peck. T'en as

pour longtemps ?

— Je devais aller à San Diego, mais je vais à Parris Island.

— Hein ?

— Parris Island est le camp d'entraînement pour les gens qui vivent à l'est du Mississippi, dit le Marine.

— D'ac.

— Je vis à West Memphis et je devais aller à San Diego.

Peck regarda le jeune homme, un peu perdu.

— Le recruteur de Memphis a dit qu'ils ne regardaient pas de près les papiers et ne penseraient pas que je vis à West Memphis. Ils pensent que je vis à Memphis, dans le Tennessee, alors je vais à Parris Island.

— West Memphis ? J'comprends pas...

— West Memphis est en Arkansas.

— Et ?

— C'est à l'ouest du Mississippi. Les recrues qui vivent à l'ouest du Mississippi sont censées aller à San Diego pour l'entraînement de base, mais moi je vais à Parris Island.

Il cessa d'essayer de justifier son voyage à Parris Island et ramassa par terre un classeur rempli de commandes et de documents imprimés concernant son entraînement chez les Marines. Il en sortit une photo sur papier glacé d'un Marine en uniforme de cérémonie, tenant une épée. Il l'admira puis la tendit à Peck pour qu'il la voie.

— Ils ne fournissent pas ça. Ils appellent ces costumes des "bleus de parade". C'est à moi de payer pour mon bleu de parade, dit le Marine.

— Bel uniforme, dit Peck.

— C'est mon père qui m'a inscrit. Ils lui donnent les chèques pour qu'il les garde pour moi. Ils paieront toutes mes études si je reste dans l'armée.

— T'es monté quand ? demanda Peck.

— Dans le bus ?

— Ouais.

— Je suis monté en même temps que toi, à Memphis. J'étais assis devant mais j'ai dû aller aux toilettes et je suis revenu m'asseoir ici. Ça te dérange si je m'assois ici ?

— Nan, nan. Pas d'problème, dit Peck.

— La fille à côté de moi n'arrêtait pas de lire la Bible. Je n'ai rien contre le fait de lire la Bible, mais ça m'empêchait de me concentrer pendant que je lisais des articles sur Internet au sujet de Parris Island.

Peck pointa du doigt le téléphone du Marine.

— J'en ai un maintenant, dit Peck.

— Un iPhone ?

— Un nouveau téléphone. Mon pote va m'apprendre à l'utiliser.

— Combien de mégapixels a ton appareil photo ? demanda le Marine.

Peck resta pantois, se demandant de quoi le Marine pouvait bien parler. Il regarda par la fenêtre, puis observa l'iPhone du Marine posé sur son genou.

— Elle va à Baylor, dit le Marine.

— La fille de la Bible ? demanda Peck.

— Elle m'a dit que son père était pasteur baptiste.

— Ah, pauv' petite, dit Peck.

— Ses cours sont finis depuis deux mois. Pourquoi ne rentre-t-elle que maintenant ? Ça ne me regarde pas.

— Ça fait longtemps ? demanda Peck.

Le marine leva les deux mains, doigts tendus.

— Dix semaines, c'est long pour rentrer à la maison.

— Ah *oui*, ça pour sûr ! dit Peck.

— Je n'ai pas demandé, dit le Marine. Ça ne me regarde pas.

— C'est p'têt pour ça qu'elle lit une Bible, ricana Peck. Elle rentre chez Papa.

Ils observèrent tous deux à travers la fenêtre les pins et une falaise sur une distance d'environ un kilomètre autour d'un virage à flanc de colline.

— La vie de Marine est une bonne vie, dit le jeune homme. On a le gîte et le couvert, en plus des primes, et on voyage dans le monde entier.

— C'est quoi le gîte et le couvert, mon vieux ?

— Le lit et la nourriture sont gratuits.

— C'est cool pour toi, mec, dit Peck.

— Ils paient aussi mes uniformes, mais pas le bleu de parade.

— Ta famille sera fière de toi à Memphis.

— West Memphis. C'est dans l'Arkansas.

— Ils seront fiers, dit Peck.

— J'ai fait de la lutte au lycée.

— De la lutte ? Pour de vrai ?

— J'étais champion du comté, dit le Marine. J'espère pouvoir lutter dans les Marines. Tu as déjà fait de la lutte ?

— Nan, nan, j'ai jamais fait ça, dit Peck. J'ai vu un mec lutter contre un alligator une fois à Bayou Cane, mais juste pour le spectac'. Il a gagné cinquante dollars.

— Tu as déjà lutté contre un alligator ?

— Nan, nan, je fais attention, dit Peck. Je plonge avec les tortues, je saute sur les serpents, mais j'évite les alligators, ça pour sûr !

— D'où viens-tu ? Je peux demander ?

— J'ai grandi près du bayou Petit Anse, dit Peck.

— Je ne connais pas.

— J'ai une piaule à Carencro.

— C'est près de Memphis, là où tu es monté ?

— C'est en Louizian'.

— C'est vrai que vous mangez des serpents ? demanda le Marine.

— Je m'en sers comme appâts, des serpents, dit Peck. J'accroche une moitié d'serpent sur mon cordeau.

— Les serpents font de bons appâts pour les poissons, n'est-ce pas ?

— Ils sont trop petits pour que les alligators perdent leur temps, mais juste assez gros pour les tortues. Je préfère les crapets arlequins ou les bars. Plus faciles à frire.

— Ma grand-mère fait de la soupe de tortue, dit le Marine. Elle vit à Forrest City.

— Ah, *soupe à la tortue*, dit Peck.

— Quel âge tu as ? demanda le Marine.

— Vingt-cinq ans, j'crois, dit Peck.

— Moi dix-neuf, dit le jeune homme.

— T'es un grand gaillard, dit Peck.

— Tu aimes pêcher ? demanda le Marine.

    — J'pêche super bien, dit Peck. J'crois bien que j'aime ça, ouais.

    — Mes amis et moi avons essayé plusieurs fois de pêcher dans le Mississippi, mais nous n'avons pas eu de chance, alors on a abandonné.

    — Le Mississippi est trop rapide, dit Peck. Le bayou, c'est le top. Les lacs aussi, si t'as besoin de manger.

    Les deux hommes regardaient à travers la vitre avant du bus, par-dessus les crânes des passagers. Le Marine surveillait les panneaux de signalisation, Peck cherchait l'angle et l'inclinaison du soleil pour pouvoir lire l'heure. Ils restèrent assis pendant trente kilomètres sans dire un mot.

    — C'est mon arrêt.

    — Hein ?

    — Tu vois le panneau ? Westel Road, dans dix-sept kilomètres.

    — C'est là que tu vas, Marine ? demanda Peck.

    — Non, je monte dans un bus des Marines avec d'autres recrues. Il nous conduira là-bas.

    — Ah, dit Peck.

    — J'ai un peu de temps avant que le bus ne s'arrête, je peux te montrer comment utiliser ton téléphone si tu veux. Je suis bon professeur.

    — Nan merci, nan, mec, dit Peck. Merci quand même.

    Le bus ralentit et prit la sortie direction Westel Road. Trois bus remplis de recrues des Marines attendaient. Le Marine se leva et prit sa valise et un sac en papier dans le porte-bagage. Il tendit la main.

    — Je m'appelle Eddie, dit-il.

Peck lui serra la main.

    — Moi, c'est Peck. Enchanté, Eddie.

Le Marine tendit à Peck son sac en papier.

    — Il y a deux sandwichs là-dedans et une poire, dit-il. Prends-les, si jamais tu as faim. C'est ma mère qui les a préparés.

C'est une bonne cuisinière.

— Merci, mon vieux, dit Peck en acceptant le sac.

— Je ne sais pas à quoi sont ces sandwiches, mais ils sont bons, ça c'est sûr. C'est une bonne cuisinière, et généreuse.

Peck sourit en guise de remerciement.

— Bonne chance pour ton voyage, Peck, dit le Marine. J'espère que tu attraperas beaucoup de poissons.

Peck sourit.

— Je noterai ton nom dans mon journal ce soir, dit le Marine.

— Je m'appelle Boudreaux Clemont Finch, dit Peck.

Le Marine prit son téléphone, épela le nom officiel de Peck du bout des lèvres et se l'envoya à lui-même par texto.

— Ainsi, quand j'écrirai mon livre, je me souviendrai de ton nom, Peck, comme de la première personne que j'ai rencontrée le premier jour de la grande aventure de ma vie. Comme ça, j'aurai le bon nom.

— Et la fille de la Bible ? demanda Peck.

— Ah oui, celle-là, dit le Marine. Je ne connais pas son nom, donc elle ne compte pas.

Il fit un salut militaire à Peck, tourna les talons et se dirigea vers l'avant du bus. Peck vit son nouvel ami s'approcher et être accueilli par un sergent instructeur des Marines en uniforme. Le sergent cocha son nom sur une liste puis lui indiqua le bus dans lequel il devait monter. La porte du bus de Peck se referma et le moteur vrombit. Le bus revint sur la chaussée, s'engagea sur l'autoroute et reprit de la vitesse.

Peck regarda dans le sac en papier, en huma le contenu avec délectation, roula le dessus du sac pour le refermer puis le posa sur le siège à côté de lui. À peine avait-il sorti son téléphone portable de sa poche pour y jeter un œil qu'une jeune fille aux cheveux cannelle mi-longs et au visage parsemé de taches de rousseur se dirigea vers l'avant du bus. Elle cherchait la porte des toilettes et s'avança jusqu'à la dernière rangée de sièges, s'agrippant à un dossier pour ne pas perdre l'équilibre. La fille n'était pas maquillée, elle portait un bermuda guindé et des baskets Nike. Elle était jolie. L'éclat de ses yeux était plein d'innocence. Elle montra du doigt les sièges vides de l'autre côté de l'allée. Peck ne pouvait pas déchiffrer son T-shirt. Il y était écrit : "Allez les Ours de Baylor".

Elle porta sa main à sa bouche pour cacher son appareil dentaire.

— Monsieur, pourriez-vous surveiller mes sacs si je les pose là-bas ? demanda-t-elle. Je dois aller aux toilettes.

— J'vais les surveiller, chérie, c'est au poil.

— Merci.

— Passe un bon moment, dit Peck.

Déconcertée par son patois cajun, elle leva les sourcils en signe de perplexité.

— Ça ne vous dérange pas ? demanda-t-elle.

— *Pouponner*? Tu vas te poudrer le nez ? dit Peck en indiquant les toilettes.

Elle lui fit un large sourire, les dents bordées de fines bagues métalliques. Elle observa les yeux de Peck, ses bras et le sac en papier posé sur le siège à côté de lui, tout en se dirigeant vers les toilettes. Elle s'arrêta, fit un pas en arrière et posa sa tête sur le dossier du siège, montrant du doigt le siège avec le sac en papier.

— Pourriez-vous me garder ce siège, si possible ? demanda-t-elle.

— *Le siège est à vous*, dit Peck.

La fille fit un grand sourire.

— J'en ai pour une seconde, dit-elle. Merci beaucoup.

Peck tenait son sac à sandwich et envisagea de l'ouvrir lorsque la jeune fille revint. Elle avait pris le temps de se maquiller, de mettre du rouge à lèvres et du fond de teint, et de brosser ses cheveux cannelle. Ses yeux étaient sublimes et scintillants. Peck se leva et se dirigea vers le siège côté fenêtre, lui offrant le siège côté couloir, en face de ses bagages. Elle sourit et s'assit à côté de Peck.

— Oh, dit Peck en la regardant. Qui est cette charmante femme qui nous sort du *pot d'chambre* ? Où est passée mon amie pour qui j'avais gardé cette place ?

— Vous êtes bête, dit la jeune fille. Je voulais juste être

jolie.

— Oh, tu es plus que jolie, chérie. Oh là là.

La fille lui tendit la main.

— Je m'appelle Millie, dit-elle.

Peck ne sut pas trop quoi faire. Il lui prit la main et la serra.

— C'est là que tu me dis ton nom, dit Millie.

— Ah, *oui*. On m'appelle Peck.

Il lui serra la main.

— Peck est ton vrai nom ou est-ce un surnom ? demanda Millie.

— Je m'appelle Boudreaux Clemont Finch, dit Peck. On m'appelle Peck parce que je parle beaucoup. Appelle-moi Peck, chérie.

— Je ne sais pas. Boudreaux est vraiment dur à l'oreille, dit Millie. Mais j'aime bien Peck. Peck me convient. Alors, salut, Peck !

Peck brandit son sac en papier.

— T'as faim ?

Millie regarda Peck dans les yeux. Elle se dit qu'elle l'aimait bien et accepta son invitation à partager ce repas.

— Je meurs de faim, dit Millie. J'ai dormi pendant les haltes à Dallas et Memphis. Je n'ai pas mangé depuis Waco, hier soir.

Peck sortit le sandwich de son sachet hermétique et le tendit à Millie pour qu'elle le prenne.

— Attends, dit Millie. J'ai de l'eau.

Elle se leva et tendit la main de l'autre côté de l'allée pour attraper un sac à provisions en tissu sur le siège à côté de sa valise. Elle le prit et s'assit, le sac sur les genoux.

— Je sais, je sais, j'ai l'air d'une clocharde, dit Millie. Mais j'ai des bouteilles d'eau là-dedans, promis !

Elle tira un autre sac en tissu, plus petit, du grand sac et le tendit à Peck.

— Peux-tu le poser par terre entre nous, s'il te plaît ? demanda Millie.

— Oui, M'dame, dit Peck, prenant le sac et le posant au sol.

— Fais attention, c'est mon Charlie, dit Millie.

— Charlie ? demanda Peck.

Elle sortit une bible noire d'un sac et la tendit à Peck.

— Tiens ça. Elles doivent être quelque part par là, dit Millie.

Peck tint la Bible.

— Les voilà, dit Millie en sortant son pack de bouteilles d'eau. Je t'avais bien dit que j'avais de l'eau !

Elle reprit sa Bible et tendit deux bouteilles à Peck pour qu'il les tienne pendant qu'elle remettait le sac à provisions sur le siège de l'autre côté de l'allée.

— *Qui est Charlie* ? demanda Peck.

— Oh, tu vas te moquer, dit Millie.

— Hein ?

— Mon petit ami m'embêtait sans arrêt à propos de Charlie. Ce n'est plus mon petit ami, d'ailleurs. Bref, tu vas juste te moquer et penser que je suis bête.

Millie sortit la moitié du sandwich au thon et à la tomate du sac à sandwich et croqua dedans, se couvrant la bouche d'une main pendant qu'elle mâchait.

— Peck ne rira pas, dit Peck.

Millie regarda Peck avec une lueur dans les yeux.

— C'est juré, chérie. Tu peux l'dire à Peck.

— Je descends à Kingston, dit Millie. Aide-moi à surveiller les panneaux. Je ne peux pas descendre maquillée, Papa péterait les plombs. Alors il faut que je surveille les panneaux histoire d'avoir le temps de me démaquiller.

Peck tut le fait qu'il ne savait pas lire les panneaux de signalisation.

— Il est strict, ton papa ? demanda Peck.

— Il est pasteur baptiste à Kingston, dit Millie.

— Ah, oui. C'est... ?

— Il me tuerait. Il pense que je suis encore vierge. Surveille le panneau "Kingston".

— Charlie ? demanda Peck.

— Oh, dit Millie.

— Charlie, dit Peck.

— Mais seulement si tu jures de ne pas rire et de ne pas te moquer de moi.

— Oh, chérie, dit Peck. Jamais d'la vie.

Millie se tourna vers Peck. Elle le regarda droit dans les yeux pour s'en assurer, puis tendit son petit doigt recourbé.

— Promis juré ? dit-elle. Jure sur ta vie que tu ne riras pas.

Peck mit son petit doigt dans le sien.

— Charlie, dit-il.

Millie passa la main entre leurs jambes et sortit une poupée du sac posé sur le sol. C'était un poupon garçon, de taille et de poids réels, vêtu d'un pyjama. Millie tendit son sandwich à Peck pour qu'il le tienne, et berça le bébé dans ses bras.

— C'est mon Charlie, dit Millie. Je l'ai depuis que j'ai trois ans. Je l'emmène partout avec moi.

— Charlie est beau garçon, dit Peck.

— Je sais que tu ne le penses pas, dit Millie. Ce n'est pas grave.

— Non, non, il est vraiment beau, le Charlie, dit Peck.

Millie sourit à Peck, haussa les sourcils, leva sa poupée dans sa direction, faisant signe qu'elle aimerait qu'il prenne bébé Charlie dans ses bras. Peck remit les sandwichs dans le sac en papier, posa le sac sur ses genoux et tint son bébé. Deux personnes se rendant aux toilettes virent la poupée dans les bras de Peck et lui jetèrent un drôle de regard.

— Quel âge a Charlie ? demanda Peck.

— Dix-sept, dit Mille.

— *Qu'est-ce que dix-sept* ? demanda Peck.

Millie mordit dans son sandwich, faisant mine d'avoir compris.

— Charlie est lourd, dit Peck.

— Ne dirait-on pas un vrai ?

— J'aime bien Charlie.

— Tu ne me trouves pas bête ?

— Nan, nan, dit Peck. J'ai toujours Dundee.

— Dundee ?

— Mon couteau de chasse. Dundee, *mon enfance, couteau de chasse.*   — Qu'est-ce que ça veut dire ? demanda Millie.

— Mon couteau de chasse depuis toujours, dit Peck. Je

l'appelle Dundee et je l'garde toujours avec moi. Sous mon oreiller.

— C'est trop mignon, dit Millie. Alors, tu comprends.

— Ah, *oui*.

Alors que Peck rendait bébé Charlie à Millie, celle-ci remarqua des cicatrices fraîches sur sa main, dues aux hameçons. Elle mit sa main dans la sienne, tenant Charlie dans l'autre bras.

— Que t'est-il arrivé ? demanda Millie.

— Des hameçons, dit Peck. J'ai pas fait gaffe.

Millie se pencha et embrassa ses cicatrices. Elle installa Charlie dans son sac en tissu sur le sol et le recouvrit d'une couverture pour bébé.

— Charlie a l'air ravi de faire ta connaissance, dit Millie.

Elle prit son iPhone, fit défiler plusieurs messages du bout du pouce, haussa les épaules et le remit dans sa besace. Peck lui tendit l'autre moitié du sandwich et ils restèrent assis comme ça en silence, mangeant et buvant de l'eau.

— Pourquoi les hommes disent-ils aux filles qu'ils les aiment alors qu'ils les trompent avec une autre ? demanda Millie.

— C'est un menteur ? demanda Peck.

— Il a sans doute connu beaucoup de filles, dit Millie.

— Et il leur ment à toutes, dit Peck.

— Je sais que je ne suis pas belle, dit Millie. Mais quand un homme dit qu'il vous aime, alors on se sent belle. Ne le pense-t-il pas vraiment ?

Peck lui prit la main.

— T'es belle, chérie. Ça, pour sûr.

— Avec toutes ces taches de rousseur, et mon appareil dentaire ?

Il lui pressa légèrement la main.

— T'es comme un bouquet de fleurs de printemps.

Millie regarda sa main dans la sienne, tourna la tête et, en rougissant, leva les yeux vers le visage de Peck. Elle sourit timidement et baissa la tête à nouveau.

— Quel âge as-tu ? demanda Millie.

— *Vingt-cinq*, dit Peck.

— C'est vieux ? demanda-t-elle.

Peck haussa les épaules.

— Pas vieux, chérie.

— Où habites-tu ?

— Carencro, dans le bayou, dit Peck.

— C'est au Texas ?

— En Louizian'.

— Oh.

— J'économise pour acheter une pirogue et poser des pièges à crabes que je vendrai à des restaurants chics.

— C'est quoi, une pirogue ?

— Un bateau.

— Oh.

— Un petit bateau.

— Quand les adultes me demandent ce que je veux faire plus tard, dit Millie, je leur dis toujours que je veux devenir médecin, pour qu'ils me fichent la paix.

— Ah.

— Mais en vrai, je veux être enseignante, avoir beaucoup d'enfants et peut-être vivre dans une petite ferme et élever des poulets.

— *Une bonne vie*, dit Peck.

Millie pencha sa tête et la posa sur l'épaule de Peck.

— J'aime quand tu fais ça, dit-elle.

— Quoi ? demanda Peck.

— Tu sais, dit Millie, parler français.

— Mon anglais est pas super, mais j'me débrouille bien avec l'autre, je dirais.

La tête de Millie se redressa subitement. Elle se mit debout, s'appuyant sur le dossier du siège situé devant elle.

— Oh, non, oh mon Dieu ! cria-t-elle.

— Hein ?

— C'était mon panneau !

— Où ça ?

— Kingston ! On vient de passer le panneau de Kingston !

Elle se leva d'un bond et se précipita vers les toilettes. Elle claqua la porte et la verrouilla derrière elle. Peck se pencha vers la fenêtre pour voir si des villes ou des villages étaient en approche. Le chauffeur pressa le bouton de son micro pour annoncer un arrêt exceptionnel à Kingston puis demanda à tout le monde de rester à bord.

Peck sentit le bus ralentir alors que Millie était toujours aux toilettes. Le bus s'arrêta et la porte s'ouvrit. Le chauffeur se leva et chercha Millie du regard, car il savait qu'elle devait descendre. La porte des toilettes s'ouvrit en grand. Millie attrapa sa valise et son sac en tissu.

— Est-ce que j'ai l'air sage ? demanda Millie, en quête d'approbation.

— Ah *oui*, dit Peck.

Millie saisit puis serra la main de Peck.

— Au revoir Peck, dit-elle. C'était un plaisir de te rencontrer et merci pour le sandwich.

Ses paroles la suivirent dans l'allée, s'excusant auprès des passagers pour avoir retardé le bus, et finalement auprès du chauffeur qui l'attendait. Elle descendit, la porte se referma et le moteur du bus se remit à rugir.

Alors que le bus roulait sur le bas-côté pour revenir sur la chaussée, Peck baissa les yeux au sol et vit le sac avec Charlie à l'intérieur. Il l'attrapa et se précipita à l'avant du bus.

— Attendez ! Arrêtez le bus, Monsieur ! Elle a oublié un sac, cria-t-il.

— Je ne peux pas m'arrêter, s'agaça le chauffeur.

— Il faut vous arrêter !

— Il ira aux objets trouvés.

— Arrêtez le bus ! Je descends aussi, alors, s'emporta Peck.

— On a des horaires, mon pote. Si je m'arrête et que tu descends, tu ne remontes pas.

— Arrêtez le bus, hurla Peck.

Il se précipita à l'arrière pour prendre son bagage. Le bus s'arrêta et la porte s'ouvrit. Peck sauta du bus, empoignant son sac de voyage et le sac en tissu contenant Charlie. Il se retourna et vit le chauffeur lui jeter un regard agacé tout en fermant la porte. Le bus s'éloigna.

Peck se mit à trotter vers l'endroit où il avait vu Millie descendre du bus pour rentrer chez elle. Au loin, il aperçut bientôt

Millie debout près de la porte ouverte d'un SUV, parlant avec une femme tenant un petit chien en laisse.

Il se mit à courir.

— Millie ! cria-t-il.

Pas de réponse.

— Millie ! cria-t-il encore.

Cette fois, Millie et la femme regardèrent dans sa direction.

Peck brandit le sac en tissu au-dessus de sa tête.

— Charlie ! cria Peck.

— Oh mon Dieu, j'ai oublié Charlie, s'exclama Millie.

Millie resta bouche bée. Ses yeux s'écarquillèrent et elle sourit, pleine de gratitude, ses deux mains cachant nerveusement son appareil dentaire. Elle sanglota en réalisant qu'elle avait oublié son bébé et que, miracle des miracles, on l'avait retrouvé. Elle fixa Peck du regard et ses yeux s'illuminèrent de larmes de reconnaissance.

— Charlie, murmura-t-elle. Tu as sauvé mon Charlie.

CHAPITRE 13

MILLIE SORTIT BÉBÉ CHARLIE DU SAC, le fit rebondir et le prit dans ses bras. Elle blottit la tête du bébé contre sa joue et posa sa main sur celle de Peck.

— Maman, je te présente Peck, dit Millie. Son vrai nom est Boudreaux, mais tu peux l'appeler Peck.

— Comment allez-vous, jeune homme ? demanda la mère.

— Nous nous sommes rencontrés dans le bus, Maman, et il va...

Elle marqua une pause au milieu de sa phrase puis se retourna.

— Où est-ce que tu vas, au juste ? demanda Millie.

— À Providence, dit Peck. C'est dans l'Rhode Island.

Millie buta sur son patois et le regarda dans les yeux.

— Et tu es descendu du bus juste pour m'apporter mon Charlie ? demanda Millie.

— *Oui.*

— Tu veux dire que tu ne descendais pas à Kingston ?

— *Vous avez oublié votre Charlie*, dit Peck.

— Tu aimes son français, Maman ? demanda Millie.

— C'est charmant, dit la mère de Millie.

— Alors, que viens-tu de dire à l'instant, Peck ?

— J'ai dit que t'avais oublié ton Charlie, chérie.

— Peut-on l'emmener à la gare routière, Maman ?

— Quel genre de billet avez-vous, Peck ? demanda la mère.

Peck sortit de sa poche son pass découverte et le brandit bien haut.

— Oh, c'est bien, dit la mère. Vous pourrez prendre un autre bus avec ça.

— Va-t-on l'emmener à Knoxville, Maman ? demanda Millie. À l'arrêt de bus ?

— Millie, ramenons Peck à la maison et donnons-lui à manger. Vous devez avoir faim tous les deux, dit la mère.

— Maman, nous avons mangé un sandwich sur le...

— Nous appellerons de la maison pour connaître l'horaire du prochain bus, et veillerons à ce que Peck arrive à la gare suffisamment tôt.

— Le ramener à la maison, Maman ? demanda Millie, les yeux écarquillés, couvrant sa bouche avec ses doigts.

— J'ai des poivrons farcis.

— *Délicieux*, dit Peck.

— Et Papa ? demanda Millie.

La mère se retourna et leva la main, comme pour prier.

— *Ou quelle femme, si elle a dix pièces d'argent et en perd une, n'allume pas une lampe, ne balaie pas la maison et ne cherche pas soigneusement jusqu'à ce qu'elle l'ait trouvée ?* demanda sa mère.

— Luc, dit Millie. C'est l'évangile de Luc.

Millie se couvrit la bouche d'un revers de main et se pencha vers Peck.

— C'est dans la Bible, chuchota-t-elle.

La mère sourit à Peck, prit Charlie des bras de Millie et, berçant la petite poupée, récita le verset suivant.

— *Quand elle l'a trouvée, elle appelle ses amis et ses voisins, en disant : "Réjouissez-vous avec moi, car j'ai trouvé la pièce que j'avais perdue !"*

Millie haussa les épaules, souriant, les yeux plissés. Elle prit Charlie des mains de sa mère, le remit dans son sac en tissu et monta sur le siège arrière de leur SUV, faisant signe à Peck de monter.

— Ce que tu as dit – tu sais, "délicieux" – est-ce que ça veut dire que tu aimes les poivrons farcis ?

— *Oui*, dit Peck.

Le SUV s'engagea bientôt dans une allée puis dévala une pente en direction d'une grande maison de style colonial. Peck aperçut un lac au pied d'une colline derrière la maison.

— *Grands bars, je parie*, dit-il.

Millie gloussa.

À la manière d'un explorateur, Peck scruta les lignes de crue et autres signes révélateurs de la culture du lac. En tant que pêcheur, il tâcha de se faire une idée de ce qu'on pouvait pêcher dans un lac pareil.

Assise devant un ordinateur de bureau dans une pièce juste à côté de la cuisine, Millie alla sur Internet et chercha pour Peck quand arriverait le prochain bus pour Providence. Elle vit qu'il n'arriverait pas avant 13 heures le lendemain, et qu'il devrait le prendre à Knoxville. Elle demanda à Peck son nom de famille et fit les réservations pour lui.

— Demain à 13 heures, Maman, dit Millie.

— Knoxville est à environ quarante minutes d'ici, dit la mère. Tu devras partir à 11 heures pour être sûre de ne pas le louper, Millie.

— Ça veut dire que Peck peut rester ici ce soir ? demanda Millie.

— Ton père insisterait. Tout jeune homme suffisamment sensible et attentionné pour interrompre son voyage afin d'apporter bonheur et joie à une amie est un homme de Dieu.

— Tu as besoin de dire à quelqu'un que tu seras en retard là où tu vas, Peck ? demanda Millie.

Peck sortit la carte de Sasha de sa poche.

— Tu peux appeler Sasha à ce numéro, chérie ? lui demanda Peck. Pour lui dire quand Peck arrivera à Providence ?

— Tu peux utiliser mon téléphone, dit Millie.

— Nan, nan, tu parles mieux que moi, dit Peck. Dis à Sasha.

— C'est marqué Michelle Lissette, dit Millie. Ce n'est pas la bonne carte ?

— Nan, nan. D'mande Sasha. Elle est au courant, dit Peck.

Millie prit la carte, sortit dans l'arrière-cour et parla à Sasha. Elle sourit plusieurs fois au cours de la conversation et, une fois, de toutes ses dents.

— Sasha est adorable, dit Millie en retournant à la cuisine. Elle va appeler l'homme que tu dois retrouver à Providence et lui dire quand tu arriveras.

— Elle était inquiète ? demanda Peck.

— Pas le moins du monde, dit Millie. Elle m'a demandé de m'assurer que tu ne prennes pas de coups de soleil.

Ils s'assirent tous deux sur les tabourets de bar situés de part et d'autre de l'îlot de granit de la cuisine et grignotèrent des poivrons farcis ainsi qu'un assortiment de restes de saucisses et de fromage. Millie observait les yeux de Peck qui balayaient la pièce avec intérêt, s'attardant sur les revêtements muraux, bibelots, photos de famille et œuvres d'art. Quand il tournait la tête hors de son champ de vision, elle regardait alors ses bras ou son torse. Elle lui tendit une serviette en papier propre et s'essuya les lèvres avec la sienne.

— Il est encore tôt. Qu'est-ce que tu veux faire ? demanda Millie.

Peck vit le lac par la fenêtre.

— Vous avez du matos ? demanda-t-il.

— Du matériel ? s'étonna Millie.

— *Oui.*

— Du matériel pour...

Elle plaça la main devant son appareil dentaire et lui adressa un sourire taquin, comme si elle était à la fois amusée et gênée.

— Nan, nan, dit Peck. Des cannes, des gaules, du matos de pêche, quoi.

Millie rougit de ce quiproquo diabolique. Peck sourit, devinant apparemment ce à quoi elle avait pensé. Elle aimait bien son petit sourire.

— Dans le garage, dit Millie.

Elle se dirigea vers le couloir de la chambre.

— Maman ? Peck et moi partons pêcher, d'accord ?

— Dans le bateau ? demanda la mère.

— Non, Maman. Nous serons sur le quai.

Alors que Peck préparait deux jeux de matériel, Millie lui dit qu'elle ne connaissait rien à la pêche et qu'elle comptait sur sa patience pour mettre l'appât et retirer le poisson, si jamais elle avait la chance d'en attraper un. Peck l'écouta patiemment, hochant la tête de temps en temps pour qu'elle se sente concernée. Bientôt ils furent assis à un mètre l'un de l'autre, sur le long quai en bois que le père de Millie avait construit.

— Sasha est ta petite amie ? demanda Millie.

— Nan, nan, dit Peck. C'est une copine.

— Elle m'a dit de te dire qu'elle était rentrée à la Nouvelle-Orléans à quatre heures, le jour même où elle t'a emmenée à la gare routière, dit Millie.

— Ah, c'est bien, dit Peck.

— Peck, je peux te demander quelque chose ?

— Bien sûr, dit Peck. D'mande-moi.

Millie se leva, s'approcha et s'assit à côté de Peck, balançant ses jambes sur le rebord du quai.

— Je n'ai pas voulu en parler à la maison, dit-elle.

— D'mande donc, dit Peck.

— Qui est le sale type dont Sasha m'a dit de te dire de te méfier ? Devrais-tu t'inquiéter ?

Peck lança et remonta plusieurs fois sa canne à pêche, le temps de trouver comment répondre à la question de la jeune fille. Il tendit sa canne à Millie, lui demandant de la tenir pour lui. Il fouilla dans sa poche et en sortit l'article de journal plié que Gabe lui avait donné à Memphis. Il le tendit à Millie.

— Lis donc ça, dit Peck.

Millie lut attentivement.

— Mon Dieu. Ça parle de toi ?

— Nan, nan, dit Peck. C'est un sale type, le mec au couteau.

— Il en a après toi ? demanda Millie.

— Grosse tempête de grêle dans le Mississippi et v'là qu'on s'arrête sous un pont, dit Peck.

— Qui s'arrête sous un pont ? demanda Millie.

— Gabe, mon ami, Sasha, mon autre amie, et Peck ici présent. On s'est arrêtés sous un pont pendant une tempête de grêle. Le type au couteau a volé les médicaments d'mon pote pendant qu'il pissait un coup. Il l'a tapé sur sa tête, et il est tombé. Des médicaments pour l'estomac. Je les ai récupérés.

— Cet homme l'a frappé ? demanda Millie. Le même homme qui a poignardé quelqu'un ?

— Le même, dit Peck. Le type qu'il a planté et son pote

m'ont aidé à récupérer les médicaments de Gabe. On s'est tirés de là et le mec au couteau a fait ça, tout ce qu'il y a de marqué dans ce journal, après qu'on soit partis.

— Et il est toujours en cavale ? demanda Millie.

— *Oui.*

— Pas étonnant que Sasha s'inquiète...

— Je me sens mal, dit Peck. Mal pour l'homme qu'il a planté. Il a aidé Peck.

— C'est marqué qu'il est à Knoxville, dit Millie.

— Qui ça ?

— L'homme qui a récupéré les médicaments de ton ami. Il est à l'hôpital, à Knoxville.

— Où c'est qu'on est, à Knoxville ? demanda Peck.

— On doit y aller demain, à Knoxville. Pour ton bus, dit Millie.

— C'est vrai ça, chérie ?

— Tu veux aller le voir à l'hôpital ?

— Oh chérie, ce s'rait top, dit Peck.

— Ne dis rien à Papa et Maman, Peck, dit Millie.

— Hein ?

— Ils seraient en panique et ne me laisseraient pas te conduire là-bas, et te demanderait peut-être même de partir.

— T'es d'accord avec moi ? demanda Peck.

Millie posa sa tête sur l'épaule de Peck.

— Je suis tout à fait d'accord avec toi, dit-elle.

Peck plia le papier et le glissa au fond de la poche de son jean.

Millie plaça ses deux mains autour du bras de Peck, palpant ses biceps.

— Tu as vraiment combattu cet homme ?

— Les médicaments de mon pote le gardent en vie. J'avais pas le choix, dit Peck.

— Tu es si courageux.

— *Tu me fais me sentir bien, chérie*, dit Peck.

Millie se rapprocha du bras de Peck et y posa sa tête.

— C'est positif ? Ce que tu viens de dire ?

— *Oui*, dit Peck. C'est bon. *C'est si bon.*

— Pourquoi Providence ? demanda Millie.

— Mon pote va là-bas, dit Peck. Au festival de jazz de Newport. Il a besoin d'Peck pour s'occuper de lui.

— S'occuper de lui ?

— Il est vieux, dit Peck. Très vieux. Il en n'a plus pour longtemps.

— Plus pour longtemps ?

— Tu connais l'hospice, Millie ?

— Oui, dit Millie. C'est un bien triste endroit.

— Gabe de l'hospice où je travaille. Il voulait voir du jazz. Je fais en sorte qu'il va bien et je m'occupe de lui.

— Tu vas pour le rejoindre ? Ton ami mourant ? demanda Millie.

— Il va bientôt mourir, peut-être, dit Peck. La dernière volonté du vieux Gabe était d'aller voir le festival de jazz.

Millie leva la tête et vit les yeux de Peck fixés sur leur lac.

— Tu es tellement bon, murmura Millie, la larme à l'œil.

Peck savait que le secret d'une bonne partie de pêche n'était pas la parlote mais la patience. Il avait apprécié la promenade et la découverte d'un nouveau plan d'eau, mais il s'en tint là et ils rentrèrent à la maison puis au garage avec le matériel.

Le révérend questionna Peck pendant le dîner. Peck parla de l'hospice où il travaillait et lançait son cordeau, et comment il s'occupait d'un vieux pensionnaire mourant, qu'il partait retrouver à Providence. Le révérend inaugura le dîner en qualifiant Peck de bon pasteur, montrant l'exemple par sa prévenance, sacrifiant son temps pour descendre de son bus et rapporter une poupée à sa fille chérie. Avant de rompre le pain, il prononça une prière de bénédiction spéciale pour Peck et ses voyages à venir, et demanda à Dieu de le guider et de le protéger.

Peck apprit pendant le dîner que plus il la mettait en veilleuse, plus il recevait de reconnaissance et de nourriture. En fin de soirée, la mère de Millie dit à Peck qu'il pouvait dormir sur le canapé du salon, pour ne pas que les télévisions dans les chambres l'empêchent de trouver le sommeil. Elle lui dit de ne pas hésiter à piocher dans le réfrigérateur. À chaque signe d'acceptation de son nouvel ami, Millie redressait les épaules en

signe de victoire personnelle, les abaissait nerveusement, puis souriait.

Le révérend leva son verre de thé glacé en guise de toast.

— Ce soir, dit le révérend, nous honorons notre nouvel ami, Peck. Demain, dit le révérend, nous fêterons le retour de notre étudiante.

— Maman, je conduirai Peck à Knoxville tôt le matin, dit Millie. Comme ça, je pourrai lui montrer le centre-ville et nous n'aurons pas besoin de nous presser.

— Comme c'est gentil, dit le révérend.

— Maintenant Peck, dit la mère de Millie, si tu reviens dans le coin, appelle ou envoie un message à Millie, et nous serons ravis de venir te chercher à l'arrêt de bus de Kingston, c'est compris ?

— Oui, M'dame, dit Peck.

— Je ferai la vaisselle ce soir, Maman, dit Millie.

Les parents se levèrent, marchèrent dans le couloir en appelant leur chien puis allèrent se coucher, laissant Peck et Millie seuls à table.

— Maman a mis un drap et un oreiller sur le canapé, dit Millie. Ça va aller ?

— Impeccab', dit Peck.

— Mets-toi à l'aise, Peck. Je vais mettre les assiettes au lave-vaisselle et te laisser un peu d'intimité.

Peck se leva, s'étira et bâilla. Millie lui jeta un coup d'œil en empilant la vaisselle. Il partit faire son lit dans le salon tandis qu'elle essuyait les comptoirs et jetait un dernier coup d'œil à la cuisine. Millie entra dans le salon, comme si elle avait une idée en tête.

— Peck, je veux aller sur Internet... commença-t-elle, avant de s'arrêter brusquement de parler.

Au loin, à côté du canapé, Peck se tenait torse nu dans un slip blanc moulant, son jean posé par terre autour de ses chevilles. Elle baissa la tête, posa sa main devant son appareil dentaire et leva les yeux, fixant son slip comme si Peck ne la voyait pas.

— Sur Internet ? demanda Peck, peu perturbé par sa présence.

Millie reprit son calme, s'imaginant peut-être encore dans son dortoir d'étudiante, et baissa d'un ton.

— Donne-moi ton journal, dit Millie. Je vais aller sur Internet dans ma chambre et voir ce que je peux trouver, et s'ils l'ont déjà attrapé.

Peck enleva son jean et se pencha sur le sol pour le récupérer, laissant à Millie le temps de le reluquer, avec l'avantage supplémentaire que Peck trouva sa coupure de journal pliée et s'approcha pour la lui tendre.

— Tu as besoin de quelque chose ? demanda Millie.

— Non, chérie. Tout va bien, dit Peck.

Millie hocha la tête et lui souhaita bonne nuit. Elle éteignit les lumières de la cuisine puis alla dans sa chambre. Elle commença par scanner l'article de journal et le sauvegarda sur son ordinateur. Puis elle le plia et le rangea dans son sac à main. Elle ne voulait surtout pas prendre le risque que ses parents tombent sur l'article et fassent une scène. Elle enfila son pyjama et se brossa les dents, fixant le miroir de la salle de bain comme si elle pensait à ce petit ami qui l'avait trahie : était-ce à cause de son appareil dentaire, de son Charlie ou d'un autre défaut ? Et peut-être était-ce le destin, sa rencontre avec Peck. La seule chose qu'elle savait de lui c'est qu'il était gentil et doux, beau, musclé et qu'il parlait français. Son face-à-face avec le miroir ne semblait pas avoir effacé le souvenir du torse de Peck tandis que celui-ci traversait la pièce en slip blanc moulant. Elle cracha dans l'évier et se remit devant son ordinateur.

Il était deux heures et demie passées quand Millie se retrouva pyjama déboutonné, agenouillée dans l'obscurité à côté du sofa sur lequel Peck dormait, le regardant dormir. Un aquarium dans un coin éclairait faiblement la pièce. Elle s'appuya sur le bord du canapé et embrassa son épaule nue. Peck sursauta, mais il se calma et attendit sans rien dire. Il tourna la tête vers celle de Millie, qui se pencha plus en avant pour embrasser Peck doucement de ses lèvres humides. Elle leva la tête pour le regarder dans les yeux.

— J'en ai eu envie toute la nuit, murmura-t-elle.

— *Très bien*, chérie.

— As-tu déjà entendu le Cantique des Cantiques, chapitre 7, verset 6 ? murmura Millie.

— Nan, nan, murmura Peck.

Millie murmura le verset :

— *Comme tu es belle et agréable, mon amour, avec tes délices !*

Sa main gauche chaude se posa sur la poitrine de Peck puis descendit lentement sur son ventre et sous son slip, saisissant délicatement la base de son William palpitant, en pleine érection.

— *Ta stature est comme celle d'un palmier, et tes seins comme des grappes de fruits*, murmura Millie.

Peck tendit la main et, avec ses pouces, baissa son slip sur ses cuisses. Millie embrassa son mamelon gauche encore et encore, le lécha brièvement puis grimpa sur le ventre de Peck pour le chevaucher, en embrassant son torse.

Elle continua à réciter :

— *Je grimperai au palmier, je saisirai son fruit.*

Millie passa la main entre ses jambes, saisit le William de Peck et le dirigea entre ses lèvres humides, se penchant en arrière jusqu'à ce qu'il soit profondément enfoncé, frottant son point G. Elle remua son bassin dans un mouvement régulier, soulevant ses fesses, s'élevant et s'abaissant, appréciant chaque friction, savourant chaque palpitation du William de Peck. Tandis que ses fesses se balançaient et se soulevaient, elle porta ses mains à ses seins, récitant d'autres versets :

— *Que tes seins soient comme des grappes de raisin sur la vigne, le parfum de ton souffle comme des pommes*, gémit-elle.

Finit par éclater un long et silencieux orgasme mutuel, la tête de Peck se soulevant de son oreiller, leurs corps fléchissant dans des messages d'extase, se remplissant l'un l'autre comme si leurs terminaisons nerveuses s'enlaçaient.

Millie resta longtemps blottie contre Peck, dégustant son torse, savourant son souvenir, se sentant en sécurité. Elle releva la tête et se pencha lentement vers le visage de Peck, faisant sortir William de sa caverne d'amour et retomber mollement. Elle embrassa les lèvres de Peck d'un baiser chaud et doux.

— Il faut qu'on parte de bonne heure, murmura-t-elle. On

prendra le petit déjeuner en ville, puis on ira à l'hôpital.

Elle l'embrassa à nouveau et s'éloigna à tâtons.

— Bonne nuit, chérie, dit Peck.

Millie ne répondit pas. Elle sourit, sentit ses doigts, puis se précipita dans le couloir jusqu'à sa chambre, fermant la porte tout doucement.

CHAPITRE 14

LEUR SUV SORTIT de l'allée à l'aube. Le sac de Peck était posé sur le plancher de la voiture, à ses pieds. Millie et Peck avaient tous deux des thermos de café à la main tandis que Millie roulait vers l'est sous le soleil levant du Tennessee.

— Je suis allée sur Internet. J'ai trouvé beaucoup de choses sur ce qui s'est passé sous ce pont et sur l'homme qui a été blessé, dit Millie.

— Sérieux ?

— Tout d'abord, il s'appelle Brock, mais je ne sais pas si lui et son ami sont en couple ou juste compagnons de voyage. Mais ils sont proches, ça c'est sûr.

— Peut-être des frères ? demanda Peck.

— Non, je ne crois pas. L'un d'eux s'appelle Brock Singleton, et son ami Winton Makaylah, dit Millie.

— Ah... T'es vraiment maline, chérie, dit Peck.

— Tu vas me manquer, Peck, dit Millie. Et moi, je vais te manquer, tu crois ?

— *Peck va manquer ton bonheur*, dit-il.

— C'est positif ? demanda Millie. Ce que tu as dit.

— Ah, *oui*, la belle Millie va manquer beaucoup à Peck.

— Je t'écrirai, et peut-être qu'à la rentrée, tu pourras venir me voir ? Ou alors c'est moi qui viendrai te voir en Louisiane, dit Millie.

— Tu vas où à l'école ? demanda Peck.

— Vraiment ? demanda Millie.

— *Oui*. Si Peck est au courant, il viendra peut-être.

Millie ralentit, s'engagea sur le bas-côté et arrêta le SUV. Elle gara la voiture puis se tourna vers Peck.

— Tu ne sais pas lire, pas vrai ? demanda Millie.

Peck la regarda, pensant qu'elle était déçue.

— Ton article de journal, tu ne peux pas le lire, n'est-ce pas ?

Peck tourne la tête et regarda la route devant lui.

— Tu peux me le dire, dit Millie. Ça n'a pas d'importance pour moi, tu restes parfait à mes yeux.

— *Oui*, admit Peck. Sasha va m'apprendre quand j'rentrerai à la Nouvelle-Orléans*se*. Tu es triste... avec Peck ?

— Jamais, jamais. Ne dis jamais ça, dit Millie. Tu es mon meilleur ami jusqu'à maintenant.

— Comment tu sais, chérie, que j'sais pas lire ?

Millie montra son t-shirt.

— Ça, dit Millie. C'est écrit "Université de Baylor". C'est là que je vais à l'école.

— Ah, dit Peck.

— Je t'écrirai quand même, dit Millie.

— *Je vais apprendre à lire un jour*, dit Peck.

— Montre-moi la carte de ton amie Sasha, dit Millie. La dame que j'ai appelée hier soir.

Peck fouilla dans sa poche, récupéra la carte et la lui tendit. Millie lui saisit la main et prit une photo de la carte de Sasha avec son téléphone portable.

— Je t'écrirai à cette adresse, dit Millie. Tu te débrouilleras.

Millie posa son téléphone, se pencha sur la console centrale, prit la tête de Peck dans ses mains, le regarda droit dans les yeux puis lui donna un long baiser, chaud et langoureux, baiser qu'ils avaient mûri sur le canapé plus tôt dans la matinée. Elle se rassit, boucla sa ceinture et partit.

— Un jour, dit Millie, tu pourras peut-être même me répondre.

— T'es douce, ma chérie, dit Peck. T'es une amie spéciale.

Ils se turent tous deux pendant plusieurs kilomètres.

— Quand nous arriverons à l'hôpital, j'entrerai avec toi, comme ta petite amie, ta sœur, ou quelque chose comme ça, dit Millie. Ils te donneront peut-être un formulaire à remplir, ou tu devras peut-être lire des panneaux. Qui sait ?

— *Je te remercie*, dit Peck.

— C'est positif, non ?" demande Millie. Est-ce que c'est bien ?

Il tendit la main vers elle et lui serra doucement la cuisse.

— Très bien, dit Peck. *Très bon.*

Millie tourna sur la rue Henley, traversa la rivière Tennessee et s'engagea dans la rue principale.

— Tu as déjà visité le vieux quartier de Knoxville ? demanda Millie.

— Nan, nan, répondit Peck.

— C'est le quartier historique, dit Millie. C'est juste à côté du campus de l'université, donc il y a de la bonne bouffe et des endroits sympas.

Passant devant le palais de justice, Millie ralentit calmement, laissant Peck s'imprégner du décor. Elle tourna à gauche sur Gay Street et lui indiqua un monument historique, le théâtre Tennessee. Elle trouva une place de parking sur l'avenue de l'Union. Ils sortirent et marchèrent sur la place du marché.

— Je ne crois pas qu'un magasin soit ouvert pour l'instant, dit Millie. Je voulais juste te montrer.

— C'est une belle ville, dit Peck. Ancienne, comme la Nouvelle-Orléans*se.*

Ils marchèrent sur la place du marché et retournèrent à l'endroit où le SUV était garé.

— Quand tu pourras écrire, tu m'écriras ? demanda Millie.

— Je ne connais pas les ordinateurs, dit Peck.

— Pas d'ordinateur, dit Millie. Une vraie lettre que je pourrai lire et mettre sous mon oreiller.

— *Ah oui*, dit Peck. *Je vais t'écrire ma toute première lettre.*

— C'est positif ? demanda Millie. Ce que tu as dit.

Peck prit Millie par la main, la porta à ses lèvres et sourit.

— Ma première lettre sera pour toi, chérie, dit Peck.

Millie rougit, portant ses doigts à son appareil dentaire. Il lui embrassa légèrement la main, puis ils se retournèrent et grimpèrent les marches pour retrouver le SUV.

— Allons à l'hôpital, et voyons s'il y a un endroit où manger, dit Millie. Il doit bien y avoir quelque chose d'ouvert.

L'hôpital dominait Knoxville en arrière-plan, non loin d'un McDonald's où ils s'arrêtèrent et se garèrent, se contentant d'un café et de sandwichs pour le petit-déjeuner. Le trajet leur avait ouvert l'appétit. Millie apporta un exemplaire gratuit du journal de Knoxville à leur table, tandis que Peck se servait en dosettes de lait concentré et en sachets de sucre à la table des condiments. Tandis que Peck déballait le premier de ses deux sandwichs à la saucisse, aux œufs et au fromage, Millie trouva l'hôpital sur son téléphone portable.

— Donne-moi ton article de journal, dit-elle.

— Je ne l'ai pas, dit Peck. Je te l'ai donné hier soir.

— Oh ! dit Millie. Il est dans mon sac. Désolée.

Elle fouilla au fond de son sac et retrouva l'article de journal, qu'elle déplia et posa sur la table. Elle prit deux frites, les croqua en deux et, d'un doigt disponible, composa un numéro puis porta son téléphone à l'oreille. L'hôpital répondit.

— Allô ? demanda Millie. Quelles sont les heures de visite ?

— Pour la maternité ? demanda l'opératrice.

— Oh non. Pour un patient.

— De onze heures à vingt-et-une heures. Pas d'enfants de moins de quatorze ans, dit l'opératrice.

— Merci, dit Millie. Pouvez-vous me dire si Brock Singleton est là ?

— Un moment, s'il vous plaît.

— Merci.

— M. Singleton est là.

— Merci.

— Vous êtes de la famille ?

— Pourquoi ? demanda Millie.

Millie fourra le reste de ses deux frites dans sa bouche tout en écoutant.

— Il ne peut voir que les membres de sa famille.

— Vraiment ? demanda Millie.

— Vous êtes de la famille ?

— Pouvez-vous me dire pourquoi, s'il vous plaît ?

— Je suis navrée, seuls les membres de la famille sont

autorisés. Êtes-vous un membre de sa famille ?

— Non, Madame. Merci.

Millie éteignit son téléphone. Elle ouvrit son burrito et en prit une bouchée.   — Seulement la famille, dit Millie.

— *Que*? demanda Peck.

— Elle a dit que seuls les membres de sa famille pouvaient lui rendre visite, dit Millie.

— Ah, dit Peck. T'as essayé, chérie. Merci.

Millie regarda Peck dans les yeux sans dire un mot. Il était impossible de deviner ce à quoi elle pensait. Elle sirota son café, porta son burrito matinal à la bouche, en mordit un tiers et mâcha.

— C'est quoi, une pirogue ? demanda-t-elle, la bouche pleine.

— Ah, dit Peck, en souriant. Une pirogue.

— C'est quoi ?

— C'est un bateau plat taillé dans un arbre, pour chasser l'alligator ou poser des pièges à crabes.

— L'alligator ?

— *Oui.*

— Combien de pièges il te faut pour attraper tes crabes ?

— Oh, peut-être cent, peut-être deux cents.

— Ça fait beaucoup de pièges, dit Millie. Il doit falloir un grand arbre pour creuser une telle pirogue.

— Nan, nan, dit Peck. Y a pas beaucoup d'crabes dans le piège. Peck le soulève par le bas, prend les crabes, met un os de poulet dedans et remet le piège au fond. Y a pas de pièges sur l'bateau. Juste un panier avec les crabes que j'ai attrapés.

— Intéressant, dit Millie sans quitter Peck du regard.

— Des crabes pour tous les restaurants, dit Peck. Et les crabes à carapace molle pour les meilleurs restaurants. Ils paient bien.

— Et tu as trouvé ça tout seul ? demanda Millie.

— *Oui*, dit Peck.

— Et tu n'abandonneras pas tant que tu n'auras pas réussi ? demanda Millie.

— *Mais oui*, dit Peck.

Millie mordit dans son burrito.

— Mon petit ami m'a abandonnée, dit Millie.

— Il est pas pour toi, ce mec-là, chérie.

— Alors, c'est un tocard ?

— *Oui.*

Elle mâcha en réfléchissant, tout en regardant Peck.

— Peck ?

— Hein ?

— On ne lâche rien. On va aller voir M. Brock Singleton.

— Comment ? demanda Peck.

— J'ai une idée.

— La famille seulement, chérie, tu t'rappelles ?

— Mon professeur d'histoire européenne...

Peck posa sa main sur celle de Millie pour la calmer.

— Monsieur Thayer nous a raconté comment un sale type avait réussi à faire envoyer cinq mille dollars à sa grand-mère, dit Millie. C'était un escroc. Il l'a appelée et elle lui a envoyé de l'argent, alors qu'elle ne le connaissait même pas.

— Elle connaissait pas le gars à qui elle a envoyé de l'argent ?

— Non, elle ne le connaissait pas. Il a prétendu qu'elle le connaissait et elle l'a cru.

— *Bâtard*, dit Peck.

— Est-ce que ça rime avec ce que je pense que ça veut dire ? demanda Millie.

— *Oui*, ça rime, dit Peck.

— Il l'a appelée et lui a dit : "Mamie ?" dit Millie.

— Et le *bâtard* la connaissait même pas ? demanda Peck.

— Non, c'est ça le truc, dit Millie. À la seconde où il a dit "Mamie", la grand-mère de mon professeur a répondu "Bébé Tim ?", comme si elle le connaissait. L'escroc lui a alors dit que oui, c'était Baby Tim, qu'il avait des ennuis, qu'il avait besoin de cinq mille dollars et qu'il ne voulait pas qu'on le sache. Que c'était trop embarrassant.

— Et ? demanda Peck.

— Et elle lui a viré l'argent, cinq mille dollars, jusqu'au dernier centime, dit Millie.

— *Bâtard*, dit Peck.

— Un vrai *bâtard,* dit Millie.

Millie picorait méthodiquement frite après frite, les portait à sa bouche et les mâchait, tandis que son esprit s'agitait dans ses pensées. Ses yeux scintillaient à l'occasion. Elle but une gorgée de café. Puis elle s'arrêta, se redressa et pointa du doigt vers le haut, comme si elle avait une idée en tête.

— Une minute, dit-elle.

Millie prit son téléphone et composa à nouveau le numéro de l'hôpital.

— Souhaite-moi bonne chance, dit-elle.

— Hein ?

— Voyons s'ils vont l'appeler.

Peck prit la main de Millie, l'embrassa puis la relâcha.

Millie plissa timidement les yeux et sourit. Quand l'hôpital répondit, elle se redressa à nouveau.

— Allô, le patient Brock Singleton, s'il vous plaît, dit Millie. Singleton.

Les yeux de Millie s'écarquillèrent, signe qu'ils étaient sur le point d'appeler sa chambre.

— Allô ? demanda la voix.

— Brock ? dit Millie dans le téléphone.

— Oui, qui... ?

— Brock, c'est toi ?

— C'est moi, Brock. Qui est-ce ?

— Devine, dit Millie.

— Dites-moi.

— Devine. Un petit indice : je suis ta cousine préférée.

Millie mit nerveusement ses doigts devant sa bouche, en espérant, en attendant.

— Kristen, c'est toi ?

— Oui ! dit Millie.

— Tu es vraiment ici à Knoxville ?

— Oui ! dit Millie. C'est moi Kristen et je suis vraiment ici.

— Tu es sûre de vouloir me voir ? Je suis dans un sale état.

— Peut-on passer te voir ? On ne restera pas longtemps.

— Bien sûr, bien sûr, dit Brock. Je vais dire à l'infirmière que vous venez.

— Avec un ami, dit Millie.

— Je vais le dire à l'infirmière. J'ai hâte de te voir, Kristen. Les visites ne commencent qu'à onze heures, par contre.

— Pas de problème, dit Millie. On passera après onze heures. Bye.

Millie posa son téléphone sur la table, prit l'un des sandwichs de Peck, croqua un grand coup, puis se mit à rire nerveusement.

Peck se contenta de la regarder, songeant à la pêcheuse redoutable qu'elle ferait : patiente, rusée, connaissant le bon appât. Millie tendit la main à Peck pour qu'il la serre.

— Bonjour, dit-elle. Je m'appelle Kristen, et vous ?

Ils éclatèrent de rire, se resservirent du café, chacun appréciant la compagnie de l'autre, les yeux de Millie passant de l'émerveillement à la curiosité, de la réflexion à l'indifférence.

— Quel connard, dit Millie en fixant la poitrine de Peck.

— Qui ça ?

— Mon petit ami.

— C'est pas ton petit ami, dit Peck. Il a trahi Millie.

— Oh, c'est vrai, dit Millie. Quel *bâtard*.

— *Ah oui, chérie*, dit Peck.

— Il regrettera de m'avoir perdue, dit Millie. Un jour, il le regrettera.

— Nan, nan, dit Peck. Il regrettera rien.

Millie leva les yeux vers Peck, faisant la moue.

— Vraiment ?

— *L'homme est trop stupide pour savoir ce qu'il a perdu*, dit Peck.

Millie fronça les sourcils en pensant à ce que Peck venait de dire. Il avait utilisé le mot *stupide*. Elle sourit et se rassit, profitant du moment présent.

À l'hôpital, Millie se rendit au poste des infirmières et demanda à ce qu'on l'annonce : Kristen, cousine de Brock. L'employée s'exécuta. Arrivés au quatrième étage, Millie et Peck passèrent devant un policier en uniforme, traversèrent un couloir, puis entrèrent dans la chambre de Brock, laissant la porte se refermer derrière eux. Brock était assis, le dos appuyé contre un oreiller. Des bandages recouvraient la moitié de son visage, y compris un œil et sa mâchoire.

— Brock, s'écria Millie, je ne suis pas Kristen. J'ai dû leur mentir pour qu'ils nous laissent vous voir.

Brock se redressa, effrayé.

— Qui êtes-vous ? balbutia-t-il.

Millie pointa Peck du doigt.

— Vous vous souvenez de lui ? demanda-t-elle. Vous l'avez sauvé sous un pont alors qu'il se battait contre un homme avec un couteau et vous avez récupéré les cachets de son ami. Vous vous souvenez ?

— La tempête de grêle, dit Peck.

Brock plissa son œil et observa attentivement le visage de Peck.

— Je me souviens, dit Brock. Maintenant, je me souviens. Il a frappé votre ami et lui a volé ses médicaments

— *Oui*, dit Peck. *Oui*.

Millie se pencha pour voir les dégâts sur le visage de Brock.

— Je m'appelle Millie. Ça va aller, Brock ?

— Ils ont sauvé mon œil, dit Brock. Mais j'aurai besoin d'une opération dentaire pour ma mâchoire supérieure.

— Vous avez de la chance qu'ils aient sauvé votre œil.

— Comment m'avez-vous trouvé ?

— C'était marqué dans le journal que vous étiez ici, dit Millie. Peck voulait s'assurer que vous alliez bien.

— Il m'a poignardé deux fois au visage.

— Ils savent qui c'est ? Ils l'ont attrapé ? demanda Millie.

— Non, dit Brock. Il s'est enfui. Ils sont toujours à la recherche de notre pick-up, mais ils disent qu'il a dû changer la plaque et qu'il y a un million de pick-up blancs en circulation.

— Vous vivez à Knoxville ? demanda Millie.

— Je suis prof à Saint-Louis, dit Brock.

— Tout ce chemin depuis Saint-Louis ?

— Nous étions en vacances à la Nouvelle-Orléans. Nous revenions en voiture quand c'est arrivé. Mes parents vivent à Knoxville. Ils m'ont amené ici.

— Winton, l'homme dans le journal, est-il ici avec vous ? demanda Millie.

— Il est retourné à St Louis pour les cours d'été, dit Brock.

— Je vais prier pour vous tous les jours, dit Millie.

— Merci, dit Brock.

— Mon père est pasteur, dit Millie. Je vais lui demander de faire une prière spéciale pour vous.

— C'est gentil, dit Brock. Vraiment gentil. D'où connaissez-vous Kristen ?

— Quoi ? demanda Millie.

— Vous avez emprunté le nom de ma cousine Kristen pour entrer, d'où la connaissez-vous ? demanda Brock.

—Oh, je ne la connais pas, j'ai juste deviné. C'est une longue histoire, dit Millie. Nous devions entrer ici pour vous voir.

— J'apprécie que vous soyez venus, dit Brock. Je suis content que vous vous en soyez bien sorti, Peck.

— Merci à toi, *mon ami*, dit Peck.

— Comment va votre ami, celui avec les médicaments ? demanda Brock.

— Il va bien. Tu lui as sauvé la vie, dit Peck.

— Que Dieu vous bénisse, Brock, dit Millie. Vous allez vous en sortir, j'en suis sûre.

— Merci, dit Brock.

— Laissez-moi prendre une photo de vous deux. Ça vous fera un souvenir, dit Millie.

Elle prit le téléphone de Brock sur la table de chevet et recula de quelques pas.

— Peck, rapproche-toi de Brock pour la photo, dit Millie, trouvant le déclencheur de l'appareil photo et tenant déjà le téléphone bien en l'air. Elle appuya sur le bouton.

— Une autre, dit-elle.

Peck se pencha et serra la main de Brock en souriant.

— Parfait, dit Millie.

Elle ouvrit le fichier photo du téléphone pour voir le résultat. À côté des deux photos qu'elle venait de prendre, elle en vit quatre autres : deux d'une moto noire, une avec un pick-up blanc devant la moto, et une autre de la moto noire vue de côté avec Peck au sol, en train de se battre contre l'homme au couteau.

— Oh, on voit bien la moto, dit Millie. La police a-t-elle vu ces photos ?

— Oui. J'ai signé une décharge et ils les ont téléchargées, mais ils ont dit que le type avait déjà retiré la plaque d'immatriculation de sa moto, donc ces photos ne permettront pas de le retrouver.

— Quel rat. Quel sale type, dit Millie.

— Je me demande s'ils ont regardé ma vidéo, dit Brock.

— Quelle vidéo ?

— Voyez s'il n'y a pas une vidéo de lui ou de sa moto sur mon téléphone.

— Attendez, dit Millie. Il y en a une.

Elle resta immobile pendant une seconde, impassible.

— Ça vous dérange si je m'envoie cette vidéo par SMS ?

— Je vous en prie, dit Brock.

Millie envoya à son téléphone les deux photos de Peck et de Brock ainsi que la vidéo prise sous le pont pendant la tempête de grêle. Elle effaça les messages sortants du téléphone de Brock, éteignit son téléphone et le posa sur la table de nuit. Elle tint la main de Brock et lui sourit.

— Nous prions tous pour vous, dit Millie. Et je ne vous remercierai jamais assez d'avoir sauvé ce grand gaillard. Merci à vous et à votre ami.

— Merci d'être venus, dit Brock. Et ne vous inquiétez pas, je ne trahirai pas votre couverture, Kristen.

Brock cligna de son œil restant alors qu'ils quittaient sa chambre. Une fois dans le hall, ils passèrent devant le policier et prirent l'ascenseur sans dire un mot, sortirent par l'accueil et montèrent dans le SUV.

— Attends de voir ça, s'écria Millie.

— Voir quoi ? demanda Peck.

— Attends, dit Millie.

Millie alluma son portable et trouva le message qu'elle venait de s'envoyer. Elle ouvrit la vidéo et se pencha sur la console centrale.

— Regarde, dit-elle.

Elle lança la vidéo.

— Regarde bien ce qui se passe.

La vidéo montrait l'homme au couteau sautant dans le pick-up. Après avoir refermé la porte, on pouvait le voir jeter une petite plaque d'immatriculation sur le tableau de bord.

— Il a jeté quoi, chérie ? La plaque de sa moto ?

— J'en suis certaine.

— T'arrives à la lire ? demanda Peck.

Millie relança la vidéo et appuya sur pause quand la plaque fut bien en vue.

— 08N391, dit Millie. Sous le numéro, il est écrit "Moto".

— Youpi ! Ouais, ouais ! dit Peck.

Le poing de Peck se serra. Ses lèvres se crispèrent à mesure qu'il retrouvait la mémoire. Il ne se demanda même pas comment Millie avait obtenu la vidéo. Il s'était contenté de revoir cette soirée qui avait tourné au cauchemar. Millie baissa la main qui tenait son téléphone et se tourna vers Peck.

— Si on le pouvait, tu aimerais essayer de l'attraper ? demanda Millie.

— Quand ça, chérie ?

— Maintenant.

— *Oh oui*, dit Peck.

— Je vais devoir inventer un mensonge à dire à mes parents, et tu vas devoir rater ton bus et prendre le suivant.

— Ça roule.

— Tu es partant pour tout ça ? demanda Millie.

— Pour attraper ce mec, *oui*, dit Peck. Gabe aurait dit oui aussi.

— Sais-tu où il est, qu'on puisse l'appeler ?

— Qui ça, chérie ?

— Ton ami Gabe.

Peck sortit les papiers sur lesquels Sasha avait écrit ses coordonnées. En un rien de temps, Millie composa le numéro de l'hôtel de Providence sur son portable et le tendit à Peck.

— Tiens ça à l'oreille, dit Millie.

— Ici la réception, qui souhaitez-vous contacter ?

— Allô ? demanda Peck. M. Gabe Jordan.

— Allô ? répondit Gabe.

— Gabe ? Comment tu vas, mon pote ?

Millie descendit du SUV, laissant à Peck un peu d'intimité.

— Gabe, tu aimes ton jazz ? demanda Peck.

— Le jazz est phénoménal, vieux frère. Le grand concert commence ce week-end, mais j'ai entendu le meilleur jazz depuis la Nouvelle-Orléans.

Peck écouta Gabe citer les noms des jazzmen et des styles qu'il avait écoutés.

— Gabe, j'ai vu le mec qui nous a aidés à faire passer tes médicaments sous l'pont, dit Peck. Il a morflé pas mal mais il va bien.

— Comment diable l'as-tu trouvé ? J'espère que tu lui as dit merci de ma part.

— Ouais, ouais. Le journal a dit qu'il était à l'hôpital, alors je suis descendu du bus. Gabe est d'accord avec ça ?

— Tout à fait d'accord. Prends ton temps, mon grand.

— T'es sûr, Gabe ? demanda Peck. Faut du temps à Peck.

— Visite la région, prends-en plein la vue, vieux frère, c'est un pays magnifique.

— Au revoir Gabe, dit Peck. À bientôt.

— Au revoir, vieux frère, je t'aime.

Millie le vit retirer son téléphone de son oreille puis monta dans le SUV.

— Gabe va bien, dit Peck. Il a dit qu'il y avait encore plein de jours de jazz, alors je peux rester un jour de plus.

— Parfait, dit Millie. Je vais trouver quelque chose à raconter à Papa pour expliquer pourquoi je ne serai pas à la maison ce soir. Je connais beaucoup de filles à Knoxville, ça aide.

— Comment qu'on va trouver l'homme au couteau ? demanda Peck. T'as une idée ?

— Laisse-moi te montrer la vidéo encore une fois, Peck. Regarde bien.

Millie ouvrit sa galerie photo et lança la vidéo de la moto noire et du pick-up.

— T'as vu ? demanda Millie.

— Sa moto ? demanda Peck. *Oui.*

— Non, dit Millie. Regarde de plus près.

— *Que* ? demanda Peck.

— Son numéro d'immatriculation, dit Millie. On peut savoir qui il est grâce à sa plaque d'immatriculation.

— *Sainte merde*, dit Peck.

— C'est positif, non ? demanda Millie. Ce que tu as dit.

Peck posa sa main gauche derrière la tête de Millie, lui toucha doucement la joue et dirigea son visage vers le sien.

— *Tu es si spéciale*, dit-il.

— Hmm... Ça c'est positif, non ? demanda Millie. Ce que tu as dit.

Peck l'embrassa sur la joue, le front, le nez, puis sur l'autre joue.

Millie se tourna vers l'avant de son siège, sourit et boucla sa ceinture de sécurité, savourant l'instant. Elle démarra le SUV.

— Il faut qu'on trouve un ordinateur, dit Millie. Nous avons beaucoup à faire. Ensuite, nous trouverons ce *bâtard*. Il ne peut plus se cacher maintenant.

— Gabe, dit Peck en se rasseyant sur son siège. Il a l'air heureux. Y a plein de jazz là-bas. C'est top.

Le SUV recula puis alla de l'avant en cette fin de matinée.

CHAPITRE 15

— *ON VA OÙ, CHÉRIE* ?

— À la bibliothèque, en espérant que ma carte de Baylor nous permette d'entrer, dit Millie. Si c'est le cas, alors nous irons sur Internet et verrons quels bus tu peux prendre aujourd'hui ou demain. Ensuite, j'appellerai Maman et lui donnerai une excuse pour mon absence, puis nous irons chercher l'homme au couteau au DVM.

— Le DVM ? demanda Peck.

— Le département des Véhicules Motorisés sait à qui appartiennent les numéros de plaques d'immatriculation, répond Millie.

Le bibliothécaire se montra cordial. Une femme à l'accueil connaissait le père de Millie et les invita à utiliser le matériel de la bibliothèque. Peck fut émerveillé par le nombre de livres sur les étagères. Il suivit Millie jusqu'à un ordinateur devant lequel elle s'assit.

— Promène-toi, je t'en prie, dit Millie. Jette donc un œil. Je serai juste ici.

Peck prit une allée, puis une autre. Il s'arrêta pour toucher la couverture d'un livre en tête de rayon. Il regarda entre les livres sur les étagères, puis observa quelqu'un assis à une table en train de lire. Il fit le tour de la table et s'approcha de Millie, dont le visage était éclairé par l'écran de l'ordinateur.

— Très bien, murmura Millie. Tu peux prendre un bus à minuit si on a de la chance et qu'on le trouve. Sinon, il y en a un autre demain, à la même heure qu'aujourd'hui : 13 heures.

— Ça roule, dit Peck.

— J'ai annulé tes réservations pour aujourd'hui. On réservera à nouveau une fois qu'on saura quoi faire.

Peck tira une chaise et s'assit à côté de Millie. Millie sortit la coupure de presse de son sac, la posa devant elle, puis relut à voix basse certains passages.

Deux hommes ont été attaqués et dépouillés de leur pick-up à Hazelton, dans le Mississippi, jeudi en fin de soirée.

— D'accord, ça s'est produit dans le Mississippi, pas dans le Tennessee.

— Ah *oui*, dit Peck.

— Alors nous devons d'abord consulter un DVM dans le Mississippi, dit Millie.

Elle se remit à lire à voix basse.

Brock Singleton et Winton Makaylah s'étaient garés sous le viaduc d'Hazelton pendant une tempête de grêle qui avait recouvert de grêlons épais de trois centimètres une zone de soixante kilomètres ce soir-là. Les deux hommes étaient sortis de leur véhicule, le laissant sans surveillance, pour demander à un conducteur de camion-remorque des informations sur l'état de la route lorsqu'ils ont vu le suspect fouiller dans la cabine de leur pick-up. Une bagarre s'en suivit. Le suspect aurait sorti un couteau et poignardé Singleton à deux reprises, une fois dans la poitrine et une fois au visage.

— C'est faux, Peck.

— Hein ?

— Tu te souviens que Brock nous dit qu'il avait été poignardé deux fois au visage ?

— *Oui*, dit Peck.

— Ce pauvre homme. N'était-ce pas horrible, tous ces bandages sur son visage ?

— Oui, M'dame, murmura Peck.

Millie poursuivit sa lecture.

Alors que les victimes s'occupaient de leurs blessures, tentant d'arrêter les saignements, le voleur partit avec leur pick-up, laissant sa propre moto derrière lui. La plaque d'immatriculation de la moto avait été enlevée, rendant sa traçabilité plus difficile. La police de l'État du Mississippi a demandé aux témoins de se manifester. Depuis, Singleton a été transféré dans une clinique ophtalmologique d'urgence à l'hôpital de Knoxville, où vivent ses parents. Les autorités du Tennessee coopèrent avec la police de l'État du Mississippi, autorisant celle-ci à interroger Singleton dans l'espoir de découvrir des indices. La famille de la victime offre une récompense pour toute information pouvant conduire à la condamnation de ce bandit de grand chemin en cavale, présumé armé et dangereux.

— Bon, ici ils parlent du Tennessee, dit Millie. Si on ne le trouve pas dans le Mississippi, on devrait essayer dans le Tennessee.

— Pourquoi ? demanda Peck. Pourquoi le Mississippi et pourquoi dans l'Tennessee, Chérie ?

— Parce qu'on ne sait pas quel État vérifier en premier, dit Millie.

— Mais, Chérie...

— Peck, je sais ce que je fais. Je fais des recherches dans les journaux depuis trois ans maintenant, mon chou.

— Une plaque d'immatriculation dit pas d'où vient une voiture ou un vélo, Chérie ? demanda Peck.

— Oui, mais...

Millie marqua une pause. Elle avait compris où Peck voulait en venir : la vidéo du pick-up et de la plaque d'immatriculation de la moto qu'elle avait sur son téléphone portable. Elle regarda Peck, cacha son appareil dentaire de la main, sourit puis haussa les épaules. Elle avait complètement oublié la vidéo.

— Et c'est toi qui ne sais pas lire, s'amusa Millie. Tu es plus malin que moi, c'est sûr.

Elle prit son téléphone portable et lança la vidéo du pick-up avec la plaque d'immatriculation sur le tableau de bord. Elle fit arrêt sur image quand la plaque d'immatriculation devint lisible : Kentucky 08N391.

— Qu'est-ce que tu dis de ça ? s'étonna Millie. C'est aussi simple que ça. Notre *bâtard* vit dans le Kentucky.

Elle tendit la main gauche et tapota la jambe de Peck.

— Bon travail, Sherlock, murmura-t-elle. C'est un peu comme pêcher, non ?

— *Tu es la magie, Chérie*, dit Peck.

Les doigts de Millie dansaient sur le clavier, les yeux rivés sur l'écran et ses occasionnels pop-up.

— Ça a l'air positif, dit Millie. Ce que tu as dit.

Millie passait le web au peigne fin, à la recherche d'un site du DVM pour l'État du Kentucky.

— Chaque État gère l'information publique différemment, chuchota Millie. Je l'ai appris en faisant des recherches sur les personnages d'un livre. Mon professeur de droit des affaires voulait que nous rédigions une enquête sur les faits présentés par un auteur à propos des personnages de son livre pour voir s'il avait fait de bonnes recherches ou s'il essayait de nous rouler dans la farine.

— Dans la farine ? demanda Peck.

— Ça veut dire se moquer de nous, dit Millie.

— Aaah.

— J'ai dû chercher des informations dans le Minnesota et le Michigan, et c'est là que j'ai compris que chaque État procédait différemment.

Peck s'assit patiemment, n'ayant pas la moindre idée de ce qu'elle racontait.

— Ah, voilà, dit Millie. Les plaques d'immatriculation par comté. Kentucky.

Elle alla sur le site web de l'État du Kentucky et tapa "DVM Comté", puis "08N391". Elle appuya sur "Entrée" et attendit.

— Comté de Laurel, dit Millie. Il vit dans le comté de Laurel. Voyons maintenant s'il y a son adresse dans le comté de Laurel. Peck, prends mon stylo dans mon sac, s'il te plaît.

L'écran la conduisit d'un site web à l'autre jusqu'à ce qu'elle trouve une liste complète de permis de conduire pour London, dans le Kentucky. Le nom, l'adresse et le numéro d'immatriculation d'une Harley Davidson noire de 2014 y figuraient.

— M. Éric Tandino, vous êtes sur le point d'aller en prison pour très, très longtemps, déclara Millie.

Millie prit le stylo des mains de Peck et nota l'adresse de la rue. Elle rendit le stylo à Peck puis regarda l'écran.

— Voyons à quelle distance se trouve London, dans le Kentucky, chuchota Millie.

— Pourquoi ? demanda Peck.

— Pour connaître le temps de parcours, dit Millie.

— On peut pas juste d'mander à quelqu...

Millie se retourna brusquement, se penchant vers Peck d'un air résolu.

— Je suis douée pour ces choses-là, dit-elle doucement. Laisse-moi faire.

Peck acquiesça et se rassit.

— *Oui.*

— Quelle est la distance entre London, dans le Kentucky et Knoxville, dans le Tennessee, se dit-elle à voix basse, en tapotant le clavier. Elle regarda l'écran. Hmm, se dit Millie. Une heure et vingt-neuf minutes de route sans trafic. La circulation n'est pas très dense pendant la journée. Bref, pas de quoi s'inquiéter.

Millie prit le stylo des mains de Peck et griffonna une note sur le temps de parcours et sur les routes inter-États.

— Je vais entrer cette adresse dans le GPS.

Elle tendit le stylo à Peck et regarda l'écran, frappant les touches tout en parlant.

— Voyons si un bus Greyhound va à Providence depuis London, dans le Kentucky, ou si nous devrons repasse par ici, se demanda Millie.

Peck sourit devant l'assurance de la jeune femme, qui prenait les choses en main. C'était une bonne pêcheuse, elle n'oubliait aucun détail.

— Oh, bien, dit Millie. Peck, il y a un bus pour Providence au départ de Knoxville qui va à London, dans le Kentucky, et qui remonte ensuite jusqu'en Nouvelle-Angleterre. Donc, le bus qui part d'ici à minuit, arrive à London à une heure cinquante-six du matin, et quitte London à deux heures trente. Ils font une pause, ils ramassent le courrier ou un truc du genre.

— Qu'est-ce tu dis, Chérie ? demanda Peck.

— Je t'ai réservé une place de bus depuis London, dans Kentucky pour deux heures et demie demain matin. Autrement dit, on va chercher ce *bâtard*.

— Chérie, pourquoi qu'on le dit pas aux flics ? demanda

Peck.

Millie plia l'article de journal de Peck, le mit dans la poche de son short, fourra les notes écrites dans son sac et ferma les fenêtres d'ordinateur qu'elle avait ouvertes. Elle se leva et fit signe à Peck de sortir de la bibliothèque afin qu'ils puissent parler. Sa démarche était empreinte d'une confiance nouvelle, que Peck n'avait jamais vue auparavant. Une fois dehors, elle descendit quatre marches jusqu'au premier palier et attendit que trois personnes passent. Elle se tourna vers Peck.

— Ce *bâtard*, ce Tandino, aurait pu tuer ton ami, Peck.

— Pour sûr, dit Peck.

— Sans ses médicaments, ton ami aurait pu mourir.

Millie fit un tour complet sur elle-même, tout en réfléchissant.

— Regarde ce qu'il a fait au pauvre Brock, dit-elle. Il aura le visage marqué pour le restant de ses jours.

— Ah *oui*, dit Peck.

— Allons dans le Kentucky et regardons les policiers le conduire en prison.

Peck vit dans les yeux de Millie qu'elle était déterminée à donner du sens à sa vie après que son petit ami l'ait dévalorisée.

— Millie, tu peux appeler Sasha et lui dire quand mon bus sera parti ? Qu'elle dise à Gabe c'est quand que j'arrive, demanda Peck.

— Alors, tu es partant ? sourit Millie. Tu viens avec moi ?

— *Allons-y*, dit Peck.

— Tu as faim ? demanda Millie.

— *Oui*, dit Peck.

— On s'arrêtera en chemin, dit Millie.

— Ça roule.

— Attends une minute. Il faut que j'appelle Maman.

Millie montra du doigt son SUV et fit signe à Peck d'y monter, le temps qu'elle règle ses affaires personnelles. Elle marcha, marqua une pause, puis se retourna et arpenta toute la largeur des marches de la bibliothèque. Elle sourit, éteignit son téléphone, descendit les marches jusqu'à son SUV puis monta à bord.

— Je vais tout droit en enfer, dit Millie.

— Hein ? demanda Peck.

— Tout droit en enfer.

— Pourquoi ça, Chérie ?

— Je viens de raconter à Maman un énorme mensonge, et je vais aller droit en enfer pour cela, dit Millie en démarrant le SUV. Je lui ai dit que j'avais rencontré une fille de Baylor au McDonald's qui pleurait et qui m'a dit qu'elle était enceinte, que sa mère ne voulait pas la laisser se faire avorter, que son petit ami ne voulait pas l'épouser et qu'elle allait peut-être devoir quitter l'école, expliqua Millie. J'ai dit à Maman que je devais rester avec elle à Knoxville ce soir pour lui remonter le moral et l'aider à parler à sa mère.

— Ben dis donc ! s'emporta Peck.

— Tu crois ? demanda Millie.

— Tchou-tchou ! dit Peck.

— Train direct pour l'enfer, c'est ça ? demanda Millie.

— Hmm, dit Peck en se redressant dans son siège. P'têt pas l'enfer, Chérie.

— Enfer et damnation, dit Millie. Mon père me ferait la peau.

— J'peux te d'mander un truc ?

— Je t'en prie, dit Millie.

— Tu connais des filles à...

Peck montra du doigt le t-shirt de Millie.

— Des filles à Baylor, qui sont enceintes ? Et pas qu'une ! dit Millie.

— Tu connais des filles que leurs p'tits amis veulent pas épouser ?

Millie regarda Peck, baissa les paupières et le regarda fixement.

— Pardon ? grogna-t-elle.

— Oh, *oui*, désolé, dit Peck.

— Où veux-tu en venir ? demanda Millie.

— Tout ce que Millie a dit à sa Maman est vrai, mais dans l'mauvais sens, dit Peck.

— Et je n'irai pas en enfer ? demanda Millie.

— Oh, tu peux aller en enfer, Chérie, mais pour une bonne raison, j'pense. Pas pour un vilain mensonge.

Millie essuya une larme joyeuse du coin de l'œil, sourit puis démarra. Elle se sourit à elle-même dans le rétroviseur.

— Mais tu f'rais mieux de lire ta Bible, Chérie, dit Peck en se penchant en arrière. On sait jamais.

En empruntant l'Autoroute 75 en direction de London, Millie aperçut bientôt un panneau de sortie vantant les mérites d'une sandwicherie Subway. Elle sortit de l'autoroute, trouva le restaurant, s'y arrêta et gara son SUV. Ils commandèrent à manger. Millie remplit des tasses de thé glacé, trouva une table dans un coin et s'assit, attendant que Peck apporte les sandwichs. Il la rejoignit et fit glisser le sandwich de Millie sur la table. Le sandwich de Peck était un amas de viande long de trente centimètres. Celui de Millie se composait de salami traditionnel, de laitue, de tomates et de fromage, agrémentés d'olives et de fines tranches de piment jalapeño.

— J'ai toujours une brosse à dents dans mon sac, dit Millie.

— Pour quoi faire ? demanda Peck.

— Les graines, dit Millie. Les graines de tomate et de jalapeño se coincent dans mon appareil dentaire.

Elle ouvrit grand les yeux et termina d'une bouchée son sandwich Subway.

— Ah, dit Peck. Pas bête.

Millie regarda Peck, la bouche en pleine mastication et les yeux brillants d'une pensée après coup. La bouche pleine, elle demanda :

— Une fois que tu sauras lire, Peck, quel genre de livres penses-tu apprécier ?

Peck s'arrêta pour réfléchir, tenant son sandwich comme un saxophone à côté de sa bouche ouverte.

— Panographie, dit Peck.

Il mordit dans son sandwich.

Millie se redressa, le regard confus.

— Ouais, pour sûr, Chérie ! D'la panographie, bafouilla Peck.

La bouche de Millie s'ouvrit en grand, tel un poisson des

profondeurs, recrachant sur la table des morceaux de tomate, une bouchée d'oignon haché et la moitié d'une tranche de piment jalapeño. À bout de souffle, le visage rubicond, elle gloussait au bord des larmes. Elle baissa la tête vers la table.

— T'es-tu en train de mourir, Chérie ? demanda Peck.

Le visage baissé, Millie répondit par l'affirmative. Après quelques secondes, elle releva la tête et posa la main sur sa bouche. Son rire s'apaisa et elle inspira un grand coup. Aucun des deux amants n'eut besoin d'en dire plus. Le jeune homme fringant et analphabète amusait la princesse instruite et sophistiquée, comme dans un conte de fées Disney. Pour Millie, Peck était aussi charmant que n'importe quel prince. Pour Peck, Millie était un régal à regarder et à écouter parler.

En fin d'après-midi, ils roulèrent vers London, dans le Kentucky. Millie s'arrêta dans une station-service et tendit une carte de crédit à Peck pour qu'il fasse le plein pendant qu'elle localisait l'adresse sur le GPS de son téléphone.

— Sans plomb, dit Millie. C'est le bouton de gauche.

Ils roulèrent lentement dans les rues, écoutant les instructions données par son téléphone, qui les embringua dans plusieurs tours et détours.

— Peut-être n'était-ce pas une si bonne idée, Peck, dit Millie.

— Avance, Chérie, dit Peck.

— Quel sale endroit, dit Millie. Regarde-moi ces taudis.

Les petites maisons n'étaient pas seulement misérables, elles semblaient délabrées et encombrées. Ce n'était pas qu'un quartier pauvre, c'était un quartier dangereux. Le GPS les conduisit le long d'une maison haute de deux étages qui ressemblait à une ancienne ferme autour de laquelle la ville se serait développée. Elle paraissait inoccupée, des mauvaises herbes envahissant ses murs extérieurs.

— Recule, dit Peck.

— Quoi ? demanda Millie.

— Recule un peu.

— On part d'ici, pas vrai ?

— Non, non, recule un peu et arrête-toi.

Millie enclencha la marche arrière et recule lentement.

— Stop, dit Peck.

Tel un chasseur, il pencha la tête et observa. Il désigna un mobile home situé cinquante mètres derrière la maison vide.

— Regarde, dit Peck.

— Où ça ?

Peck montra du doigt.

—C'est une moto, murmura Millie. Elle est bleue, pas noire.

— C'est l'adresse que ce truc dit, Chérie ?

— Mon GPS ? Oui. C'est la bonne adresse.

— Alors c'est lui, j'te le dis, dit Peck.

— Attends, voyons si c'est la même plaque que la moto noire sous le pont, dit Millie.

Elle ouvrit la galerie photo de son téléphone et fit défiler les deux photos avec la moto.

— Ce n'est pas la même moto, dit-elle.

— Il a sûrement volé celle-là, dit Peck.

— Même numéro d'immatriculation, dit Millie.

— Même numéro ? marmonna Peck, comme si le fait de voir la plaque lui faisait revivre cette soirée passée en pleine tempête de grêle sous un pont du Mississippi.

— Qu'est-ce qu'on fait, Peck ?

Peck ne répondit pas, trop occupé qu'il était à scruter toutes les maisons, à la recherche d'indices.

— Bon, on appelle la police ? demanda Millie.

— Nan, nan, dit Peck. Pas dans ce quartier, nan.

— Pourquoi pas ?

— Ils vont pas venir. Les flics sont corrompus par ici.

— Ça y est, j'ai peur, dit Millie.

— Laisse-moi gamberger, dit Peck.

— Partons d'ici.

— Nan, nan. Attendons, dit Peck. Laisse-moi gamberger.

Petit à petit, comme s'il étudiait les ondulations de la surface de l'eau dans un bayou marécageux pour y dénicher le meilleur endroit où lancer son cordeau, Peck examina chaque centimètre, chaque mètre, chaque hectare, chaque porche, chaque carcasse de ferraille rouillée, chaque bicyclette posée au sol et chaque appareil ménager.

— Attends-moi ici, dit Peck en saisissant la poignée de la porte.

— Je viens avec toi, dit Millie.

— Tu devrais rester ici, dit Peck.

— J'ai peur, Peck.

— On sait jamais...

— Je viens avec toi, insista Millie. Il a blessé des gens. Il aurait pu tuer ton ami en lui volant ses cachets. Il a poignardé Brock. Il aurait pu le tuer. Je viens avec toi, un point c'est tout.

Millie fronça les sourcils, l'air sérieux, insistant auprès de Peck.

— Bon, ça roule, dit Peck.

Il désigna une maison de l'autre côté de la rue.

— Mais tu attends ici pendant que j'vais chercher queq'chose puis je reviens te chercher avant qu'on aille chez lui.

— C'est promis ?

— Promis, Chérie.

— Très bien, dit Millie.

— Ferme les portes à clé, dit Peck en sortant de la voiture.

Il marcha d'un pas rapide et attentif, traversa la rue puis ramassa une batte en aluminium sur une barrique de deux cents litres. Il retira le gant de baseball posé sur la batte et le reposa au-dessus de la barrique. Il cacha la batte derrière son dos tout en se hâtant de retourner au SUV. Il demanda à Millie de déverrouiller la porte.

— T'es sûre ? demanda Peck.

Il souleva la batte, histoire qu'elle prenne conscience du danger de ce qu'ils s'apprêtaient à faire.

— Je viens avec toi, dit Millie.

— Prends mon sac de sport, dit Peck.

— D'ailleurs, j'aurais trop peur toute seule ici.

— Laisse ton sac dedans et prends mon sac de sport.

Millie se pencha sur la console centrale, souleva le sac de Peck et sortit du SUV. Elle appuya sur un bouton pour verrouiller les portes.

— Mets les clés dans ta poche, dit Millie.

— Ça roule.

— On ne peut pas se permettre de les perdre.

— Reste avec moi quoi qu'il arrive, Chérie, dit Peck en faisant le tour du SUV et en pressant le pas.

— D'accord, dit Millie, bien décidée à dompter sa peur et à faire preuve de courage.

Peck se dirigea droit vers la moto bleue, d'abord en marchant, puis en sprintant. Lorsqu'ils furent à moins de dix mètres du mobile home, l'homme au couteau poussa la porte moustiquaire, et tandis qu'elle claquait contre un mur extérieur du mobile home, un Rottweiler de cinquante kilos, grognant et montrant les dents, passa la porte à toute vitesse et jaillit du porche, s'élançant sur Peck et Millie. Peck fut tournoyer la batte en décrivant un large cercle à partir du sol, la ramena au-dessus de sa tête et, des deux mains, frappa de plein fouet la tête du chien en train de charger, dans un claquement sec mais résolu. Le chien glapit une fois puis tomba raide mort à ses pieds.

— T'es un homme mort, enculé ! hurla l'homme au couteau. T'as tué mon chien ! T'as buté mon chien, putain !

Il lâcha la porte moustiquaire et retourna dans son mobile home pour s'emparer d'une machette longue de soixante centimètres. Il poussa à nouveau la porte moustiquaire. Peck se rua sur lui, frappant le poignet de l'homme avec sa batte, faisant tomber la machette d'un coup sec. Il repoussa celle-ci d'un coup de pied, laissa tomber la batte au sol puis repoussa l'homme à l'intérieur de son mobile home, où ils se battirent. Millie se tenait à l'extérieur, tremblant et pleurant nerveusement, frissonnant en voyant le chien mort. À l'intérieur, une fenêtre vola en éclats sous les coups de poing. Une chaise fut renversée, une autre jetée comme une arme.

— Mon sac ! cria Peck.

— Peck ? balbutia Millie.

— Amène mon sac.

— Moi ? cria Millie.

— Amène mon sac, Chérie, dit Peck.

— À l'intérieur ?

— T'as plus rien à craind'. Entre.

Millie fixa le chien mort, fit le tour de la charogne et monta sur le perron, tirant la porte moustiquaire. Elle vit Peck à califourchon au-dessus de l'homme au couteau, dont les poignets étaient liés par la ceinture de Peck. Peck lui avait enfoncé un torchon dans la bouche afin de le faire taire. Du sang coulait du front de Peck, et ses phalanges étaient éraflées et ensanglantées à vif. Millie n'avait jamais vu ça ailleurs qu'au cinéma. Elle en fut bouleversée.

— Mon fil de pêche, dit Peck. Dans mon sac.

Millie trembla en voyant les yeux de l'homme au couteau la fixer. Ne le quittant pas des yeux, elle ouvrit le sac, y plongea la main et sortit une grosse bobine de fil de pêche noir homologué, de quatre-vingt-dix kilos.

— Ça ? demanda Millie.

— *Oui*, dit Peck. Ouvre-le. Retire l'emballage.

Millie était toute remuée, mais bientôt ses craintes se transformèrent en sentiment de confiance envers Peck, son protecteur. Sanguinolent, il continuait d'accomplir son devoir tout en la protégeant. Elle le regarda utiliser le fil de pêche pour attacher méticuleusement les bras, les mains, les jambes et les chevilles de l'homme au couteau, l'immobilisant totalement. Ses joues parsemées de taches de rousseur se changèrent en un rouge profond, prise d'excitation comme jamais auparavant. Elle vit le carnage autour d'elle, la fenêtre brisée couverte de sang, les chaises jetées et les cicatrices encore saignantes de Peck.

— Peut-il bouger ?

— Il risque pas de bouger d'ici.

— Il ne va pas mourir si on le laisse comme ça ?

— On va appeler la police, Chérie. Il mourra pas ici.

Agenouillé, Peck contemplait son travail de ligotage, qui immobilisait totalement l'homme au couteau – l'ayant même attaché au pied d'un réfrigérateur – afin de le retenir jusqu'à ce que la police arrive. Millie empoigna les cheveux de Peck, tira sa tête en arrière et l'embrassa de haut en bas dans une passion débridée, forçant Peck à se tourner vers elle. Peck s'assit sur le sol et pressa les seins de Millie à travers son t-shirt. Millie se plaça à califourchon sur ses genoux et l'embrassa. Puis elle s'accroupit, déboutonna son short, le descendit sous ses fesses et s'assit à nouveau sur les genoux de Peck. Elle l'embrassa, passa la main entre ses jambes et parvint à ouvrir suffisamment sa braguette pour saisir son William palpitant, en pleine érection. Ses lèvres et sa langue léchèrent sa sueur et lui embrassèrent le visage.

Elle souleva son bassin et, du bout des doigts, guida la tête de William jusqu'à ses chaudes lèvres humides, puis elle enfonça lentement son membre turgescent, sentant sa verge repousser le moindre centimètre des murs de sa luxure. Pleinement comblée, elle souleva et abaissa ses fesses rebondies sur sa fermeté, tenant sa nuque avec les mains afin de garder l'équilibre, suçant ses lèvres et embrassant ses yeux clos. Bientôt les yeux de Millie se révulsèrent et son corps se tordit, tremblant avec celui de Peck comme s'ils dansaient, ce dernier retombant sur ses coudes.

Leur orgasme fut la conclusion parfaite d'une expérience unique inscrite à jamais dans leurs souvenirs futurs.

Millie s'assit, comblée par William, et montra du doigt une serviette propre sur le plan de travail. Peck l'attrapa et la lui tendit. Millie le regarda dans les yeux tandis qu'elle quittait ses genoux puis se tint au-dessus de Peck, laissant inconsciemment l'homme au couteau la regarder. Captant son regard, elle lui répondit par un rictus, lui souhaitant une place de choix dans l'enfer éternel. Il regarda son entrejambe. Elle sourit, s'essuya l'intérieur des cuisses avec la serviette puis remonta son short. Elle jeta la serviette sur le plan de travail et sortit la coupure de presse qu'elle avait glissée dans sa poche arrière. Elle plaça celle-ci sur le sol devant l'homme au couteau, hors de sa portée, mais suffisamment près pour que la police puisse la voir.

À l'extérieur, Peck frotta la batte afin d'effacer ses empreintes digitales, puis il la déposa sur le sol à côté du chien.

— Je veux renverser sa moto, dit Millie.

— Nan, nan, Chérie. Allons-nous en.

Ils s'éclipsèrent sans être vus puis roulèrent jusqu'au centre-ville de London avant que Millie, encore toute tremblotante, ne s'arrête dans une station-service. Haletants, ils se regardèrent l'un l'autre. Ils ne dirent pas un mot de tout le trajet, comme s'ils ressentaient un lien particulier et réalisaient qu'ils se souviendraient de ce moment pour toujours, quelle que soit la direction que prendrait chacune de leurs vies.

— Ce chien aurait pu nous tuer, dit Millie.

— *Oui*, dit Peck.

— Il nous aurait tués, Peck ?

— Je l'aurais pas laissé faire, dit Peck.

Millie vit le sang couler le long du front de Peck. Elle en fut toute secouée. Elle en fut toute remuée. Elle lui tendit un mouchoir.

— T'as été courageuse, Chérie, dit Peck.

Millie sourit, prit son téléphone et composa le 911.

— Shérif du comté de Laurel, répondit la voix.

— Bonjour, dit Millie.

— Comment puis-je vous aider ?

— J'aimerais signaler un meurtrier recherché.

— Vous avez vu un meurtre ? Quel est votre nom ?

— Non, nous avons vu un meurtrier. Nous savons qu'il est recherché et qu'il est chez lui en ce moment.

— Avez-vous son nom et son adresse, Madame ?

Millie donna l'adresse.

— Il s'appelle Eric Tandino et il est recherché dans le Mississippi pour avoir poignardé un homme à Hazleton.

— Ce meurtre a eu lieu dans le Mississippi ?

— Oui, Monsieur. Il a poignardé Brock Singleton, qui est à l'hôpital général de Knoxville.

— Et ce Brock Singleton est mort, exact ?

— Je dois y aller.

— Quel est votre nom, Madame ?

— Puis-je rester anonyme ?

— Vous pouvez, mais il y a peut-être une récompense.

— Je voudrais rester anonyme.

— Merci pour l'info.

— Vous pouvez donner la récompense à la famille de Brock Singleton. Ils risquent d'en avoir besoin pour régler la note d'hôpital.

— Si c'est autorisé, nous veillerons à ce que la famille de

Brock Singleton reçoive la récompense, si cet homme est coupable.

— Oh, il l'est. Et s'il vous fallait une preuve, consultez le téléphone portable de Brock. Il contient une vidéo du crime, de sa moto et de tout le reste. On le voit même en train de voler le pick-up.

— Je suis sûr qu'on a ça quelque part.

— Non. La police a téléchargé les photos de son téléphone mais n'a pas regardé la vidéo.

— On va regarder ça. Merci.

— C'est noté, au revoir.

Millie éteignit son téléphone.

— Un meurtre ? demanda Peck.

— Je n'avais pas le choix, dit Millie.

— Un meurtre ?

— Tu l'as dit toi-même, Peck. Les flics ne viendront pas dans un quartier malfamé juste pour une bagarre entre voyous.

— *Oui*, dit Peck.

— J'ai appris ce truc en cours de psychologie, dit Millie.

— Ce truc ?

— Un prestidigitateur professionnel nous a appris à faire des tours de passe-passe. Il disait que la magie était affaire de diversion, qu'il s'agissait de faire en sorte que le public détourne le regard de l'une de ses mains, qu'il soit distrait, tandis que de l'autre main, on préparait le tour, ni vu ni connu. Les policiers de l'État viendront à coup sûr chercher un meurtrier. Ils l'ont dit, d'ailleurs.

— Ah, *très intelligent*, dit Peck.

— Je dois utiliser la salle de bains, dit Millie.

— À l'intérieur, Chérie.

— Pour me rafraîchir, dit Millie. Tu veux quelque chose ?

— Nan, nan, ça va, dit Peck.

Millie remonta dans la voiture, souriante, ses cheveux cannelle dûment brossés et le visage maquillé.

— Trouvons un endroit pour prendre un café, un endroit où parler, puis je te déposerai au dépôt de bus et je rentrerai chez moi, dit Millie.

— Tu iras où ? demanda Peck.

— J'aurais aimé t'accompagner, dit Millie.

— Ah *oui*, dit Peck. Mon ami attend Peck. Il a b'soin de moi.

— Je sais. Je vais rentrer à la maison et dire la vérité à Maman, dit Millie.

— La vérité ?

— Il est temps qu'elle et moi ayons une conversation mère-fille.

— Toute la vérité ? demanda Peck.

— Eh bien, peut-être pas dans les détails, peut-être pas tout ça, dit Millie. Elle péterait un câble.

— Ça, pour sûr.

— J'aimerais juste lui dire que j'ai grandi, que j'aime le maquillage et les daiquiris bien frais, et qu'est-ce que ça change ? Il faudra bien qu'elle s'y fasse.

— Et le révérend ? demanda Peck. Ton papa ?

Millie fouilla dans son sac et en sortit une plaquette de pilules contraceptives qu'elle brandit.

— Lui aussi, dit Millie. J'aime mon père plus que tout, mais il est temps qu'il sache que sa petite fille Millie a le droit de vote depuis plus de deux ans.

Peck tendit la main et pressa doucement la cuisse de Millie. Millie prit la main de Peck dans la sienne.

— Je sais que je vais sans doute souvent me réveiller la nuit en criant, en me rappelant tout ça, Peck.

— Ah *oui*.

— Surtout le chien, ou la machette... Tout, dit Millie.

— *Oui*.

— Mais je me sens tellement bien à présent. Allons prendre un café.

CHAPITRE 16

— GABE, JE T'AI RÉVEILLÉ ? demanda Sasha.

— Sasha ?

— Bonjour, Chéri.

— Mon bébé, se réjouit la voix de Gabe à travers le téléphone. Je suis debout et j'en suis déjà à mon deuxième café. Quel bonheur d'entendre ta voix.

— Je t'ai mis sur haut-parleur, Chéri, dit Sasha. Ça ne te dérange pas ?

— Je t'emmènerai partout où je peux, Chérie, dit Gabe.

— J'ouvre le courrier pendant qu'on se parle, dit Sasha. J'ai une pile d'un mètre de haut de courriers en attente.

— Une grosse pile pour une grande ville[2], dit Gabe.

— Pitié, non. Il est trop tôt. Je n'ai pas encore bu mon café.

— Il s'appelle Donald, dit Gabe. Il se fait appeler Don.

— Mais qu'est-ce que tu racontes ?

— Sous le pont de Point Street, dit Gabe. L'homme au saxo.

Sasha leva les yeux de son coupe-papier et sourit.

— Je lui ai donné tes cinquante dollars et il a si bien joué *When Sunny Gets Blue* que les gens se sont rassemblés pour l'écouter, dit Gabe.

— Oh là là...

— *"Quand Sunny a le blues..."*

Gabe chanta un couplet au bout du fil.

— *"Ses yeux deviennent gris comme l'orage..."*

— *"Puis la pluie se met à tomber"*, chanta Sasha. A-t-il fait gémir son saxo, Chéri, quand il a joué ce morceau ?

— Plic-ploc, plic-ploc, chantonna Gabe.

---

[2] Note du traducteur : The Big Easy est l'un des surnoms de la Nouvelle-Orléans.

— Tu nous imagines danser sur ce morceau ?

— Il m'a regardé pendant tout du long, dit Gabe. Il savait que ce morceau était spécial pour moi... Et important pour toi.

— C'est gentil.

— Tu me manques, Bébé.

Alors, comment va... Tu sais... Tout le reste ? demanda Sasha.

Elle sortit un mouchoir de la boîte derrière elle.

— Sois honnête.

— C'est au petit matin que c'est le pire, vers quatre ou cinq heures.

— Tu prends toujours tes cachets ?

— Avant, la douleur partait avec un seul cachet. Maintenant, je casse un cachet en deux et j'en prends un et demi. Ça aide...

— Ton état est-il pire que lorsque tu étais ici ? demanda Sasha.

— Ne parlons pas de moi, Chérie, dit Gabe. Parlons de toi, parlons de jazz, parlons de notre prochaine danse.

Sasha posa son coupe-papier et prit un autre mouchoir. Elle se frotta les yeux, imaginant sans doute Gabe mourir seul dans une chambre d'hôtel de Providence.

— Peck sera là demain à deux heures du matin, dit Sasha. Je suis censée te dire de ne pas aller le chercher. Il prendra un taxi pour te rejoindre.

— C'est noté, Chérie. J'irai chercher mon ami. Il me manque.

— Gabe, ton broc de café est-il à côté de toi ?

— Un peu, qu'il l'est.

— Remplis-toi une tasse, Chéri. J'ai une surprise pour toi.

— Hé hé, mon bébé, dit Gabe. Une seconde.

Sasha attendit.

— Ok, tasse pleine, dit Gabe.

— Tu te souviens de ce bâtard qui t'a frappé et volé tes cachets ?

— Pendant la tempête de grêle. Il a planté quelqu'un, comment oublierais-je ?

185

— Lui-même.

— Comment oublierais-je ?

— Eh bien...

— Ne me dis pas qu'ils l'ont trouvé ?

— Mieux que ça.

— Ils l'ont attrapé ? demanda Gabe.

— Prends une gorgée, dit Sasha, et avale.

— Hé hé, mon bébé.

— Peck l'a attrapé.

— Quoi !?

— Notre Peck a attrapé le type qui a volé tes cachets, dit Sasha.

— Comment ça ?

— C'est la vérité.

— Où ? Comment ?

— Les policiers l'ont arrêté et jeté en prison pour l'extrader vers le Mississippi.

— Arrêter qui ?

— Le voleur de cachets.

— Attends, attends, dit Gabe. J'aimerais connaître toute l'histoire, mais la nature m'appelle, tu peux patienter ?

— Vas-y, vas-y, dit Sasha. Quelqu'un est à la porte avec un recommandé. Je reviens tout de suite aussi.

Sasha alla à la porte du bureau et signa l'accusé de réception du courrier. Elle regarda le reçu. C'était une lettre en provenance du cabinet d'avocats de Lily Cup. Sasha retourna dans son bureau, ferma la porte et s'assit quand Gabe revint au bout du fil.

— Je suis là, dit Gabe.

— Moi aussi, dit Sasha.

— Alors, dis-moi tout. Dans les moindres détails, dit Gabe.

Sasha plaça l'enveloppe au-dessus de la pile.

— Une fille l'a aidé. Tu es déjà au courant pour elle, dit Sasha.

— Une minute.

— Quoi ?

— Quelle fille ?

— Peck ne t'a pas parlé de la fille ?

— Tout ce que je sais, c'est que Peck m'a appelé hier et m'a dit qu'il arriverait un autre jour. Il n'a pas parlé d'une fille.

— Ah bon ? demanda Sasha.

— Mieux vaut que tu racontes tout depuis le début, dit Gabe. Mon chauffeur Uber ne sera là que dans une heure.

— Il semblerait que notre garçon ait rencontré une fille dans le bus. Elle s'appelle Millie. Ils se sont rencontrés dans le Greyhound qui traversait le Tennessee.

— Tant mieux pour lui, mais qu'est-ce que... ?

— Elle est descendue du bus...

— Cette Millie est descendue ?

— Et elle a oublié un sac ou quelque chose dans le bus. Il semblerait que notre Peck ait forcé le chauffeur à s'arrêter pour lui rendre son sac.

— Mon frère...

— Il semblerait que le chauffeur était furieux que Peck l'ait fait s'arrêter.

— Ça s'est passé dans le Tennessee ?

— Oui, dans le Tennessee, mais le bus n'a pas voulu attendre, il est parti et l'a laissé en plan.

— Quel phénomène, ce garçon, pas vrai ? Quel homme.

— Il a trouvé la fille, lui a donné le truc qu'elle avait oublié, et elle et sa mère l'ont ramené à la maison pour le dîner.

— Ça alors, dit Gabe.

— Tu le crois, ça, Gabe ?

— Mais quel rapport avec le...

— Bref, il reste dormir chez elle. Elle est en dernière année à l'université de Baylor.

— C'est au Texas, à Waco. J'étais en poste à Killeen, non loin de là.

— Au Texas, oui. Donc, je suppose qu'elle est rousse, avec des taches de rousseur, vingt ans peut-être. Bref, elle a vu une coupure de journal sur l'agression au couteau sous le pont et elle a fait des recherches sur son iPhone et, de fil en aiguille, Peck dort sur leur canapé.

Gabe réprima un rire au téléphone.

— Comment "de fil en aiguille" en arrive-t-il à dormir sur le canapé ?

— Je n'en sais rien, Gabe, la fille ne m'a pas dit.

— Les gosses ont leurs secrets, dit Gabe.

— Je ne sais même pas comment ils ont pu faire quoi que ce soit avec ses parents à la maison et son père qui est pasteur baptiste.

— Alors qu'est-ce qu'il a dit ? demanda Gabe.

— Qui, le père ?

— Non, Peck. Qu'est-ce qu'il a dit ?

— Oh, je n'ai pas parlé à Peck. C'est elle qui m'a appelée. Cette fille, Millie, m'a appelée.

— Mon pote, dit Gabe. Quel homme.

— Comme je l'ai dit, de fil en aiguille elle l'a conduit à l'hôpital de Knoxville où ils ont rencontré l'homme qui a été poignardé. Apparemment, sa famille vit à Knoxville, c'est donc là qu'il a été hospitalisé. Celui qui a récupéré tes pilules pour toi. Sur son portable, il avait une vidéo de la plaque d'immatriculation de la moto sous le pont, et c'est comme ça qu'ils ont retrouvé ce type et que les policiers l'ont arrêté.

— L'ont-ils arrêté dans le Mississippi ou dans le Tennessee ? demanda Gabe. Je suis perdu.

— C'est ça le truc, dit Sasha. Le motard vivait à London, dans le Kentucky. C'est là qu'ils l'ont trouvé et c'est là que Peck a pris son bus hier soir après minuit. À London, dans le Kentucky.

— Il y a anguille sous roche, dit Gabe. Pourquoi partirait-il de London, dans le Kentucky, et pas de Knoxville ? Comment est-il arrivé à London ?

— Je viens de te le dire. Peut-être qu'il te racontera mieux que moi, dit Sasha. Cette fille, Millie, n'a pas dit grand-chose à ce sujet. Je n'en sais pas plus.

— Mon frère, mon Peck, dit Gabe. Il a la cote auprès des femmes, ça c'est sûr.

— Il sait se montrer sensible, quand il met de l'ordre dans ses pensées, dit Sasha. Les filles aiment les hommes sensibles.

— J'espère que l'homme au couteau sera à l'ombre dix ans au moins, dit Gabe. Il faut le mettre hors d'état de nuire.

— Tu profites de ton festival de jazz, Chéri ? demanda Sasha.

— C'est le paradis sur terre, et ça ne commence que dans deux jours.

— Alors, que fais-tu de tes journées ?

— Les concerts d'avant-festival sont super.

Sasha prit un autre mouchoir, qu'elle tint dans sa main en écoutant Gabe.

— Kamasi Washington a répété hier, au saxophone. Oh mon Dieu, c'était trop bon ! Sasha, quand cet homme jouait, je t'assure, on aurait entendu une mouche voler. Les gens se balançaient, pleuraient, frissonnaient, toutes sortes d'émotions. On a tous adoré.

— Peut-on danser sur sa musique ? demanda Sasha.

— Si tu étais là, Chérie, elle serait parfaite pour danser. À l'ouverture du festival, je verrai Chick Corea et Gregory Porter. Ce sont les têtes d'affiche. Une cinquantaine de musiciens, voire plus, joueront dans différents endroits de Newport, dans différentes salles.

— C'est le pied, dit Sasha.

Gabe poursuivit par une description de la nourriture locale. Il préférait le poisson-chat du sud à la morue plus floconneuse de la Nouvelle-Angleterre ; le maïs en épi dans ce coin de pays était un délice, particulièrement succulent avec du beurre. Il divaguait tandis que Sasha ouvrait son courrier.

Elle l'interrompit.

— Gabe, Lily Cup vient d'envoyer le certificat de naissance de Peck et sa carte de sécurité sociale.

— Elle l'a trouvé ?

— Elle l'a trouvé.

— Tant mieux pour elle, dit Gabe. Maintenant, Peck peut être quelqu'un.

Sasha lut les papiers à haute voix.

— Boudreaux Clemont Finch, né en 1996...

— Il a donc vingt-quatre ans, pas vingt-cinq comme il le pensait.

— Son tuteur légal est l'État de Louisiane. Il est considéré comme pupille de l'État et sa race est inconnue.

Il y eut un moment de silence.

— Qu'est-ce que ça veut dire, Gabe, race inconnue ?

— Les États esclavagistes laissaient les propriétaires d'esclaves noter la race des nouveau-nés. Les maîtres et les esclaves avaient parfois des relations sexuelles. La couleur du bébé déterminait s'il était élevé dans la maison ou envoyé dans la cabane des esclaves, à mon avis.

— Alors, "race inconnue", cela veut dire qu'on ne sait pas qui est le père ? demanda Sasha.

— Nous sommes tout ce que ce garçon a, dit Gabe.

— On dirait bien.

Il y eut un autre temps de silence.

— Gabe, si je t'envoie ces documents, pourrais-tu essayer de lui obtenir une carte d'identité officielle ? Dis-leur que c'est une urgence pour qu'il puisse prendre un billet d'avion.

— J'appellerai le bureau des vétérans ici à Providence. Ils me diront.

— D'accord.

— Mais à ta place je ne l'enverrais pas avant qu'il arrive ici.

— Ah ?

— Il a raté deux bus, dit Gabe. Et moi, eh bien... Attendons qu'il soit là, Bébé.

— D'accord, dit Sasha. Tu as sans doute raison.

Tandis que Gabe et Sasha, Providence et la Nouvelle-Orléans, discutaient au rythme d'une pile de courrier en attente, le chauffeur du Greyhound de Peck annonça un arrêt à Charleston, en Virginie Occidentale, pour une pause de trente minutes. Peck regarde la dame corpulente assise à côté de lui.

— Où qu'il a dit ?

— Charleston, répondit la dame.

— Je me demande comment qu'on bouffe à Charleston, demanda Peck.

— C'est sûrement bon.

Elle commença à ranger ses sacs.

— Les pauvres mangent bien, dit-elle.

— Charleston est pauv', pas vrai ? demanda Peck.

— Autour d'une gare Greyhound ? Certainement, dit la dame. La nourriture doit être bonne.

— Vous descendez ? demanda Peck.

— Ma nièce va avoir un bébé, dit la dame. Je suis venue l'aider.

— C'est bien, dit Peck.

— Tu vas loin, mon petit ?

— Providence. C'est dans l'Rhode Island. Ça fait une trotte.

Peck regarda par la fenêtre, observant les gens qui déambulaient dans les rues du centre-ville.

— Je peux vous d'mander quelque chose ? demanda Peck.

— Que veux-tu savoir, mon petit ?

— Pourquoi la bouffe des pauv' est meilleure ?

— Le gras. On laisse le gras.

Il regarda les vitrines des magasins et des restaurants qui défilaient. Il vit un livreur à vélo rouler sur le trottoir. Leur bus ralentit, s'arrêta dans une gare routière et se gara dans une place, à l'angle. Le chauffeur invita tout le monde à descendre pour manger un morceau et se dégourdir les jambes, mais qu'il fallait être de retour dans une demi-heure, sinon le bus repartirait sans eux. Peck ne savait pas lire un menu, il regardait donc les cuisiniers remettre les assiettes aux clients jusqu'à ce qu'il repère une assiette qui lui fasse envie.

— C'est quoi, ça ? demanda Peck à un homme qui tenait un plateau à la main.

— Hein ? répondit l'homme.

— Ça, demanda Peck en montrant son bol.

— Cheeseburger et chili con carne, dit l'homme en continuant son chemin. Demande le numéro deux.

— Merci, vieux.

Peck se retourna, se plaça dans la file d'attente puis commanda le plat numéro deux : un cheeseburger, un bol de chili et une canette de Dr Pepper.

Son repas terminé, il passa devant le présentoir à magazines pour aller se promener à l'extérieur de la gare, qui empestait le diesel. Voyant des gens se rassembler autour de son bus, Peck monta à bord. Il se dirigea vers l'arrière du bus et s'assit près de la fenêtre. Comme d'habitude, il posa son sac de voyage à ses pieds, bien visible. À deux arrêts différents, Wheeling et Harrisburg, deux personnes différentes s'assirent à côté de Peck. Le premier était un homme âgé, sa canne posée entre ses jambes, et qui garda les yeux rivés sur le Wall Street Journal. Le second, professeur d'histoire dans un lycée, passa son temps à lire sur son ordinateur portable et à chercher sur Internet des lieux de vacances, de camping et de canoë-kayak dans le Maine. Lorsque le professeur sortit son téléphone portable de sa poche, Peck se mit à parler, pour la première fois depuis Wheeling.

— J'ai l'même téléphone, déclara Peck.

Il fouilla dans son sac et prit le téléphone, toujours dans son emballage.

— C'est un bon téléphone. Il va vous plaire, dit le professeur. Il n'est pas trop sophistiqué et ne consomme pas beaucoup d'énergie. Il vous satisfera amplement.

— *Bon*, dit Peck.

— Il a l'air neuf, est-il connecté ? demanda le professeur.

— J'en sais rien, dit Peck. Mon amie vient de me l'donner.

— Vous êtes français ? demanda le professeur.

— Français cajun, dit Peck.

— Intéressant, dit le professeur.

Il ferma son ordinateur portable.

— Je peux vous l'installer, si vous voulez.

— Sérieux ? demanda Peck. Vous savez faire ?

Peck tendit son téléphone au professeur, qui retira l'emballage et les adhésifs de protection sur les côtés et sur l'écran.

— Vous avez le chargeur ? demanda le professeur.

Peck fouilla dans son sac de sport et en sortit un chargeur. Le professeur le brancha sur le téléphone de Peck, puis sur une prise de courant dans le bus. Une lumière jaune se mit à clignoter au centre de l'écran, indiquant que le téléphone était en charge.

— Laissons-lui dix ou quinze minutes, dit le professeur.

Il posa le téléphone de Peck sur son ordinateur portable.

— Quel est votre courriel ? demanda le professeur.

— *Non, je prends des leçons de lecture*, répondit Peck.

— *Oh, vous lisez le français, pas l'anglais ?* demanda le professeur.

— *Je ne lis pas, désolé. Donc pas de courrier, juste parler par téléphone*, dit Peck.

Le professeur prit le téléphone de Peck et regarda l'état de la batterie. Il alluma le téléphone et attendit qu'il se mette en marche. Quelques secondes plus tard, le téléphone émit un "ding", puis un autre "ding" et encore un troisième.

— C'est quoi, ça ? demanda Peck.

— Ce sont des textos, dit le professeur. Vous avez déjà reçu trois textos.

Peck regarda le professeur, ne sachant pas ce qu'était un texto ni s'il devait faire quelque chose au sujet de ces messages.

— Pouvez-vous les lire ? demanda le professeur.

— *Non*, dit Peck.

Le professeur regarda Peck, attendant des instructions. Peck demanda au professeur de consulter les messages et de les lui lire.

Le professeur acquiesça et fit défiler l'écran jusqu'au premier message reçu.

— Ce message provient d'une certaine Michelle Lissette. Il dit : *"Bonjour Peck, j'espère que ton nouveau téléphone te plaît. Appelle-moi"*.

— C'est elle qui m'a donné le téléphone, dit Peck. C'est Sasha.

Le professeur attendit un signe de Peck pour lire le message suivant. Peck hocha la tête.

— Celui-ci dit : *"Ta Millie a l'air gentille, contente qu'ils aient attrapé ce bâtard et qu'ils l'aient enfermé. Appelle-moi."*

Le professeur fronça les sourcils comme s'il était mal à l'aise, comme s'il ne savait pas, au vu du dernier message, à quel point Peck était éloigné de sa propre culture. Le second message semblait l'avoir rendu nerveux. Il était prêt à renoncer à installer le téléphone de Peck.

Peck vit une autre ligne sur son téléphone marquée "Michelle Lissette". Il ne savait pas lire, mais il était conscient qu' un autre message était présent. Il fit signe au professeur de bien vouloir l'ouvrir et le lire. Le professeur accepta à contrecœur. Il ouvrit le message et le lut pour lui-même. Puis il referma le téléphone et le tendit à Peck pour qu'il le prenne.

— Ce n'était rien, mentit le professeur. C'était le même message que le précédent.

— Le même message ? demanda Peck.

— Ça arrive souvent, dit le professeur.

Peck regarda son téléphone. Il débrancha le chargeur de la prise, l'emballa et le remit dans son sac.

Le professeur ouvrit à nouveau son ordinateur portable et se mit à travailler, à envoyer des messages et à naviguer sur Internet. Peck inclina son siège vers l'arrière et fit la sieste.

À Trenton, dans le New Jersey, leur bus s'arrêta bizarrement le long du trottoir, à quelques rues de l'enseigne du dépôt Greyhound, à côté de la gare routière. La porte s'ouvrit, et trois officiers de police se ruèrent à bord et remontèrent l'allée centrale, pistolets chargés au poing, canons pointés vers le plafond. Ils se dirigèrent d'un pas décidé vers le siège du fond. Le professeur désigna Peck, qui se leva de son siège et recula jusqu'à la porte des toilettes.

— Mets les mains en l'air et ne bouge pas d'un pouce, mon pote, aboya l'un des policiers en pointant son arme sur la tête de Peck. J'ai dit : pas d'un pouce.

Peck resta assis, abasourdi. Il fronça les yeux en tentant de regarder le professeur, mais un des policiers lui toucha la tempe avec son pistolet et aboya de plus belle.

— Ne bouge pas. Garde tes mains bien en vue ou je t'explose le crâne !

Tous les passagers, à l'exception du professeur, furent priés de quitter le bus.

Tandis que le bus se vidait, un policier saisit les poignets de Peck et lui passa les menottes.

— Faites-le descendre puis on lui mettra les menottes dans le dos, dit le premier policier.

— Et les chaînes aux pieds ? demanda le second policier.

— Évidemment. C'est un fuyard, celui-là.

Ils tirèrent Peck par les menottes et l'emmenèrent dans l'allée, un pistolet toujours posé sur sa tempe.

— C'est à lui ? demanda le policier au professeur, pointant du doigt le sac de sport de Peck.

— C'est à lui, dit le professeur. Il a mis son téléphone dans ce sac.

Peck ne bougea pas d'un pouce. Il observait, examinait le moindre détail et attendait, tel un alligator surveillant le bayou immobile. Peck n'était pas du genre à trop réfléchir, mais il se doutait qu'il devait s'agir de l'homme au couteau avec lequel il s'était battu dans le Kentucky. Peut-être ce dernier n'avait-il pas survécu. Peut-être s'était-il renversé le réfrigérateur dessus. À moins qu'un chien sauvage ne l'ait dévoré. Peck figea ses émotions et obéit aux ordres. Il se tourna pour se faire escorter le long de l'allée du bus, croisant au passage le regard du professeur.

— Désolé, mec, dit le professeur. Je suis désolé.

Les badauds à l'extérieur fixèrent du regard les menottes de Peck passer derrière son dos. Deux officiers s'agenouillèrent de part et d'autre de Peck. Ils lui posèrent des entraves aux deux chevilles puis les attachèrent fermement. Ils procédèrent ensuite à une fouille minutieuse de Peck : ils l'attrapèrent par l'entrejambe, fouillèrent son sac, jetèrent son contenu sur le sol, puis ramassèrent tout et le remirent en place.

— Eh bien, regardez-moi ça ! dit un policier. Que peut bien faire un homme qui parcourt des milliers de kilomètres en bus avec une bobine de fil de pêche à moitié usagée ? Hein, à votre avis ?

Les deux policiers accompagnèrent Peck jusqu'à une voiture de police.

Le premier policier regarda Peck droit dans les yeux.

— Vous avez le droit de garder le silence et de refuser de répondre aux questions. Tout ce que vous direz pourra être retenu contre vous devant un tribunal. Vous avez le droit de consulter un avocat avant de parler à la police et d'être assisté d'un avocat pendant l'interrogatoire, maintenant ou à l'avenir. Si vous n'avez pas les moyens de payer un avocat, il vous en sera commis un d'office avant tout interrogatoire, si vous le souhaitez.

Si vous décidez de répondre aux questions sans la présence d'un avocat, vous aurez toujours le droit de cesser de répondre à tout moment jusqu'à ce que vous ayez parlé à un avocat. Connaissant et comprenant vos droits tels que je vous les ai expliqués, êtes-vous prêt à répondre à mes questions sans la présence d'un avocat ?

Peck le fixa de ses yeux gris et froids, d'un regard sombre et distant. Il était impossible de deviner ce qui se passait dans son esprit. C'était un jeune homme doux de nature, orphelin de père et de mère depuis sa naissance. Il faisait des cauchemars dans lesquels il se rappelait avoir été endurci par une mère adoptive violente qui le faisait dormir dans un tiroir, puis sur le sol de la cuisine, tout en gardant l'argent de la pension d'État et en l'asservissant dès qu'il était en âge de porter des seaux d'appâts pour son ivrogne de compagnon. Il se souvient qu'il était à l'école primaire lorsqu'il s'était enfui, qu'il pêchait au cordeau et tondait la pelouse pour survivre. Peck prit conscience de la solitude et de la noirceur de sa vie. Il savait que personne n'avait d'amis dans le bayou. On était soit le chasseur soit la proie.

Le premier policier approcha son nez à quelques centimètres de celui de Peck.

— Tu m'entends, ducon ? Comprenez-vous vos droits, Monsieur ?

Le regard de Peck était gris et froid, comme celui d'un alligator.

— *Tu n'as pas d'importance pour moi, va te faire foutre*, dit Peck en détournant la tête.

— Coffrez-le, les gars, dit le premier policier. Je m'occuperai de son cas dans la matinée.

— On l'arrête pour quel motif ? demanda le second policier.

— Le mandat parle d'enlèvement et de trafic interétatique illégal, répondit le premier policier.

Ils ouvrirent la porte arrière d'une voiture de police, posèrent une main sur la tête de Peck, le firent asseoir sur la banquette, soulevèrent ses jambes puis claquèrent la porte du véhicule.

— Crêperie ou brasserie ? demanda le second policier.

— Enlèvement, ça veut dire qu'on lui laisse les bijoux ? demanda le premier policier.

— Les chaînes et les menottes ? Un peu, mon neveu ! répondit le second policier.

— Allons à la brasserie, dit le premier policier. Ce soir, c'est rôti de bœuf et purée à volonté.

— La brasserie n'a pas de purée, seulement de la mousseline, dit le second policier.

— C'est quoi, la différence ? demanda le premier policier.

— S'il y a des grumeaux, c'est de la purée. S'il n'y a pas de grumeaux, c'est de la mousseline, dit le second policier.

— Alors c'est de la mousseline. Allons-y.

— Dégageons d'abord l'enfant sauvage de la banquette arrière puis foutons-le au cachot. Ensuite, nous irons manger, dit le second policier.

CHAPITRE 17

LES POLICIERS NE LUI OTÈRENT PAS les chaînes aux pieds. Ils soulevèrent ses pieds hors de la voiture puis l'extirpèrent jusqu'à ce qu'il tienne debout. Ils lui tinrent les bras pour l'aider à garder l'équilibre pendant qu'il montait les escaliers menant au centre de détention du comté. Un policier de Trenton le photographia de face et de profil et prit ses empreintes digitales. Deux agents le suivaient, tandis qu'il se traînait le long d'un interminable couloir sombre et sans fenêtre. Ils firent coulisser la porte d'une cellule et lui firent signe d'entrer. Peck glissa les pieds dans l'embrasure de la cellule, entra à moitié, puis s'arrêta net, comme pétrifié, face à un mur de briques barbouillé de graffitis et dépourvu de fenêtre.

— Je ne sais pas s'ils vont... commença le second policier.

Il s'arrêta brusquement pour attirer l'attention de Peck.

— Eh ! aboya le second policier.

Peck ne bougea pas.

— Eh ! cria l'officier.

— Eh ! répéta-t-il. Je te parle, mon vieux.

Peck se dirigea vers le mur du fond, se retourna en regardant le sol puis s'assit sur un maigre sommier en acier recouvert d'un matelas.

Le policier entra et s'approcha de Peck.

— Vous allez le corriger, Sergent ? demanda l'un des détenus de la cellule voisine.

— Lève-toi, dit le policier.

— Cette gueule d'ange a besoin d'apprendre les bonnes manières, pas vrai, Sergent ? demanda une autre voix provenant d'une cellule voisine.

— Lève-toi, le sauvage, aboya le policier.

Peck se leva, trouvant son équilibre.

L'officier regarda la cellule voisine.

— Tournez-vous, les gars, dit-il.

Deux des quatre détenus obéirent. Un autre dormait.

Le coude bien en arrière, le policier prit son élan et donna à Peck un grand coup de point dans le ventre, le faisant tomber à la renverse. Peck eut le souffle coupé. Le policier tira la tête de Peck par les cheveux et le frappa de nouveau à l'estomac. Puis il le repoussa sur le lit. Peck tomba sur le côté, haletant et s'efforçant de retrouver sa respiration.

— Quand un flic te cause, évite d'être grossier, le sauvage, dit le second policier. C'est compris ?

Le policier recula, sortit de la cellule et ferma la porte à clé.

— Comme je le disais, il se peut qu'ils te nourrissent ce soir ou bien demain matin, mais je te conseille d'être poli quand ils s'en occuperont.

Il se retourna, remonta le couloir sombre puis claqua la porte.

— Pourquoi t'es là ? demanda une voix.

Peck leva ses jambes entravées sur son lit et s'allongea sur le côté, les mains toujours menottées dans le dos.

— Pas pour vol à l'étalage, dit une voix. C'est pas le genre.

— Le mec frappe pas au visage, t'as vu ça, Harry ? demanda une autre voix. Il vise toujours les tripes, mais pas le visage.

— Qu'est-ce tu veux dire ? demanda une autre voix.

— Le juge aime pas quand le mec t'esquinte la tronche, dit la voix. T'éclater les tripes ne laisse pas de traces. Il n'y a pas de preuve. Le mec frappe pas au visage.

— Putain, dit une voix.

— Ça fait trop de paperasse. Si un juge voit une lèvre fendue ou un truc du genre, il s'énerve, dit une voix.

— Merde, dit une voix.

Le monde de Peck se résumait maintenant à un sombre mitard de cinq mètres sur sept. Être le seul prisonnier au sol, menotté et enchainé, n'augurait rien de bon pour la suite. Son regard était sombre. Il ne savait pas ce qu'il faisait là. Était-ce le professeur qui l'avait dénoncé ? Si c'était le cas, que savait-il ? Que soupçonnait-il ? Peck s'endormit bien après avoir fermé les yeux.

Les rayons du soleil matinal traçaient des diagonales lumineuses à travers les ombres des cellules adjacentes. Des particules de poussière flottaient comme des étoiles illuminées par les rayons du soleil, puis disparaissaient à nouveau dans l'ombre. Peck avait uriné dans son jean car il ne parvenait pas à manœuvrer avec ses mains menottées dans le dos, quand bien même une cuvette de toilettes en acier inoxydable sans couvercle se trouvait à trente centimètres de sa tête, à côté de son lit. Peck entendit une clé tourner dans la porte de la cellule, qui s'ouvrit. Il se retourna et s'assit.

— Oh, merde ! dit le premier policier.

— Quoi, Sergent ? demanda le second policier.

— Personne ne lui a demandé s'il avait envie de pisser ? demanda le premier policier.

Personne ne répondit.

— Putain de merde, dit le premier policier. Tu as un autre pantalon dans ton sac, le sauvage ?

Peck fit non de la tête.

Le premier policier regarda ses deux confrères qui se tenaient derrière lui.

— Ouvrez son sac et trouvez-lui un pantalon. Enlevez-lui celui-là, enroulez-le dans du sopalin et mettez-le dans un sac en plastique ou quelque chose du genre. Ensuite, nettoyez le sauvage puis emmenez-le dans la salle d'interrogatoire A, dit le premier policier.

Il recula derrière les deuxième et troisième policiers.

— Veillez à ce qu'il mange avant de l'embarquer, dit-il. Qu'il soit là à dix heures au plus tard.

— Chef, oui, Chef, dit le deuxième policier.

— Et regardez ça, se plaignit le premier policier en montrant les toilettes. Il n'y a pas de papier cul. Donnez-lui du papier. Où est le putain de papier toilette ? Qui a préparé cette cellule, d'ailleurs ?

— Désolé, Chef, dit le second officier.

— C'est le centre de détention du comté ici, les gars.

Faisons preuve d'un minimum de classe.

Le premier policier sortit puis remonta le couloir sombre en regardant sa montre.

Deux agents détachèrent Peck, lui enlevèrent ses menottes puis allèrent chercher son sac de sport au vestiaire. L'un d'eux revint déposer un jean, des sous-vêtements propres et un demi-rouleau de papier essuie-tout, puis il recula et vérifia si la porte était fermée à clé. Le regard et la conscience de Peck divaguèrent, comme s'il était seul dans le bayou. Il fit ses besoins et tira la chasse d'eau. Il s'aspergea au lavabo puis se sécha le visage et le corps avec des feuilles de sopalin avant d'enfiler des sous-vêtements propres et son nouveau jean. Les deux personnes qui l'observaient et le regard de son compagnon de cellule dans le couloir n'étaient rien de plus que des yeux dans un marécage, une tourbière ou un cours d'eau. Ils ne signifiaient rien pour Peck. Un chariot fut poussé dans le couloir jusqu'à sa cellule. Un agent en uniforme en sortit un moule à tarte et une cuillère qu'il tendit au second policier.

— Quand t'as fini, pose ta gamelle ici, par terre, dit le charretier à Peck, désignant un endroit près de la porte de sa cellule.

Le second policier lui tendit une boîte de macaronis et de sauce bolognaise ainsi qu'une cuillère et une bouteille d'eau en plastique. Il sortit de la cellule puis fit glisser la porte pour la fermer.

— Il est neuf heures trente-sept, dit le premier policier. On revient te chercher dans vingt minutes.

Peck les regarda traverser le couloir et sortir, faisant claquer la porte derrière eux. Il regarda ses poignets. C'était la première fois qu'il les voyait depuis la veille au soir. Il tourna la main et regarda les cicatrices laissées par les hameçons. Il tint le moule à tarte d'une main et tourna le poignet. Puis il fit passer le moule à tarte dans l'autre main et tourna l'autre poignet. C'était comme s'il appréciait le peu de liberté qu'il avait, même s'il était en cage comme un animal. Il prit sa cuillère, l'observa dans sa main puis se mit à manger jusqu'à ce que le moule à tarte soit vide. Il posa la boîte et la cuillère sur le sol, là où le charretier l'avait dit, puis recula et s'assit sur la partie de son lit qui n'avait pas été souillée par l'accident de la veille.

Il attendit. Plongé dans ses pensées, il se retourna et étudia les lettres griffonnées et les visages dessinés sur le mur de briques derrière lui. Il se leva, s'approcha, ramassa la cuillère, revint sur ses pas et toucha le mur avec le manche de la cuillère, constatant que la largeur du manche était celle de la plupart des graffitis. Il recula, fit tomber la cuillère dans le moule à tarte, marcha jusqu'au lit et s'assit.

Quand les policiers vinrent, ils ne dirent pas un mot. Cette fois, ils lui passèrent les menottes devant, laissèrent les chaînes sur le lit pour une prochaine fois et l'accompagnèrent tout le long du couloir jusqu'au commissariat de police du comté, baigné dans une lumière aveuglante, et dont la porte semblait tout droit sortie d'un film policier de Philip Marlowe, avec sa vitre en verre dépoli sur la moitié supérieure et sa lettre A peinte en noir au milieu. Ils poussèrent la porte et accompagnèrent Peck jusqu'à une table où étaient assis un inspecteur d'âge moyen en costume et une inspectrice d'une trentaine d'années en tailleur-pantalon noir, attendant Peck, l'air indifférent. Les policiers firent asseoir Peck en face d'eux et poussèrent sa chaise.

— Merci Messieurs, dit l'inspectrice. Les menottes ne seront pas nécessaires, vous pouvez les retirer.

Le second policier s'exécuta, enleva les menottes de Peck puis les prit avec lui.

— Un café serait le bienvenu, dit l'inspecteur.

Il regarda d'abord l'inspectrice, qui acquiesça, puis Peck.

— Comment aimez-vous votre café ?

Peck se pinça les lèvres, prêt à leur faire confiance.

— Noir, marmonna-t-il. Avec du sucre.

Ils n'échangèrent aucun mot en attendant le café. Trois gobelets en polystyrène furent apportés et posés sur la table. L'inspecteur tendit à Peck son gobelet : un café noir avec du sucre.

— Savez-vous pourquoi nous sommes ici, M. Finch ? demanda l'inspectrice, rompant le silence.

— Nous n'avons pas encore réfléchi à ce qui est advenu de l'argent, interrompit l'inspecteur.

L'inspectrice s'appuya sur son dossier et sirota son café.

— Dites-nous ce que vous avez fait du corps, dit l'inspecteur.

La tête de Peck se redressa d'un seul coup.

— Vous connaissez les bayous et les marécages, dit l'inspectrice.　　　Peck la fixa du regard.

— Où avez-vous caché le corps ? demande-t-elle.

Peck resta prostré, son regard vide et froid rivé sur la table.

— Ça ne doit pas être bien compliqué de se débarrasser d'un corps quand on connaît les marécages, dit l'inspectrice.

— Bien, commençons par l'argent, dit l'inspecteur.

Peck leva les yeux.

— Trois mille dollars. C'est beaucoup d'argent, dit l'inspecteur.

— Où l'avez-vous dépensé ? demanda l'inspectrice.

— Vous n'en avez plus que quelques centaines sur vous, dit l'inspecteur.

Peck fixa la table du regard.

— Au casino, pas vrai ? demanda l'inspectrice. L'avez-vous perdu au poker ou aux machines à sous ?

— Je parie que c'était dans les bars à filles, dit l'inspecteur.

— Allons, soyez gentil, Lieutenant, dit l'inspectrice.

— Vous avez perdu trois mille dollars en lap dance ? C'est vite arrivé.

On frappa à la porte et le premier policier entra.

— Inspecteurs ? demanda le premier policier.

— Nous sommes occupés, répondit l'inspecteur.

— Nous venons de recevoir un appel, dit le premier policier.

— Pas d'interruptions, dit l'inspectrice.

— Dites-leur qu'on les rappellera, dit l'inspecteur.

— Le prisonnier a un appel sur la ligne 3, Monsieur.

— Nous sommes en plein interrogatoire, Monsieur l'agent, dit l'inspecteur.

— Mais c'est son appel, Inspecteur, dit l'officier principal.

— Comment ça ? demanda l'inspecteur.

— Il a le droit de passer un appel. C'est son appel, dit le premier policier.

— Vous êtes en train de nous dire qu'il n'a toujours pas passé son appel ? demanda l'inspectrice.

— Non, Madame l'Inspectrice, répondit le premier policier. Je veux dire, oui, c'est ce que je vous dis. Pas encore. Jusqu'à maintenant.

— Bon sang, aboya l'inspecteur. Il a passé la nuit ici ! Pourquoi n'a-t-il pas été autorisé à passer son appel ?

Le premier officier avait l'air de penser que toute réponse qu'il donnerait serait une mauvaise réponse. Il resta sans rien dire.

— Est-ce que quelqu'un lui a lu ses droits ? demanda l'inspectrice.

— Oh, oui, Madame l'Inspectrice. On n'a pas oublié, dit le premier policier.

Les deux inspecteurs se regardèrent puis secouèrent la tête en signe de dépit.

— Ligne 3, dit le premier policier.

L'inspecteur fit glisser un téléphone sur la table vers Peck. L'inspecteur et l'inspectrice se levèrent et quittèrent la pièce.

— Nous serons à l'extérieur, dit l'inspectrice. Passez votre appel.

Quand la porte se referma derrière eux, Peck regarda la lumière clignotante du téléphone. Il décrocha le combiné et le porta à l'oreille.

— Allô ? dit-il.

Il n'y avait pas de son à l'autre bout du fil. Peck vit une autre lumière clignoter, et il appuya par hasard sur un bouton.

— Allô ? dit-il.

— Peck, c'est toi ?

— Ici Peck, qui c'est ?

— Sasha, dit-elle. C'est Sasha, Peck. Ça va ?

— Oh Chérie, j'ai fait quoi ? se lamenta Peck. Ils disent des trucs de fous, des histoires de cadav' et d'argent. J'ai fait quoi ?

— Peck, je n'en sais rien, alors je ne peux pas te répondre, dit Sasha.

— Attends, je te passe Lily Cup. Elle est avocate. Elle va t'aider.

— J'ai fait quoi ? demanda Peck.

— Allô, Peck ?

— Oui, dit Peck. J'ai fait quoi, Chérie ? Ils m'ont enfermé.

— Peck, écoute, dit Lily Cup.

— Tant que tu n'es pas de retour en Louisiane, c'est plus prudent de ne pas parler, alors ne me demande rien, mais fais-moi confiance, je t'aiderai à te sortir de ce pétrin.

— Dis quand même queq'chose à Peck.

— Un détective privé va venir te sortir de prison. Il t'emmènera en avion à Bâton Rouge ou à la Nouvelle-Orléans, puis il te conduira à Carencro. Je te rejoindrai là-bas.

— Carencro ? demanda Peck. De quel cadav' qu'ils parlent ? Ils parlent d'un cadav', Chérie.

— Peck... Peck, tu m'as compris ? dit Lily Cup. Un détective est en route. Il t'emmènera en avion à Bâton Rouge ou à la Nouvelle-Orléans, puis il te conduira à Carencro. Tu comprends ?

— Quel cadav' ? demanda Peck.

— Dis-moi que tu comprends, dit Lily Cup. Est-ce que tu comprends ?

— *Oui*, dit Peck. *Je comprends*.

— Bien, dit Lily Cup. Maintenant, promets-moi que tu ne diras rien à personne tant je ne suis pas avec toi.

— Oui, M'dame, dit Peck.

— Promets-le moi, dit Lily Cup.

— Et le cadav' ?

— Ils tâtent le terrain, Peck. Ne pense pas à ce cadavre.

— Mais...

— Peck, c'est important. Dis-moi que tu comprends et promets-moi ça.

— J'te promets, pour sûr, dit Peck.

— Bien. Ils ne font que tâter le terrain, alors oublie leurs histoires de cadavre.

— Ça roule, Chérie.

— Je te passe Sasha, dit Lily Cup.

— Ça va, Peck ? demanda Sasha.

— J'ai peur comme à Bayou Chene, dit Peck.

— Tu parles de cette fille, la fille que tu vas voir ? demanda Sasha.

— Nan, nan, comme l'homme aux alligators, je...

— N'aie pas peur, Chéri. Fais ce que Lily Cup te dit. Elle sait ce qu'elle fait.

— Peck, il ne nous reste pas beaucoup de temps pour parler et il se peut qu'ils nous écoutent. Fais-moi signe quand tu seras là.

— Je me sens comme si j'étais revenu à Bayou Chene, dit Peck.

Il y eut un silence au téléphone alors que Sasha pensait au désespoir de Peck. Elle se serra la bouche avec la main pour étouffer ses sanglots, puis elle tendit le téléphone à Lily Cup.

— Peck, dit Lily Cup, tout va bien se passer. Et pas un mot, promis ?

— Promis, dit Peck.

L'appel prit fin.

Peck observa les ombres des gens s'agiter derrière le verre dépoli, à l'extérieur de la salle d'interrogatoire. Cela faisait vingt minutes que Peck était assis à regarder le téléphone quand la porte s'ouvrit et que le troisième policier entra sans dire un mot. Il lui passa les menottes et l'escorta dans le commissariat puis dans le couloir sombre jusqu'à sa cellule. Cette fois, il emporta les entraves, lui enleva les menottes et laissa Peck seul dans la cellule.

Le charriot du déjeuner apporta une assiette en fer-blanc et une cuillère. Cette fois, il s'agissait d'une saucisse, de haricots et d'une bouteille d'eau en plastique. Trois heures plus tard, un gardien entra dans la cellule et demanda à Peck de passer les mains entre les barreaux. Il le menotta, ouvrit la porte puis conduit Peck dans le hall du commissariat. Un homme de forte corpulence avec un crâne dégarni, du poil dans les oreilles, une tache de sauce sur sa chemise et une mallette en lambeaux aux lanières de cuir usées, s'approcha du gardien. Il regarda Peck de haut en bas, puis droit dans les yeux.

— Voilà le topo, Finch, dit le détective. Je m'appelle

Conway. Pourvu que tu ne joues pas au con, on s'entendra à merveille.

Il menotta son poignet gauche au poignet droit de Peck.

— Laisse-toi faire et nous serons les meilleurs amis du monde, Finch, dit le détective.

Il se retourna, dos au personnel du commissariat, sortit de sa poche un poing américain qu'il approcha du nez de Peck et grogna à voix basse :

— Fous-toi de ma gueule ou essaye de t'enfuir et je t'éclate la gueule, t'arrache le bras et te le fous dans le cul. C'est compris ?

Peck acquiesça.

— Parfait, dit le détective. On part sur de bonnes bases.

Le détective rangea le poing américain dans sa poche puis regarda l'un des gardes.

— Où dois-je signer pour lui, et peut-on me conduire à l'aéroport ?

— Là-bas, dit le garde, montrant du doigt un bureau. Vous voulez Trenton-Mercer ?

— C'est quoi ça, Trenton-Mercer ? demanda Conway.

— C'est l'aéroport local, dit le gardien.

— Non merci, dit le détective. Je veux Newark, pas d'une embrouille dans un aéroport de brousse avec un prisonnier au cul.

— Je vous appelle un van, dit le gardien.

Peck croisa le regard du détective privé.

— M. Conway ? demanda Peck à voix basse.

— Quoi ? grogna le détective.

— J'peux pas prendre l'avion, dit Peck, j'ai pas de vraie carte d'identité.

Le détective esquissa un sourire narquois.

— J'ai votre carte de sécurité sociale dans mon sac, avec le mandat.

— Oh, dit Peck.

— As-tu déjà seulement pris l'avion, Finch ?

— Nan, nan, dit Peck.

— Alors sois gentil et contente-toi d'apprécier le voyage, dit Conway. C'est gratuit, et on se paiera un bon déjeuner à l'aéroport avant d'embarquer.

Peck se sentit soudain plus en sécurité ; autant qu'on peut l'être lorsqu'on est menotté à un détective privé. Il y avait quelque chose dans la franchise du détective privé en quoi il pouvait avoir confiance. Il observa le New Jersey défiler sous ses yeux tandis que le van passait devant des fermes, des écuries et des pâturages, et traversait d'anciennes cités industrielles. L'autoroute du New Jersey était comme une grande passerelle au milieu d'usines et d'entrepôts datant de la guerre de Sécession ; rien à voir avec les grands bayous de Louisiane.

L'aéroport de Newark fut pour Peck une expérience inédite. Il était difficile pour un garçon du bayou de s'imaginer que quelque chose d'aussi grand puisse être aussi bien organisé. Il accepta l'humiliation d'être menotté en public et resta à l'écart, montant les marches à l'unisson, passant les contrôles de sécurité et faisant tout ce qu'on lui demandait. Ils trouvèrent une table dans un restaurant Chili's. Conway plaça sa veste par-dessus leurs bras, toujours menottés l'un à l'autre.

— Avec un seul bras, mon grand, on ferait mieux de commander quelque chose qu'on peut manger d'une seule main, dit-il. Commande un plat que je n'ai pas à couper pour toi et des produits qui n'ont pas besoin d'être tenus à deux mains.

Peck hocha la tête, ouvert à toute suggestion.

— Que dirais-tu d'un bol de chili con carne, d'une salade de pommes de terre, de deux hot-dogs et d'un Coca-Cola ? Avec des frites.

Peck approuva d'un hochement de tête.

Des avions Peck n'avait vu que les traînées de vapeur au-dessus des marécages. Il n'arrivait pas à imaginer ce que c'était que de s'asseoir dans un avion, encore moins d'en piloter un. Peck fut enchanté par le décollage. Ses yeux brillaient de vivre pareille expérience, et de connaître la sensation d'être ainsi projeté dans son siège. Il regardait l'aile et les nuages défiler, essayant d'imaginer le mystère de ce qui lui arrivait, comme s'il se demandait comment les serpents ou les alligators font pour flotter à la surface de l'eau. L'exaltation de l'expérience du vol lui fit oublier un instant ses fourmis à l'estomac et le fait d'avoir mouillé son pantalon. Souvenirs qu'il garderait néanmoins à jamais en mémoire. La nature ne permettait pas d'oublier.

— Je peux vous d'mander queq'chose, Monsieur ? demanda Peck.

— Je t'écoute, dit le détective.

— Là-bas, en prison, il y avait une odeur, dit Peck.

— C'est la prison du comté. Ils appellent ça le mitard. Les gens se douchent rarement avant d'être enfermés, déclara Conway.

— Non, non, pas à l'intérieur, à l'extérieur, déclara Peck.

— À l'extérieur ? En dehors de la prison ?

— *Oui.*

— Tu as dit "les odeurs" ?

— *Oui.*

— À l'extérieur ?

— *Oui.* C'est quoi cette odeur, vous savez ?

— Tu veux dire l'odeur de poisson, à l'extérieur ?

— C'est ça ! C'est quoi cette odeur, Monsieur ? demanda Peck.

— Oh, ça... Et appelle-moi Conway.

— C'est quoi, Conway ?

— Du hareng, dit Conway.

— Du hareng ?

— Oui, du hareng.

— Sans blague ! Le hareng, le poisson d'eau douce ? demanda Peck.

— Celui-là même, dit Conway.

— Ils les pêchent au filet ? demanda Peck. Ça sent comme quand la marée monte et que les filets sont hors de l'eau.

— Ils utilisent une fléchette, dit Conway.

— Une fléchette ?

— Une fléchette minuscule, comme un hameçon mais sans ardillon. Pas plus grosse que l'ongle de ton petit doigt. Ça s'appelle une fléchette. Les harengs remontent le courant par millions pour frayer, tout comme les saumons, sauf qu'ils ne se nourrissent pas en chemin, alors ils ne mordent pas à l'hameçon.

Peck fixait attentivement le détective privé, écoutant son histoire.

— Lorsqu'ils remontent le courant et qu'ils voient une de ces fléchettes, ils la repoussent d'un coup de museau, l'écartant de leur chemin.

— Pourquoi ça ? demanda Peck.

— Les harengs ne se nourrissent pas lorsqu'ils remontent le courant pour frayer. Ils repoussent la fléchette avec leur museau et elle s'accroche à eux, généralement à une branchie, et c'est comme ça qu'ils sont ferrés. La fléchette se plante dans leur branchie ou leur flanc, puis on les remonte à la surface. Oh, ils se débattent – ils sautent deux, voire trois fois...

Peck sourit. Il appréciait beaucoup l'histoire des harengs.

— J'ai vu des gros harengs de plus de soixante centimètres sauter à presqu'un mètre hors de l'eau.

— Merci bien, dit Peck.

— M. Finch, proclama le détective privé comme s'il s'agissait d'un moment historique, dans le comté, vous étiez sur les rives du fleuve Delaware. Vous avez entendu parler du célèbre fleuve Delaware, n'est-ce pas ?

— Non, Monsieur, dit Peck.

— George Washington a traversé le fleuve Delaware pile à l'endroit où tu étais, à Trenton.

— Pour de vrai ? demanda Peck.

— Pas loin du mitard où tu étais, dit Conway.

— Ah, dit Peck.

— Ils organisent en ce moment leur fête du hareng annuelle, dit Conway. Tout le long du fleuve Delaware, depuis le barrage de la jetée à Trenton. Ils dépècent des harengs par centaines, retirent les œufs et les nettoient tout autour du palais de justice, où ils seront départagés.

— Merci bien, dit Peck. C'était une bonne histoire.

— L'odeur de poisson vient du fretin, dit Conway. Ils l'empilent et le distribuent gratuitement. Pour des œuvres de bienfaisance ou quelque chose comme ça.

Peck pencha la tête en arrière et regarda les nuages défiler. Il n'y avait pas de lune en vue cette nuit-là et il s'endormit.

Chapitre 18

IL ÉTAIT TÔT LE MATIN QUAND LE TAXI quitta l'aéroport. Peck était maintenant assis seul, menotté à un banc public derrière l'hospice. Seule la lune du matin était venue l'accueillir à Carencro. La silhouette d'une branche de cyprès était tatouée sur la surface de la lune, qu'il regardait comme une maman perdue dont il ne se souvenait pas et qu'il imaginait en train de le regarder, avec le sentiment qu'il avait besoin d'elle.

Une dame sortit du parking et s'avança sur la pelouse, enfilant des gants de conduite blancs tandis qu'elle approchait. Peck la connaissait. Il étudia sa démarche. Sa jupe noire était fendue, laissant apparaître une cuisse laiteuse. Elle portait une veste à double boutonnage assortie, taillée sur mesure, avec une broche à diamants surdimensionnée maladroitement épinglée à son revers, ainsi que des chaussures de marche Nike de couleur blanche. Elle se dirigea directement vers le banc de Peck, retira ses lunettes de soleil Chanel, qu'elle prit dans sa main avec ses gants, et s'assit sans rien demander. Elle lui tendit la main comme s'ils ne s'étaient jamais rencontrés, à l'abri des regards indiscrets.

— Tu te souviens de moi ?

— Ah *oui*, je me souviens de toi, Chérie.

— C'est moi, Lily Cup, dit-elle au cas où il aurait oublié son nom.

Peck était reconnaissant de sa venue, mais il lui lança un regard comme s'il était gêné qu'elle le voit ainsi menotté après leur soirée au Charlie's Blue Note. Il s'avachit comme si le langage corporel pouvait mieux exprimer sa colère puis observa une tortue sur la racine d'un cyprès sourire au soleil. Il étudia sa carapace comme pour estimer son poids pour la soupe.

— Sasha m'a appelée, dit Lily Cup.

— Quand ? demanda Peck.

— Dès qu'elle a su dans quel aéroport ton vol allait atterrir. Elle m'a appelée pour que je vienne à ta rencontrent. Je suis venue plus tôt.

— Qu'est-ce qu'ils me reprochent ? demanda Peck.

Lily Cup ne dit rien. Elle plia chaque gant, les plaça avec ses lunettes de soleil dans son sac, qu'elle posa entre eux sur le banc.

— Ils parlaient de meurt' dans le New Jersey, Chérie.

— Qui parlait de meurtre ?

— L'inspecteur qui me d'mandait des trucs.

— Je ne sais pas ce qu'il en est dans le New Jersey, mais ici, personne ne t'accuse de quoi que ce soit.

— Alors, pourquoi qu'ils m'ont arrêté, alors ?

— Ils voulaient t'interroger, dit Lily Cup.

— C'est absurde, Chérie.

— Je suis ici pour protéger tes droits – je veillerai à ce que tu ne te fasses pas piéger en répondant de travers et en t'incriminant tout seul.

— Juste pour m'cuisiner, ils m'attachent à un banc ?

La tête de Peck pivota sur elle-même ; de sa main libre, aussi prestement qu'une attaque d'anguille, il happa un coléoptère brun qui volait près de lui. Il se rassit et tint délicatement celui-ci entre son pouce et son index, comme s'il songeait à s'en servir comme appât à poisson.

— T'as-tu causé à ma patronne, Mlle Lavender ? demanda Peck.

— Nous nous sommes rencontrées au Starbucks à mon arrivée.

— Elle a dit queq'chose, la morue ?

— Elle pense que, compte tenu de tes vingt-quatre ans, tu pourras sans doute tirer une bonne leçon de tout ça. Elle est prête à abandonner le mandat d'arrêt et à te rendre ton travail de jardinier si la police de Lafayette obtient les réponses dont elle a besoin et abandonne l'affaire, dit Lily Cup.

— Vingt-quatre ans que j'ai, Chérie ?

— Oui. Sasha m'a demandé de faire des recherches dans les archives pour trouver ton certificat de naissance afin que tu puisses prendre l'avion. Il s'avère que Mlle Lavender l'a trouvé en premier et l'a donné au détective.

— Tu l'as trouvé, pour de vrai ?

— Tu avais vingt-quatre ans il y a un mois et trois jours.

— Ben ça, alors...

— Les menottes étaient l'idée du détective. Il a convaincu Mlle Lavender.

— Mais pourquoi ?

— Pour que ne pas que tu t'enfuies, j'imagine... Le détective a sans doute pensé qu'il ne serait pas payé si tu t'enfuyais et Mlle Lavender ne voulait pas être embarrassée et devoir annoncer ton énième fugue au conseil de l'hospice.

— Elle sait que j'suis pas un meurtrier, ça pour sûr !

— Oh elle sait maintenant que ça n'a rien à voir avec tout ça.

— Quoi, alors ?

— Quand Gabe et toi êtes partis, elle a dit au shérif qu'un patient avait disparu et que quelqu'un t'avait vu avec lui. Le shérif a lancé un mandat contre toi pour suspicion d'enlèvement.

— Un patient ?

— Je sais, c'est ridicule.

— C'est pas comme si le patient avait pas de nom, Chérie. Il s'appelle Gabe. Tu peux l'appeler Gabe.

— Je connais Gabe. Je ne lui manque pas de respect. Mais pour le shérif, c'est juste un patient disparu.

— Désolé.

— Tu es détenu pour être interrogé. Eh bien, pour ça et pour l'autre chose que le shérif a ajoutée : la suspicion d'avoir emmené quelqu'un au-delà des frontières de l'État contre son gré, dit Lily Cup. Il a ajouté tout ce qu'il a pu au dossier pour t'arrêter et t'amener ici.

Peck éjecta le coléoptère d'une pichenette verticale pour lui donner le temps de déployer ses ailes et de s'envoler.

— *Envole-toi, bébête*, dit Peck.

213

Il chercha un autre insecte.

— Tu sais quand ils arrivent, Chérie ? demanda Peck avec sarcasme.

— Bientôt.

Lily Cup regarda l'heure sur son téléphone portable. Elle sortit un miroir de son sac à main et vérifia son rouge à lèvres et son fard à paupières.

— D'une minute à l'autre, en fait.

Elle ouvrit sa main paume vers le bas et observa ses veines et ses ongles polis sous le soleil du matin.

— Le shérif local vient de Lafayette. Je pense qu'il passera prendre le procureur en chemin. Je suppose qu'ils arriveront ensemble, dit Lily Cup.

— C'est drôle, dit Peck.

— Je ne trouve pas que la prison à perpétuité soit drôle, Peck. L'enlèvement est un crime fédéral et il entraîne...

— Nan nan, pas ça.

— Qu'est-ce qui peut bien te sembler drôle dans le pétrin où tu t'es mis ?

— Être menotté au même banc où j'ai rencontré Gabe pour la première fois.

— Tu l'as rencontré ici ?

— *Oui.*

— Pas à la Nouvelle-Orléans ?

— Ici, Chérie. Sur ce banc.

— Sur ce même banc ?

— *Oui.*

— C'est ironique, dit Lily Cup.

— Ironique ! C'est 'xactement l'bon mot, Chérie !

Il leva la tête et laissa rouler le mot sur sa langue.

— Ironique. C'est Sasha qui m'a appris c'mot-là. Elle s'en sert tout l'temps.

— Ah, tu trouves aussi ? demanda Lily Cup.

— J'irai à la Nouvelle-Orléans*se* pour apprendre à lire, si j'me sors de ce pétrin. J'ai enlevé personne, moi.

— Je sais. Sasha aussi. Mais c'est le jury que tu dois convaincre.

— J'vois pas ce qui pousserait un vieux cap'taine de l'armée comme lui à s'enfuir d'un endroit comme celui-ci, de toute façon.

Peck pointa du doigt le bâtiment de trois étages planté sur la pelouse derrière eux.

— Là-bas, il avait un toit au-dessus de sa tête, j'te garantis, trois repas par jour, et une vue depuis ce banc sur le Bayou Carencro, dit Peck. Je sais que ce n'est pas très beau à voir pour un mourant, ça pour sûr, avec les serpents et tout ça, c'est déjà bien mort. Regarde, Chérie, c'est l'silence complet. Des cyprès tout pleins de mousse qui volent dans la brise comme s'ils flottaient dans l'eau comme des nénuphars ; des alligators qui s'occupent d'leurs prop' zaffaires ; des canards ; des hectares de pelouse verte fraîchement coupée la plupart du temps ; des gros magnolias, des saules qui épongent les marécages et là-bas, un peu plus loin, ce panneau d'avertissement brillant rouge et jaune qui attend la brise pour se balancer et refléter le soleil du matin, et qui met en garde contre les alligators.

Peck étira son bras libre et bâilla.

Lily Cup détourna les yeux du bayou, le regarda lever un bras et fléchir ses muscles. Son esprit sembla un temps s'égarer derrière un regard glacé, mais elle revint à elle en secouant légèrement la tête.

— Sasha est française Cajun, dit Lily Cup.

— Je sais.

— Elle parle français quand on va au Charlie's Blue Note, dit Lily Cup.

— Je suis français Cajun, Chérie. Je connais bien l'français – elle dit que j'en sais beaucoup plus que j'laisse paraître, mais elle essayait de m'apprend' quelque chose de nouveau tous les jours.

Lily Cup jeta un coup d'œil à ses cuisses.

— Je n'en doute pas, marmonna-t-elle.

— Gabe l'aimait beaucoup, dit Peck. Tu crois que c'était son p'tit ami, Chérie ?

— Oh, Sasha aime beaucoup Gabe, mais je ne pense pas qu'elle l'aime comme ça. Elle pense qu'il est magique, dit Lily Cup. Je ne l'ai jamais vue avoir des sentiments aussi profonds pour un homme si rapidement – il est si vieux et elle a déjà un petit ami à Bâton Rouge.

— C'est à cause de la danse, Chérie.

— C'est ce qu'elle m'a dit. Ça et la façon dont il lui parle.

— J'crois que c'est la danse et pis c'est tout.

— Ils savent danser, c'est sûr.

— Ah, Peck pourrait les regarder danser toute la nuit, ça pour sûr. Il l'a même fait.

Lily Cup sourit en secouant la tête.

— Les Créoles, ils dansent bien, ça pour sûr.

— Elle est devenue mélancolique quand il lui a dit qu'il était mourant.

— Ah, *oui*.

— Savais-tu qu'il s'était enfui de l'hôpital des Anciens Combattants, à Pineville ?

— Nan, je savais pas.

— Il refusait de poursuivre les traitements pour son cancer de l'estomac.

— C'est ça qu'il a, pour de vrai ?

— Tu ne savais pas ?

— Je savais qu'il était très malade, mais je savais pas que c'était un cancer.

— Il l'a dit à Sasha en cours de route.

— J'me doutais qu'il lui avait dit, mais je savais pas pour le cancer et les traitements qu'il voulait fuir, dit Peck.

— Elle n'en a rien su jusqu'à ce que vous preniez la route.

— C'est à Memphis qu'il a dû lui dire, dit Peck. C'est là qu'elle s'est mise à chouiner.

Le brouillard se leva. Lily Cup observa la lune matinale entre les cyprès, monuments naturels de l'Acadiane.

— Regarde la lune, Peck. C'est magnifique.

— *Oui*.

— Je me souviens d'une pleine lune dans le Quartier. Sasha m'avait dit qu'elle avait le sentiment qu'il y avait quelque chose de *gris gris* – sombre et maudit – comme cet hospice à Carencro, dit Lily Cup.

— Oh, ça pour sûr.

— Sasha est observatrice, elle l'est depuis l'école primaire. Elle m'a dit qu'il n'y avait rien d'ironique là-dedans.

— Encore ce mot, Chérie !

— Elle a dit que c'était mystique, que Gabe ait été déposé ici par un étranger.

— Je suis pas au courant.

— Un homme l'a trouvé par terre sur la route d'Opelousas. Il l'a ramassé, ne savait pas où le déposer et ne voulait pas l'emmener à la police. Il l'a amené ici, chez un médecin qu'il connaissait. Gabe n'avait plus de médicaments antidouleurs, il avait des crampes et s'était évanoui. Le médecin vit son bracelet d'identification en plastique et appela l'hôpital des vétérans. Ils lui dirent que Gabe remplissait les conditions requises pour bénéficier de soins palliatifs ; il lui restait quelques mois à vivre et il refusait tout traitement. Le médecin lui dit qu'il pouvait recevoir ses antidouleurs et rester s'il le souhaitait.

— Il s'est enfui d'ici aussi, déclara Peck.

— C'est ça le truc, dit Lily Cup. Pourquoi s'enfuir d'ici ? C'est ce qui a mis tout le monde en colère.

— Il a dit que c'était pour la musique, mais...

— Dieu seul le sait, dit Lily Cup.

— Pour lui, s'asseoir, c'était mourir, Chérie. Il n'était pas prêt...   — Peut-être est-ce à cause de l'endroit.

— Comment ça ?

— Écoute, Peck.

— J'écoute.

— Peut-être que les cris des oiseaux du bayou l'ont effrayé.

— Peut-être l'odeur de la mort, dit Peck.

— C'est possible.

— C'est comme ça ici, Chérie.

— Je crois que les gens savent quand ils commencent à mourir, dit Lily Cup.

— Ouais, ça j'en suis sûr, dit Peck.

— Et les alligators, dit Lily Cup.

— Les gens sont comme les bêtes, le regard vide d'un bestiau dit qu'il sait qu'il est en train de mourir, que sa mort soit criminelle ou naturelle, peu importe, il sait.

— C'est ici que les malades en phase terminale attendent la mort, dit Lily Cup.

— Exac'

— Sasha croit que Gabe a été déposé ici afin qu'il puisse te rencontrer, Peck.

— Sérieux ?

— C'était le destin pour que tu puisses l'amener à elle et qu'ils puissent danser.

— Sasha a été bonne pour Gabe, dit Peck. Elle a réveillé ses yeux vides.

Peck et Lily Cup observèrent une ondulation à la surface du marais. Un grand héron vola au-dessus de leur tête.

— Carencro est un mot français cajun, dit Lily Cup.

— Ah, *oui*.

— Ça veut dire "corneille de charognes".

— *Oui*.

— Mangeurs de chair...

— *Oui*.

— Mangeurs de chair morte. Vautours, dit Lily Cup.

— Je connais les buses, elles me filent les chocottes.

— Elles se perchent dans les cyprès et se régalent de poissons morts, dit Lily Cup.

— À chaque coup, dit Peck.

— C'est un rite de passage dans la nature, et je ne le dirais pas trop fort, mais les buses hantent ce bayou, attendant la mort pour dîner, tandis que les patients en phase terminale assis sur des bancs les observent.

— Les buses les r'gardent sans doute aussi, ajouta Peck. *Elles ont une façon de sentir la mort.*

— Dans quel quartier de la Nouvelle-Orléans vous êtes-vous rencontrés ce soir-là ? demanda Lily Cup.

— Nan, nan, répondit Peck.

— Ce n'était pas à la Nouvelle-Orléans ?

— Nan, nan, Chérie.

— Alors comment vous êtes-vous retrouvés tous les deux sur Frenchmen Street ? demanda Lily Cup.

— Gabe était là d'puis quatre, p'têt même trois semaines. Il aimait bien me regarder parce que j'passais presque une heure à lancer mon cordeau dans l'bayou au lever du soleil et à l'attacher à cette racine de saule qui dépasse au bord de l'eau. Il s'asseyait et surveillait mes flotteurs pour voir si un poisson-chat ou un vivaneau les prenait sous l'eau et voir ce que mon cordeau ferrait d'autre pendant que je m'occupais de tondre la pelouse.

Lily Cup s'assit et contempla la mousse du bayou marécageux.

— J'aime la lune du matin, dit Lily Cup.

— Je la regarde presq' tout le temps.

— Toi aussi ?

— *Oui*.

— Que vois-tu quand tu regardes la lune du matin, Peck ?

— Une crêpe.

— Tu vois une crêpe ?

— *Oui*, parfois.

— Que sais-tu des crêpes, Peck ?

— J'connais les crêpes.

— Pour toi, la lune est une crêpe ?

— La lune du matin comme celle-là, Chérie. *Oui*. Regarde-la.

— Intéressant. Oui, je vois ça.

— Une grosse crêpe.

— Le ciel est rouge et orange, dit Lily Cup. Comme de la confiture.

— Je vois ça.

— *"Ciel rouge le matin, soyez prudents, marins"* dit Lily Cup en saluant l'horizon.

— Ah *oui*.

219

— Pour moi, la lune du matin est un rappel, dit Lily Cup.

— Un rappel ?

— Elle me rappelle que je suis en vie. Elle me rappelle que mon cœur bat et que je respire.

Peck s'allongea.

— Je vois Maman, dit Peck.

— Tu vois ta maman dans la lune ?

— *Oui.*

— C'est trop mignon.

Peck baissa la tête.

— Tu es triste, Peck, de voir ta maman ?

— Nan, nan, ça va, dit Peck.

— C'est quoi le mot que tu utilises, Peck ? Mashwarohn ?

— Ça veut dire poisson-chat.

— Vous êtes comme des petits garçons, toi et Gabe.

— Pendant longtemps on se parlait pas, dit Peck. On se regardait de temps en temps, comme deux étrangers, tu vois ?

— Je vois ce que tu veux dire.

— Je savais que Gabe était pas lui-même, dans sa tête.

— Tu pouvais voir ça ?

— On voit ce genre de trucs en r'gardant un homme dans les yeux, qu'importe de quelle couleur il est. C'est dans les yeux d'un Noir comme Gabe qu'on voit le mieux le désespoir à la lumière du jour. Il s'asseyait là, malheureux - *mal pris*. Je l'observais du coin de l'œil, cachant mon visage avec mon bras. Un jour, j'ai pigé. Pourquoi que ça me donne des frissons, pendant que j'lance mon cordeau, de savoir qu'un homme en aussi bonne santé que moi, dans cet endroit paumé, s'assoit sur un banc sans rien faire d'autre que me r'garder lancer mon cordeau pendant qu'il visualise le tunnel de la mort ? Y avait d'quoi déprimer n'importe quel ahuri.

— Eh ben dis donc, Peck.

— Hein ?

— Tu es un poète, l'ami.

— Un vieil homme sans famille n'a personne d'autre à se rappeler que lui-même.

— Vieillir peut être si triste.

— La plupart des gens qu'il connaissait sont morts ou partis depuis longtemps ou sont sortis d'sa tête.

— Quel âge penses-tu qu'il avait ? demanda Lily Cup.

— Il est mort, Chérie ?

— Je ne sais pas.

— Il m'a jamais dit, déclara Peck. Et j'ai jamais d'mandé.

— Tu n'étais pas curieux ?

— J'crois pas qu'on pense à son âge quand on est mourant. Il m'a dit qu'il avait pensé marcher dans le bayou et laisser les alligators lui régler son compte.

— Il a dit ça ?

— Il a dit que les alligators aimeraient la viande noire et pensait qu'il ferait un bon appât.

— Comme on doit se sentir seul quand on vieillit et qu'on n'a personne.

— *Beaucoup de viande sur les os*, ajouta Peck.

Ils observèrent les roseaux immobiles qui émergeaient du marais. Une tortue plongea dans le bayou depuis la racine du cyprès.

— C'était la semaine du 4 juillet, Chérie. Je sais, j'devais tondre le dimanche avant l'arrivée des visiteurs et le jeudi à l'heure habituelle. Le jeudi, j'étais sur le point de lancer mon cordeau. J'mettais des appâts coupés sur des hameçons de ce fil-là et je les ai enfoncés profondément dans ma viande, entre mon pouce et ma paume. J'ai pensé, en regardant Gabe, pendant que j'avais trop mal, que c'était un signe.

— Tu as vu ça comme un signe ?

— J'ai coupé le fil des deux côtés des hameçons avec mon coupe-herbe, j'ai pris mes cisailles et j'ai marché jusqu'à ce banc pour retirer l'hameçon et me soulager la conscience en même temps. J'ai tout simplement d'mandé à Gabe s'il voulait partir d'ici.

— Vraiment ? demanda Lily Cup.

— *Oui.*

— Ce fut aussi simple que ça ?

— Tu veux dire quoi, Chérie ?

— Tu t'es planté des hameçons dans la main, tu as cru que c'était un signe, tu es venu ici et tu lui as dit ça ?

— Aussi vrai que j'suis né, Chérie, et aussi simple que moi.

— Et qu'est-ce qu'a dit Gabe ?

— Il a dit : "Tu m'étonnes"

— Il s'est levé et il a dit : "Tu m'étonnes" ?

— Sans réfléchir, dit Peck.

— Et qu'est-ce que tu as dit ?

— J'ai dit : "Pourquoi que tu pars pas ? T'es libre de partir. Et où que t'irais, si tu sortais ? Moi c'est Peck, et toi ?"

— Pas croyable, dit Lily Cup.

— Il m'a serré ma main qu'était pas blessée et il m'a dit : "Ravi de te rencontrer, Peck, vieux frère."

— C'est comme ça que tout a commencé entre vous deux ?

— Il a commencé à m'appeler son frère dès le début. Il m'a dit : "Je m'appelle Gabriel, mais tu peux m'appeler Gabe, mon grand." Il m'a dit que s'il partait, il pensait qu'ils allaient peut-être lui retirer ses cachets et que ça le tuerait à coup sûr.

— Il voulait vivre, dit Lily Cup.

— En retirant les hameçons, je lui ai redemandé où qu'il irait. Il m'a demandé si j'aimais le jazz et je lui ai dit que j'aimais bien la musique et c'est à ce moment-là qu'il a dit ça.

— Qu'il a dit quoi ? demanda Lily Cup.

— Je lui ai donné mon coupe-fil pour couper les ardillons des hameçons dans ma main après que j'les ai poussés.

— Beurk ! dit Lily Cup.

Peck leva la main.

— Regarde les cicatrices. J'ai beaucoup saigné.

— Qu'est-ce qu'il a dit ?

— Il m'a d'mandé si je pouvais l'aider à aller à Newport pour qu'on boive du scotch et qu'on écoute du jazz dans une foire, un festival ou un carnaval.

— Le festival de jazz de Newport ?

— Je sais que c'est un festival de jazz maintenant, Chérie, mais je savais pas de quoi il parlait à l'époque. C'est un gros truc, ce festival de jazz.

— Alors vous êtes partis ensemble d'ici ?

— *Oui.*

— Ses cachets étaient des opioïdes, Peck. Comment l'as-tu fait sortir d'ici avec ses cachets, à la barbe des infirmières et de la sécurité ?

— Je l'ai regardé dans les yeux pour voir si ça valait la peine et j'ai décidé rapidement, comme Sasha, que j'aimais bien ce gentil vieux noir qu'a jamais fait de mal à une mouche.

— Je me souviens l'avoir aimé à l'instant où je l'ai rencontré, Peck.

— Je voulais qu'il parte sur de bonnes bases, alors je lui ai avoué que j'étais pas bien malin, mais que j'étais un petit rusé, comme disait ma mère adoptive, et que je pourrais p'têt le faire sortir d'ici avec ses cachets s'il mettait un blanc de travail, jetait son sac par la fenêtre de sa chambre et faisait semblant de travailler pour moi, et nous avons franchi la barrière du personnel.

— A-t-il pris le temps de réfléchir ?

— Gabe a regardé fixement ce bayou et m'a dit franchement que sa chambre d'hospice était rien qu'un cercueil avec la clim et une télé à écran plat, dit Peck.

— C'est tellement triste, dit Lily Cup.

— C'est parce qu'il était noir et qu'il avait été dans l'armée si longtemps qu'il parlait cash comme ça. Enfin, c'est ce qu'il disait.

— Il n'y en a pas deux comme lui, dit Lily Cup.

— En fait, on a pas eu l'temps de réfléchir. Il a dit : "Tu ferais ça pour moi ?". Je lui ai dit que j'allais pas continuer à jeter mon cordeau ici tous les jours sous le regard d'un vieil homme qui mourait là où il veut pas.

— C'est mignon.

— Une larme a coulé sur sa joue. Il a secoué sa boite de cachets pour s'assurer qu'elle était pleine. Je lui ai dit qu'il valait mieux qu'on ait l'air naturel, et que si on voulait pas s'faire prendre et interroger et p'têt même perdre ses cachets, il fallait qu'on agisse tout de suite, sans s'poser de questions. Je lui ai dit que j'irai chercher un pansement, que je leur montrerai mon sang pour qu'ils se doutent pas qu'ils m'ont pas entendu tondre pendant un moment et que je regarderai si ma paye est arrivée.

Je lui ai dit que je ferai le tour de l'hospice, que je prendrai son sac et que je le retrouverai près de la tondeuse, à côté de la clôture.

— Ta paye était-elle arrivée ?

— Nan, mais j'ai vu une carte du monde dépasser d'un sac de courses, je l'ai prise et je l'ai mise sous mon t-shirt.

— C'est à cause du sang, dit Lily Peck.

— Hein ?

— Le sang sur tes mains et le fait que vous disparaissiez comme ça tous les deux. Je parie que c'est pour ça qu'ils ont lancé un mandat. Lui parti sans rien dire à personne et toi avec tes mains ensanglantées, disparu également.

Peck leva la main et regarda sa cicatrice.

— Et vous êtes partis tous les deux, sans que personne ne demande pourquoi ?

— À la grâce de Dieu.

— Ce n'est pas croyable, dit Lily Cup.

— C'est la Louizian' ici, Chérie.

— Quel rapport avec tout ça ?

— Ce n'est pas un jardinier avec une main bandée qui déambule avec un sac militaire à côté d'un Noir obèse en blanc de travail qui risque d'attirer l'attention à Carencro.

— Ce n'est pas faux.

Lily Cup regarda autour d'elle pour voir si des voitures arrivaient. Ce ne fut pas le cas.

— Ils ne vont pas tarder, dit Lily Cup. Demain, après que les grands pontes auront pris leur café et leurs brioches à la cannelle dans le bureau du juge, une audience se tiendra devant un grand jury. Le juge n'est pas autorisé à entrer dans la salle du jury, mais il se tient prêt au cas où un acte d'accusation serait porté et qu'il doive fixer la caution. Bref, la routine, à moins que je n'ai raté quelque chose.

— J'ai des ennuis, c'est vrai.

— Ça dépend, dit Lily Cup.

— Hein ?

— Si Gabe est en vie, je peux très probablement te sortir de là, à moins que le procureur ne commence à en parler à la télévision et qu'il décide d'en faire une émission de télé-réalité au service de sa réélection. Tout dans cette affaire est circonstanciel, et il le sait.

Lily Cup se retourna et croisa le regard de Peck. Elle lui toucha l'épaule du doigt pour attirer son attention.

— Souviens-toi d'une chose, Peck.

— Hein ?

— Sasha dit que tu ne fais pas exprès, mais parfois tu es ton pire ennemi, alors essaye de la mettre en veilleuse et quand ils arrivent, laisse-moi parler.

Lily Cup se tourna vers l'avant et croisa les jambes, élargissant la fente de la jupe sur sa cuisse. Peck marqua une pause. Il regarda les Nike blanches sans chaussettes de Lily Cup et la grosse broche en diamants qui venait de se détacher, que Lily Cup avait saisie au vol et qu'elle tâchait maintenant de remettre en place. Elle l'épingla puis la tapota du bout des doigts comme pour dire bonjour à sa grand-mère qui la lui avait offerte. Tous deux restèrent assis là, dans le calme du matin.

— Lily Cup, comment qu'une femme ravissante... Tu sais, ce que Gabe dit sur Sasha, comment qu'une femme ravissante comme toi peut devenir avocate ?

— Comment ça ?

— C'est pas un truc d'hommes, avocat ?

— Je te demande pardon ?

— Papa connaît du beau monde en ville, je parie !

Elle approcha son visage à quelques centimètres du nez de Peck. Il avait touché un point sensible.

— Peck, je te préviens et t'en supplie, écoute-moi. Des gens pourraient nous observer en ce moment même. Ce n'est pas le moment pour s'amuser à prétendre qu'on est copains comme cochons, alors qu'on pourrait nous voir. Ce n'est pas drôle et c'est dangereux, alors arrête ça tout de suite.

— Chérie, j'étais pas...

— Ce que toi et moi avons fait au Charlie's Blue Note appartient au passé, et ne te donne aucun droit. En plus, j'avais bu.

— Mais je...

— C'est une affaire sérieuse.

— Mai j'ai aimé ça, moi, chez Charlie, Chérie.

— J'ai aimé ça aussi, mais...

Peck sourit.

— Mais si tu suscites des soupçons en ce sens, même en plaisantant en patois comme tu sais le faire, ils pourraient déposer une plainte d'ordre éthique et m'écarter de l'affaire. Qu'adviendrait-il de toi, alors ?

— Je le jure, Lily Cup, que je dirai rien à personne.

— Et ça vaut aussi pour Sasha.

— Hein ?

— Elle sera au tribunal demain.

— Pour quoi faire ?

— Au cas où le grand jury voudrait l'appeler à la barre. Ils appellent tous les témoins. Je te préviens. Si tu veux te sortir de ce pétrin et revoir la Nouvelle-Orléans, ne la regarde pas.

— Je peux l'appeler pour d'mander si Gabe est vivant ?

— Non.

— Pourquoi, Chérie ?

— Pas avant que cette histoire ne soit terminée. Enfin, à moins que tu ne veuilles que je me retire de l'affaire et que le FBI prenne le relais. L'enlèvement est un délit fédéral, Peck. Tu risquerais la prison à perpétuité.

— Pour de vrai ? Mais j'ai rien...

— Ne va pas tout foutre en l'air maintenant. Garde tes affaires pour toi et mets-la en veilleuse.

— Je la r'garderai même pas.

— Je ne peux pas t'y forcer, mais si tu es malin, tu ferais mieux de me donner ton téléphone, dit Lily Cup. Je ne voudrais pas que tu sois tenté.

— Je l'appellerai pas, Chérie, c'est juré.

Lily Cup tendit la main.

— J'peux pas l'appeler, Chérie, j'sais pas comment ça marche.

— C'est pour ton bien, dit Lily Cup.

Peck tendit à Lily Cup son téléphone, encore dans l'emballage.

— Alors comme ça une femme ne peut pas être avocate, Peck ?

Peck ne répondit pas.

— Tu le penses vraiment ? demanda Lily Cup.

Peck regarda ses chaussures, sa broche... Et sa cuisse par la fente de sa jupe.

— Non... Mais toi... Eh bien, t'es belle et pis intelligente, c'est vrai. Mais c'est juste que parfois tu t'habilles comme si t'étais une...

— Je pensais que voyager avec Gabe t'aurait appris les bonnes manières et à tenir ta langue, Peck le péquenaud.

— Je m'appelle pas Péquenaud, dit Peck.

— Je sais comment tu t'appelles. Tes propos m'ont blessée.

— Mais péquenaud...

— Ne t'inquiète pas, ton vrai nom est partout dans la presse.

— Où t'as trouvé ton nom, Lily Cup, d'ailleurs ? demanda Peck.

— C'est mon vrai nom, Lily Cup.

— Pour de vrai, Chérie ?

— Je suis née et j'ai grandi à la Nouvelle-Orléans et avant que tu ne fasses une remarque, gros malin, mon vrai nom est Lily Cup Lorelai Tarleton. Je suis diplômée en droit, de Harvard, j'exerce le droit pénal à la Nouvelle-Orléans et dans sa région, et je fais en sorte que les ahuris dans ton genre ne finissent pas en prison ou dans le couloir de la mort[3], à attendre leur piquouze.

— Mais pourquoi Lily Cup ? demanda Peck.

— J'ai été conçue sur une nappe de pique-nique à Chalmette, si tu veux tout savoir. C'était en 1981. La légende dit qu'alors que Papa besognait Maman, pour ainsi dire, non loin d'un saladier en bois rempli de salade de pommes de terre, dans le feu de l'action Maman se roula sur la nappe et ses fesses écrasèrent le tube de gobelets en carton de marque Lily Tulip qu'ils avaient apportés pour leurs mojitos ; et un mojito n'est pas un truc qu'on boit à la bouteille. Neuf mois plus tard, jour pour jour, Maman

---

[3] Note du traducteur : Angola est la plus grande prison de Louisiane.

refusa que Papa m'appelle Tulipe à cause des gobelets Lily Tulip écrasés et lui fit promettre de ne pas m'appeler Tulipe. Il lui donna sa parole puis écrivit Lily Cup sur l'acte de naissance dans le hall de l'hôpital sans qu'elle ne le sache.

— Ça alors ! dit Peck.

— C'est toi qui as demandé, dit Lily Cup.

— Penses-y, Chérie... On me surnomme Péquenaud pour avoir joué les petits malins et toi voilà qu'on t'appelle Lily Cup parce que ta Maman se faisait, tu sais, labourer à un pique-nique.

— Je n'ai jamais aimé la salade de pommes de terre, se dit Lily Cup.

— C'est une sacrée histoire ça, j'te jure !

— La terre entière l'entend à chaque Thanksgiving, dit Lily Cup.

— Ton papa, c'est queq'chose.

— Il est parti maintenant, mais il était unique en son genre, ça c'est sûr.

— Il voulait pas t'faire de mal en t'appelant comme ça, Chérie.

Entendant le vrombissement d'une voiture au loin, Lily Cup se redressa, puis elle se retourna et regarda l'allée qui menait au tribunal.

— Ils sont arrivés, Peck.

— Où ça ?

— Ils sont en train de se garer. Je vais aller les saluer.

Elle saisit la main libre de Peck et la serra.

— Espérons qu'il soit vivant, dit Lily Cup.

— J'te le fais pas dire, répondit Peck.

— Rappelle-toi : ferme-la et quand ils t'emmèneront, fais ce qu'ils te diront. Ils savent qu'ils ne peuvent t'interroger qu'en dehors de la salle du grand jury, et en ma présence. Alors laisse-moi parler.

— Oui, M'dame, dit Peck.

— Tiens-toi droit, Peck.

— Hein ?

— Montre-leur qui tu es.

Peck se redressa et observa une tortue ramper le long de la racine du cyprès puis tomber dans l'eau. Il s'allongea, le regard vide, admirant la lune du matin.

Chapitre 19

DEUX POLICIERS EN UNIFORME montaient la garde au milieu des échos, dans le vieux hall d'entrée en marbre du palais de justice de Carencro. Sasha était assise sur un banc à l'écart, du côté nord du hall. Elle portait un tailleur-pantalon et une veste grise, un chemisier en satin noir boutonné jusqu'au cou et des talons guindés. Ignorant délibérément Peck et Lily Cup de l'autre côté du couloir, elle faisait défiler l'écran de son iPhone, lisant ses mails et y répondant. Un gobelet de café Starbucks était posé sur le banc, à côté de son sac. Assise à quelques mètres de Sasha, sur le même banc, se trouvait Mlle Lavender, directrice de l'hospice de Carencro. Mlle Lavender lisait un livre. À quelques mètres de Mlle Lavender était assis le détective Conway, un emballage de sandwich vide et froissé dans une main, deux beignets et un grand gobelet en polystyrène rempli de café dans l'autre. Plusieurs serviettes en papier étaient posées sur la banquette à côté de lui. Chaque fois que quelqu'un entrait ou sortait du palais de justice, les hautes portes en laiton s'entrechoquaient dans un bruit sourd et profond, comme un chalutier qui heurte un quai à l'entrée du port. Les chuchotements des gens dans le hall résonnaient comme dans une basilique.

— Tu es tout beau, Peck, dit Lily Cup. Tu as une nouvelle chemise ?

— Sasha me l'a donnée à Memphis, au-dessus du bayou, dit Peck.

— Peck, les inspecteurs ou le procureur risquent de t'embêter en t'appelant Boudreaux Clemont Finch. Ne les laisse pas te déstabiliser, dit-elle.

— Mais c'est mon nom, Chérie, dit Peck. Ça m'dérange pas.

— Et ce qui se passe ici n'est pas un procès. Ils posent beaucoup de questions à beaucoup de gens pour essayer de comprendre ce qui est arrivé à Gabe.

— Gabe est mort, non ? Tu peux m'le dire, Chérie.

Lily Cup n'avait pas entendu Peck, ou peut-être ignorait-elle la question.

—Les avocats n'ont pas le droit d'entrer dans la salle du jury, dit Lily Cup. N'oublie pas qu'ils veulent savoir ce que tu sais, pas ce que tu ne sais pas. Ne leur donne pas matière à réfléchir. Tu ne ferais que t'enfoncer un peu plus. Ne leur dis pas des choses qu'ils ne te demandent pas.

— Les appâts et la pêche au cordeau ça me connaît, dit Peck. Ça va aller.

Ce que Peck ne disait pas à Lily Cup, c'est que le traitement qu'il avait subi dans cette prison du New Jersey l'avait bouleversé, et avait ravivé les souvenirs de l'époque où, entre l'âge de quatre à six ans, il avait été forcé de porter des seaux d'appâts pour l'ivrogne aux alligators jusqu'à ce que ses mains saignent ou que son dos soit brûlé par le soleil d'un rouge goudron si vif qu'il devait passer la nuit appuyé sur l'épaule. Il faisait des cauchemars dans lesquels il se voyait, une corde attachée autour des aisselles, traîné derrière une péniche pour servir d'appât aux alligators, des coups de fusil résonnant au-dessus de sa tête, espérant que quelqu'un le tire à temps dans le bateau. Il ne racontait pas comment il avait appris la patience en se cachant pendant des heures dans les cyprès pour fuir l'homme aux alligators, observant les alligators flotter comme des bûches sans bouger d'un poil jusqu'au moment opportun. Il ne racontait pas comment les alligators devaient tout savoir, puisqu'ils avaient un million d'années quand l'homme devenait un appât à soixante-dix ou quatre-vingts ans.

La porte de la salle du grand jury s'ouvrit. Un homme en sortit et la laissa se refermer derrière lui. Il marcha d'un pas rapide le long du hall vers le cabinet du juge à l'extrémité est.

— Bonjour, Maître Tarleton, dit l'homme, posant deux doigts sur son front en guise de salut amical, saluant les avocats au passage.

— Bonjour, Votre Honneur, dit Lily Cup.

— Bienvenue à Carencro, dit-il.

Elle l'observa traverser le hall et entrer dans son cabinet.

— C'est le juge local, dit Lily Cup. Il vient de leur dire qu'il serait là au cas où ils prendraient la décision de t'inculper, si jamais on avait besoin de lui pour fixer la caution.

— La décision ? demanda Peck.

— C'est un grand jury, Peck, pas un procès avec des jurés. Derrière ces portes, ils ne peuvent pas te déclarer coupable ou innocent. Tout ce qu'ils peuvent faire, c'est dire s'ils pensent que tu devrais être accusé de crime ou non, dit Lily Cup.

Peck serra les poings, comme s'il avait peur.

— Reste toi-même et dis la vérité, dit Lily Cup.

— Tu seras là avec moi ? demanda Peck.

— Je ne peux pas entrer avec toi, mais je serai avec toi jusqu'au bout, dit-elle.

L'un des officiers en uniforme décrocha son téléphone portable. Tout en parlant, il s'approcha du détective Conway et marqua une pause, le temps de terminer son appel. Il se pencha et parla à Conway. Conway se leva et tous deux se dirigèrent vers Peck et Lily Cup.

— Mlle Tarleton ? demanda le policier en uniforme.

— Oui, Monsieur l'agent ? demanda Lily Cup.

— Le grand jury a commencé. Je resterai ici avec vous et votre client tandis qu'ils appellent tout le monde un par un. Votre client sera le dernier à être appelé.

— Pas de problème. Je vais chercher du café. Puis-je vous en offrir une tasse, Monsieur l'agent ? demanda Lily Cup.

Elle se leva et prit son attaché-case et son sac à main.

— Avec plaisir, Maître, dit le policier en uniforme. Un café noir glacé sera parfait. Merci, Madame.

— Peck, dit Lily Cup. Je reviens tout de suite. Comme l'a dit le policier, s'ils t'appellent, ce sera après tout le monde.

— Et toi, ils t'appellent ? demanda Peck.

— Chéri, écoute-moi, dit Lily Cup. Les avocats ne sont pas autorisés à entrer dans la salle du grand jury. Il n'y a pas de raison d'avoir peur, il faut juste que tu dises la vérité.

— Peck, dit le détective Conway. Je sais que tout ça est très secret. Je pense qu'ils essaient de faire peur aux gens. Ils ne peuvent même pas prendre de notes ou de procès-verbaux là-dedans.

— Je vais devoir le menotter à un banc, Maître, dit le policier en uniforme. C'est le règlement, Madame, au cas où je serais appelé ailleurs.

— Pas de problème, dit Lily Cup.

Lily Cup regarda Peck comme pour essayer d'expliquer les menottes. Il se contenta de présenter son poignet pour qu'on lui passe les bracelets.

— Inspecteur Conway, dit le policier en uniforme. Vous pouvez entrer.

Lily Cup adressa à Peck un sourire de remerciement pour s'être laissé passer les menottes, puis elle se retourna et passa la porte d'entrée d'un Starbucks.

Le détective Conway fut le premier témoin appelé dans la salle. L'huissier lui demanda de poser la main sur une Bible et de jurer de dire la vérité, et rien que la vérité.

— Inspecteur Conway, dit le procureur. Savez-vous pourquoi nous sommes ici aujourd'hui devant le grand jury du comté de Lafayette ?

— Non, Monsieur, répondit Conway. Je remplissais une mission de transfert de prisonnier et on m'a demandé de comparaître, mais à part ce que j'ai lu sur le mandat, je ne connais pas les détails de l'affaire.

— Inspecteur Conway, et si je vous disais que les soupçons qui pèsent devant ce grand jury sont ceux d'enlèvement, de vol qualifié, et peut-être même de meurtre ? demanda le procureur. Voyez-vous en quoi les observations et l'avis d'un œil professionnel et expérimenté comme le vôtre pourraient être utiles pour déterminer la probabilité qu'un suspect commette les crimes que je viens de décrire ?

— Tout à fait, Monsieur, dit Conway. C'est très clair.

— Inspecteur Conway, depuis combien d'années exercez-vous le métier de détective privé ou un travail similaire ?

— J'ai essayé deux fois de passer le barreau après avoir obtenu mon diplôme en 1994. Mes efforts furent vains, alors je suis devenu l'apprenti d'un chasseur de primes puis j'ai obtenu ma licence de détective privé à Shreveport. J'ai trouvé le job intéressant et j'ai repris son affaire en mai, l'année dernière, quand il a pris sa retraite.

— Êtes-vous actif en tant que chasseur de primes ? demanda le procureur.

— Je fais principalement du transfert de prisonnier en dehors de l'État... commença Conway.

— Ils semblent tous fuir la Louisiane, pas vrai, Inspecteur Conway ? badina le procureur.

— Je transfère des prisonniers, comme le jeune Peck, présentement assis à l'extérieur de cette salle du fait de mon travail.

— Le jeune Peck ?

— Mon transfert.

— Vous faites bien référence au dénommé M. Boudreaux Clemont Finch, n'est-ce pas, inspecteur Conway ?

— Oui. Il s'appelle Finch, mais il préfère que je l'appelle Peck.

— Faites-vous toujours ce que les prisonniers préfèrent ? demanda le procureur.

— J'essaie de m'entendre avec eux du mieux que je peux, dit Conway. Si un prisonnier connaît les règles et si je sais que ses demandes sont en mon pouvoir, alors nous nous entendons. C'était un transfert facile. Mille kilomètres, c'est long quand on est menotté à un homme – toilettes, restaurants, ce genre de choses. Mieux vaut bien s'entendre.

— Inspecteur Conway, d'après vos observations avisées, M. Finch, ou Peck, comme vous l'appelez, serait-il capable d'assassiner un homme ? demanda le procureur.

L'inspecteur Conway se mit à réfléchir.

— À votre avis, bien sûr, Inspecteur Conway.

— Je ne pense pas, dit Conway.

— Vous voulez dire que vous ne pensez pas que cet homme puisse assassiner quelqu'un.

— Ce n'est pas le genre, je crois.

— Inspecteur Conway, ce Peck que vous avez ramené d'une cellule de prison de Trenton, dans le New Jersey, serait-il capable d'enlever quelqu'un, n'importe qui, à votre avis ?

— Enlever, vous voulez dire, contre une rançon ou de l'argent ? demanda Conway.

— Vous connaissez d'autres motifs d'enlèvement, Inspecteur Conway ?

— Je ne pense pas qu'il ferait une chose pareille. Non, Monsieur, je ne crois pas.

— Inspecteur Conway, si je vous disais que quatre mille dollars appartenant à la personne dont l'intéressé avait la charge ont disparu, cela vous amènerait-il à reconsidérer votre point de vue ?

— Vous voulez dire, au sujet de Peck ? demanda Conway.

— Votre point de vue au sujet de Peck, oui, dit le procureur.

Conway se gratta le menton. Il porta la main à son front chauve et le gratta. Il baissa les paupières dans une grimace délibérée.

— Non, Monsieur, je ne crois pas, dit-il. Je pense que rien de tout cela ne changerait d'un iota l'idée que je me fais de lui.

— Comme c'est curieux, dit le procureur.

— Eh bien, c'est vous qui m'avez demandé, dit Conway.

— Je ne mets aucunement en doute votre sincérité, Inspecteur Conway. Mais pourriez-vous, s'il vous plaît, partager avec ce grand jury les informations que vous pourriez avoir et qui vous permettent de penser qu'il est peu probable que l'intéressé commette de tels crimes ?

— Le hareng, dit Conway.

— Excusez-moi ? demanda le procureur d'un ton sarcastique.

Conway s'assit et attendit un instant.

— Vous avez dit "le hareng" ?

— C'est à cause du hareng, répéta Conway.

Le procureur balaya son bras comme s'il présentait le détective à un public de théâtre.

— Veuillez éclairer les hommes et les femmes de ce grand jury, Inspecteur Conway, dit le procureur.

Pressentant un piège, le regard de Conway ne trahissait pas moins sa sincérité et sa détermination à ce que justice soit faite pour le garçon dans le couloir. Le détective se redressa sur son siège.

— Nous étions dans l'avion quand le jeune homme...

— L'homme que vous appelez Peck, Inspecteur Conway ?

— Oui Monsieur, l'homme que j'appelle Peck m'a interrogé sur les odeurs de poisson autour du palais de justice de Trenton.

— Ai-je bien entendu ? Vous avez dit "odeurs de poisson" ?

— Trenton, avec d'autres communes, organisait alors leur fête du hareng annuelle le long du fleuve Delaware, dit Conway. C'est une fête très populaire, paraît-il. Nous étions installés dans l'avion, attendant le décollage, quand ce fameux Peck s'est retourné sur son siège et, droit dans les yeux, m'a demandé... Je me souviens qu'il a demandé : "M. Conway," a-t-il dit, "c'est quoi cette odeur de poisson là-bas ?". Oui, c'est ce qu'il m'a demandé.

— Inspecteur Conway, un prisonnier pose des questions sur la fête du hareng...

— Oh, il ne connaissait pas cette fête.

— Un prisonnier pose une question sur l'odeur du poisson et vous en déduisez qu'il est incapable de commettre un crime ?

— Sa question ne portait pas sur le poisson, mais sur l'odeur.

— Dans l'avion, ce Peck vous a soudainement posé une question sur l'odeur.

— Il sentait cette odeur depuis sa cellule, dit Conway.

— Mesdames et Messieurs, dit le procureur, ce témoignage commence à sentir mauvais.

— C'est la manière dont il l'a dit, dit Conway.

— Oh, éclairez-nous donc ! Poursuivez, s'il vous plaît, Inspecteur Conway, dit le procureur. Nous sommes tout ouïe !

— Il n'a pas fait que demander.

Le procureur ne prit pas la peine de parler. Il attendit.

— Je le sais incapable de commettre une chose pareille à cause de la façon dont il m'a écouté, dit Conway.

— Une chose pareille, Inspecteur Conway ?

— Un enlèvement ou un meurtre, dit Conway.

— À cause de la façon dont il vous a écouté ?

— Cela fait près de trente ans que je fais ce métier. J'ai presque tout vu. Dans mon métier, je côtoie de près les kidnappeurs, les assassins et les voleurs, et s'il y a une chose dont je suis sûr, c'est qu'ils refusent d'apprendre.

— Vous dites que les assassins et les voleurs ne...

— Ils ont réponse à tout ! C'est du moins ce que je pense. Je me souviens être resté assis dans cet avion pendant près d'une demi-heure – peut-être quarante minutes – à expliquer à ce Peck comment pêcher le hareng. Comment utiliser la fléchette bien comme il faut ; comment les harengs sautent deux, voire trois fois hors de l'eau lorsqu'ils sont ferrés. Je vous le dis, et Dieu m'en est témoin : ce garçon ne m'a pas quitté des yeux pendant qu'il écoutait mon histoire, pas une seule seconde. Je ne pense pas qu'il soit votre homme.

Dos au détective, le procureur scruta les regards des jurés.

— L'argent pourrait-il être un mobile ? demanda le procureur.

— Il avait de l'argent sur lui, dit Conway.

— Quatre mille dollars manquent à l'appel, Inspecteur Conway.

— Il n'avait pas grand-chose, mais il avait de quoi voir venir. Il avait un pass Greyhound sur lui.

— Je suppose que les pass de transport coûtent cher, Inspecteur Conway.

— Je ne sais pas. J'imagine que oui.

— Un pass de transport coûte de l'argent, Inspecteur Conway.

— Un voleur n'a pas de pass de transport Greyhound sur lui.

— Et qu'est-ce qu'un voleur a sur lui ? s'agaça le procureur.

— Pas de pass de bus en tout cas, répond Conway.

— Et quelle est votre hypothèse, Inspecteur Conway ?

— Il volerait une voiture. Un voleur volerait une voiture.

— Merci, Inspecteur Conway. Vous pouvez disposer. Merci pour ce témoignage avisé.

— Puis-je ajouter une dernière chose ? dit Conway.

— Vous êtes toujours sous serment, dit le procureur, faisant un signe de la main pour inviter Conway à parler.

— Le garçon était effrayé et pétrifié comme un lapin pris dans les phares, dit Conway.

— Où voulez-vous en venir, Inspecteur Conway ?

— S'il était un voleur ou un tueur, il aurait des nerfs d'acier, des tatouages, des montres en or, quelque chose d'extravagant – une bague, peut-être. Mais il n'écouterait pas religieusement une histoire de pêche au hareng à la manière d'un écolier. Il avait un sac de sport avec un jean, deux chemises, une bobine de fil de pêche et des sous-vêtements. Il avait sur lui de l'argent de poche, un pass de bus, des notes manuscrites et du papier.

— C'est noté, Inspecteur Conway, dit le procureur. Vous pouvez disposer.

Conway quitta la barre et sortit par la grande porte, qu'il tint pour laisser entrer Sasha. Le procureur fit signe à celle-ci de venir à la barre. Elle s'exécuta. L'huissier tint la Bible et lui fit prêter serment.

— Mlle Lissette, dit le procureur. Pouvez-vous décliner votre nom et votre lieu de résidence ?

— Je m'appelle Michelle Lissette. J'ai vécu à la Nouvelle-Orléans toute ma vie. J'ai étudié à Tulane. Je possède une agence immobilière qui s'occupe principalement de ventes résidentielles, de locations et de restaurations historiques dans le quartier de Garden District.

— Merci, Mlle Lissette, dit le procureur. Connaissez-vous le principe d'un grand jury, Madame ?

— Pas vraiment. Vous inculpez les gens, c'est ça ?

— Un grand jury écoute, dit le procureur. Il écoute tous les témoins connus et les suspects potentiels puis décide de la viabilité de poursuites judiciaires. En tant que procureur, c'est moi qui déciderai, après avoir entendu leurs avis, de faire avancer l'affaire ou de prendre d'autres dispositions.

— Je comprends mieux maintenant, dit Sasha. Merci.

— Mlle Lissette, notre objectif est de connaître tout ce que vous pourriez savoir sur le suspect potentiel que nous examinons aujourd'hui, à savoir Boudreaux Clemont Finch, et sur sa relation avec Gabriel Jordan. Mlle Lissette, l'un ou l'autre de ces noms vous est-il familier ?

— Je les connais tous deux, Peck et Gabe, dit Sasha.

— Veuillez éclairer le grand jury sur votre relation avec ces hommes, Mlle Lissette.

— Je les ai rencontrés au Charlie's Blue Note. C'est un bar de jazz local situé sur Frenchmen Street, près du Quartier. Mon amie et moi y allons parfois pour danser, sans prendre de risques car Charlie nous raccompagne toujours. Un soir, Peck et Gabe sont entrés. Ils ont mangé du riz et des haricots rouges, et ont bu quelques verres. Gabe a pris un Chivas – c'est un genre de scotch – et Peck a bu une bière.

— Leur comportement vous a-t-il paru suspect ?

— Non, répondit Sasha.

— Avez-vous pu les observer pendant leur passage chez Charlie ?

— J'ai dansé avec Gabe. C'est un très bon danseur.

— Avez-vous pu observer son comportement en dansant avec lui ?

— En fait, je pense qu'on a dansé jusqu'à minuit ou presque.

— Mlle Lissette, dit le procureur, le grand jury est ici pour écouter les preuves données par les personnes qui sont entrées en contact avec le suspect potentiel. Il est de leur ressort de déterminer si, à leur avis, et après avoir écouté votre témoignage, un procès devrait, ou non, être intenté contre cette personne.

— Un procès contre ces deux-là ? Un procès pour quoi ? demanda Sasha. Vraiment, je ne pense pas.

— Mlle Lissette, dit le procureur. Il serait dans notre intérêt que vous me laissiez poser les questions.

— Très bien, dit Sasha. Mais je crois connaître assez bien ces deux-là, et je n'arrive pas à me les imaginer en voyous.

— Mlle Lissette, dit le procureur, l'un des chefs d'accusation qui dépend de l'issue de ce grand jury est celui du transport d'une personne contre son gré au-delà d'une frontière d'État. Auriez-vous surpris des conversations qui laisseraient penser que M. Jordan fut forcé de quitter la Louisiane contre son gré, en particulier sous l'influence de M. Finch ?

— Mieux que ça, dit Sasha.

— Après vous, Mlle Lissette. Éclairez nos lanternes, je vous prie.

— Peck n'était même pas avec nous quand Gabe m'a dit qu'il allait au festival de jazz de Newport, dans le Rhode Island, dit Sasha. Lui et Peck s'y rendaient parce que Gabe voulait y aller, pas Peck.

— Mlle Lissette, dit le procureur, tout cela est bien beau, mais avez-vous personnellement vu M. Jordan quitter ce Charlie's avec M. Finch ?

— Non, dit Sasha.

— Donc toutes ces conjectures sont des suppositions de votre part, pour ainsi dire, Mlle Lissette ?

— Non, dit Sasha.

— Mlle Lissette, vous mettez à l'épreuve la patience du grand jury, dit le procureur.

— J'ai dit que je ne les avais pas vus quitter le Charlie's, dit Sasha. Mais je les ai vus *sortir* du Charlie's.

— Se moquer de nous de la sorte peut vous coûter cher et être puni d'une amende pour outrage à magistrat, Mlle Lissette, dit le procureur. Tenez-le vous pour dit.

— Quand Gabe m'a expliqué qu'il se rendait au festival de jazz de Newport, il a dit qu'ils faisaient de l'auto-stop. Je leur ai proposé de les conduire jusqu'à Memphis, c'est tout, dit Sasha. Je suis rentrée chez moi, j'ai pris ma voiture et je suis revenue. C'est alors que je les ai vus sortir du Charlie's.

— C'est donc vous qui avez conduit Gabriel Jordan et M. Finch hors de l'État, Mlle Lissette ? demanda le procureur.

— Non plus, dit Sasha. Gabe aimait ma Bentley et m'a demandé s'il pouvait la conduire. Son permis était valide, alors j'ai accepté. Gabe a donc quitté la Louisiane dans ma Bentley, avec Peck endormi sur le siège arrière. Si Peck faisait franchir une frontière à quelqu'un contre son gré, alors il ne faisait pas du bon travail. Il a dormi comme une masse presque tout le trajet !

Le procureur déposa sa paperasse sur la table, au-dessus de sa mallette. Il tourna en rond, réfléchissant. Puis il tourna encore.

— Mesdames et Messieurs du grand jury, commença-t-il. Mettons que nous soyons en mesure de corroborer la véracité de ce témoignage. Après tout, il semblerait que Mademoiselle joue un rôle de premier plan au niveau local et qu'elle ne soit pas encline à prendre des risques. Si ce qu'elle dit s'avérait vrai, et si nous devions la croire, ainsi que le témoignage ayant précédé celui de Mlle Lissette, nous pourrions avoir affaire à un enlèvement local.

— Peck n'a enlevé personne ! dit Sasha.

— Jeune fille, si Peck a ne serait-ce que raccompagné ce vieillard mourant jusqu'à la porte de l'hospice, dit le procureur, alors un procès pour enlèvement pourrait être instruit.

— Je ne sais rien de tout ça, dit Sasha. Tout ce que je sais, c'est que Gabe voulait aller à Newport. Il aurait essayé de fuguer, même sans l'aide de Peck.

Le procureur leva l'index en l'air, comme s'il avait une idée en tête.

— Et si cet homme, le dénommé Gabriel Jordan, est maintenant décédé, dit le procureur, il pourrait s'agir d'un homicide involontaire. Exfiltrer un homme qui a besoin d'une attention médicale rapprochée et constante d'un établissement de santé. Cela pourrait être le cas, si cet homme est décédé.

Sasha était trop contrariée et furieuse pour pleurer à l'idée que Gabe soit mort.

— Ce n'est pas comme ça que ça s'est passé, dit Sasha en se tordant les mains.

— Mlle Lissette, à votre connaissance, Gabriel Jordan est-il vivant ou mort ? demanda le procureur.

— Je lui ai parlé il y a deux nuits, dit Sasha. Il était vivant.

— Je vous pose à nouveau la question, Mlle Lissette : Gabriel Jordan, un homme prétendument soustrait à la vigilance d'un hospice, est-il vivant ou mort ? demanda le procureur.

Cette fois, Sasha sortit un mouchoir de son sac et se tamponna les yeux.

— Je ne sais pas, dit-elle.

— Combien de temps vous faudrait-il pour déterminer si M. Gabriel Jordan est vivant ou mort, vérification étayée par des témoignages crédibles ?

— Une heure ou deux, peut-être, dit Sasha.

— Membres du grand jury, dit le procureur. Je propose que nous nous accordions une salutaire pause déjeuner, aux frais du comté. Accordons une heure à Mlle Lissette et retrouvons-nous tous ici à 13h30. En attendant, Mlle Lissette, vous êtes tenue de ne rien divulguer de cette série d'interrogatoires aux autres témoins qui attendent d'être entendus. Nous nous reverrons à 13h30.

Sasha descendit de la barre des témoins et sortit.

CHAPITRE 20

SASHA RETOURNA dans le hall, laissant la porte de la salle du grand jury se refermer derrière elle. Mlle Lavender était toujours assise sur le banc du mur le plus éloigné, un livre ouvert à la main. Lily Cup, Peck et un officier en uniforme se trouvaient sur le banc le plus proche de la porte de la salle du grand jury. Sasha s'élança à travers le hall, ses talons claquant sur le marbre froid, pour s'asseoir sur le banc le plus éloigné. Elle décida d'envoyer un texto à Lily Cup à travers le hall, sans la regarder.

— Je n'ai pas le droit de parler à qui que ce soit du grand jury, écrivit-elle.

— Tu peux s'ils t'ont libérée.

— Ce n'est pas le cas.

— Explique.

— C'est la merde. Je dois prouver que Gabe est en vie.

— Et alors ? Appelle et vois s'il répond, écrit Lily Cup. S'il répond, c'est qu'il est vivant. Gné !

— Pas si simple, écrivit Sasha.

— Il loge à l'hôtel, non ?

— Oui.

— Eh bien, s'il ne répond pas, demande à la réception s'ils l'ont vu ce matin, écrivit Lily Cup.

— J'ai besoin d'un témoin crédible, écrivit Sasha.

— Je serai ton témoin, écrivit Lily Cup.

— Impossible. Devoir de silence. Je ne peux parler à aucun témoin ni à leurs avocats, écrivit Sasha.

— Tu as un putain de devoir de silence et tu ne prends pas la peine de le dire à l'avocat de la défense dans ton premier texto !? écrivit Lily Cup.

— Je t'en prie, ne me fais pas une scène. Garde ça pour le procès si jamais je me foire, écrivit Sasha. Tu connais bien les tribunaux. Quel témoin crédible pourrais-je bien dégoter dans un délai aussi court ?

— Quoi, maintenant ? Aujourd'hui ?

— J'ai une heure et demie pour trouver une solution ou le gosse risque d'avoir de gros problèmes.

Lily Cup posa son téléphone sur le banc, ouvrit son attaché-case et fouilla dans ses papiers. Puis, dans un éclair de génie, elle claqua des doigts, prit son téléphone et se remit à écrire.

— Juge Thibodaux, écrivit-elle.

— C'est quoi un juge Thibodaux ? répondit Sasha.

— Tu vois la porte marquée "Chambre" ?

— Où ça ?

— Au bout du couloir.

Sasha regarda au bout du couloir de marbre.

— Pas ce bout-là, l'autre bout du couloir ! écrivit Lily Cup.

Sasha vit la porte et fit un sourire digne d'un dessin animé.

— C'est le bureau du juge Thibodaux, envoya Lily Cup. Il est à l'intérieur, je l'ai vu.

Sasha se leva, redressa son tailleur, s'assura que les plis de son pantalon étaient bien alignés et son chemisier bien rentré. Elle était en train de tendre le ruban de velours qui attachait ses cheveux quand son téléphone bipa. Elle regarda l'écran.

— Il paraît que c'est un vieux schnock qui aime les gros nichons, écrivit Lily Cup. Fais attention à toi.

Sasha se tint d'abord bien droite, comme si elle se levait pour accepter le défi, puis elle laissa ses épaules s'affaisser, prenant conscience de ce qui était en jeu. Muée par sa détermination, elle se mit à marcher à petits pas rapides tout en déboutonnant un bouton de son chemisier, puis le bouton suivant, puis le suivant, ses talons résonnant dans le grand hall de marbre. Tournant le dos à Lily Cup et à Peck, elle baissa furtivement les yeux, jaugeant le décolleté qu'elle avait bricolé à la dernière minute, puis leva le bras, faisant un signe du pouce vers le haut tout en poussant la porte au lettrage en feuille d'or marqué

"Chambre". Le vestibule, vide et profond, était lambrissé de bois de pécan. Des volutes de fumée de cigare s'échappaient d'un bureau situé deux portes plus loin. Tenant son téléphone d'une main et son sac à main de l'autre, Sasha arpenta le petit couloir puis jeta un coup d'œil dans l'embrasure de la porte d'où s'échappait la fumée.

— Excusez-moi ? demanda Sasha.

Derrière le bureau, un homme aux cheveux argentés, assis dans un fauteuil en cuir, écrasait son journal des deux mains, les yeux exorbités, manquant de faire tomber le cigare de sa bouche.

— Excusez-moi ? répéta Sasha.

— Madame ?

— Je cherche le juge Thibodaux. Seriez-vous le juge Thibodaux, par hasard ?

L'homme ôta le cigare de sa bouche.

— Eh bien, en effet, je suis le juge Thibodaux, mais la dame à l'entrée vous renseignera mieux que moi, je n'en doute pas.

Sasha prit les choses en main et entra dans la pièce, se frayant un chemin jusqu'au bureau du juge. Elle se pencha stratégiquement pour passer de la position debout à la position assise, posant au passage son sac à main au sol.

— En quoi puis-je vous aider, jeune fille ? demanda le juge, prenant son cigare d'une main puis le déposant dans le cendrier. Veuillez vous asseoir. Je suis à votre service.

Sasha s'assit, se penchant bien en avant sur sa chaise.

— Juge Thibodaux, je n'ai pas de rendez-vous et je sais que c'est un court préavis pour un homme aussi important et aussi occupé que vous, mais j'ai besoin d'un témoin crédible car si je n'ai pas de témoin crédible et la preuve qu'un certain homme est vivant à 13h30 aujourd'hui, quelqu'un aura de gros ennuis.

— Jeune fille, cela a-t-il un rapport avec l'affaire dont je suis saisi ? demanda anxieusement le juge Thibodaux.

Sasha regarda son téléphone et se mit à parcourir les menus des restaurants locaux, répondant au juge distraitement.

— De quoi ? Une affaire ? Saisi ? Oh, non Monsieur, comment cela se pourrait-il ? demanda Sasha.

Sasha se leva à nouveau et se pencha pour tendre la main au juge. Le juge accepta sa poignée de main et serra doucement celle-ci pendant un bon moment.

— Je m'appelle Michelle Lissette, et je travaille dans l'immobilier. Je suis venue de la Nouvelle-Orléans chercher des documents en vue d'un projet et, à ma connaissance, vous ne jugez aucune affaire à la Nouvelle-Orléans, puisqu'il s'agit d'une juridiction et d'un district différents. Saviez-vous qu'il y avait soixante-quatre juridictions en Louisiane, Monsieur le Juge ? Je dois simplement prouver qu'un homme est vivant. Je le ferais volontiers moi-même, mais vous savez comment ils sont : ils veulent qu'un tiers fasse une déclaration, alors j'ai besoin d'un témoin crédible pour m'aider. Aimez-vous les calamars, Monsieur le Juge ?

Sasha s'assit en rebondissant.

Le juge, anticipant le rebond, pencha la tête en avant. Puis il percuta et marqua une pause, le temps de saisir ce qu'il venait d'entendre.

— Oh, j'adore les calamars ! J'ai un faible pour la sauce béchamel rouge avec une lichette de beurre, dit-il.

Pendant que le juge pliait son journal et précisait la quantité de crème à verser dans la sauce, Sasha tapotait les touches de son téléphone puis le porta à son oreille.

— Fruits de mer Drago, j'écoute.

— J'aimerais deux assiettes de calamars, s'il vous plaît.

— À emporter ?

— Vous pouvez ajouter une sauce béchamel avec du beurre et... une minute, s'il vous plaît, dit Sasha en regardant le juge Thibodaux. Combien d'huîtres, Monsieur le Juge ? demanda Sasha.

Le juge ouvrit ses deux mains en éventail comme s'il capitulait à la bataille de la Nouvelle-Orléans.

— Nous n'avons pas de béchamel, Madame, nous avons une sauce rouge maison pour les calamars.

— Ajoutez cette sauce ainsi que deux douzaines d'huîtres fraîches sur de la glace pilée, du raifort et de la sauce cocktail, mais sans mélanger. On s'en occupera.

— Deux calamars, une sauce rouge à part, deux douzaines d'huîtres, autre chose ?

— Pouvez-vous livrer la commande au bureau du juge Thibodaux, s'il vous plaît ?

Il y eut un silence.

— Oui Madame, nous l'apportons tout de suite.

Sasha haussa les sourcils.

— Vous connaissez l'adresse ? demanda-t-elle.

— Oui, Madame.

— Bien. À tout de suite. Oh, et la secrétaire n'est pas là, alors apportez la commande directement ici, d'accord ?

— Nous vous l'apportons au plus vite.

Sasha mit fin à l'appel, leva le doigt comme pour retenir le moment puis composa le numéro d'un autre restaurant.

— Restaurant Antoni, en quoi puis-je vous aider.

— Bonjour. Vous êtes un restaurant italien, n'est-ce pas ? demanda Sasha.

— Le meilleur d'entre tous !

— Avez-vous de la sauce béchamel ?

— Bien sûr, nous avons de la béchamel. La meilleure d'entre toutes !

— Pourriez-vous nous envoyer un pot de votre sauce béchamel tout de suite ?

— Avec quelle entrée ?

— Aucune entrée, juste un pot de béchamel.

— Bien sûr.

— C'est possible ? Envoyez-la au bureau du juge Thibodaux.

— Dans vingt minutes.

— Vous connaissez l'adresse ?

— Nous connaissons le juge.

— Passez par l'arrière. Il n'y a personne à la réception.

Sasha posa son téléphone sur la table à côté de sa chaise.

— Vous êtes très populaire, Monsieur le Juge.

— Les agents immobiliers de la Nouvelle-Orléans sont-ils tous aussi combatifs ? demanda le juge.

— Il faut agir vite dans cette affaire, Monsieur le Juge, ou nous pourrions tous nous retrouver la tête sous l'eau d'un instant à l'autre.

— En quoi puis-je vous aider ?

— Monsieur le Juge, votre téléphone a-t-il le mode conférence ?

— Il l'a.

Sasha se leva, se pencha sur le bureau du juge puis décrocha le combiné du téléphone.

— Neuf ? demanda Sasha.

— Oui, Madame. Pressez le 9 pour un appel vers l'extérieur.

Sasha composa le numéro du Marriott de Providence. Quand celui-ci se mit à sonner, elle posa le combiné puis activa le haut-parleur du mode conférence.

— Hôtel Marriott, qui souhaitez-vous contacter ? demanda l'opérateur.

— Bonjour. J'essaie de joindre M. Gabriel Jordan, dit Sasha. Il séjourne dans votre hôtel.

— Un instant, j'appelle la chambre de M. Jordan, dit l'opérateur.

Huit sonneries sans réponse plus tard, le téléphone déclencha la messagerie vocale. Sasha raccrocha puis décrocha le combiné et composa à nouveau le numéro.

— Une minute, Monsieur le Juge, dit-elle.

— Je n'ai rien à faire aujourd'hui, prenez votre temps.

— Hôtel Marriott, qui souhaitez-vous contacter ? demanda l'opérateur.

— Bonjour, je viens d'essayer de contacter M. Gabriel Jordan dans sa chambre et il n'a pas répondu, dit Sasha.

— Voulez-vous réessayer ? demanda l'opérateur.

— Non, non. Pourriez-vous s'il vous plaît demander aux réceptionnistes s'ils l'ont aperçu ce matin, peut-être en train de prendre un café ou un Uber ?

Sasha tapotait ses ongles sur le bureau en signe d'impatience, appuyée sur un bras, attendant que la réponse surgisse du haut-parleur.

— Personne ne se souvient avoir vu M. Jordan ce matin, répondit l'opérateur. Cela dit, nous sommes assez occupés le matin, entre les départs de nos clients et la préparation du petit déjeuner. Très occupés, même.

— Merci, dit Sasha. Elle pressa le bouton pour raccrocher puis s'assit.

— Puis-je vous demander où vous appelez ? demanda le juge Thibodaux.

La question du juge fut interrompue par le premier livreur de nourriture. Sasha tendit sa carte de crédit et lui indiqua une table de réunion sur le côté pour qu'il y dépose la commande. D'un sourire affable, elle invita le juge à se servir. Elle signa le reçu puis remercia le livreur. Tandis que celui-ci quittait la pièce, il fut coupé dans son élan par le livreur de béchamel. Sasha sortit un billet de vingt dollars de son sac et le brandit.

— Ça suffira ? demanda-t-elle.

— Oh oui, M'dame, répondit-il. Salut, M'sieur le Juge ! lança le livreur, arrachant le billet de vingt des mains de Sasha avant de quitter les lieux.

Avec des calamars, une sauce béchamel et des huîtres fraîches sur de la glace pilée, n'importe quelle compagnie devient une seconde famille. Dans le sud de la Louisiane, il s'agit presque d'une expérience religieuse, aussi sacrée que les beignets du matin avec du café à la chicorée et un brin de cannelle.

— Avez-vous grandi à la Nouvelle-Orléans, mon petit ? demanda le Juge Thibodaux.

— Je suis née dans des toilettes pour dames dans le Vieux Carré, Monsieur le Juge, répondit Sasha. Maman vivait dans le Faubourg Lafayette et n'a pas jugé bon de rentrer à la maison quand elle perdit les eaux alors qu'elle faisait la queue pour obtenir une praline au bar à huîtres.

— Bonté divine, dit le Juge Thibodaux, votre naissance est digne du Mardi Gras ! Il n'est pas étonnant que vous ayez du feu dans le sang. Vous avez l'air d'une femme qui prend son destin en main.

— *Jeanne d'Arc était stupide*, dit Sasha.

— Jeune fille, je comprends assez le français pour dire qu'avec pareille déclaration, ma brave maman, une fervente catholique, aurait sans la moindre hésitation estimé que vous venez de commettre un blasphème contre une sainte brûlée sur le bûcher, dit le juge Thibodaux.

Sasha sourit, secouant la tête en signe de refus catégorique.

— Alors, dites-moi, pour information, et à votre humble avis, bien sûr, en quoi Jeanne d'Arc était-elle stupide ? demanda le juge.

— Elle aurait dû pisser sur les allumettes, répondit Sasha.

Quand il comprit la plaisanterie, le juge s'étouffa et aspira sa sauce cocktail par le nez. Il se leva puis toussa, ria, pouffa de rire et but un verre d'eau en s'efforçant de retrouver son calme. Le rire de Sasha se changea en tremblement nerveux alors qu'elle observait les contorsions du juge, espérant qu'il ne fasse pas une attaque cardiaque. Le temps qu'il se ressaisisse et s'assoie à nouveau, tout ce qu'ils purent faire fut d'inspirer puis d'expirer bruyamment.

Le juge reprit ses esprits dans un long soupir, ramassa un anneau de calamar frit puis demanda à nouveau :

— Où essayez-vous d'appeler ?

— Providence, dans le Rhode Island, Monsieur le Juge. Mon ami est là-bas. Il participe au festival de jazz de Newport toute la semaine.

— C'est un grand moment, dit le juge Thibodaux.

— Vous y êtes déjà allé ?

— Au festival de jazz de Newport ? demanda le juge.

— Oui.

— Mon Dieu, oui. Et plus d'une fois.

— Plus d'une fois ? demanda Sasha.

— Nous séjournions à Newport quand nous allions là-bas, dit le juge Thibodaux.

— Je n'ai pas pu lui trouver d'hôtel à Newport, Monsieur le Juge. C'est pourquoi il est à Providence.

— Nous remontions le canal intercostal jusqu'en haut du fleuve. Nous nous amarrions dans le centre-ville de Newport puis nous prenions le bus jusqu'au rivage tous les jours pendant le festival. Un soir, nous avons vu Mel Torme et George Shearing ensemble, et tant d'autres musiciens. C'était une époque formidable. Votre ami a beaucoup de chance.

— Vous dansiez ? demanda Sasha.

— Oh, oui, nous dansions, dit-il en contemplant un anneau de calamars, transi de souvenirs. Ma Barbara détestait l'odeur du cigare sur mon smoking, mais bon Dieu, elle adorait danser.

— Il est là-bas en ce moment, Monsieur le Juge, au festival. L'homme dont je dois prouver qu'il est vivant. Il a probablement quitté l'hôtel tôt ce matin en Uber, dit Sasha. Ma foi, nous l'avons loupé de peu.

— Il n'est pas parti, dit le juge Thibodaux en regardant sa grande horloge qui s'apprêtait à sonner la demi-heure.

— Je vous demande pardon ?

— Il n'est pas encore parti.

— Comment ça, Monsieur le Juge ? Vous avez dit qu'il n'était pas encore parti ?

Le juge prit les deux dernières huîtres, une dans chaque main, en offrit une à Sasha, puis brandit la sienne comme un bon verre de vin.

— Portons un toast, dit-il. Un toast au festival de jazz de Newport et à la musique qui unit cette nation divisée et veille à ce qu'elle se souvienne toujours du sud de la Louisiane.

— À la Louisiane, dit Sasha.

— À Louis Armstrong ! dit le juge Thibodaux.

Ils basculèrent la tête en arrière, avalant d'une traite leurs huîtres au raifort et à la sauce cocktail. Sasha posa la coquille et se lécha les doigts.

— Que voulez-vous dire, Monsieur le Juge ? Vous avez dit qu'il n'était pas encore parti, c'est bien ça ? Que voulez-vous dire ?

— C'est un jour de semaine, ma chère.

— Et alors ?

— Alors tous les concerts avant le festival, pendant les trois jours de semaine, ont lieu dans des salles de concert et des lieux privés, mais la plupart du temps le soir. Ces concerts représentent pour ainsi dire des événements supplémentaires, mais pas liés au festival de jazz de Newport proprement dit, qui ne commence qu'une fois que les amateurs de jazz de la région sont en week-end. Le festival à proprement parler a lieu pendant le week-end, toute la journée jusqu'au bout de la nuit, sous le ciel d'été ou sous la tente. Le vrai festival ne commence que dans trois jours.

— Monsieur le Juge, vous êtes incroyable, vous êtes un homme béni. Béni !

Sasha se leva d'un bond, fit le tour de la table, se pencha devant le juge puis l'embrassa au milieu du front, laissant au passage une ardente trace de rouge à lèvres Lancôme.

— Oh mon Dieu, dit le juge Thibodaux.

Sasha passa derrière le bureau, décrocha le combiné et appela l'opérateur de Providence.

— Providence ? demanda Sasha. Passez-moi le commissariat principal de Providence, s'il vous plaît.

Il y eut un silence.

Le juge la regarda, un poil perplexe. Son agenda toujours aussi vide, il se remit au travail en attaquant les calamars.

— Bonjour, je vous appelle du palais de justice du district de Carencro, en Louisiane, dit Sasha.

— Oui, dit Sasha. Oui, en Louisiane. J'ai besoin que l'un de vos officiers se rende au pont de Point Street. Nous avons des raisons de croire qu'un homme âgé s'est égaré. Pourriez-vous envoyer quelqu'un à sa recherche ? Il se peut même qu'il soit sous le pont.

L'agent qui prit l'appel nota le nom de Sasha (Michelle Lissette), le nom de la cible, un certain Gabriel Jordan, et enfin le numéro de la ligne directe du bureau du juge Thibodaux, que Sasha pouvait lire sur le téléphone. Sasha chuchota au juge que le sergent Brandon Kelsey venait d'être chargé de se rendre sous le pont, et que ce même Kelsey rappellerait avec un rapport complet. Sur ce, Sasha fit le tour du bureau.

— Sergent Brandon Kelsey, dit Sasha, Merci beaucoup. Nous attendons votre appel.

Sasha posa le combiné.

— J'ai besoin d'un verre, Juge Thibodaux, puis-je vous offrir un verre ?

Le juge Thibodaux se leva et s'essuya les doigts avec une serviette en papier.

— J'ai du xérès et du porto, ou peut-être un bon bourbon, dit-il.

— Je prendrai la même chose que vous, dit Sasha. Je vous en prie, reprenez un cigare, M. le Juge. J'adore la fumée de vos cigares.

— Vous êtes une personne délicieuse, dit le juge Thibodaux.

Sasha regarda l'heure sur son téléphone, qu'elle tapotait du bout des ongles. Il ne lui restait que trente-cinq minutes avant d'être à court de temps.

Tandis qu'ils attendaient, ils discutèrent et évoquèrent l'histoire de leurs familles, la situation économique et la possibilité que les barons du bois cessent un jour d'approvisionner les chaînes de magasins en copeaux de cyprès pour le paillage. Ils déplorèrent la façon dont des dizaines de milliers d'hectares de cyprès de Louisiane étaient coupés et transformés en paillis chaque année alors que le sud de la Louisiane glissait dans le golfe, provoquant des inondations annuelles à la Nouvelle-Orléans.

Le téléphone sonna. Sasha se leva d'un bond et saisit le combiné à la deuxième sonnerie.

— Bureau du juge Thibodaux, dit Sasha. Oh, oui, un instant.

Sasha activa le mode conférence.

— Sergent Brandon Kelsey ? demanda Sasha. C'est vous ?

— C'est moi, Mlle Lissette, dit le sergent Brandon Kelsey. Nous avons trouvé et identifié – photo d'identité et carte de sécurité sociale à l'appui –votre homme, Gabriel Jordan. Il est vivant et en bonne santé.

Sasha prit un mouchoir.

— Était-il sous le pont ? demanda Sasha.

— Sous le pont, Mlle Lissette, comme vous l'aviez suggéré, dit le sergent Brandon Kelsey.

Le juge se pencha vers le bureau.

— Sergent, ici le juge Thibodaux, du palais de justice du district de Carencro, en Louisiane. Sergent Kelsey, pourrais-je vous demander l'identifiant de votre commissariat ainsi que votre numéro de badge, pour nos archives ?

— Providence Central, Monsieur le Juge, dit Brandon Kelsey. Mon numéro de badge est 4S014, et mon grade est sergent, Votre Honneur.

— Merci, Sergent Kelsey, dit le juge Thibodaux. Toujours pour nos archives, confirmez-vous avoir identifié avec succès cette personne ?

— Oui, Votre Honneur, dit le sergent Brandon Kelsey. Identification physique confirmée par une photo d'identité et sa carte de sécurité sociale.

— Et vous l'avez trouvé en apparente bonne santé ? demanda le juge Thibodaux.

— Affirmatif, Monsieur le Juge, répondit le sergent Brandon Kelsey. Il était assis sous le pont avec d'autres personnes, écoutant un musicien local jouer du saxophone.

— Merci, Sergent Kelsey. Auriez-vous l'amabilité de me faxer votre rapport sur cette affaire lorsque vous serez de retour à votre poste ?

— Je m'en occupe, Votre Honneur.

Le juge lui donna son numéro de fax.

— Votre Honneur, M. Jordan aimerait utiliser mon téléphone pour vous parler, dit le sergent. Cela est-il permis, Monsieur ?

— Bien sûr, dit le juge Thibodaux. Passez-le-moi.

— Sasha ? cria Gabe.

— Il m'appelle comme ça parfois, murmura Sasha en souriant.

— Bonjour Chéri, dit Sasha. Comment se passe le festival ?

— Quand est-ce qu'il arrive ? demanda Gabe.

— Bientôt, dit Sasha. Demain, peut-être.

— Sasha, j'ai beaucoup réfléchi et je veux que tu fasses quelque chose pour moi, dit Gabe. Il va te falloir témoin. Peux-tu trouver un témoin, Chérie ? Tu peux m'appeler à l'hôtel plus tard, quand tu en auras un.

Le juge fit un clin d'œil à Sasha.

— J'en ai un ici et maintenant. Que se passe-t-il ?

— Tu as un témoin au bout du fil ? demanda Gabe.

— Il est assis juste à côté de moi, dit Sasha. Un super témoin.

— C'est le moment ou jamais, laisse-moi sortir de ma poche quelque chose que j'ai noté, dit Gabe. Ah, le voilà.

On entendit Gabe s'éclaircir la gorge dans le haut-parleur puis commencer à lire.

— "Moi, Gabriel Jordan, sain d'esprit, lègue toutes mes possessions, mes avoirs, ma retraite ainsi que le contenu de mes comptes bancaires à Boudreaux Clemont Finch, résidant actuellement à Carencro, en Louisiane..."

Sasha fondit en larmes.

— "Je veux que tout cela soit placé en fiducie pour lui, avec effet immédiat, et je nomme Michelle Lissette comme unique fiduciaire pour veiller à ce qu'il ait une vraie maison, qu'il obtienne son baccalauréat, qu'il aille à l'université et en sorte diplômé. Il devrait alors avoir plus que le nécessaire pour s'offrir son propre bateau de pêche à la crevette ou bien une petite ferme. Je suis le capitaine Gabriel Jordan, retraité, et le sergent Brandon Kelsey ici présent est mon témoin à cet égard."

Il y eut un silence.

— Alors ? demanda Gabe.

— Les mots me manquent, dit Sasha.

— Eh bien, est-ce que c'est légal ? demanda Gabe.

— Je vais faire transcrire sa déclaration, il n'aura plus qu'à la signer et ce sera bon, dit le juge Thibodaux en levant le pouce vers le haut.

— C'est légal, dit Sasha. Je te faxe le document à l'hôtel pour que tu le signes.

Gabe leva le poing en l'air en signe de victoire, apprenant que sa démarche était légale, tandis que le saxophone jouait en arrière-plan *When Sunny Gets Blue* en guise de célébration. La musique résonnait dans le haut-parleur alors que les larmes coulaient sur les joues de Sasha.

— Sasha ? demanda Gabe.

— Oui ?

— Va chercher l'autre péquenaud et dis-lui de signer pour que je sorte de ce mouroir, puis de venir ici écouter du jazz et boire du vin avec moi.

— C'est promis, sanglota Sasha au téléphone. Je t'aime, Gabe.

— Bébé, tu aurais dû entendre le trio d'harmonicistes hier soir, dit Gabe. Ils ont joué du Scott Joplin pendant deux heures. Oh, mon Dieu, tu te souviens des Harmonicats, ou tu es trop jeune ?

— Je t'appelle ce soir, dit Sasha. Un peu tard, sans doute. Je t'aime.

Elle raccrocha.

Sasha s'approcha du juge, en larmes. Elle lui fit signe, d'un tourbillon répété de la main, de se lever. Il se leva, Sasha le regarda puis l'enlaça longtemps et chaleureusement. Elle prit son mouchoir et frotta le rouge à lèvres sur le front et la joue du juge, puis l'embrassa à nouveau dans le cou.

— Vous êtes le meilleur, Juge Thibodaux. Vous êtes un homme extraordinaire.

— Merci à vous pour cette délicieuse matinée, déclara le juge Thibodaux. Mon magnétophone a tout enregistré. Une fois que le fax du sergent sera arrivé, je ferai transcrire tous les documents, le testament et tout le reste. Je veillerai à vous l'envoyer à la Nouvelle-Orléans. Veillez à ce qu'il soit signé devant notaire.

— Je ne sais pas comment vous remercier, dit Sasha.

— Vous pourriez m'accorder une danse quand je me rendrai pour mon petit déjeuner mensuel chez Brennan.

— C'est promis. Je connais un endroit sur Frenchmen Street.

— J'ai hâte d'y être et attends ce jour avec impatience.

— Monsieur le Juge, j'ai besoin d'une dernière petite faveur. J'aurais besoin d'un document signé de votre main disant que vous savez que Gabe est vivant.

Le juge regarda Sasha, réfléchit puis sourit.

— Je vais faire mieux, ma petite dame, dit le juge Thibodaux. Conduisez-moi devant le grand jury et je leur dirai personnellement ce qu'il en est.

Le juge Thibodaux prit sa robe sur un cintre, la fit tournoyer derrière lui puis l'enfila.

— Vous saviez pour... Vous savez... Moi et le grand jury ?

— Pas tout de suite, jeune fille, mais quand certains noms furent prononcés autour des calamars et des huîtres, tout m'est soudain devenu plus familier, dit le juge.

— Pourquoi mettre votre robe, Monsieur le Juge ? dit Sasha. Ce n'est pas un tribunal, n'est-ce pas ?

— Batman à la rescousse, dit-il.

Sasha ferma les yeux et posa sa tête sur l'épaule du juge. Elle le pinça gentiment.

— Je croyais que les juges et les avocats n'avaient pas le droit d'entrer dans la salle du grand jury, Monsieur le Juge.

— Nous n'avons pas le droit en tant que spectateurs. Mais aucune loi nous interdit d'intervenir. Nous ferions mieux de commencer à arpenter ce long couloir, Michelle, dit le juge Thibodaux, pointant du doigt son horloge. Il vous reste à peine sept minutes.

CHAPITRE 21

— ALLÔ ? demanda Gabe.

— Je te réveille, Chéri ? demanda Sasha.

— Quelle heure est-il ?

— Onze heures trente ici, et donc minuit passé pour toi.

— Je lisais un bouquin, dit Gabe. En 1953, un garçon blanc du Nord voit une jeune fille noire en détresse à Little Rock, et il trouve le courage de demander à Ernest Hemingway de l'aider à l'aider.

— Je suis aussi en pleine lecture... de mes mails, dit Sasha. J'entends les ivrognes dans la rue.

— Tu lui as dit ? demanda Gabe.

— Je pense que c'est toi qui devrais lui dire, dit Sasha. Il sera là demain.

— Son bus arrive demain ?

Sasha se redressa, la main sur la bouche.

— Oh, mon Dieu, tu n'es pas au courant ? dit Sasha.

— Au courant de quoi, Chérie ? demanda Gabe.

— L'hospice a émis un mandat contre Peck, disant au shérif qu'il t'avait kidnappé. Le procureur l'a fait arrêter et l'a fait sortir de son bus dans le New Jersey. C'était horrible, Gabe.

— Tu me fais marcher, Chérie ?

— Ça ne s'invente pas. C'est ce qui s'est passé hier. J'ai dû prouver à un grand jury que tu étais toujours en vie. Ils voulaient l'inculper pour meurtre et enlèvement. C'est pourquoi le juge était dans la pièce avec moi en tant que témoin quand je t'ai eu au téléphone.

— Quoi ? demanda Gabe.

— J'ai complètement oublié de t'en parler. Je n'avais pas le droit d'en parler à qui que ce soit, sous peine d'être accusé d'outrage au tribunal.

— Quel cauchemar, dit Gabe.

— Ne m'en parle pas, dit Sasha. Un véritable enfer.

— Tout ça s'est produit hier ?

— Aujourd'hui. Nous avons une heure de retard sur toi, ici, dit Sasha. Ils parlaient d'homicide involontaire contre Peck si je ne pouvais pas prouver que tu étais en vie. Ces deux derniers jours furent un cauchemar. Lily Cup l'a défendu. Elle a assuré.

— Alors, comment va Peck ? demanda Gabe. Il est sorti d'affaire, maintenant ?

— Grâce à toi, tu es vraiment adorable, dit Sasha. Et à un juge à qui je dois une danse.

— Mon bébé, dit Gabe. Qu'est-ce qu'on ferait sans toi ?

Sasha prit une poignée de mouchoirs et sécha ses larmes.

— Tu me manques, Gabe.

— Tu ne m'as pas répondu : Peck est dans le bus ? demanda Gabe.

— Non. Il a une pièce d'identité maintenant, alors je le mets dans l'avion de bonne heure, à Lafayette. Il sera là demain.

— Il est avec toi ? demanda Gabe.

— Lily Cup l'a conduit à Carencro après le grand jury aujourd'hui, dit Sasha. Il voulait tondre leur pelouse et faire le ménage chez lui. Je vais le chercher dans sa cabane à lames de scie dans la matinée puis je l'emmène à l'aéroport.

— Le saligaud voulait son cordeau, plaisanta Gabe.

— Ça aussi, j'en suis sûre.

— Tu dois être épuisée.

— Je prendrais bien un martini.

— Que dirais-tu d'une petite danse, Chérie ? demanda Gabe.

Il y eut un long silence. Les phalanges de Sasha roulèrent sur ses lèvres. Elle pensait à son ami mourant, seul dans la nuit et si loin, pendant que les larmes coulaient sur ses joues.

— Il faut que tu passes du temps avec Peck, dit Sasha. Ce sera l'occasion pour vous de parler.

— Tu es une altruiste, dit Gabe. Je suis heureux que tu fasses partie de ma vie. Dieu sait que j'aime mon papillon, mais tu remplis mon âme, l'amie.

Perdant un temps ses esprits, Sasha pleura dans le téléphone.

Gabe glissa un marque-page dans son livre puis le posa. Combiné à l'oreille, il se pencha pour se verser une tasse de café froid. Il temporisait tout en réfléchissant. Que ferait le capitaine Jordan ?

— Très bien, très bien, dit Gabe, comme s'il rappelait à l'ordre les participants à une réunion.

— Quoi ? demanda Sasha.

— Voilà le plan.

Sasha se redressa, les yeux grands ouverts comme si on venait de la réveiller.

— Le festival dure trois jours. Le grand final a lieu sous la tente.

Sasha écarquilla les yeux de plus belle en entendant Gabe utiliser le mot "final".

— Et donc ?

— C'est simple : je veux que tu sois là pour le grand final, dit Gabe.

— Mais Gabe, je ne pense pas que je...

— Il n'y a pas de mais.

— Tu mijotes quelque chose, je le sens, dit Sasha.

— J'ai besoin que tu surveilles Peck pendant que je vais chez le toubib.

— Ton état s'est dégradé ? demanda Sasha.

— Non, dit Gabe. J'ai rencontré deux médecins associés qui veulent me faire passer des examens dans leur clinique. Je pense que je vais accepter.

— Où les as-tu rencontrés ? demanda Sasha.

L'un d'eux est saxophoniste. J'étais assis à côté de lui lors d'un concert. Son associé opérait un patient pendant le concert. Je ne l'ai rencontré que plus tard, au concert de Scott Joplin.

— Qui sont-ils, déjà ?

— Ce sont des spécialistes, dit Gabe. Je leur ai dit que j'étais en sursis. Ils m'ont répondu que personne n'était jamais en sursis et qu'ils aimeraient jeter un coup d'œil.

— Tu as fui les médecins ici, Gabe.

— Je crois que je fais confiance à ces deux-là, Chérie.

— Oh mon Dieu, dit Sasha.

— Femme, prends l'avion et viens danser avec le vieux Gabe.

Il y eut un long silence.

— D'accord.

— Mon bébé.

— Réserve-moi une chambre. On se voit dans deux jours. D'ici là, il faut que je parle à certaines personnes, que je règle deux ou trois trucs.

— File, Chérie. J'attendrai Peck ici demain toute la journée s'il le faut.

Ils raccrochèrent.

Sasha arriva au Charlie's Blue Note peu après minuit. Lily Cup était assise au bar avec un cigare et un verre de porto.

— Pas de whisky ce soir ?

— Je sirote un porto. Pas de tribunal demain, je suis en vacances.

— Pourrais-tu éteindre cette chose nauséabonde ? demanda Sasha en grimpant sur un tabouret de bar.

— Il n'est pas allumé, dit Lily Cup.

— Charlie, un martini s'il te plaît, Chéri, dit Sasha.

— Où étais-tu passée ? dit Lily Cup. Pourquoi as-tu l'air si... comme ça ?

— J'étais au bureau. Je voulais te dire que tu avais été formidable. Je suis si fière de toi et Gabe te remercie d'avoir aidé Peck. Il veut savoir combien il te doit. C'est pro bono et tout, n'est-ce pas ? C'est ce que je lui ai dit.

— Oh, tu paieras pour ça, dit Lily Cup.

— Je n'en doute pas.

— J'ai besoin d'emprunter ta Cadillac pour aller voir un match de football américain[4].

— Cet été ?

---

[4] Note du traducteur : Ole Miss est le nom de l'équipe de football américain de l'Université du Mississippi.

— Non, cet automne, quand la saison commencera. Un groupe d'amis a prévu d'y aller.

— Les clés sont dans mon bureau quand tu veux.

— Qu'est-ce que tu as fichu là-dedans, tout à l'heure ?

— Où ça ?

— Avec le juge Thibodaux. Comment as-tu fait pour qu'il précipite la clôture d'un grand jury ?

— Oh, je ne sais pas.

— Ne te fous pas de moi.

— Il a écouté la voix de la raison, j'imagine, et est venu à notre secours.

— Tu veux dire que ce n'est pas un vieux pervers ?

— C'est un parfait gentleman.

— Cet obsédé, un gentleman ? Arrête tes conneries.

— Oh, le juge a bien jeté un coup d'œil à mes doudounes, mais à part ça, pas la moindre grossièreté ou geste déplacé.

— Ça alors, tout le monde dit que...

— C'est un parfait gentleman.

Lily Cup alluma son cigare.

— Nous avons partagé un brunch délicieux et un verre de xerxès.

— Il ne t'a même pas draguée ? demanda Lily Cup.

— Nous avons parlé de la sauvegarde des cyprès. Nous avons parlé des ingrédients pour faire la meilleure béchamel. Nous avons même parlé du fait que sa femme et lui aimaient danser avant qu'elle ne meure.

— On ne peut pas faire confiance aux gens, dit Lily Cup. Ils ne font que parler. Ils aiment les ragots. J'étais persuadée que c'était un vieux crado...

— Tout le monde voit midi à sa porte, dit Sasha. L'immobilier m'a appris ça.

— Comment ça ?

— Un homme aimera une maison parce qu'elle est proche de son travail et parce que les arbres y sont hauts, sa femme l'aimera à cause des écoles et parce qu'elle a senti un gâteau au chocolat dans le four, leur enfant la voudra parce qu'il y a une serrure sur la porte de sa chambre.

— C'est bien simple, dit Lily Cup, les comérages s'en mêlent et tout part en sucette.

— C'est à peu près ça, dit Sasha.

Les deux restèrent assises au bar à siroter quelques verres pendant encore une demi-heure sans échanger un mot. Elles communiquaient par gestes lorsque quelqu'un entrait ou que la musique changeait. Elles regardaient les gens danser dans le reflet du miroir posé au mur. Elles se connaissaient depuis – Sacha dit depuis l'âge de six ans ; Lily Cup dit qu'elle exagère et qu'elles en avaient cinq. Elles avaient passé toute leur scolarité ensemble ; elles avaient connu des petits amis et des ruptures ensemble, des chagrins d'amour et des proches disparus. Elles savaient ce qu'elles avaient fait pour Peck et pour Gabe. Elles savaient qu'elles l'avaient fait parce que c'était dans leur nature.

— Quelle est la prochaine étape pour Peck, à ton avis ? demanda Lily Cup.

— Gabe lui lègue tout, dit Sasha.

— Tout ?

— J'ai oublié de te le dire.

— Il a quelque chose à léguer ?

— Il a touché la sécurité sociale et une pension de l'armée pendant de nombreuses années. C'est un épargnant.

— C'est un bon karma, dit Lily Cup.

— C'était écrit dans les étoiles, dit Sasha.

— Ils s'aiment vraiment.

— Oui, dit Sasha.

— Ça saute aux yeux, dit Lily Cup.

— Peck vénère Gabe. Il est le père qu'il n'a jamais eu.

— Donc Gabe va juste lui remettre l'argent ? Il va lui donner, c'est tout ?

— Je suis l'exécutrice testamentaire, dit Sasha. L'argent sera placé en fiducie. Nous l'inscrirons à l'école puis éventuellement à l'université ou dans une école de commerce.

— Tu penses que Peck sera partant pour tout ça ?

— Il dit qu'il l'est.

— C'est bien, alors.

— Ouais.

Sasha but une gorgée de martini.

— Tu sais ce que ça veut dire, n'est-ce pas ?

— Non, ça veut dire quoi ?

— Ça veut dire que maintenant qu'il fait partie de la famille, vous ne pourrez plus baiser ensemble.

— Quoi ?

— Il est de la famille, maintenant. Vous ne pourrez plus baiser.

— Comment ça ? On n'a jamais... !

— À d'autres, l'amie, dit Sasha. N'essaye pas d'embrouiller la reine de l'embrouille.

— Tu ne sais pas de quoi tu parles, grogna Lily Cup.

— Tu sembles oublier, l'amie, que je l'ai vu te déglinguer dans ces toilettes. Tu étais ronde comme une queue de pelle, blasphémant à tue-tête.

— Vraiment ? J'ai fait ça ? Je ne pensais pas que quelqu'un...

— Tu serais peut-être passée inaperçue dans les toilettes des hommes, mais entrer dans les toilettes des femmes et le voir pantalon aux genoux, ses belles fesses besognant entre tes pattes de dinde...

— Tais-toi. Ce n'est pas vrai.

— Et sa tête cogner le distributeur de tampons...

— D'accord, d'accord, ça suffit ! dit Lily Cup.

Elles se regardèrent l'une l'autre dans le miroir derrière le bar.

— Si on ne peut plus baiser, vous ne baiserez pas non plus, il n'y a pas moyen.

— On n'a jamais... commença Sasha.

— Mais bien sûr... J'ai toujours la photo de son zob que tu m'as envoyée de Memphis.

— Ah, ça, dit Sasha.

— Je ne sais pas si vous l'avez fait ou non, mais dorénavant vous n'avez plus le droit de baiser.

— Exact, dit Sasha d'un ton correct et responsable. Interdit de baiser Peck, je te suggère de l'écrire sur ton poignet pour ne pas l'oublier quand tu boiras ton whisky.

— Je sais me tenir, dit Lily Cup.

Sasha fronça les sourcils en voyant le cigare dans la main de Lily Cup, qui lui répondit par une moue renfrognée.

— Je te rappelle, Michelle Lissette, que j'ai obtenu mon certificat de réussite aux leçons de savoir-vivre de Mme Winston cet été-là, et pas toi.

— C'était il y a plus de trente ans.

— Il est encadré sur le mur de ma chambre si jamais tu veux la voir.

— Tu comptes parler de ça pendant des siècles ?

— Parler de quoi ? De la fois où Mme Winston t'a surprise en train de montrer ta culotte à Hank et Kenneth Buchanan ? demanda Lily Cup.

— J'avais perdu un pari.

— Tu avais perdu un pari ? Oh, quel dommage.

— J'avais parié que Hank n'arriverait pas à convaincre Mariah Randall de l'embrasser, a dit Sasha.

— Perdu, dit Lily Cup. Ils se sont mariés après l'université.

— Au moins, je tiens ma parole.

— Au moins, j'ai le bon sens de respecter les bonnes mœurs et les conventions sociales, dit Lily Cup. Je ne penserai plus jamais à baiser avec Peck. Cela ne m'effleurera même pas l'esprit.

Les deux se regardèrent dans le miroir pendant plusieurs gorgées, savourant leurs souvenirs, écoutant la musique, déroulant le film de la journée dans leurs têtes tandis que Charlie vidait une bouteille dans le verre de Lily Cup.

— Mais qu'en est-il d'une petite pipe ? demanda Lily Cup.

Sasha cracha son olive, renifla quatre fois, frappa le bar du poing, l'autre main secouant du bout des doigts son verre de martini plein par-dessus le bar, et le brisant finalement contre le mur du fond, sous le miroir. Elle avait maintenant le front posé sur le bar, ses narines se déformant sous l'effet des reniflements et des bouffées de rire.

Lily Cup fouilla dans le sac à main de Sasha et lui "emprunta" sa carte de crédit, qu'elle brandit en l'air.

— Charlie ? demanda Lily Cup. L'addition, s'il te plaît.

CHAPITRE 22

GABE SOMNOLAIT LÉGÈREMENT lorsqu'on frappa à la porte.

— Une minute, dit-il.

Le vieil homme se leva, s'approcha de la porte en chaussettes et l'ouvrit. Le jeune Peck se tenait dans l'entrée, sourire aux lèvres. Ce poisson hors de l'eau découvrait les cordeaux et les hameçons d'un tout nouveau monde, vieux d'à peine une semaine pour lui. Un monde loin de ces bayous où il avait toujours vécu. Il apprenait les rouages d'un monde plein de peurs et de surprises. À l'instant, toutefois, il se réjouissait d'avoir pris son premier vol tout seul et d'avoir réussi à se rendre à l'hôtel depuis l'aéroport, dans une ville qu'il ne connaissait pas.

Il était ravi de revoir son ami.

— Comment tu vas, Gabe ?

Gabe l'attrapa et le serra dans ses bras.

— Vieux frère ! dit Gabe. Vieux frère.

— Ce que j'vais faire, maintenant, c'est prendre soin d'toi, dit Peck.

Ils entrèrent dans la chambre et Peck laissa tomber son sac.

Gabe était un vieux soldat. Il voulait savoir comment Peck avait attrapé le voleur de cachets et l'agresseur au couteau, mais il connaissait les débriefings de l'armée et savait que le récit viendrait en son temps. Pour l'instant, il voulait juste accueillir son ami.

— Gabe, j'ai volé dix États. C'est fastoche, en fait. La Louizian', c'est comme ça qu'on appelle l'État du Pélican, jusqu'à Providencial, ici dans l'Rhode Island, dit Peck.

— C'est juste, dit Gabe. Dix États.

— Youhou ! dit Peck.

— Peck, où as-tu appris ces noms ? Et c'est Providence, pas Providencial.

— Providence, dans l'Rhode Island, dit Peck.

— Tu as trouvé ça tout seul ?

— Nan, nan. Une madame m'a dit, pour sûr, dit Peck. Je lui ai dit qu'il y avait beaucoup de terre dessous l'avion, et elle m'a dit qu'on survolait dix États, et elle m'a dit : "Laisse-moi t'expliquer".

— Une dame t'a appris tout ça en si peu de temps ? demanda Gabe.

Peck sourit.

— Et tu t'es souvenu de tout ? demanda Gabe.

— Pour sûr, Gabe. Moi, j'aime bien apprendre comme ça.

Gabe se dirigea vers la cafetière et versa deux tasses. Il en tendit une à Peck.

— *La dame parlait français*, dit Peck.

— La dame parlait français ? demanda Gabe.

— *Oui*, dit Peck.

— Peck, je ne t'aimerais pas davantage si tu étais mon propre fils.

— Peck est fier, ça pour sûr ! dit Peck.

— J'aimerais te demander quelque chose, mon grand, mais ce sera en anglais, je ne suis pas aussi à l'aise en français que je devrais l'être.

— D'mande toujours, dit Peck.

— Écoute, ça n'a pas d'importance dans tous les cas, mais sais-tu compter... Tu sais... Tu connais les chiffres, mon grand ? demanda Gabe.

Les yeux de Peck donnaient l'impression qu'il était prêt à relever ce défi. Il avait trop de respect pour Gabe pour ne pas lui dire la vérité. Il voulait prouver à sa manière les limites de ses compétences en matière d'algèbre.

— Des fois, dit-il.

Il tendit sa tasse de café à Gabe et fouilla dans sa poche, en sortit une liasse de billets, en saisit quatre et remit le reste dans sa poche. Il les brandit l'un après l'autre.

— Un dollar, dit Peck. Cinq dollars, dix dollars, vingte dollars.

— C'est bien, dit Gabe. C'est vraiment bien, vieux frère.

Peck sourit.

Gabe leva trois doigts.

— Combien ça fait, Peck ?

Peck ne répondit pas.

Gabe leva sept doigts.

— Et ça, tu sais combien ça fait ?

Peck ne répondit pas.

— Tu ne sais pas compter, Peck, n'est-ce pas ?

Peck ne répondit pas.

Tu as grandi dans un monde où tu faisais du troc pour payer ton loyer et ta nourriture. La lecture et l'arithmétique n'ont jamais été abordées.

— Ça servait à rien, dit Peck.

— Tu n'as pas de télévision, n'est-ce pas, Peck ?

— Nan, nan.

— Tu vis dans un monde de troc. Intéressant.

— J'suis désolé, mon vieux.

— Pas de problème, dit Gabe. Faisons une petite expérience. Mets tes mains en l'air, dit Gabe.

— Hein ?

— Mets tes mains en l'air, dit Gabe. Tu as bien maîtrisé les billets, maintenant je vais te montrer à quel point compter est facile.

Peck leva les deux mains.

— Écarte les doigts, dit Gabe.

Peck écarta les doigts des deux mains.

Gabe toucha chaque doigt à tour de rôle en comptant.

— Un, deux, trois, quatre, cinq, six, sept, huit, neuf, dix, dit Gabe.

Peck sourit et garda les mains en l'air, poussant Gabe à recommencer.

— Un, deux, trois, quatre, cinq, six, sept, huit, neuf, dix, dit Gabe.

Peck agita ses doigts en l'air comme s'il sentait le savoir entrer dans son cerveau.

— *Encore*, dit Peck.

— Un, dit Gabe.

— Un, répéta Peck.

— Deux, dit Gabe.

— Deux, répéta Peck.

— Trois, dit Gabe.

— Trois, répéta Peck.

— Quatre, dit Gabe.

— Quatre, répéta Peck.

Deux adultes au milieu d'une chambre d'hôtel comptant ensemble de un à dix, à onze reprises. À la onzième fois, Peck sut réciter seul et dans l'ordre les chiffres de un à dix. Il était surexcité, comme un petit garçon à qui on offre une glace. Il avait sur le visage la même expression que lors de son premier vol tout seul en avion, expérience qui le mettait au défi de ne plus jamais avoir peur, d'exiger davantage de son esprit, d'explorer les mondes dont l'ignorance lui avait toujours barré la voie. Il ne cessait de répéter les chiffres de un à dix, et plus il les répétait, plus il parvenait à les prononcer rapidement.

— Attends, Gabe, regarde ce que je vais faire.

Peck sortit des billets de sa poche et fit une petite pile de billets d'un dollar. Un par un, il les fit tomber sur le lit en comptant.

— Un, deux, trois, quatre, cinq, six, sept, dit Peck.

Gabe conçut un exercice d'addition simple en demandant à Peck de faire une pile de quatre billets et une autre de trois billets pour voir ce que donnerait quatre plus trois quand il ferait les comptes. Peck était survolté.

Gabe tendit la main à Peck pour lui serrer la main, les yeux dans les yeux, tels un père et un fils fiers qui n'oublieraient jamais.

— Bien, c'est tout pour aujourd'hui, dit Gabe. Je suis fier de toi.

— J'aime ça, dit Peck. J'aime bien faire ça.

— Range tes billets, dit Gabe. J'avais du temps à tuer hier, alors je t'ai acheté quelques trucs. Tire les stores pour qu'on puisse les voir à la lumière du jour.

Peck déplaça son sac de voyage sur le pouf. Gabe tira le tiroir du meuble de la télévision, en sortit trois sacs de courses et les tendit à Peck.

— Voici deux polos, un short cargo, une ceinture et des mocassins en cuir. C'est du 12, Peck. Quelle pointure fais-tu, mon grand ? demanda Gabe.

Peck haussa les épaules, se pencha et retira une basket. Il la brandit et montra le chiffre 12 à l'intérieur de la chaussure.

— Oh, c'est vrai, dit Gabe. Tu ne sais pas lire. C'est le chiffre 12.

Gabe prit la chaussure des mains de Peck, regarda le 12 et réfléchit à la façon dont il pourrait apprendre à Peck à reconnaître les chiffres. Il lui rendit la chaussure.

— Ce sera pour une prochaine leçon, dit Gabe. Je serai dans le hall pour prendre l'air. Enfile ce que bon te semble et rejoins-moi là-bas. Nous irons déjeuner, puis nous nous rendrons à Newport pour le festival, dit Gabe. Prends ton temps.

— J'te rejoins en bas, dit Peck.

— Peck, dit Gabe, je vais t'emmener dans un restaurant situé à deux rues d'ici. Il n'y a que vingt places assises. Ils font une délicieuse tourte au poulet et des épis de maïs cuits à la vapeur avec une motte de beurre pour les enduire. Je te le dis, mon grand, ça fond dans la bouche.

Gabe fit en sorte que le chauffeur Uber soit à l'hôtel à trois heures pour les conduire à Newport. Alors qu'ils marchaient vers le restaurant, Gabe fit remarquer à Peck les monuments et les attractions du centre-ville, en particulier son fleuve. Lorsqu'ils entrèrent dans le restaurant, le propriétaire accueillit Gabe avec un "Bonjour, Capitaine". La place préférée de Gabe était libre et il laissa Peck choisir son siège.

— Je ne peux manger qu'une moitié de leur tourte au poulet. Deux épis de maïs me suffiront, mais si tu prends de la tourte, je leur demanderai de mettre la moitié de la mienne sur la tienne.

271

Peck était ouvert à toute proposition en termes de nourriture. Il fêtait son acquittement dans cette épreuve judiciaire qu'il ne comprenait toujours pas tout à fait, mais qu'importe : à présent, son ami et lui étaient réunis.

Gabe passa commande pour la nourriture et le café.

— J'aimerais te dire quelque chose, dit Gabe. Dans cette chambre d'hôtel, tu as appris en dix minutes ce qu'un enfant mettrait une semaine à apprendre à l'école.

— Pour de vrai ? demanda Peck.

— En dix minutes, dit Gabe. Maintenant, pourquoi penses-tu que personne n'a pris le temps de t'enseigner des savoirs de bases, comme compter ? Ils me rendent dingue, ces putains d'égoïstes.

— P'têt que personne avait dix minutes, Gabe, dit Peck.

— Goûte le maïs, dit Gabe. Frotte-le dans le beurre et poivre-le.

Les deux se mirent à manger.

— Tout ça est maintenant terminé, mon ami, dit Gabe.

— Comment ça ? dit Peck.

— Sasha est au courant, dit Gabe.

— Au courant de quoi ? demanda Peck.

— Elle voulait que ce soit moi qui te l'annonce, dit Gabe. J'ai décidé de t'adopter.

— Hein ?

— Je vais t'inscrire à l'école et t'aider à passer ton permis de conduire. Peut-être qu'un jour tu pourras même monter une affaire de pêche au crabe ou à la crevette.

— Pour de vrai, Gabe ?

— Tout commence ici et maintenant, mon frère. Ça te va ?

— Je veux rien oublier, Gabe, dit Peck. Tu peux me redire encore ?

— Ce n'est pas une adoption légale, Peck. Tu as vingt-quatre ans et je suis un vieillard et je pense qu'une poignée de main est tout ce dont nous avons besoin pour dire au monde que nous formons une famille, si tu es d'accord pour qu'on forme une famille, bien sûr, mon grand.

— Ça m'va, dit Peck.

272

— À partir de maintenant, tu vas aller chez un tuteur et obtenir ton baccalauréat, dit Gabe. Tu apprendras à lire, à écrire et à conduire, et tu continueras d'apprendre aussi longtemps que tu veux, et à en juger par ce que tu as appris en survolant dix États, ce n'est que le début.

— Merci bien, Gabe. Merci bien.

— Mange ta tourte avant qu'elle ne refroidisse.

Peck, le regard émerveillé, regardait Gabe dans les yeux, qui ne contenaient rien d'autre que la vérité. Peck enfourna une bouchée de poulet et de carotte dans sa bouche. Sans quitter Gabe des yeux, il mâcha, avala et engloutit une gorgée de café tout en réfléchissant.

— Et qui va tondre la pelouse, alors ? demanda Peck.

— La sorcière n'a qu'à tondre sa propre... commença Gabe. Il se reprit. Il devait montrer l'exemple à son nouvel élève.

— Ils se débrouilleront très bien sans toi, dit-il. Sasha les appellera et veillera à ce qu'ils te paient ce qu'ils te doivent.

— C'est dur de faire l'école ? T'as l'impression, tu crois ?

— Peck, dit Gabe. Passe-moi quatre sachets de sucre, mon grand.

Sans réfléchir, Peck prit les sachets de sucre dans le bol d'argent, en compta quatre et les fit glisser sur la table, en prononçant tour à tour un, deux, trois, quatre, tout en les poussant. Gabe arrêta les sachets avec sa paume, puis ils se regardèrent l'un l'autre en souriant.

— Tu vois comme c'est facile d'apprendre, mon grand ? demanda Gabe. Nous ferons en sorte que ton charabia de cajun devienne aussi bon que ton français. Qui sait, un jour tu pourrais être gouverneur ou quelque chose comme ça.

Peck rayonnait.

— Ces deux épis sont pour toi, vieux frère, dit Gabe. Prends du beurre.

Gabe sirota son café.

Le trajet Uber jusqu'à Newport fut, pour Peck, l'occasion de saisir chaque détail et chaque nuance d'un monde nouveau pour lui. Pour la première fois, il se trouvait dans une région où il neigeait régulièrement en hiver, où l'on mangeait plus de morue pêchée au filet que de poisson-chat du bayou pêché à la canne ou au cordeau.

Gabe tendit un billet de vingt dollars plié par-dessus le siège au chauffeur et lui demanda de prendre le temps de leur montrer la ville historique, ses grands manoirs, son bord de mer, ses courts de tennis en gazon et ses églises datant de l'époque des pèlerins. Peck assimilait tout cela, cette fois non pas comme le chasseur ou le prédateur qu'il avait dû devenir pour grandir dans les marais sauvages et survivre dans le bayou, mais comme l'étudiant qui s'éveillait en lui.

Chapitre 23

GABE RÉSERVA UNE VOITURE ET UN CHAUFFEUR pour l'après-midi. Il avait séjourné en Nouvelle-Angleterre au début de sa carrière militaire et aimait partager ses souvenirs avec Peck, et les bons coins de Newport. Peck regardait par la fenêtre de la voiture en marche, pointant le doigt et comptant les choses – jusqu'à dix – à mesure qu'elles passaient : les panneaux stop, les bateaux dans la baie, les gens qui se promenaient sur le trottoir... Ils entendirent de la musique, firent arrêter la voiture et s'assirent sur le perron d'une porte ouverte pour écouter une compétition de piano jazz dans une salle de studio bondée. Après avoir entendu trois musiciens, Gabe regarda sa montre puis ils reprirent la route de Providence. En chemin, Gabe se dit qu'il pourrait mettre à profit le temps de trajet pour aider Peck à mieux prononcer le son *-oi*. C'est la capacité de Peck à prononcer correctement le mot *trois* lorsqu'il comptait à haute voix qui lui avait donné l'idée. Alors qu'ils roulaient vers Warwick, il tenta de soulever ce problème de phonétique.

— Peck, demanda Gabe. Pourquoi prononces-tu *trois*, et pas *trouè* ?

— Hein ? demanda Peck.

— Tu prononces *trois*. Quand tu comptes, tu dis : un, deux, *trois*, dit Gabe. Pourquoi ne dis-tu pas un, deux, *trouè* ? Simple question.

Peck se tortillait comme un enfant pris d'une envie pressante.

— C'est pas *trois*, Gabe ?

— Compte jusqu'à dix, s'il te plaît, dit Gabe.

— Hein ?

— Allez, compte. Tu vas comprendre ce que je veux dire.

Peck eut un regard en coin, comme s'il était sur le point de passer entre les hameçons barbelés d'un cordeau.

— Un, deux, trois, quatre, cinq, six, sept, huit, neuf, dix, dit Peck. Tu t'moques de moi, Gabe ?

— Dis *trois*, Peck, dit Gabe.

— Trois, dit Peck.

— Parfait. Tu vois, quand tu dis *trois*, tu ne dis pas *trouè*, dit Gabe. Maintenant, répète : *trois*.

— Trois, dit Peck.

— Bien, maintenant, dis : "Regarde ce poids lourd là-bas".

— Quoi ? demanda Peck.

— Vas-y, dis-le. Dis : "Regarde ce poids lourd là-bas".

— R'garde ce *pouè* lourd là-bas.

Le chauffeur les fixait du regard dans le rétroviseur.

— Ça t'ennuierait de regarder la route, Robert ? demanda Gabe.

Gabe se tourna vers Peck.

— Peck, cette fois, essaie de dire : "Regarde ces *trois* camions pendant *trois* kilomètres".

— Hein ? demanda Peck.

— Essaye. Dis : "Regarde ces *trois* camions pendant *trois* kilomètres", dit Gabe.

— R'garde *trois* camions pendant *trois* kilomètres, dit Peck.

— Tu vois que tu en es capable ! Tu arrives à prononcer le son –oi. Encore une fois : "Regarde ces *trois* camions pendant *trois* kilomètres".

Un sourire fier aux lèvres, Peck répéta :

— R'garde *trois* camions pendant *trois* kilomètres.

— Alors, si *trois* ne se dit pas *trouè*, il est logique que poids ne se dise pas *pouè* et toi ne se dise pas *touè*, pas vrai ? demanda Gabe.

Peck avait l'air de bien vouloir réécouter la question pour s'assurer de l'avoir saisie. N'étant pas certain d'avoir réussi à se faire comprendre, Gabe se gratta la tête, réflechissant à une meilleure approche. En voyant Gabe se creuser les méninges, Peck eut un sourire attendri pour les bonnes intentions de son ami et décida d'abréger ses souffrances.

— Toi, tu danses, mon vieux, dit Peck. Laisse Peck gamberger.

Gabe sourit et pointa du doigt droit devant lui.

— Regarde là-bas, Peck, dit Gabe. Regarde qui est là.

Sasha faisait les cent pas devant l'hôtel, téléphone à l'oreille. Elle ne semblait pas avoir de bagage.

— On dirait qu'elle s'est déjà enregistrée ou qu'elle ne peut pas rester, dit Gabe.

La voiture Uber s'arrêta pour déposer ses passagers.

— Gare-toi là, Robert, dit Gabe.

Sasha vit Peck sortir de la voiture et sourit, levant l'index pour qu'il lui laisse le temps de finir son appel. Gabe dit au chauffeur qu'ils l'appelleraient demain.

Sasha éteignit son téléphone, sauta au cou de Peck puis de Gabe. Elle prit Gabe dans ses bras, immobile, sans qu'aucun mot ne soit prononcé entre eux deux. Leur étreinte désserrée, elle redevint subitement très professionnelle.

— Je veux le numéro de ces médecins, dit-elle en tendant la main.

— Bonjour à toi aussi, dit Gabe en fronçant les sourcils.

— Réponds-moi, dit Sasha. Je veux leurs noms et leurs numéros.

Gabe fouilla dans sa poche.

— Je peux te montrer quelque chose qu'on a appris aujourd'hui ? demanda Gabe.

— Bien sûr, dit Sasha. Mais ne traîne pas. Donne-moi leurs numéros.

— Peck, montre à Sasha comment tu comptes jusqu'à dix.

Gabe tendit une carte de visite à Sasha. Sasha lut la carte, puis regarda Peck avec impatience.

— Un, deux, trois, quatre, cinq, six, sept, huit, neuf, dix, dit Peck.

— Et ? demanda Sasha.

— Peck sait compter, dit Gabe. Il sait compter jusqu'à dix. Tu veux le voir encore une fois ? Regarde.

— Un, deux, trois, quatre, cinq, six, sept, huit, neuf, dix, dit Peck.

Sasha regarda la carte dans sa main, puis Peck.

— Est-ce qu'il te fait applaudir comme un phoque et te jette un poisson à chaque fois que tu fais ça ? demanda Sasha.

Peck poussa un petit rire guttural. Gabe sourit, l'air défait.

— Allez vous faire voir, tous les deux, dit Sasha. J'ai un appel à passer.

— On dîne ensemble ce soir ? demanda Gabe.

— Le saxophoniste sera-t-il sous le pont ce soir ? demanda Sasha.

— Il y sera, répondit Gabe.

— Alors prenons un plat à emporter, dit Sasha. Tout ce que vous voulez, mais ce soir on dîne sous le pont de Point Street.

— Il sait que tu es en ville, dit Gabe.

— Très bien, dit Sasha.

Sasha tendit sa main ouverte vers les portes de l'hôtel et attendit que Gabe et Peck les franchissent.

— J'en ai pour une minute.

Elle se dirigea vers un banc public et pressa les touches de son téléphone.

— Clinique Fineman Docherty, répondit une voix.

— Bonjour, je m'appelle Michelle Lissette. J'aimerais parler au docteur Michael Docherty.

— Le docteur Docherty n'est pas là.

— Savez-vous quand il sera de retour ?

— Le docteur Docherty est parti pour la journée.

— Savez-vous si le docteur Larry Feinman est là ?

— Il est là.

— Il est là ? demanda Sasha. Pourrais-je lui parler, s'il vous plaît ?

— Ici le docteur Feinman.

— Docteur Feinman ? demanda Sasha. Bonjour Dr Feinman, je m'appelle Michelle Lissette. Mon ami, Gabe Jordan, m'a dit qu'il vous avait rencontrés, vous et votre partenaire. Je suis en ville et j'aimerais savoir si vous étiez sérieux quand vous avez dit vouloir l'examiner, comme il le prétend. Vous étiez sérieux ?

— Nous apprécions beaucoup Gabe, et oui, nous étions sérieux.

— Bien, dit Sasha. Dans combien de temps pouvez-vous le faire ?

— Nous regarderons notre planning dans la matinée. Il se peut que ce soit dans quelques semaines.

— Des semaines ? demanda Sasha.

— En général, nous réservons plusieurs semaines à l'avance. Je regarderai demain matin pour voir les créneaux disponibles.

— Vous ne pouvez pas le faire plus tôt ? C'est un geste merveilleux de votre part, bien sûr, mais ne pouvez-vous pas le faire plus tôt ?

— Par plus tôt, à quoi pensez-vous ? Nos emplois du temps sont déjà bien chargés.

— Et pourquoi pas ce soir ? demanda Sasha.

Le Dr Feinman ricana au téléphone.

— Pourriez-vous le faire ce soir ? demanda Sasha.

— Vous êtes sérieuse ?

— Oui.

— Ce soir ?

— Et pourquoi pas ?

— Nous avons de longues journées ici à la clinique. Aujourd'hui n'a pas fait exception.

— Vous avez dit que vos journées étaient toutes bien remplies, dit Sasha.

— C'est exact, mais...

— Alors, pourquoi ne pas le faire la nuit ?

— Je ne suis pas sûr que...

— Docteur Feinman, dit Sasha, si on vous annonçait qu'il ne vous restait plus que quelques jours à vivre, vous soucieriez-vous de savoir si votre dernier jour sur terre se passe à la lumière du jour ou dans l'obscurité ?

Sasha regarde l'heure sur son téléphone portable.

— Devra-t-il jeûner avant les examens ? demanda-t-elle.

— Pendant huit heures. Il pourra juste boire de l'eau.

— Huit heures ? C'est jouable.

— Amenez-le ici à une heure du matin.

— Merci, Docteur Feinman. Nous serons à votre laboratoire à une heure du matin.

— On se voit à une heure. Je ferais mieux de me reposer, dit le docteur Feinman.

— Que Dieu vous bénisse, vous et tous ceux qui travaillent dans votre laboratoire, Docteur Feinman, dit Sasha. Au revoir.

La chambre d'hôtel de Sasha se trouvait à un autre étage. Elle s'arrêta devant la chambre de Gabe. Peck la fit entrer.

— Voilà le topo, les gars, annonce-t-elle. Gabe, tes amis médecins ouvriront leur laboratoire ce soir rien que pour toi. Ils vont te faire passer une batterie d'examens.

— Mais... commença Gabe.

— Il n'y a pas de mais.

— Ce soir ?

— Eh bien, à une heure du matin, en fait. Nous devons être là-bas à cette heure-là, mais tu dois d'abord jeûner pendant huit heures, alors va te coucher et ne bois que de l'eau. Peck et moi te laisserons tranquille et viendrons te chercher le moment venu.

— Ce n'est encore qu'une perte de temps.

— Sois gentil, Gabe. Nous verrons l'homme au saxophone demain.

— Un autre check-up interminable...

Sasha saisit une serviette sur le bureau et la lança à Gabe.

— Ferme-la ! s'écria-t-elle.

— C'est la vérité, dit Gabe.

— Gabe, quand est-ce qu'on t'a dit pour la dernière fois que tu avais une chance de t'en sortir ? Réponds-moi.

— Jamais, dit Gabe.

— Ces deux-là sont brillants, dit Sasha. Tu l'as dit toi-même.

— Ont-ils dit que j'avais une chance de m'en sortir ?

— Non.

— Eh bien, tu vois.

— Mais ils ne disent pas non plus que tu vas mourir.

— Où veux-tu en venir ?

— Ils disent qu'ils ne savent pas. Quand est-ce que quelqu'un t'a dit pour la dernière fois qu'il ne savait pas ?

— C'est à quelle heure ? demanda Gabe.

— Va te coucher, dit Sasha. On te réveillera. Tu dois prendre des forces.

Gabe céda, se dirigea vers son lit et s'y assit.

— Peck, viens avec moi. Laissons-le dormir, dit Sasha.

Ils tirèrent les rideaux et laissèrent Gabe seul. Peck et Sasha allèrent devant l'hôtel admirer le coucher de soleil. Sasha conduisit Peck jusqu'à un banc public surplombant la rivière. Un petit bateau flottait d'un panier en fer à l'autre, mettant le feu aux bûches, qui diffusaient une lueur chaleureuse.

— Peck, demanda Sasha. Gabe t'a parlé de l'école ?

— Il m'a appris à compter, ça pour sûr, dit Peck.

— Et c'est une bonne chose, dit Sasha. Mais est-ce qu'il t'a parlé de ta future scolarisation à plein temps ?

— Avec des enfants, tu veux dire ? demanda Peck.

— Non, sans enfants, répondit Sasha. Avec un tuteur, mais une fois que tu auras décroché ton bac, tu pourras peut-être t'inscrire à l'université ou dans une école professionnelle. Ça te plairait ?

— Il m'a appris à compter.

— Ton tuteur t'apprendra tout ça : à compter, à lire, à écrire. Qu'en penses-tu ?

— J'pourrais jeter mon cordeau, tondre des pelouses et faire ça ? demanda Peck.

— Nous pensions te trouver un appartement à la Nouvelle-Orléans. Tu pourrais gagner de l'argent en nettoyant mon agence immobilière et le cabinet d'avocats de Lily Cup, la nuit. Et tu pourrais aller chez ton tuteur la majeure partie de la journée.

— Pour de vrai ? demanda Peck.

— Tu n'aimerais pas apprendre un maximum, monter ton affaire et avoir ton propre appartement ? demanda Sasha.

— Peck sait qui il va épouser, Chérie.

— Épouser ?

— *Oui.*

— Qui ça ?

Peck ne répondit pas.

— Je sais, tu penses à cette Elizabeth à Anse La Butte, pas vrai ? Celle que tu tringles pendant que son copain est au large ?

Peck regarda autour de lui comme s'il espérait que personne n'ait entendu Sasha révéler ses indiscrétions au monde entier.

— Millie, dit Peck.

— Qui ça ?

— Je vais me marier avec Millie.

Sasha s'assit.

— Millie ? La fille qui m'a appelée ?

— J'aime Millie, dit Peck.

— Mais est-ce qu'elle t'aime ?

— Je pense, p'têt bien... dit Peck.

Sasha vit de la satisfaction dans le sourire de Peck.

— Peck, si tu pouvais réaliser un vœu, un seul vœu, que souhaiterais-tu ? À quoi ressemblerait ta vie ?

— Que Gabe meurt pas, dit Peck.

Sasha regarda Peck dans les yeux, sourit doucement, se pinça les lèvres et se retint de pleurer en voyant l'ami de Gabe aussi inconditionnellement dévoué à lui qu'un fils le serait.

— Tu veux toujours une pirogue ? demanda Sasha. Pour poser des pièges ?

— Si j'étais intelligent comme tu dis, dit Peck, je voudrais une ferme d'un, deux, p'têt trois hectares pour planter des melons et des courgettes et tout ça. Et puis un, deux, trois, quatre, cinq hectares de fond de marais pour poser mes prop' pièges à écrevisses.

— Pas à crabes bleus ? demanda Sasha.

— À crabes bleus, pour sûr, mais l'écrevisse, c'est plus cher, dit Peck.

— Ça me paraît bien, Peck. C'est un beau rêve. Penses-tu que Millie, ta petite bourgeoise, serait prête à s'occuper de la ferme et des bancs d'écrevisses ? C'est beaucoup de boulot.

Peck ne répondit pas. Il se leva et accompagna Sasha jusqu'au restaurant préféré de Gabe à Providence, entra et salua le propriétaire. Il parla à Sasha de ses plats préférés et de ceux de Gabe : du maïs en épi avec du beurre fermier bien frais, des tomates entières coupées en tranches avec du sel et du poivre, et de la tourte au poulet. Sasha enleva son blazer, le posa à un crochet et laissa Peck commander le repas pour deux. Elle observa son regard tandis qu'il annonçait avec assurance à la serveuse les plats qu'ils voulaient. Il était particulièrement fier de dire :

— Nous allons becter ensemble et pouvons-nous commencer par deux épis à nous deux, si ça t'convient ? Mets-en deux pour la dame et deux pour moi. On va aussi manger des tourtes au poulet. Deux tourtes, mais une chacun seulement.

La serveuse connaissait Peck pour l'avoir vu plus tôt avec Gabe. Elle le mit à l'aise en répondant simplement :

— Bien, Monsieur, ce sera tout ?

Peck leva deux doigts en l'air.

— Et deux bières, dit-il.

Sasha observa les yeux de Peck, comprenant ce que Gabe avait dit plus tôt : Peck avait compté sur ses doigts les trois hectares de terre à planter pour la culture qu'il voulait et les cinq hectares de marécages bas et humides pour les pièges à écrevisses. Qu'il soit ainsi capable de compter ces hectares était à des années-lumière des vingt-cinq ans de retard mental pendant lesquels il avait dû survivre dans le bayou, sans avoir à savoir compter, mais seulement à savoir comment éviter les serpents et les alligators, comment attraper un dîner qu'il consommerait seul, comment tondre la pelouse et aiguiser les lames de hache en échange d'un petit lit de camp à l'arrière du hangar d'aiguisage de lames d'un fabricant de bateaux.

— Millie aurait de la chance de t'avoir pour mari, dit Sasha.

Chapitre 24

— MICHELLE, VOUS DEVEZ TOUS DEUX PATIENTER dans la salle d'attente, ou bien partir et revenir, dit le Dr Feinman. Si vous me donnez votre numéro de portable, je vous enverrai un message quand nous aurons terminé.

— Vous en avez pour combien de temps ? demanda Sasha.

— Plusieurs heures. Quatre, peut-être.

— Nous allons trouver un endroit où passer la nuit, dit Sasha. Un restaurant ou autre chose.

— Comme vous voulez, dit le Dr Feinman.

— Vous m'appellerez, Docteur ? demanda Sasha. À n'importe quelle heure, d'accord ?

— L'un d'entre nous vous appellera, c'est promis.

Sasha prit la main de Gabe.

— Au revoir, mon cœur, dit Sasha. Sois sage.

Sasha et Peck virent Gabe et plusieurs infirmières en blouse franchir une double porte et disparaître. Sasha commanda un Uber.

— On attend Gabe ? demanda Peck.

— J'ai une idée, dit Sasha. Viens avec moi.

Sasha demanda au chauffeur de les emmener chez Dunkin' Donuts et de les attendre dans la voiture. Sasha s'approcha du magasin pour lire le menu.

— Peck, dis à la gentille dame quels donuts tu veux, dit Sasha en montrant une boîte d'assortiment de donuts. Prends-en dix, ceux que tu veux.

— Vous en voulez une douzaine ? demanda la serveuse.

— Il en prendra dix, dit Sasha. Vas-y, Peck.

— Ils sont vendus à la douzaine, Madame, dit le manager en cuisine.

— Il ne sait pas compter jusqu'à douze, dit Sasha. Peck, vas-y, prends-en dix.

Le manager vint à l'avant du magasin, prêt à batailler.

— Nos donuts sont vendus soit à l'unité soit par douzaine, Madame. Si vous ne prenez que dix donuts, nous vous les facturerons à l'unité, mais si vous en prenez douze, nous vous facturerons le tarif à la douzaine. Cela vous reviendrait beaucoup moins cher si votre ami en prenait douze.

— Alors, laissez-le en prendre dix, offrez-lui deux donuts et faites-lui payer la douzaine, dit Sasha.

— Carole, grogna le manager. Occupez-vous-en.

Il partit, furieux.

Quand il fut hors de portée, Sasha demanda :

— Son slip le gratte, Carole ?

— Il est comme ça, parfois, dit Carole.

— Vous en avez de la chance, marmonna Sasha.

— Il ne devrait pas travailler de nuit, a dit Carole.

— Peck, dit Sacha. Choisis-en dix, puis deux de plus, ça marche ?

— Pas bête, dit Carole.

— Ça roule, Chérie, dit Peck.

— Pendant qu'il réfléchit, que puis-je vous offrir, l'amie ?

— Auriez-vous un gros récipient, un grand thermos par exemple, dans lequel on pourrait mettre cinq ou six tasses de café ? demanda Sasha. J'ai besoin d'un thermos.

— On a la boîte à Joe, dit Carole.

— La boîte à quoi ? demanda Sasha.

— Ça contient dix tasses de trente centilitres.

— Une boîte fera l'affaire. Dix tasses, c'est parfait, mais auriez-vous un thermos ou quelque chose pour garder le café au chaud ? demanda Sasha.

— Oui : la boîte à Joe. Laissez-moi vous montrer, l'amie.

Carole, la serveuse, sortit de sous le comptoir une boîte à Joe vide et la tendit à Sasha.

— Vous voyez? Cette boîte peut contenir l'équivalent de dix tasses et garde le café au chaud.

— Voyez-vous ça, un thermos en carton ! dit Sasha.

285

— On en vend beaucoup, dit Carole.

— Dacodac. Vous m'avez convaincue, Carole. Va pour la boîte à Joe.

— D'où venez-vous, l'amie ? demanda Carole.

— De la Nouvelle-Orléans.

— Je me doutais que vous n'étiez pas du coin.

— Ça fait une trotte, dit Sasha.

— Il n'y a pas de boîte à Joe là-bas, j'imagine, dit Carole.

— On ne sort pas beaucoup dans le Quartier. On a le Café du Monde, dit Sasha. Là-bas, on prend le café dans des tasses en porcelaine si on s'assoit, avec quelques beignets en général. Les touristes ont des gobelets jetables.

— Je parie que le personnel du Café du Monde ne vous donne pas autant de fil à retordre que notre manager, hein ? demanda Carole.

— On leur montre nos nichons en échange de perles pour le carnaval, en plus des beignets et du café.

Carole sourit.

Sasha fit un clin d'œil à Carole.

— Ne crois pas tout ce que tu vois sur YouTube à propos de la Nouvelle-Orléans, Chérie... Bonne nuit Carole, et merci.

Peck porta le paquet jusqu'à la voiture et le mit dans le coffre.

— Conduisez-nous au pont de Point Street, dit Sasha.

Sasha dit au chauffeur qu'il pouvait se joindre à eux et partager le café et les donuts ou qu'il pouvait partir et qu'elle l'appellerait dès qu'elle aurait des nouvelles du médecin. Le chauffeur choisit de rentrer chez lui et de dormir. Peck apporta les beignets et le café en bas du tertre puis sous le pont.

— Il est parti, dit Sasha.

— Qui est parti, Chérie ? demanda Peck.

— Donald, dit Sasha. Il joue du saxo ici.

Peck versa deux cafés et en tendit un à Sasha. Il souleva le couvercle de la boîte de donuts, prit un donut au sucre glace puis s'assit sur la pelouse pour regarder le fleuve couler.

— C'est vrai que tu ne connais ni ton père ni ta mère, Peck ? demanda Sasha.

— C'est vrai, Chérie, dit Peck.

— Tu n'as pas besoin d'en parler si tu ne veux pas, dit Sasha.

— Pas d'problème.

— Je suis contente que toi et Gabe vous soyez trouvés.

— J'ai tout d'suite su que Gabe était un bon, dit Peck. Il a des yeux honnêtes.

— C'est vrai, je suis d'accord, dit Sasha.

Ils sirotèrent leur café. Sasha choisit un donut saupoudré, le cassa en deux avec les doigts et en laissa une moitié dans la boîte.

— Ta mère adoptive était-elle gentille ? demanda Sasha. Tu lui rends visite parfois ?

— *Elle a laissé l'homme aux alligators m'utiliser*, dit Peck.

— *Comment ça* ?

— Il me faisait porter des seaux de crevettes jusqu'à son bateau, dit Peck. Si j'en faisais tomber un, il me frappait avec une sangle.

— Quel âge avais-tu ?

— Je savais pas nager.

— Tu sais nager maintenant ?

— Oui, M'dame.

— Quel âge tu avais ?

Peck la regarda comme s'il lui avait déjà répondu.

— Quand tu dis que tu ne savais pas nager, ça veut dire que tu étais très jeune ? demanda Sasha.

— *Oui.*

— Comme trois, quatre, cinq ans peut-être ? C'est ça ?

— *Oui.*

— Et cet homme te battait ?

Peck ne répondit pas.

Sasha saisit l'autre moitié du donut saupoudré.

— Où était ta mère adoptive pendant tout ce temps ?

— À Bayou Chene, j'pense, Chérie. Vers Choctaw.

— Je ne te demande pas où elle vivait. Je veux dire, pourquoi elle ne t'a pas protégé de cet homme ?

— J'me suis enfui après qu'il m'a fait appât à alligators.

— Appât à alligators ? demanda Sasha.

— *Oui.*

— Explique-moi.

— L'homme aux alligators m'a emmené en bateau loin dans l'bayou.

— Ah oui, en pirogue.

— Non, non, pas en pirogue, dans un bateau à moteur. Il m'faisait sauter dans l'eau avec une corde autour de moi. Il démarrait le moteur et me tirait derrière, pour que les alligators viennent me choper. Quand il en voyait un, il me hissait sur le bateau et tirait dessus.

— On dirait un cauchemar, Peck, dit Sasha. C'est toi qui imagines ou il t'a vraiment fait ça ?

Peck ne répondit pas.

— Comment s'appelle-t-il ?

— L'homme aux alligators.

— Où vit-il ?

— À Bayou Chene, entre Bayou Sorrel et Choctaw, avec ma nounou d'accueil, pour sûr.

Sasha saisit son téléphone et commença à prendre des notes.

— Comment s'appelle-t-elle ?

— Prudhomme, dit Peck. Alayna Prudhomme, entre Bayou Sorrel et Choctaw.

— Quand il faisait ça, te tirer derrière le bateau, tu voyais les alligators ?

— Nan, nan, j'étais mort, dit Peck.

— Tu étais mort ?

— J'étais mort.

— Comment ça, tu étais mort ?

— L'homme aux alligators me jetait dans le bateau et je faisais le mort, sans voir ni respirer, comme un mort, quoi.

Une larme brillante coula sur la joue de Sasha et fit se refléter la pleine lune.

— Combien de fois l'homme aux alligators t'a t-il fait mourir, Peck ?

— J'sais pas.

— Il faisait ça souvent ?

— J'savais pas compter à l'époque, Chérie.

Sasha posa son gobelet de café contre sa joue et regarda le fleuve.

— Tu l'as dit à ta mère adoptive ?

— *Oui.*

— Qu'est-ce qu'elle a dit ?

— *Tu devrais être reconnaissant qu'il t'enseigne*, dit Peck.

— Comment t'es-tu enfui ?

— J'ai escaladé un cyprès chauve et j'me suis caché dans le creux au-dessus de la branche. Je suis resté planqué là...

Peck leva quatre doigts.

— Longtemps comme ça, Chérie.

Soudain, il se souvint qu'il savait compter.

— Quatre jours, dit Peck. J'me suis caché dans l'creux du cyprès pendant quat' jours, puis j'me suis enfui et j'me suis pas arrêté jusqu'à Carencro. J'ai menti sur mon âge et j'me suis fait embaucher pour tuer des veaux à l'abattoir.

Sasha entra le nom des lieux dans son téléphone.

— Ça fait cent-quatre kilomètres, dit-elle.

— J'ai couru, Chérie. J'me suis caché à l'arrière d'un camion.

— Quel âge avais-tu quand tu t'es enfui ?

— Je savais nager.

— Tu as parlé d'un abattoir.

— *Oui.*

— Tu veux dire que tu passais le balai, tu transportais de la nourriture ?

— Je les tuais d'un coup sec.

Sasha grimaça.

— J'savais y faire ! Un coup sur la tête entre les deux yeux et ils tombent raides morts. Après, le chef les attachait par le cou.

Sasha semblait en plein cauchemar. Elle avait déjà entendu des histoires de ce genre, mais elle avait du mal à croire qu'elles avaient vraiment eu lieu.

— Ils ont vu que j'étais trop jeune et une dame m'a renvoyé.

— Qu'est-ce que tu as fait alors ? demanda Sasha. Où es-tu allé ?

— J'ai entendu des bruits de scie près de la voie ferrée et j'ai demandé au fabricant d'bateaux s'il avait du boulot. Il m'a dit que j'pouvais aiguiser les lames de hache et dormir sur le lit de camp dans son hangar à lames de scie. Je lui ai dit que j'le ferais s'il me donnait la tondeuse à gazon qui lui servait pas. Il a dit oui et il m'a donné mon cordeau aussi.

Le téléphone de Sasha sonna. Elle lut le nom à l'écran.

— Allô, Docteur Feinman ?

— C'est moi.

— Tout va bien ?

— Il se repose.

— Comment va-t-il ?

— Tous les indicateurs sont bons.

— Quand se réveillera-t-il ?

— Dans plusieurs heures.

— Vous avez trouvé quelque chose ? demanda Sasha.

— Nous analyserons bientôt les résultats du laboratoire.

— Quand pourrez-vous en dire plus ? demanda Sasha.

— Mon collègue et moi nous verrons ce matin. Venez nous voir à treize heures.

— Docteur Feinman, vous n'avez pas idée de ce que cela représente pour nous, dit Sasha. Vous êtes de bonnes personnes, et Dieu vous le rendra.

— Vous logez en ville ?

— Oui. Je séjourne au Courtyard.

— C'est là que loge Gabe, si je me souviens bien.

— C'est exact, dit Sasha. Alors, on passe chercher Gabe vers neuf heures, et on se retrouve à treize heures pour les résultats ?

— Oui.

— Il risque d'être mort de faim, dit Sasha. Dites-lui que nous prendrons le petit-déjeuner avec lui, demain matin.

— Je n'y manquerai pas.

— Merci, Docteur, dit Sasha. Gabe adore le café du matin.

— Je veillerai à ce qu'il en ait.

Sasha mit fin à l'appel.

— Il dort. Nous irons le chercher demain matin.

— J'ai entendu, dit Peck.

— Marchons jusqu'à l'hôtel. Je mettrai une alarme et je me réveillerai demain matin, si jamais tu veux venir avec moi. On l'emmènera au restaurant, dit Sasha.

— *Oui.*

Il se leva, ramassa la boîte à Joe et les donuts restants.

Sasha approcha, posa la main sur l'une de ses joues, et l'embrassa doucement sur l'autre.

— Écoute bien ce que je vais te dire, M. Boudreaux Clemont Finch.

Peck resta immobile.

— Je le pense du fond du cœur. Tu es mort là-bas il y a toutes ces années. Je n'ose pas imaginer ce que c'était pour toi, de mourir comme ça chaque fois que l'homme aux alligators te faisait subir ça.

Peck ferma les yeux.

— Regarde-moi, Peck.

Peck ouvrit les yeux.

— Je veux que tu saches que Dieu a pris soin de toi, en veillant à ce que tu ne puisses pas compter toutes ces morts que tu as subies.

Peck baissa la tête. Sasha lui mit la main sous le menton et lui releva la tête.

— Maintenant, tu as Gabe, Peck. Tout est différent, à présent. Tu as un papa qui t'aime et qui veut s'occuper de toi.

Une larme apparut dans l'œil de Peck.

— Tu n'auras plus jamais à mourir, Peck. Plus jamais.

Peck posa sa tête sur celle de Sasha, une larme tombant sur le front de celle-ci.

— Peck, Gabe est ta résurrection. Tu n'auras plus jamais à mourir.

Peck et Sasha se prirent par la main, grimpèrent le tertre puis retournèrent à l'hôtel.

CHAPITRE 25

— BONJOUR, DOUX PRINCE, dit Sasha. Bien dormi ?

— Je pourrais manger un bœuf, dit Gabe. Où est Peck ?

— Je l'ai laissé dormir. Allons à l'hôtel. Tu te changeras puis on ira au restaurant. Sinon, on a trouvé un Dunkin' Donuts.

La voiture attendait. Sasha tint la portière de Gabe pendant qu'il montait puis fit le tour pour s'asseoir à côté de lui.

— Donald le saxophoniste n'était pas là quand on est allés sous le pont hier soir, dit Sasha.

— Donc tu ne l'as pas entendu jouer ?

— Ce n'est pas grave. Peck et moi sommes restés assis là et nous avons parlé.

— Désolé. Je crois qu'il reste jusqu'à une heure du matin. J'imagine que les premiers passants viennent pour écouter sa musique et laissent de plus gros pourboires. Plus tard ne restent que les ivrognes et les gueulards.

— Peck et moi avons eu une longue discussion, dit Sasha.

Sasha tapa sur la cuisse de Gabe et lui fit signe qu'elle ne voulait pas en parler devant le chauffeur.

— Alors, lequel des deux ? demanda-t-elle.

— Des deux quoi ?

— Le restaurant ou le Dunkin' Donuts ?

— L'hôtel offre le petit déjeuner dans le hall.

— Je pensais que tu voudrais un de ces épis de maïs dont tu parles sans arrêt, dit Sasha. Au restaurant.

— Je parie que si je lui montrais comment faire, Ruth pourrait faire des beignets de maïs, dit Gabe. Beignets de maïs et œufs brouillés, oh, Seigneur.

— Ruth ? demanda Sasha d'un air taquin.

— C'est son prénom.

293

— Te serais-tu amusé dans mon dos à Providence, Gabe ? C'est du sérieux, on dirait ! Alors comme ça, elle s'appelle Ruth ?

— Ruth est la serveuse du matin au restaurant, dit Gabe.

— Je m'en serais douté, dit Sasha en faisant un clin d'œil.

— C'est la nièce du propriétaire, Doug. Son frère joue de la guitare rythmique dans le coin quand l'occasion se présente.

— Quoi ?

— Je suis ici depuis un moment, Chérie, je connais du monde.

— Tu passes la nuit au resto ou quoi ? demanda Sasha.

— Je suis curieux, que veux-tu que j'y fasse ?

— Lily Cup et moi allons au Charlie's Blue Note depuis dix ans et tu en sais plus sur cette Ruth en trois jours qu'on n'en sait sur Charlie.

— Je suis quelqu'un de sociable, j'imagine, dit Gabe. Il n'y a pas que la danse dans la vie, tu sais.

Sasha sourit.

— Ouais, on dirait bien : il y a les épis de maïs.

— Tenir un épi et voir le beurre couler... dit Gabe.

— J'aime quand tu dis des choses cochonnes, dit Sasha.

La voiture s'arrêta devant l'hôtel. Ils sortirent et la virent s'en aller.

— À quelle heure ? demanda Gabe.

— On doit y être pour treize heures.

— D'accord.

— Je peux y aller seule, si tu préfères, dit Sasha.

Gabe ne répondit pas. Sasha le prit dans ses bras.

— Va chercher Peck, dit Sasha.

— Je meurs de faim, dit Gabe.

— Va t'habiller. Nous verrons ce que Ruth pense des beignets de maïs.

— Je suis sûr que Ruth saura convaincre son oncle de nous faire des beignets, dit Gabe.

— Ce n'est pas ce qui me préoccupe, dit Sasha.

— Quoi alors ? demanda Gabe.

— Elle va vouloir te couvrir le corps de beignets de maïs, vieux dégoûtant.

Gabe secoua la tête, roulant des yeux et s'étouffant dans un rictus matinal.

— Tu montes ?

— Je t'attends ici, dit Sasha. Je vais regarder mes mails.

Gabe s'éloigna puis se dirigea vers l'ascenseur. Sasha vit la porte se refermer, puis sortit s'asseoir sur un banc à l'écart, sur la pelouse devant l'hôtel. Elle composa un numéro, puis activa le haut-parleur.

— Allô ? demanda Lily Cup d'une voix matinale faible et éraillée.

— Je te réveille ? demanda Sasha.

— Quelle heure est-il ? demanda Lily Cup.

— Oh, merde ! dit Sasha. J'ai complètement zappé le décalage horaire.

— Ne t'en fais pas, dit Lily Cup. Il fallait que je me lève pour répondre au téléphone, de toute façon.

— Très drôle.

— Comment va Gabe ? demanda Lily Cup.

— Ils lui ont fait passer des examens, avec des machines ou je ne sais quoi, mais nous ne connaîtrons les résultats qu'à treize heures.

— Alors, quelle est la vraie raison de ton appel ? Qu'est-ce que tu veux ?

— Quelle grossièreté, dit Sasha.

— Moi ?

— Tu crois que je t'appelle uniquement quand j'ai besoin de quelque chose ? Quelle grossièreté...

— Je te connais, dit Lily Cup.

— Ma chérie, tu ne penses qu'à...

— Je sais que lorsque tu me réveilles, c'est que tu as besoin de quelque chose.

— Tu n'es qu'une pimbêche.

— Ce n'est pas juste pour parler.

— Je n'ai jamais fait ça. Je ne me souviens pas t'avoir déjà appelée si tôt, jamais.

— Réunion des anciens élèves de l'Université de Louisiane, 2011.

— Quoi ?

— Tu m'as appelé à 4h17 du matin pour me dire qu'un obscur joueur de basket venait de te donner trois orgasmes.

— Je n'aurais jamais appelé pour te dire ça, dit Sasha.

— Non, tu as raison, dit Lily Cup.

— Bien sûr que j'ai raison. Je ne serais jamais assez...

— Tu as appelé pour me dire que tu voulais l'épouser, mais que tu étais à la machine à glaçons dans le hall en train de remplir un seau à glace et que tu ne te souvenais ni de son nom, ni du numéro de sa chambre d'hôtel.

— Chérie, que sais-tu des marais de la région de Bayou Chene, entre Bayou Sorrel et Choctaw ?

— Ça ne me dit rien, dit Lily Cup.

— Merde.

— Pourquoi ça ?

— Enfant, Peck fut maltraité par un fumier qu'il appelait l'homme aux alligators, dit Sasha.

— L'homme aux alligators ?

— Peck l'appelle l'homme aux alligators.

— C'est le langage sinistre du bayou profond, l'amie : "l'homme aux alligators."

— Depuis l'âge de quatre ans. Tu n'imagines pas tout ce qu'il a traversé.

— Oh si, j'imagine. Je vais à la prison d'Angola[5] au moins une fois par mois. J'ai vu un prisonnier qui avait été surpris en train de donner les cadavres de ses victimes à des sangliers qu'il gardait à moitié affamés dans des enclos en béton. J'ai vu...

— Ça suffit, dit Sasha.

— Excuse-moi, dit Lily Cup.

— Ça suffit. Il est trop tôt pour ce genre de choses.

— Maintenant tu sais pourquoi j'ai autant de mal à dormir.

— Je t'aime, dit Sasha.

— Je t'aime aussi, sucre d'orge. Je vais allumer un cierge pour Gabe à la cathédrale Saint Louis.

---

[5] Note du traducteur : il s'agit du plus grand pénitentier de Louisiane.

— Tu ferais ça ?

— Profite de tes amis. Passe du bon temps. Tu le mérites.

— Merci, dit Sasha.

— Michelle ?

— Oui ?

— Trouve-moi des noms, en tâchant de rester discrète.

— Je m'en occupe.

— Des gens et des lieux, tout ce que tu peux.

Ces femmes s'étaient promis en sixième de ne jamais se dire au revoir. Sasha éteignit son téléphone et retourna dans le hall attendre que Gabe et Peck descendent.

L'attente au restaurant ne dura guère plus d'un quart d'heure. La plupart des travailleurs étaient déjà au bureau.

— Ruth, j'aimerais te présenter notre amie Michelle. Elle vient de la Nouvelle-Orléans, dit Gabe.

Ruth, la serveuse, versa trois tasses de café, souriant à Sasha tout en écoutant Gabe.

— Bonjour, dit Ruth. Ravie de vous rencontrer. Qu'est-ce que je vous sers, tout le monde ?

— Ruth, je voulais vous parler de vos fabuleux épis de maïs, dit Gabe.

— On ne cueille que les meilleurs, dit-elle. En réalité, on ne les cueille pas vraiment. On va au marché et on choisit les meilleurs, pour être exacte.

— Vous manquez une occasion en or, Ruth, dit Gabe.

— Ah, oui ? Et pourquoi ça, Gabe ?

— On peut faire tellement de choses avec du maïs, dit Gabe. Surtout avec du maïs aussi bon que le vôtre.

— Des choses comme la chaudrée de maïs, les beignets de maïs, le pain de maïs, les gaufres de maïs et les crêpes de maïs ?

Gabe resta bouche bée. La serveuse Ruth tourna le menu qu'il tenait à la main et lui montra près d'une demi-page de plats à base de maïs.

— Seulement en août et en septembre. Les meilleurs mois pour le maïs frais, Gabe, dit Ruth. Maintenant, qu'est-ce que je vous sers ?

Après le petit-déjeuner, il était trop tôt pour écouter de la musique. Sasha ne voulait pas stresser Gabe et préféra ne pas évoquer ce que Peck lui avait dit sous le pont. Elle opta pour une sieste et un rendez-vous dans le hall à midi et demi pour leur réunion de treize heures.

Le chauffeur Uber arriva à l'heure. Les docteurs Feinman et Michael Docherty accueillirent Sasha et Gabe à l'entrée puis les accompagnèrent jusqu'à la salle de réunion. Peck s'installa en salle d'attente.

Gabe, Sasha et les deux médecins s'assirent dans leurs sièges tandis que le Dr Feinman ouvrit un dossier.

— Comment allez-vous, Gabe ? demanda le Dr Feinman. Vous avez pu vous reposer ?

— Je me sens bien, dit Gabe. Ils ont fait beaucoup de progrès dans le domaine du check-up interminable. Je n'ai rien senti. Et j'ai dormi comme un bébé.

— Très bien, dit le Dr Feinman. Gabe, vous êtes un soldat. Et en tant que soldat, vous savez que lorsqu'on planifie la stratégie d'une bataille, il faut peser le risque avant d'entreprendre le moindre mouvement.

— Comme aux échecs, dit Gabe.

— Oui, comme aux échecs, dit le Dr Feinman.

— Le roi ne meurt pas vraiment aux échecs, interrompit Sasha. On le fait juste basculer, mais il ne meurt pas.

— J'ai compris, dit le docteur Feinman.

— Combien de temps me reste-t-il ? demanda Gabe.

— Gabe, nous pouvons confirmer que vous souffrez bien d'un cancer de l'estomac, dit le Dr Feinman. Il ne vous reste pas longtemps à vivre, à moins qu'on fasse quelque chose.

Personne ne dit rien.

— Nous pouvons aussi confirmer qu'il n'y a pas de métastases.

— Ce qui veut dire ? demanda Gabe.

— Ce qui veut dire que votre cancer n'est situé que dans l'estomac.

— Quelque chose m'échappe ? demanda Gabe. En quoi est-ce une bonne nouvelle ?

— La bonne nouvelle, c'est que le Dr Docherty et moi-même pensons qu'une gastrectomie totale pourrait être une solution. Cela permettrait d'éliminer entièrement le cancer de votre corps.

— L'éliminer ? demanda Gabe. Comment ça ?

— C'est une opération complexe, dit le Dr Docherty. Nous retirons tout l'estomac. Ainsi, nous éliminons toutes les cellules cancéreuses actives.

— Qu'est-ce que cela changera à ma vie ?

— Potentiellement, des années de vie en plus, dit le Dr Feinman.

— Des années ?

Des larmes coulèrent des yeux de Sasha. Elle s'assit pour regarder les yeux de Gabe.

— Dites-moi comment ça marche, dit Gabe. Si je n'ai plus d'estomac.

— D'abord, on vous administre une anesthésie générale pour vous endormir et contrôler la douleur, dit le Dr Feinman. Puis, on pratique une incision depuis le bas du sternum jusqu'au nombril. On retire chirurgicalement l'estomac et les ganglions lymphatiques avoisinants. Il peut également s'avérer nécessaire d'enlever la rate et certaines parties de l'œsophage, du pancréas et des intestins. Après l'ablation du cancer, l'œsophage est relié à l'intestin grêle pour créer un nouvel estomac, qui vous permettra de continuer à avaler, à manger et à digérer. En raison de la capacité limitée de ce nouvel estomac, vous devrez manger de plus petites quantités de nourriture, et plus fréquemment.

— Les grains de maïs sont minuscules, Chéri, dit Sasha en souriant à travers ses larmes.

— Combien de temps cela prend-il, Docteur ? demanda Gabe.

— Une gastrectomie totale prend deux à trois heures. Si vous subissez cette intervention, prévoyez de rester à l'hôpital pendant au moins une semaine. Trois à six mois de convalescence seront nécessaires.

— Docteur, au bout d'une semaine, pourrai-je prendre l'avion ? demanda Gabe.

— J'aimerais que vous passiez des examens réguliers pendant un mois, dit le Dr Docherty. Après cela, vous pourrez voler sans problème.

— Vous avez parlé de risque, dit Sasha.

— Gabe n'est plus tout jeune, dit le Dr Feinman. L'opération pourrait traumatiser son cœur. Il pourrait faire une crise cardiaque.

— Dr Feinman et Dr Docherty, dit Sasha. Avec tout le respect que je vous dois, notre Gabriel a marché depuis Kenner, en Louisiane, jusqu'au Quartier, où nous avons dansé ensemble jusqu'aux douze coups de minuit. Oh, je pense que son cœur peut tenir le choc.

— Vous êtes danseur, Gabe ? demanda le Dr Docherty. Nous savions que vous aimiez le jazz, mais vous voilà danseur ! C'est un bon exercice.

— Pourquoi pensez-vous que je l'ai suivi jusqu'ici ? demanda Sasha. Savez-vous à quel point il est difficile de trouver un partenaire de danse de nos jours ?

— Vous n'avez pas tort, dit le Dr Feinman.

— Quand une femme trouve un bon partenaire, elle ne le lâche pas, dit Sasha.

— Et dire que pendant tout ce temps j'ai cru que tu me suivais partout à cause de mon physique et de ces histoires de *jungle fever*[6] que j'ai lues dans la presse à scandale, plaisanta Gabe.

— Alors, qu'en dites-vous, Gabe ? demanda le Dr Feinman.

— Des années ? demanda Gabe.

— Potentiellement, dit le Dr Feinman.

— Je préfère te perdre en essayant plutôt que de te perdre parce que tu n'as pas pris le risque de vivre des années de plus, murmura Sasha.

— L'assurance des anciens combattants couvrira les frais ? demanda Gabe.

---

[6] Note du traducteur : "Jungle fever" est une expression argotique qui désigne l'attirance d'une personne blanche pour une personne noire.

— Jusqu'au dernier centime, et dans le cas contraire, nous vous en ferions cadeau, Monsieur le danseur, dit le Dr Docherty.

Sasha tendit la main et pinça l'oreille de Gabe.

— Dis-le, dit-elle.

— Aïe ! dit Gabe.

— Dis-le ! dit Sasha.

— Oui.

— Plus fort.

— D'accord, d'accord, oui ! Allons-y. Maintenant, femme, lâche-moi l'oreille.

— Mardi, alors, dit le Dr Feinman. Gabe, jeûnez à partir de minuit, ne buvez que de l'eau. À votre place, je mangerais léger aujourd'hui et demain.

— Autre chose ? demanda Sasha.

— Je vous enverrai par SMS le nom d'un agent immobilier, histoire de trouver un logement temporaire dans la région si jamais vous avez besoin d'un endroit où rester un mois ou deux, déclara le Dr Docherty.

— Je pense que l'hôtel Courtyard sera mieux pour lui. Le petit-déjeuner est inclus, le ménage est fait, et le restaurant est tout près, dit Sasha.

— Cela fait sens, dit le Dr Docherty.

— Eh bien, dans ce cas, dit le Dr Feinman, je vous dis à mardi.

— Gabe, viendrez-vous au grand final aujourd'hui ? demanda le Dr Docherty. Il s'agit d'un hommage au piano à George Shearing.

— Nous ne manquerions ça pour rien au monde, dit Gabe. Saviez-vous que Shearing avait commencé à jouer à trois ans, en Angleterre, et qu'il jouait aussi de l'accordéon ?

La voix de Gabe était énergique, comme celle d'un écolier. Il était sincèrement convaincu que l'avenir pourrait s'avouer radieux, avec beaucoup plus de danses et de saxophones plaintifs dans les années à venir.

— Je ne savais pas pour l'accordéon, dit le Dr Docherty.

— Oh oui ! Enfant, Shearing écoutait sans cesse les grands noms du jazz et du blues sur des disques 78 tours, puis il s'est mis

301

à les imiter. C'est ainsi qu'il est devenu si polyvalent. C'est l'un des plus grands de tous les temps.

— Vous êtes un véritable expert en jazz, dit le Dr Docherty.

— Vous savez quoi ? L'année prochaine, nous irons au festival tous ensemble, déclara Gabe. C'est moi qui invite.

— Gabe, si tu me fais pleurer... commença Sasha.

— D'accord, désolé. À mardi, Messieurs, dit Gabe en raccompagnant Sasha vers la sortie.

Il s'arrêta et se retourna.

— Merci à vous deux.

CHAPITRE 26

— AVONS-NOUS DES PLACES pour le concert à Newport ? demanda Sasha.

— Une partie des concerts se déroule sous une tente ouverte, répondit Gabe. On s'assoit sur la pelouse. C'est juste en face d'une baie où sont amarrés des yachts.

— Ensuite, nous pique-niquerons, dit Sasha. Nous écouterons Shearing et parlerons de comment nous préparer à la semaine folle qui nous attend.

— Mon bébé, dit Gabe. Tu en as assez fait, et je suis reconnaissant pour chacun de tes efforts. Tu n'as pas besoin de rester ici. Je sais que tu as une entreprise à gérer et que ton temps est précieux. Je vais me débrouiller.

— *Oh, toi, vieil homme têtu* ! s'écria Sasha.

Sasha se pencha en avant.

— Chauffeur ? Comment vous appelez-vous ? demanda Sasha.

— Robert, dit le chauffeur.

— S'il vous plaît, n'écoutze pas, Robert, dit Sasha en se tournant vers Gabe.

— Toi, vieux fou égocentrique, dit-elle. Quand cesseras-tu de te prendre pour Lancelot du Lac et commenceras-tu à comprendre qui sont tes amis ?

— Chérie, Je ne le pensais... commença Gabe.

— Silence, goujat ! Tu n'as pas la moindre idée de la façon dont pensent les femmes si tu crois que je vais partir et te laisser seul dans cette épreuve.

— J'pense pas que l'vieux Gabe pensait que... commença Peck.

— Toi, ferme-la, le péquenaud. Tu ne vaux pas mieux que ton frère jumeau, ici. Tu ne connais rien aux femmes non plus.

— Comment ça ? demanda Peck.

— Millie.

— Quoi, Millie ?

— Tu ne m'as pas dit sous le pont que tu comptais l'épouser ? demanda Sasha.

— Millie ? demanda Peck.

— Oui, Einstein, je viens de le dire : Millie, dit Sasha. Que représente-t-elle pour toi, tu l'as dit sous le pont, cette fille que tu veux épouser ? demanda Sasha.

— J'ai créché chez elle, là-bas, dit Peck.

— L'as-tu embrassée ? demanda Sasha.

— Hein ?

— Je saurai si tu mens. L'as-tu embrassée ?

— D'ac, dit Peck.

— Tu as passé deux jours devant le grand jury de Carencro et tu n'as évoqué son existence qu'hier soir, sous le pont.

Peck resta sans voix.

— L'as-tu embrassée ?

— Ah, *oui*.

— Je le savais. Regarde-le, Gabe. Il est gaga.

Gabe sourit.

— Tu ne penses qu'à elle, mon grand ?

— Oui, dit Peck.

— Nuit et jour ?

— En gros.

— Tu es amoureux d'elle, Peck, dit Sasha.

— Oui, M'dame.

— Est-ce qu'elle le sait ?

— J'sais pas, dit Peck.

— Tu parles de l'épouser, pendant que tu manges des donuts sous un pont, et elle n'en a pas la moindre idée ? demanda Sasha.

Peck regarda par la fenêtre.

— Soit un homme dit à une fille qu'il l'aime tellement qu'il ne peut plus dormir, manger ou penser correctement, soit il ne le fait pas. Tu choisis quoi ?

— J'aime tellement Millie.

Sasha montra Gabe du doigt.

— Tu veux vraiment aider ce type à guérir ?

— Oui, M'dame, j'suis sûr, commença Peck.

— Alors remets-toi les idées en place et commence à vivre une vie qui a du sens, dit Sasha.

— Hein ?

— Il n'y a que toi qui puisses lui donner un sens, Peck. Personne ne peut le faire à ta place. Fais-le pour Gabe, mais surtout pour toi. Cesse de trouver des excuses pour ne pas prendre de risques et pour gâcher ta vie.

— Je comprends, dit Peck.

— Tu ne lui as pas dit, n'est-ce pas ? demanda Sasha.

— Que je l'aime ? demanda Peck.

— C'est de ça dont on parle. Tu lui as dit ? demanda Sasha.

— Nan, nan, dit Peck.

— Tu es un sacré cas social, dit Sasha.

Elle se retourna et regarda par la fenêtre.

— Gabe et toi êtes faits l'un pour l'autre.

Sasha s'avança en s'appuyant sur le dossier du siège avant.

— Robert, ramenez ces clochards à l'hôtel et déposez-moi près de ce banc.

— Oui, Madame, dit le chauffeur.

— Il nous reste trois heures avant le début du concert. Il risque d'y avoir du monde, dit Gabe. Si on veut s'asseoir près de la scène, tâchons d'arriver de bonne heure.

— Je dois passer quelques appels, dit Sasha. On se retrouve dans une heure.

— Où trouvera-t-on à manger et une couverture pour s'asseoir ? demanda Gabe.

— Je vais me renseigner, et peut-être chercher une glacière ou un panier à pique-nique quelque part, dit Sasha. La boulangerie aura des salades et des sandwiches. Vous deux, attendez à l'hôtel. Je m'en occupe, après mes appels.

— Et que dirais-tu d'un seau ? demanda Gabe.

— Un seau ?

— Un seau de poulet frit KFC.

— Seigneur...

— Un grand seau, avec de la salade de pommes de terre et des biscuits, dit Gabe.

— Peck ? demanda Sasha.

— J'aime bien l'poulet, Chérie, dit Peck.

— J'aurais dû m'en douter. Je voyage avec deux chefs étoilés, dit Sasha. C'est moi qui choisis le vin. On l'achètera sur la route de Newport. Robert, déposez-moi et patientez ici, le temps qu'on avise. Ensuite, nous partirons pour Newport.

— Pas de problème, dit le chauffeur.

En s'asseyant sur le banc, Sasha poussa un soupir de soulagement. Il y avait de l'espoir pour Gabe. Il pourrait être en mesure de vivre le reste de sa vie en voyant les choses sous un regard plus lucide. Elle appuya sur *Lily Cup* dans son répertoire, regarda autour d'elle pour s'assurer qu'elle était bien seule puis activa le haut-parleur.

— Alors, où es-tu ? demanda Lily Cup.

— Épuisée et toujours à Providence, dit Sasha.

— Tout va bien ?

— Il faut que tu dises aux filles de l'agence que je serai absente une semaine, au moins, dit Sasha. Elles devront s'occuper des visites et des ventes à ma place. Si elles ont besoin de mon aide, on peut s'appeler en Facetime.

— L'état de Gabe s'est dégradé ? demanda Lily Cup.

— Voilà le topo, dit Sasha. Deux spécialistes ont rencontré Gabe au festival. Ils ont un laboratoire d'oncologie de pointe. Ils l'ont examiné toute la nuit et pensent qu'ils peuvent l'opérer et enlever entièrement son cancer.

— Oh mon Dieu, dit Lily Cup. Il doit être fou de joie !

— Ils l'opèrent mardi.

— C'est un miracle.

— Quelqu'un doit rester ici avec lui.

— Bien sûr, dit Lily Cup.

— Nous allons renvoyer Peck à la Nouvelle-Orléans, dit Sasha. Peux-tu passer à l'agence et demander à Amy si elle peut lui trouver un studio ou un appartement raisonnable ?

— Dans quel quartier ? demanda Lily Cup.

— Son tuteur vit dans le Garden District, dit Sasha. Il faut trouver à Peck un logement assez proche pour qu'il puisse circuler entre ce quartier à nos bureaux, à pied ou en vélo.

— Je peux lui donner le vieux vélo de mon père, dit Lily Cup.

— Fais-lui un genre de planning d'entretien ménager. Dis à Nettie qu'elle n'aura plus à nettoyer nos bureaux. On ne baissera pas son salaire, mais elle continuera à faire le ménage chez nous. Réfléchis au salaire de Peck.

— Notre cabinet paiera sa part.

— Choisis le montant qui te semble juste.

— Ton James est passé hier, dit Lily Cup. Il demande où tu es, et si tu l'as largué.

— Je n'ai pas la tête à penser à James, dit Sasha. Je l'appellerai ce soir.

— Laisse-lui au moins un message ou quelque chose, dit Lily Cup. Abrège ses souffrances.

— Peck est amoureux, dit Sasha.

— Non ?

— Il est foutu.

— En si peu de temps ? Ça fait quoi, quelques jours ?

— L'amour est aveugle.

— Amoureux de qui ? Pas de toi, rassure-moi ?

— D'une fille nommée Millie qu'il a rencontrée dans le bus.

— Ça alors...

— Il a les fils qui se touchent, je te le dis.

— Dans le bus ?

— Il a sauté du bus à son arrêt, quelque part dans le Tennessee.

— Peut-être que toi et moi devrions prendre le bus plus souvent, dit Lily Cup.

— Je pense que Peck va rester jusqu'à l'opération, mardi, dit Sasha. Je le mettrai dans un bus pour la Nouvelle-Orléans, mercredi.

— Il peut prendre l'avion maintenant, pourquoi ne pas lui prendre un billet ? demanda Lily Cup.

— Il a des affaires à régler dans le Tennessee, dit Sasha. L'élue de son cœur vit là-bas.

— Son amoureuse ?

— C'est un cas désespéré.

— Alors comme ça notre Peck nous trompe déjà ? Je parie qu'elle est jeune, voire très jeune.

— Il n'a pas précisé. Il a seulement dit l'aimer, dit Sasha.

— Il l'a rencontrée avant d'être arrêté et transféré par avion devant le grand jury ?

— Oui.

— Il ne m'a rien dit à son sujet, dit Lily Cup.

— Rien ? demanda Sasha. Tu as passé la journée avec lui devant le grand jury. Il ne t'a rien dit à propos d'elle ?

— Pas un mot, mais je suis sûre qu'il avait la prison en tête.

— Exact.

— En parlant de Peck, dit Lily Cup. As-tu trouvé des noms à propos de... Tu sais quoi ?

— Oui. Laisse-moi regarder mon téléphone.

Sasha fit défiler ses e-mails, cherchant celui qu'elle s'était envoyé à elle-même. Elle regarda ses messages et chercha un texto qu'elle aurait envoyé.

— Voilà, dit-elle. Sa nounou adoptive était une certaine Alayna Prudhomme. J'ai Bayou Chene... Et ce message dit que ce lieu est situé entre Bayou Sorrell et Choctaw.

— C'est bien. Et le type ?

— Tout ce que je sais, c'est que Peck l'appelle l'homme aux alligators, dit Sasha.

— C'est noté, dit Lily Cup.

— Je pense qu'il est propriétaire. Peut-être a-t-il des bateaux.

— C'est noté.

— Alors, que peux-tu faire de tout ça ?

— Je peux tâter le terrain.

— Ce ne sont pas des gens bien.

— J'avais compris.

— Tu es toujours en procès ?

— J'ai perdu, dit Lily Cup.

— Je suis désolée, dit Sasha.

— En fait, j'ai perdu et gagné en même temps.

— Ah ?

— J'ai fait acquitter André de l'accusation de meurtre.

— Tu l'as fait acquitter ? C'est une grande victoire, ma chérie.

— Pas assez de preuves à charge. Mais – et c'est un grand mais – il a pris deux ans de prison pour avoir vendu des armes à feu sans licence. Depuis le coffre de sa Lincoln, principalement. L'arme du crime portait un numéro de série. C'était la preuve principale. Pour gagner le procès pour meurtre, j'ai dû le balancer et prouver que les numéros de série de toutes les armes de son coffre avaient été enlevés, et qu'il n'avait donc pas pu commettre le meurtre.

— Et ils l'ont arrêté pour la vente d'armes, dit Sasha.

— Au moins, il n'est pas condamné à mort pour meurtre.

— Tu es géniale, l'amie.

— C'est ce que dit André.

— Tu es toujours payée ?

— Oh oui. Et grassement.

— Ça m'a l'air assez malin, ce que tu as fait.

— Je vais à la prison d'Angola demain pour voir s'il se comporte bien. Peut-être pourrai-je le faire sortir d'ici six mois s'il se tient à carreaux.

— Tu n'as jamais peur d'aller à Angola toute seule ? demanda Sasha. J'ai entendu dire que ça craignait.

— Chérie, Angola est plus sûr pour moi que les rues de la Nouvelle-Orléans après minuit, dit Lily Cup. André me protègera.

— Vraiment ? demanda Sasha.

— André a le bras long. Il connaît tous ceux qu'il doit connaître. Il est comme une pieuvre avec des tentacules dans toute la Louisiane !

— Incroyable, dit Sasha. Mieux que Harvard.

— André ne laisserait personne embêter son avocat vedette, dit Lily Cup.

— Tu es une vedette, dit Sasha. Et merci d'avoir démêlé toute cette histoire d'enlèvement dans laquelle Peck était impliqué.

— C'est grâce à toi, tout ça, dit Lily Cup. À toi et au juge Thibodaux, espèce d'allumeuse.

— Ok, ma chérie. Je t'aime, dit Sasha.

— Fais-moi savoir quand Peck sera là, dit Lily Cup.

— Je n'y manquerai pas. Passe le bonjour à Charlie et aux musiciens pour moi.

Le trajet jusqu'à Newport, Rhode Island, fut agréable et reposant. Sasha était assise au milieu de la banquette arrière, la tête en arrière, tenant les deux mains du garçon, comme une mère.

Peck paraissait soulagé que la mauvaise passe qu'il avait traversée dans le New Jersey soit enfin derrière lui, et qu'il soit maintenant en compagnie d'un homme qui le considérait comme son fils.

Le sourire de Gabe à travers la fenêtre donnait l'impression qu'un grand poids venait de lui être enlevé des épaules, sentant pour la première fois depuis des mois que son avenir ne prendrait pas nécessairement la forme d'un mur de briques géant, mais peut-être celle d'un tunnel ouvert vers une réalité pleine d'espoir.

Sasha, exténuée et fatiguée, était contente de laisser ses mails de côté, le temps d'un trajet à travers l'historique Rhode Island. La semaine qui venait de s'écouler avait changé sa vie, entre l'instant où elle avait impétueusement suivi une étoile filante depuis la piste de danse d'un club de jazz situé non loin de Frenchmen Street jusqu'à Beale Street à Memphis, et celui où elle avait ressenti plus de chaleur humaine qu'elle n'en avait connue pendant la majeure partie de sa vie d'adulte. À part son amie d'enfance, Lily Cup, elle ne s'était jamais sentie proche de personnages aussi sincères et intéressants. Elle s'était liée à eux, comme si elle les connaissait depuis des années.

La foule sous la tente était calme et respectueuse, les gobelets en plastique atténuant le bruit des glaçons qui tintaient. Deux artistes locaux jouèrent à tour de rôle leurs propres reprises de Shearing. Ils jouèrent *Lullaby of Birdland*, *Misty*, *How High the Moon* et *Let there be Love*. Ils jouèrent l'intégralité de la partition de *Guys and Dolls*, telle qu'interprétée par Mel Tormé, alias "le brouillard de velours", accompagné par le pianiste de jazz George Shearing lors d'un concert au festival de jazz de Newport il y a fort longtemps.

— Ce vin est moelleux, doux, onctueux, dit Gabe.

— Ben voyons, dit Sasha.

— Qu'est-ce qu'il y a ?

— Je n'arrive pas à croire qu'on mange un seau de poulet frit avec deux bouteilles d'Arnot-Roberts Chardonnay, Trout Gulch 2014, à quatre-vingt-dix dollars pièce, dit Sasha.

— Ça me rappelle quelque chose, dit Gabe.

— Bizarre, ça ne m'étonne pas, demanda Sasha.

— Ça me rappelle l'époque où j'étais complexé, quand j'étais encore dans l'armée.

— Toi ? Complexé ? demanda Sasha.

— D'être noir. De retour du Vietnam, je faisais tout mon possible pour éviter tous les clichés sur les noirs, comme le poulet, le gruau et les choux.

— Les spécialités afro-américaines, tu veux dire ?

— Ça aussi, mais tout a changé à Paris.

— Paris est bon pour ça, dit Sasha.

— Un autre capitaine et moi étions en train d'admirer les sites touristiques et les fontaines de la ville. Nous avons commencé à grimper vers la basilique du Sacré-Cœur, approchant des marches de Montmartre.

— J'y suis allée, dit Sasha.

— Si tu es allée à Paris, tu sais que c'est presque une expérience religieuse.

— Ça l'est.

— Le fait que cette merveille ait traversé deux guerres ayant décimé la majeure partie de l'Europe est en soi un miracle.

— Et donc ?

— En descendant les grandes marches de cette expérience sainte, nous croisâmes deux frères – des Noirs – qui discutaient de leur incroyable séjour à Paris, ayant chacun un seau de poulet frit dans une main et une bouteille de vin français dans l'autre.

— Ah ! s'exclama Sasha.

— Tu imagines ? Deux seaux de KFC descendant les marches de Montmartre à Paris ! Avec du vin français !

Sasha prit une cuisse de poulet, la tint et l'observa.

— Eh bien, *excusez-moi*, les gars, dit Sasha. *Bon appétit.*

Ce soir-là, ils s'installèrent dans la chambre de Gabe et Peck, avec du café, du cognac et beaucoup de choses à se dire.

— Raconte-nous Peck. Raconte-nous ce qui s'est passé, dit Gabe. Tu as chopé l'homme au couteau du pont. Raconte-nous comment ça s'est passé.

Peck raconta sa rencontre avec Millie dans le bus. Il parla de sa poupée, de l'appareil dentaire qu'elle portait, de sa Bible et du pétillement dans ses yeux. Il raconta qu'il se souvenait qu'ils étaient descendus du bus après le panneau Kingston, là où Millie lui avait dit de descendre s'il revenait un jour. Il raconta que Millie savait se repérer dans une bibliothèque aussi bien que lui dans le bayou. Il raconta comment ils avaient retrouvé l'homme au couteau, comment il dut tuer son chien et ficeler l'homme comme un alligator avec son fil de pêche de quatre-vingt-dix kilos, qui se resserrait un peu plus chaque fois que l'homme au couteau se débattait ou tentait de se détacher.

— Tu parles du fil de pêche que tu as eu gratuitement en achetant ce sac à Memphis ? demanda Sasha.

— Oui, M'dame, dit Peck.

L'histoire fit réfléchir Sasha et Gabe. Peck venait d'un autre monde que le leur, mais dans le sien, le bien était tout aussi bon et le mal tout aussi universel. Ils partagèrent leur étonnement devant la façon dont Peck et l'étudiante avaient effectué un formidable travail d'équipe, ne regardant en arrière qu'une fois la police prévenue et le voyou arrêté. Ils comprirent les risques mortels qu'ils avaient encourus, face à un homme qui en avait déjà poignardé un autre à la poitrine et au visage, et qui frappait indistinctement ses victimes. Plus ils l'écoutaient, plus Sasha et

Gabe pensaient que Millie était l'équilibre parfait dont Peck avait besoin ; et qu'ils avaient besoin l'un de l'autre. Sasha laissa entendre qu'elle aurait une discussion avec Peck au sujet de l'école et qu'elle lui suggérerait un programme pour qu'il y réfléchisse. Elle les quitta pour aller dans sa chambre et dormir un peu.

— Ne passez pas la nuit à bavarder, dit Sasha.

De retour dans sa chambre, Sasha pressa *Lily Cup* sur son téléphone.

— Salut, dit Lily Cup.

— T'ai-je déjà parlé de la tempête de grêle, du pont et de quand Gabe s'est fait frapper ? demanda Sasha.

— Tu as bu ? demanda Lily Cup.

— Non.

— Raconte-moi encore. J'aime bien cette histoire.

Sasha raconta à Lily Cup leur voyage à Memphis, comment Peck et cette Millie qu'il avait rencontrée dans le bus avaient découvert où se cachait l'homme au couteau et comment ils étaient allés l'attraper.

— Putain de merde, dit Lily Cup.

— Quoi ? demanda Sasha.

— Je ne connaissais pas cette partie. Millie et Peck ont fait tout ça ?

— Quand ils l'ont arrêté dans le New Jersey et l'ont interrogé à propos de cadavres et d'argent, il a d'abord cru qu'il avait tué l'homme au couteau. Jusqu'à ce qu'ils te l'emmènent en Louisiane, il pensait qu'il l'avait assassiné.

— S'il pense qu'il aurait pu le tuer, c'est qu'il a dû bien l'amocher, dit Lily Cup.

— C'est ça le truc, dit Sasha. Il a attaché le gars avec du fil de pêche de quatre-vingt-dix kilos. Il a acheté un sac, un genre de sac de sport, dans un magasin à Memphis, et ils lui ont offert une bobine de fil de pêche de quatre-vingt-dix kilos. Il a attaché le gars avec son fil de pêche. Il a dit qu'il avait déjà vu des alligators attachés de cette façon.

— J'aurais aimé voir ça, déclara Lily Cup.

— La fille a appelé les policiers et leur a dit qu'il était attaché dans sa caravane, accroché au réfrigérateur, dit Sasha.

— Millie a appelé la police ? demanda Lily Cup.

— Oui, Millie, dit Sasha.

— Du fil de pêche ? demanda Lily Cup.

— Du fil de pêche de quatre-vingt-dix kilos.

— J'ai allumé un cierge pour Gabe.

— Je t'aime, dit Sasha.

— Je t'aime, dit Lily Cup.

Elles raccrochèrent.

CHAPITRE 27

LILY CUP LAISSA SON SAC À MAIN au surveillant puis tira une chaise pour s'asseoir en face d'André. Elle regarda autour d'elle, notant l'emplacement des visiteurs des détenus, puis se pencha en avant et parla à voix basse.

— André, connais-tu de bons flics à Bayou Chene, près de Choctaw ? Ou peut-être à Bayou Sorrell ? chuchota-t-elle.

— André connaît des bons flics partout, répondit André. Il en connaît certains, comment dire, mieux que d'autres, c'est tout. Pourquoi demandes-tu ?

— Un gamin que je connais a eu des ennuis là-bas.

— Raconte à André.

— Eh bien, ce n'est plus un gamin. Il a vingt-quatre ans maintenant. C'est arrivé quand il était petit. Quelqu'un, je ne peux pas te dire qui, m'a demandé de l'aider, alors je l'ai aidé, chuchota Lily Cup. En vérité, il n'avait rien fait – pas de crime ou quoi que ce soit de ce genre. C'était purement circonstanciel, un grand jury voulait juste vérifier s'il avait été témoin de quelque chose. Bref, je l'ai fait libérer mais, au bout du compte, j'ai appris qu'il avait grandi là-bas, dans la région de Choctaw, dans les marais, les bayous et les marécages. Il a eu une enfance difficile. On l'a forcé à faire de vilaines choses pour le compte d'un homme qu'ils appelaient *l'homme aux alligators*.

— Les gens des marais ont leur propre art de vivre, dit André.

— Le gamin ne sait ni lire ni écrire, alors nous tâchons de l'aider, une amie et moi. Nous allons l'inscrire à l'école. Tu sais, c'est comme si on lui donnait un peu de répit, une deuxième chance.

— Tu parles ou tu te moques d'André, *mon amie* ?

315

— Je suis sérieuse, André.

— Tu me parles d'une vie difficile, d'un homme aux alligators, de répit ou d'une deuxième chance ? demanda André. Tu te moques d'André.

Lily Cup se pencha et posa ses coudes sur la table, ses phalanges posées devant les coins de sa bouche.

— André, ce gamin a été abandonné alors qu'il n'était qu'un bébé, quelque part dans ce marais ou dans ce bayou, en 1990, ou peut-être en 1991, murmura-t-elle. Alayna Prudhomme est l'une des responsables. Elle vit quelque part entre Bayou Sorrel et Choctaw, je crois. Du moins c'est ce que j'ai entendu dire.

— Cette Prudhomme, dit André. Elle connaît l'homme aux alligators ?

— Il devait la sauter, si tu veux mon avis, dit Lily Cup. Cette salope touchait sans doute de l'argent de l'État pour héberger l'enfant. C'était il y a quinze ans. Maintenant, qui sait ? Ils sont peut-être morts tous les deux. Tout ce que je sais, c'est que *l'homme aux alligators* est une ordure.

— Un homme ne peut pas s'abaisser au point de ne pas recevoir l'amour d'une femme ou d'un chien, dit André.

— Quand le gosse a su marcher, elle a laissé ce type, *l'homme aux alligators*, l'enchaîner sous un porche avec un collier pour chien. Quand il a eu six ans, il l'a réduit en esclavage pour l'exploiter, lui faisant transportant des seaux de crevettes jusqu'à son bateau le jour, et l'utilisant comme appât pour les alligators la nuit. Le gamin avait la bouche scotchée pour ne pas qu'il puisse crier, et le type le tirait derrière un bateau dans les bayous sombres, suffisamment loin pour attirer les gros alligators. Ce n'était un enfant sans défense.

— Cet homme aux alligators n'est pas un type bien, dit André.

— Sans blague.

— Pas vraiment le genre paternel.

Lily Cup regarda André dans les yeux, sachant qu'elle avait fait mouche.

— C'est un bon garçon, ce garçon ?

— C'est un bon garçon, André. Un gentil gamin.

Sans donner de noms, Lily Cup raconta ensuite à André comment elle et Sasha avaient rencontré Peck et comment Peck avait aidé Gabe à réaliser son rêve en passant les derniers jours de sa vie à écouter du jazz à Newport. Elle raconta comment Gabe avait été battu et dépouillé de ses médicaments contre le cancer sous un pont à Hazelton, dans le Mississippi, comment le voleur avait poignardé un autre homme au visage, comment Peck et une fille l'avaient retrouvé à trois États de là et l'avaient attrapé, et comment Peck l'avait ligoté avec un fil de pêche de quatre-vingt-dix kilos et l'avait attaché au pied du réfrigérateur pendant qu'ils appelaient les policiers et leur disaient où le voleur était ligoté.

— Trois États ? demanda André.

— Tu imagines ? demanda Lily Cup.

— Ça fait du chemin, depuis le bayou.

— Le gamin et sa chérie l'ont suivi.

— Ce gosse est un bon pisteur.

— C'est un gentil gamin, André.

— Il a l'air d'un gentil garçon.

— Il a juste besoin de répit.

— Un fil de quatre-vingt-dix kilos, sans rire ? demanda André.

— Il a vu l'homme aux alligators lier des museaux d'alligators avec, dit Lily Cup.

— Comment s'est-il enfui ? Cet ami dont tu ne peux pas parler, comment a-t-il échappé à l'homme aux alligators ? C'est difficile de fuir ce genre de personnes, surtout pour les gentils garçons qui servent d'appâts aux alligators.

— Il a raconté à mon amie qu'il avait escaladé un cyprès chauve et s'était caché dans le creux de son tronc, marchant pieds nus dans le noir sur des œufs de buse cassés et des fourmis vivantes pendant quatre jours jusqu'à ce qu'il entende l'homme alligator jeter des bouteilles de whisky vides contre un rocher, furieux de ne pas trouver le gamin et s'en allant avec une autre bouteille, probablement pour rejoindre l'autre garce de Prudhomme. Le gamin devait avoir huit ou neuf ans. Il a couru cent-douze kilomètres avant de s'arrêter, les pieds en sang. Depuis lors, il vit seul, tondant des pelouses et pêchant pour se nourrir. Il vit dans une scierie. Il aiguise des lames pour une usine ou un fabricant de bateaux, en échange d'un lit de camp, d'une plaque chauffante et d'un cordeau.

— Pourquoi veux-tu un bon flic ?

— Je veux...

— Pour un salaud ?

— C'est une ordure, dit Lily Cup.

André fixa Lily Cup d'un regard glacial.

— Je veux un bon flic pour trouver cette ordure, André.

— J'ai besoin d'un café, dit André. J'ai besoin d'un scotch.

Lily Cup savait par expérience que dans le monde où elle évoluait, si quelqu'un changeait de sujet, il valait mieux qu'elle en change aussi. Elle savait aussi qu'André savait qu'elle ne pouvait pas lui obtenir de scotch.

— Quelque chose que je puisse t'avoir ? demanda Lily Cup.

Lily Cup mémorisa les requêtes d'André : des choses simples comme du papier à lettres, des magazines et des pêches au sirop. Ils discutèrent à bâtons rompus jusqu'à ce qu'un garde signale qu'il était temps pour lui de retourner dans sa cellule et pour elle de partir.

— Sois sage, André. Sois un bon garçon pour que je te sorte d'ici plus tôt.

André se pencha vers Lily Cup.

— Laisse André s'occuper ça.

— Je ne veux pas qu'il soit blessé, André.

André se leva.

— Trouve-moi juste cette ordure.

André attendit qu'un garde vienne le raccompagner jusqu'à sa cellule.

Il était 11 h 45 à Providence quand les docteurs Feinman et Docherty arrivèrent, vêtus de blouses blanches, dans la salle d'attente. Ils invitèrent Sasha et Peck à entrer dans la salle de réunion, fermant la porte derrière eux.

— Gabe a une constitution extraordinaire, dit le docteur Feinman.

— Vous devriez le voir danser, dit Sasha.

— Il s'en est sorti avec brio, dit le Dr Feinman.

Sasha porta les paumes de ses mains à sa bouche en signe de gratitude.

— Son rythme cardiaque a à peine bougé, dit le Dr Docherty. Habituellement, nous observons une variation de rythme cardiaque, compte tenu du stress occasionné par une opération chirurgicale aussi sérieuse.

— Gabe est un Noir, dit Peck. Il a vu pire, en tant que Noir.

Tout le monde à cette table comprenait ce qu'avait voulu dire l'homme qui avait grandi dans les bayous sauvages de Louisiane. Ils méditèrent cette réflexion, comme s'il s'agissait du riff poétique d'un instrument de jazz.

— Est-il réveillé ? demanda Sasha.

— Il le sera d'ici une heure ou deux, répondit le Dr Feinman.

— On pourra le voir à ce moment-là ?

— Il risque d'être un peu groggy au début, mais ça lui fera du bien de vous voir.

— Nous allons déjeuner puis nous reviendrons, dit Sasha. Y a-t-il quelque chose de spécial que nous devrions savoir ? Des règles à suivre ?

— Nous aimerions le voir marcher quelques centaines de mètres avant de le laisser sortir d'ici, dit le Dr Docherty.

— Vous l'avez changé en mille-pattes, Docteur ? plaisanta nerveusement Sasha.

— Nous avons besoin qu'il se lève du lit et qu'il marche dès que possible. Chaque jour, il faut qu'il marche un peu plus loin. Le but est de lui faire parcourir au moins soixante mètres d'une traite. Puis qu'il fasse soixante mètres par jour pendant une semaine. Ensuite, il pourra aller à l'hôtel.

— Parfait, dit Sasha. Quand cet homme ne danse pas, il marche.

— Cela peut prendre plusieurs jours, voire une semaine. Laissez-le s'adapter à son rythme. Encouragez-le, dit le Dr Docherty.

— Il a une constitution incroyable, dit le Dr Feinman.

— C'est un véritable Forrest Gump, dit Sasha.

319

— Il a de la chance.

— Rendez-vous après manger, Messieurs. Merci pour tout.

Avant qu'ils ne se rendent au restaurant, Sasha s'assit avec Peck sur le banc du parc et lui montra comment utiliser son nouveau téléphone portable.

— Tu sais compter jusqu'à dix, Peck, alors ça devrait être facile pour toi, dit Sasha.

Tout comme Gabe avait répété onze fois les chiffres de un à dix, Sasha pointa chaque chiffre dans l'ordre et les compta à haute voix, encore et encore. Finalement, Peck prit le portable et désigna chaque chiffre par son nom.

— Un, deux, trois, quatre, cinq, six, sept, huit, neuf, dit Peck. Et lui, c'est le zéro.

Sasha lui apprit comment composer un numéro, comment passer un appel et comment raccrocher. Elle lui apprit à répondre à un appel.

— Quelle est la personne la plus importante dans ta vie, Peck ? demanda Sasha.

— Hein ?

— La personne la plus importante dans ta vie.

— Gabe.

— Ça ne marchera pas. Gabe n'a pas de téléphone.

— Y en a un dans sa chambre d'hôtel, dit Peck.

Sasha sourit devant la simplicité de Peck, si perspicace.

— C'est juste, dit Sasha. Bien, Gabe est le plus important, donc il sera le numéro un. Je vais mettre un 1 devant son nom, et si jamais tu voulais l'appeler, tu n'auras qu'à toucher le nom avec un 1 devant. Quand l'hôtel répondra, tu demanderas à lui parler. Compris ?

— J'crois, dit Peck.

— J'ai aussi le numéro de Millie dans mon portable depuis qu'elle m'a appelée, dit Sasha.

Un à un, Sasha remplit le répertoire de son téléphone avec les noms importants précédés d'un chiffre, afin qu'il puisse identifier la personne qu'il voudrait appeler. Le numéro 1 était

Gabe, le numéro 2 Millie et le numéro 3 Sasha. C'était un bon début.

— Allons déjeuner, dit Sasha.

Sur le chemin du restaurant, Peck demanda ce que signifiaient les autres détails des contacts. Sasha lui expliqua qu'ils n'avaient pas d'importance puisqu'il ne saurait pas les comprendre avant d'avoir appris à lire.

— Celui-là, c'est Millie, dit Peck en montrant le numéro 2 sur son répertoire.

— C'est Millie, en effet. N'appuie pas sur le bouton. On doit d'abord regarder les horaires de bus et tout ça. Tu as toujours ton pass découverte ?

— Oui, M'dame, dit Peck.

Sasha et Peck apprécièrent leur déjeuner en discutant du fait miraculeux que Gabe ait pu subir une opération qui pourrait prolonger sa vie de plusieurs années.

— N'est-ce pas chouette de savoir que Gabe sera là pour te voir aller à l'école, Peck ? demanda Sasha.

— Tu crois que j'peux faire ça ?

— Seulement si tu essaies. Si tu aimes ça, tu iras jusqu'au bout ?

— Hein ?

— Comme à l'université ? demanda Sasha.

— Oui, M'dame, dit Peck.

— Tu veux parler de Millie ?

— D'ac.

— Tu l'aimes vraiment ?

— Oh, *oui*, Chérie.

— Alors, si tu l'aimes, et admettons qu'elle aussi, tu devrais lui laisser le temps de finir ses études, et elle devrait t'aider à finir les tiennes, dit Sasha.

— Alors, on se marie ? demanda Peck.

— Après qu'elle ait fini ses études, dit Sasha.

— Ah, *oui*.

— Nous vous offrirons le mariage le plus somptueux que le Quartier ait jamais connu – en tout cas sur Frenchmen Street, au Charlie's Blue Note.

— Youhou ! dit Peck.

— Après tes études, tu pourras acheter une ferme ou une tourbière à écrevisses, devenir président, ou tout ce que tu veux.

— Et Gabe vivra avec nous, hein ?

— Il adorerait.

Sasha fit défiler son téléphone, trouva le site des bus Greyhound et réserva une place pour Peck le soir-même dans un bus qui passait par Knoxville.

— Tu es prêt, Peck, dit Sasha. Appelle Millie, demande-lui si elle veut te voir et si elle peut venir te chercher demain à 11h45 à l'arrêt de Kingston.

Peck but une gorgée de café. Il pressa le nom précédé du chiffre deux et porta son téléphone à l'oreille. Bientôt un grand sourire se dessina sur son visage.

— Allô ?

— Allô, Chérie, c'est Peck.

— Peck ? J'ai rêvé de toi cette nuit.

— Comment vas-tu, Chérie ?

— Tu me manques tellement.

— Tu peux v'nir me chercher à Kingston à 11h45 ?

— Tu es là ? J'arrive tout de suite.

— Demain, Chérie.

— Oui ! Oui ! Je serai là à 11h45.

— Tu veux m'voir, Chérie ?

— Plus que tout au monde.

— J'veux te voir aussi, pour sûr.

— Je t'aime, M. Boudreaux Clemont Finch. 11h45. Je serai là.

— Au revoir, Chérie, dit Peck, qui termina son premier appel sourire aux lèvres.

— C'est bon, pas vrai ? demanda Sasha. L'amour.

— Oh, *oui*, dit Peck. C'est si bon.

Gabe était réveillé. Il avait des tubes dans les narines et des tuyaux sur la poitrine et les poignets. Sa voix était faible, mais ses yeux pétillèrent à la vue de Sasha et de Peck qui entraient dans la chambre.

— Pas trop longtemps, dit l'infirmière. Il ira mieux demain. Il sort d'une lourde opération.

— Bonjour Chéri, dit Sasha en s'asseyant sur une chaise à côté du lit et en tenant la main de Gabe.

Gabe lui prit la main.

Peck leva la main en signe de salut pour Gabe. Gabe lui sourit et leva le pouce.

— Chéri, Peck va prendre un bus pour la Nouvelle-Orléans. Lily Cup va l'installer dans un petit appartement et il commencera les cours avec son tuteur lundi, dans le Garden District.

Gabe acquiesça de la tête.

— Il va passer voir sa Millie en chemin, dit Sasha. Et tout va bien car il est d'accord pour dire que s'ils décident de faire quoi que ce soit, ils attendront qu'elle ait fini ses études.

Gabe acquiesça et sourit.

— Et quand Peck achètera sa ferme d'écrevisses, il aura besoin de toi pour nager et distraire les alligators le temps qu'il ramasse ses pièges, dit Sasha.

Gabe commença à rire, puis grimaça et fit signe à Sasha que cela tirait sur ses sutures.

— Oups, désolée, dit Sasha.

Gabe lui serra la main en la remerciant pour cette deuxième chance. Une larme perla dans les yeux de Sasha tandis qu'elle se levait pour partir. Il lui prit la main, la rapprocha de lui et murmura à son oreille.

— Va voir Donald. Demande-lui de jouer *When Sunny Gets Blue.*

Sa main se desserra et il s'endormit.

CHAPITRE 28

TARD CE SOIR-LÀ, assis dans la salle d'attente de la gare routière Greyhound, Sasha sortit une carte de débit de son sac et la tendit à Peck.

— Peux-tu te souvenir de cette combinaison : quatre, trois, deux, un ?

— Oui, M'dame, dit Peck. Quatre, trois, deux, un.

— Bien. Mémorise ces quatre chiffres dans cet ordre et ne le dis à personne. Cette carte te permettra d'acheter tout ce dont tu auras besoin durant ton voyage. Elle te permettra d'acheter des fournitures scolaires lorsque tu arriveras à la Nouvelle-Orléans. Tends-la au caissier, et s'il te demande d'entrer ton code, souviens-toi de cette combinaison – quatre, trois, deux, un – et touche les chiffres dans cet ordre.

Peck montra le nom sur la carte.

— Ça veut dire quoi, Chérie ?

— C'est toi, Peck. C'est écrit Boudreaux C. Finch. Ils n'ont pas pu mettre Clemont dessus. Mais c'est bien toi, M. Finch.

Peck sourit et tint la carte pour la regarder de plus près. Le nom en relief était le même que sur sa carte d'identité. Il la retourna et découvrit une signature au verso.

— J'ai signé à ta place, dit Sasha. C'est comme ça que tu signeras quand tu sauras écrire. Je m'en suis chargée pour toi.

— Merci bien.

Sasha lui tendit une enveloppe scellée.

— Voilà de l'argent pour la route. Utilise la carte quand tu verras des choses dont tu as besoin, dit Sasha. Ne la perd pas.

À la sortie de la gare routière, ils trouvèrent son bus. Sasha prit Peck dans ses bras le temps d'un long adieu. Il faisait partie de la famille maintenant. Le fait de savoir que Gabe allait vivre plus longtemps avait changé la donne aux yeux de tout le monde. Cela rendait ce moment plus réel, plus permanent. Elle se sentait presque maternelle.

— Vas-y doucement avec Millie, dit Sasha.

Peck écoutait, hochant la tête.

— Ne l'étouffe pas. Laisse-lui le temps de savoir si elle t'aime assez pour passer le restant de ses jours avec toi.

— D'accord, c'est promis.

— Et si tu n'es pas juste un bouche-trou.

— Un bouche-trou ? demanda Peck.

Sasha recula d'un pas et regarda Peck dans les yeux.

— Peck, dit Sasha. Tu as déjà eu un gros poisson sur un hameçon et un plus petit sur un autre hameçon en même temps ?

— *Oui.*

— Et tu ne pouvais pas tirer le gros à travers les ronces, seulement le petit ?

— *Oui.*

— Alors tu ramènes le petit à la maison et tu le manges, pas vrai ?

— *Oui.*

— Mais n'aurais-tu pas préféré avoir le gros ?

— Ah *oui*, dit Peck, comprenant la métaphore.

— Tu as compris ? demanda Sasha.

— *Oui*, dit Peck. Peck doit s'assurer qu'il est un gros poisson, pas un p'tit poisson, Chérie.

Sasha l'accompagna jusqu'au bus, lui tendit une bouteille d'eau et des sandwichs, puis l'embrassa sur la joue.

— J'dis quoi à son papa et à sa maman ? demanda Peck.

Sasha réfléchit mais ne répondit pas.

— On se voit à la Nouvelle-Orléans, Chéri, dit Sasha. Peut-être que toi et moi pourrions venir ici le week-end pour rendre visite à Gabe et l'emmener au restaurant jusqu'à ce qu'il puisse rentrer à la maison.

— Du maïs, dit Peck.

— Tu sais quoi ? demanda Sasha. Je pense que le maïs sera parfait pour lui. Tu as raison.

— Salut, Chérie, dit Peck. Je t'aime pour c'que tu es, ça pour sûr.

— Les parents aiment la vérité, Peck, dit Sasha. Sois toi-même, c'est tout.

Sasha vit le bus se garer à l'arrière de la station, passant de l'allée à la rue, puis à l'autoroute, son toit baignant dans l'or des lampadaires tandis qu'il passait sous ces derniers, sur la route du Sud.

Sachant comment sa vie avait changé depuis cette soirée de danse au Charlie's Blue Note, Michelle Lissette parcourut seule les nombreux pâtés de maisons du centre-ville de Providence jusqu'au fleuve, puis jusqu'au pont de Point Street. S'en approchant, elle entendit le gémissement du saxophone.

Dans le calme de cette nuit couverte de nuages et semblant dépourvue de lune, elle redevint Sasha, dévala le tertre herbeux et passa sous le pont, adressant à Don un signe de la main. Il termina son blues nonchalant et enchaîna sans transition avec *When Sunny Gets Blue*.

Sasha s'assit et fondit en larmes. Le tourment de ce que Peck avait vécu et de la perte presque totale de Gabe se reflétait sur son visage telles les ombres d'une carte de bon rétablissement solitaire. Un grand changement approchait, et elle réalisa sa chance d'avoir ces deux nouveaux amis, et le bonheur qu'elle ressentait à être présente pour eux.

Elle s'assit et écouta le doux son du saxophone jusqu'à ce que la pluie menace et que passants et amoureux s'éloignent. Donald commença à plier sa tente au terme d'une autre matinée de jazz et de blues sirupeux. Il prit une bouteille d'eau en plastique et l'engloutit d'un trait, sans respirer. Il fit le tour du quai, ramassant les gobelets et autres détritus que ses auditeurs avaient laissés derrière eux. Il enleva l'embouchure de son instrument, coucha celui-ci dans son lit de velours bleu roi, puis ferma et verrouilla l'étui en cuir.

Il tendit la main et proposa à Sasha de l'aider à remonter le tertre herbeux jusqu'au trottoir. Ils marchèrent ensemble lentement, sans rien dire, pendant trois pâtés de maisons. Sasha plia un billet de cent dollars, le tendit devant lui puis le glissa dans sa poche.

— Gabe vous remercie d'être là pour lui, dit Sasha.

Donald sourit puis ils se séparèrent en se frappant le poing. Donald continua tout droit pendant trois pâtés de maisons jusqu'à son appartement pour y fumer des cigarettes et boire de la vodka, seul dans le noir avec ses souvenirs. Sasha prit à gauche pour rentrer à l'hôtel et y rester seule, songeant peut-être à se reposer.

Peck apprit à quel point il était facile de trouver le sommeil dans un bus de nuit, une fois que le bus eut quitté le chaos de l'arrêt de New York et l'agitation du terminal de Newark, dans le New Jersey. Il ne pouvait s'empêcher de remarquer la grande activité qui régnait dans les gares routières des villes, peuplées de gens qui bougeaient dans tous les sens, quand seuls un ou deux d'entre eux montaient dans un bus ; comme si les gares routières des grandes villes étaient des oasis de chaleur et de bruits rassurants pour les sans-abri et les personnes qui n'arrivent pas à dormir seules. Bientôt, le bus se dirigea vers les montagnes de Pennsylvanie, sous une belle et pleine lune. Se pouvait-il, se demanda Peck, que Gabe ou Sasha regardent cette même lune en pensant à lui ? Il se souvint avoir regardé la lune lorsqu'il était enfant, un collier de chien autour du cou, enchaîné sous le porche de l'homme aux alligators. Il saisissait le treillis de bois avec ses petits doigts et regardait la pleine lune comme pour se demander si sa vraie mère et son vrai père regardaient la lune en même temps que lui, et s'ils pensaient à lui. Il priait la lune de leur dire qu'il était certain qu'ils l'aimeraient maintenant, parce qu'il n'était plus un bébé pleurnichard, mais qu'il pouvait maintenant porter des seaux de crevettes sans les renverser et gagner sa vie. Il demandait à la lune de leur dire si elle les voyait.

Sous la lueur de la lune et le doux balancement du bus, Peck s'endormit à peu près en même temps que Gabe ouvrait les yeux.

— Seigneur, dit Gabe, le souffle court. Seigneur, je voulais te remercier. En fait, avant l'opération, je pensais te remercier en personne mais, maintenant que je m'en suis sorti, je voulais trouver le bon moment et les bons mots. Cela risque de prendre un moment, et je n'ai pas beaucoup de souffle, alors sois indulgent car il me faudra un peu de temps. Mon ami le cathéter assure mes arrières, alors il n'y aura pas d'interruptions. Seigneur, je ne suis pas doué avec les mots, comme tu le sais, mais tu m'as accordé tant d'autres bénédictions, et j'ai comme l'impression de renaître aujourd'hui, juste en me réveillant après cette opération. Mes parents m'ont appris à témoigner de la reconnaissance et à toujours dire merci, et je vais le faire comme il se doit, même si cela prend toute la nuit.

Quand j'ai perdu mon garçon en Irak, et ensuite mon papillon, Seigneur, j'ai vraiment pensé que tu m'indiquais le chemin de sortie. Pardonne-moi d'avoir douté de toi et de t'avoir remis en question. S'il te plaît, pardonne les mots que j'ai pu employer en ce temps-là. Et quand j'ai découvert que j'avais un cancer, j'ai pensé que tel était ton plan depuis le début, que c'en était fini de moi et que nous allions tous les trois nous retrouver, mais alors tu as placé ce virage sur ma route, à Carencro, en Louisiane. Loin de moi l'idée d'insulter le Tout-Puissant en présumant que ma vieille âme en lambeaux était le moins du monde digne d'un miracle, mais Seigneur, quand tu as mis sur mon chemin cette piste de danse de Frenchmen Street et cette nuit de riz aux haricots rouges et de Joe Williams, ce fut en moi une renaissance qui ne pouvait que venir du Ciel.

J'ignore ce que tu me réserves à présent, si je vivrai une belle vie ou si je me ferai écraser par un camion en sortant d'ici, mais je tenais à te remercier du fond du cœur – peut-être le seul organe qui me reste. Merci pour le temps passé avec mon papillon, merci pour mon fils et merci pour ma nouvelle famille, Michelle et Boudreaux. Oh, mon Seigneur et mon Dieu, tu n'aurais pas pu mieux aligner les étoiles que tu ne l'as fait en nous bénissant de toutes ces manières. Boudreaux est un bon garçon, tu le sais déjà. C'est grâce à lui que je t'adresse cette prière ce soir, au lieu de manger les pissenlits par la racine. J'ai l'impression que tu l'as mis sur mon chemin pour que je m'occupe de lui, et que tu m'as rendu mon intégrité pour ce faire. Notre amie Sasha est la bonté incarnée, et elle veillera sur le garçon longtemps après que je sois parti. Alors, merci Seigneur, je vais me reposer maintenant. Merci de m'avoir écouté. Amen.

Gabe ferma les yeux et s'endormit.

Le bus de Peck s'arrêta à la gare de Knoxville pour une pause repas de trente minutes. Le prochain arrêt impromptu était Kingston Pike, où l'attendait Millie. Peck prit son sac de voyage et descendit du bus pour se dégourdir les jambes. Présumant que des victuailles l'attendraient à son arrivée à Kingston, il se contenta de se promener et d'explorer les abords de la gare routière. De l'autre côté de la rue se trouvait une vieille librairie. Peck ne pouvait pas lire l'enseigne, mais ses yeux s'illuminèrent en voyant les affiches de livres dans la vitrine. Il traversa la rue et entra timidement. Au bout de quelques mots, le libraire comprit qu'il devait faire preuve de patience envers Peck, et se montra serviable.

— Je vais apprendre à lire et à écrire, dit Peck. Vous avez p'têt un livre avec tous les mots ?

Le libraire se rendit dans la deuxième rangée, prit trois livres neufs sur une étagère et les lui apporta.

— Voici un dictionnaire, l'un des meilleurs qui soient, dit le libraire. Ces deux-là font la paire : un dictionnaire et un thésaurus.

Peck montra du doigt l'un des livres.

— Tous les mots ?

— Oui, dit le libraire.

— Combien ? demanda Peck.

— 24 dollars et 95 centimes, hors taxes.

Peck se rappela qu'il ne savait compter que jusqu'à dix, alors il sortit sa carte bancaire de sa poche. Quelques secondes plus tard, il comptait dans sa tête : quatre, trois, deux, un. Quelques minutes plus tard, il traversait la rue pour retourner à la gare routière avec le dictionnaire emballé, qu'il avait hâte d'apprendre. Porter ce dictionnaire lui donnait un sentiment de confiance en soi. Tandis qu'il traversait la rue, il aperçut au loin le chauffeur de bus consoler une femme, la tête baissée, qui paraissait pleurer.

— Mademoiselle, dit le chauffeur de bus. Je suis vraiment désolé, mais je ne pense pas que votre ami ait pris mon bus. Il est peut-être dans celui qui passe à deux heures et demie. S'il n'est pas dans le bus et que vous ne l'avez pas croisé dans la gare routière, je ne peux pas vous aider, Mademoiselle. Y a-t-il quelqu'un que vous pouvez appeler ?

Peck s'avança, un sac contenant le nouveau dictionnaire dans une main, son sac de voyage dans l'autre. Il vit que la fille qui se couvrait les yeux d'un mouchoir en papier et sanglotait était sa Millie.

Il s'arrêta, fit passer les deux sacs dans une main et lui tapa sur l'épaule, sourire aux lèvres. Millie leva les yeux comme s'il la dérangeait, mais après l'avoir vu, ses sourcils se levèrent, ses yeux s'écarquillèrent, puis elle lui sourit de toutes ses dents en lui sautant au cou. Il la rattrapa, ses bras sur ses épaules, s'accrochant à elle en la tenant par la taille. Elle l'embrassa encore et encore.

— Mademoislelle, il semble que vous ayez trouvé votre homme, dit le chauffeur du bus.

Millie tendit le bras et fit un signe de la main.

— On embarque, vieux, dit le chauffeur du bus. Si tu veux y aller.

— Je suis avec elle, dit Peck.

Tandis qu'elle continuait d'embrasser son menton, ses joues et son nez, il libéra son bras et pointa du doigt la tête de Millie.

— J'pars avec celle-là, dit Peck.

Le chauffeur eut un petit sourire, s'enfonça dans son siège et ferma la portière en levant le pouce.

Ils desserrèrent leur étreinte et s'installèrent dans un café où Millie parla à tue-tête, expliquant qu'une fois qu'elle avait su le numéro du bus, elle avait cherché tous les arrêts et avait décidé de venir chercher Peck à Knoxville pour qu'ils puissent parler avant de le ramener chez lui, et que lorsqu'elle ne l'avait pas vu ni dans le bus ni dans la gare routière, son cœur s'était brisé et qu'elle n'avait pas pu s'empêcher de pleurer. Elle commanda deux assiettes de frites, deux jambon-beurre et de l'eau, et jeta un coup d'œil à Peck pour voir s'il était partant pour un jambon-beurre.

— Pauvre homme, dit Millie en parlant du chauffeur de bus.

— Oh, j'parie qu'il a en a vu d'aut' dit Peck.

— Papa et Maman sont ravis que tu viennes. Papa a préparé de la poitrine de bœuf rien que pour toi, et il veut t'emmener sur son bateau. Maman a fait du pudding.

Peck sourit.

— Il y a juste une petite chose, Peck, dit Millie.

— Hein ?

— Rien de dramatique, remarque.

— De quoi ?

— J'ai pensé qu'il valait mieux que je te le dise avant qu'on arrive, et que tu l'apprennes comme ça.

— Dis-moi, Chérie, dit Peck.

— J'aime quand tu m'appelles Chérie.

Millie se pencha sur la table, posa sa main sur celle de Peck et perdit le fil de sa pensée.

— Oh, tu as appris pour notre ami au couteau ? demanda Millie.

— Nan, nan, dit Peck. Brock ou le méchant ?

— Le méchant, bien sûr, imbécile, dit Millie.

— Dis-moi, Chérie, dit Peck.

— Les policiers sont entrés dans sa caravane et l'ont trouvé tel qu'on l'avait laissé. Il ne pouvait pas bouger d'un poil à cause de la façon dont tu l'avais ligoté. C'était marqué dans le journal. Ils ont même dû chasser un raton laveur qui s'était aventuré dans la caravane et fouinait dans la poubelle de l'autre cinglé. Et ils ont trouvé un sac rempli de toutes sortes de cachets et de gélules pharmaceutiques volées. Un sac poubelle entier. Le journal a déclaré que la perquisition était légale puisqu'ils avaient une raison valable de fouiller son domicile. Le journaliste a même dit que le chien avait probablement été tué en état de légitime défense.

— C'est bien, alors ? demanda Peck.

— Ce n'est pas tout, dit Millie.

— *Bon*, dit Peck.

— *Le bâtard* a plaidé coupable pour avoir poignardé Brock à condition qu'ils ne le poursuivent pas pour les cachets, dit Millie. Papa dit qu'il en prendra pour dix ans, car il avait déjà fait ça avant – braquer des gens sur l'autoroute, généralement dans des relais routiers. Ils l'avaient filmé, mais il quittait toujours l'État où il commettait ses méfaits.

Peck prit la main de Millie et se souvint du conseil de Sasha de ne pas se montrer trop insistant.

— Tu voulais m'dire quoi, Chérie ?

— Très bien, dit Millie. Alors le truc, c'est que la vermine s'est pointée, et qu'elle va dîner avec nous. Je ne t'en voudrais pas si tu te mets en colère, mais sache qu'il a débarqué comme ça, personne ne l'a invité, et il s'est excusé et tout ça. Tu es fâché contre moi ?

— La vermine ? demanda Peck.

— Le serpent, dit Millie.

— Le serpent ?

— Mon ex-petit ami, Stephen, chantonna Millie d'une voix mélodieuse.

— Ah, dit Peck. Stephen, le serpent.

— Il ressemble plus à un ongle incarné.

— Il est au courant pour Peck, Stephen l'ongle incarné ?

— Il le sera d'ici quarante minutes, chantonna Millie de plus belle.

— Ta maman ne lui a pas déjà dit ? demanda Peck.

— Oh non ! dit Millie. Papa a dit qu'il ne fallait pas gâcher tout le plaisir en lui annonçant et en ratant le grand feu d'artifice.

— Est-ce que ton papa et ta maman savent qu'on a... commença Peck.

— Non, dit Millie en levant le nez. Ça ne regarde personne et il n'y a rien à en dire de toute façon.

— Alors ça veut dire quoi le feu d'artifice, Chérie ?

— Oh, ça, dit Millie. Stephen est si jaloux qu'il ne supporte pas de voir d'autres garçons à mes côtés. Il pense toujours que je lui appartiens.

Peck vit un sourire de satisfaction dans ses yeux.

— T'aimes la ferme pour de vrai, Chérie ? demanda Peck.

— Les poules et les tomates ? demanda Millie en se penchant en avant.

— *Oui.*

— Plus que tout au monde.

— Alors, qu'est-ce tu ferais si tu vois un serpent, hein ? demanda Peck.

— C'est simple, dit Millie. Si c'est un petit serpent, je le chasse. Si c'est gros, je te demande de l'attraper pour t'en servir d'appât.

Peck resta bouche bée. Millie passa la main devant son appareil dentaire, sourit et haussa les sourcils.

— J'ai bien répondu ?

Peck sortit son téléphone de sa poche, l'ouvrit et appuya sur la touche numéro deux en face du nom de Millie. Son portable sonna en quelques secondes. Elle le regarda curieusement et le porta à l'oreille.

— Allô ? demanda-t-elle.

Téléphone à l'oreille, Peck se pencha en avant, la regardant dans les yeux tout en parlant dans son téléphone.

— J'ai b'soin de me retrouver avec une belle dame pour becter d'la poitrine de bœuf avec du pudding, Chérie, tu peux faire ça pour moi, la fermière ? demanda Peck.

Il vit ses yeux briller et se remplir de larmes. Il éteignit son téléphone et lui prit la main.

— Si nous restons assis ici toute la journée, il ne restera plus ni poitrine ni pudding, dit Millie.

— Les serpents mangent pas beaucoup, dit Peck.

Entre Knoxville et la sortie direction Kingston, les deux se prirent par la main autant que le leur permettait la prudence au volant. Peck demanda à Millie combien de temps il lui restait avant de finir ses études. Millie lui répondit qu'il lui restait trois semestres, mais qu'elle prenait aussi des cours de français. Elle lui demanda de ne jamais mentionner à ses parents ce qu'ils avaient fait lors de sa dernière visite, lorsqu'ils avaient attrapé l'homme au couteau. Ce furent les seules paroles qu'ils échangèrent du trajet.

— *C'est bon*, dit Peck, en levant trois doigts pour trois semestres.

— Ça, je sais que c'est positif, dit Millie.

— *Oui*, dit Peck.

Ils s'engagèrent dans l'allée. Peck souleva son paquet et son sac de sport du plancher de la voiture.

En fin d'après-midi ce jour-là, Sasha, avec l'aide de deux infirmières, sortit Gabe de son lit. Il marcha lentement, à petits pas, trois mètres, jusqu'à l'autre côté du couloir, puis trois mètres de nouveau jusqu'au lit.

— Plus que cinquante-quatre, dit Sasha.

CHAPITRE 29

À LA MAISON, PECK ENLAÇA CORDIALEMENT la maman de Millie et le révérend. Ils se montrèrent tous deux chaleureux et affables et lui demandèrent combien de temps il pouvait rester – lui, ce jeune homme si spécial, prêt à arrêter un bus pour faire le bonheur de quelqu'un. L'objectif de la maman de Millie était de répandre l'Évangile grâce au comportement exemplaire dont il avait fait preuve, l'objectif de son papa était de pêcher un peu. Tandis qu'ils échangeaient des mots aimables, l'Ongle Incarné rôdait dans la salle de bains. Peck profita de son absence pour s'enquérir du matériel de pêche qui se trouvait dans le garage. Le révérend proposa à Peck le rejoindre sur le quai en attendant que la poitrine de bœuf et les pommes de terre soient prêtes.

— Peck, dit le révérend, j'ai un paquet de crevettes congelées qu'on pourrait essayer d'utiliser comme appâts. J'ai entendu dire qu'ils utilisaient des crevettes congelées au large de Galveston. J'aimerais essayer ici. Tu penses que ça fera la blague ?

— Les crevettes marchent bien dans l'eau salée, répondit Peck. Faut qu'on essaye dans l'eau douce.

Millie semblait heureuse que ses deux hommes préférés soient ensemble sur le quai, à l'abri d'une inévitable scène de l'Ongle Incarné.

— Soyez de retour dans une heure, dit la maman de Millie. Millie et moi aurons fini de préparer les salades et les œufs à la diable, et tout sera prêt pour la poitrine de bœuf et les pommes de terre.

Sur le quai, le révérend donna deux cannes à Peck et en garda deux pour lui. Il utilisa des crevettes congelées sur l'une des cannes et un leurre sur l'autre, qu'il lança debout. Peck prit le temps de préparer des crevettes congelées pour ses deux cannes.

Il appâta huit crevettes juste au-dessus d'hameçons à trois branches et les fit descendre dans l'eau, laissant l'appât reposer sur le fond, avec des flotteurs pour pouvoir surveiller. Il s'assit sur le quai, les jambes pendues dans le vide.

— As-tu toujours vécu en Louisiane, mon grand ? demanda le révérend.

— *Oui*, dit Peck. J'ai grandi un peu à Bayou Chene, près de Petit Anse Bayou entre Bayou Sorrel et Choctaw, mais après j'suis allé à Carencro.

— Tu as de la famille là-bas ? demanda le révérend. À Carencro ?

— *Je ne connais pas mes parents, Révérend. Jamais*, dit Peck. J'ai jamais... commença Peck.

— J'ai compris ce que tu as dit, mon fils, dit le révérend. Et je suis fier de te dire que tu as fait un travail remarquable en défendant les valeurs de la vie et en agissant en chrétien bon et miséricordieux.

— Quand j'étais petit, je parlais à la lune et je faisais comme si ma maman était la lune qui m'disait comment me comporter, Révérend, dit Peck. La lune m'a bien éduqué, ça pour sûr.

— Tu étais ton propre parent, dit le révérend.

— J'sais pas ce que ça veut dire, dit Peck.

— Quelle histoire touchante. Tu es quelqu'un de spécial, Peck.

— Merci, dit Peck.

— Cela ne me regarde pas, mon grand, dit le révérend, mais sais-tu lire et écrire ?

Peck sortit la carte bancaire de sa poche et la brandit.

— Je vais à la Nouvelle-Orléans*se* apprendre à lire, Révérend, dit Peck. Je commence direc', puis j'irai à l'école et à l'université.

— Tu vas t'en sortir seul ? Tu as besoin d'aide ?

— Non, non, merci, dit Peck. Le cap'taine Gabe Jordan a adopté Peck et il me laisse apprendre tout sur tout.

— Ce doit être un homme adorable, dit le révérend, ce capitaine Gabe.

— *Oui*, dit Peck. Dieu m'a donné Gabe pour sauver sa vie de l'hospice, et il m'a donné à Gabe pour sauver la mienne et me mettre à l'école.

— Loué soit le Seigneur, dit le révérend.

Le révérend remonta un bar, le décrocha et le laissa tomber dans la glacière. Il relança le leurre.

— Alors, comment as-tu fait pour subvenir à tes besoins pendant tout ce temps ?

— Je tonds et j'ratisse la pelouse à l'hospice du Bayou Carencro, et je lance mon cordeau pour attraper des trucs que je vends : des vivaneaux, des mashwarohn, et tout ça.

Le révérend remonta une perche noire, la décrocha et la plaça dans la glacière.

— Mashwarohn ? demanda le révérend alors qu'il avait une autre touche. Qu'est-ce que c'est ?

Il remonta un bar.

— Un poisson-chat, dit Peck. Mashwarohn, c'est le mot cajun pour poisson-chat.

— Où est-ce que tu vis ?

— J'attrape des serpents et je les coupe pour en faire des appâts pour mon cordeau et j'ai un lit de camp et une plaque chauffante dans le hangar à lames d'un fabricant de bateaux à l'arrière de l'usine de bois. Je les troque contre l'affûtage des lames de scie.

Tandis que le révérend remontait un autre bar, il dit :

— Il faut que j'aille retourner la poitrine de bœuf une dernière fois et sortir les pommes de terre. Tu peux rester ici encore un peu, mon grand. Voir si tu as de la chance.

— D'accord, dit Peck.

— Apporte la glacière en rentrant, d'accord ? demanda le révérend.

— *Oui*, dit Peck.

Peck observa le révérend monter la colline jusqu'à ce qu'il ait disparu de son champ de vision. Il se mit à genoux et, une main après l'autre, tira sur l'une de ses lignes de pêche pour remonter à la surface ce qui s'avérait être un mashwarohn de cinq kilos. Il sourit et coupa la ligne, laissant l'animal s'éloigner en nageant. Il tira sur l'autre ligne. Elle était vide. Par conséquent, il la remonta et jeta dans le lac la crevette qui se trouvait à son extrémité.

Tous les convives avaient tous une assiette à la main et s'étaient alignés près du fumoir pour que le révérend tranche des portions de poitrine de bœuf et fasse cuire une pomme de terre à la fourchette.

— Alors, comment connais-tu Millie ? demanda l'Ongle Incarné.

Peck savait depuis longtemps que la concision était toujours un avantage dans un conflit avec un alligator ou un bras de fer contre un ivrogne.

— Bus, dit Peck.

— Comment ça, bus ? Tu habites dans le coin ?

— Nan, Nan, dit Peck.

— Alors, tu viens de descendre ici ?

— *Oui.*

— Parle anglais.

— Ouais, j'suis descendu ici.

— Qu'est-ce que tu es, un harceleur ?

— J'suis un pêcheur.

— Un pêcheur ? demanda l'ongle Incarné.

— *Oui.*

— Voyez-vous ça ! Comme si Millie pouvait se montrer intéressée par un pêcheur franchouillard.

— Nan, nan, dit Peck.

— Comme si tu savais ce qu'aime Millie...

Le révérend déposa une portion dans l'assiette de Peck, puis dans celle de l'Ongle, et ils se dirigèrent vers la maison. Peck se pencha vers l'Ongle Incarné.

— Je sais c'que Millie n'aime pas, très cher, dit Peck.

L'ongle incarné le regarda avec dégoût.

— Toi, elle ne t'aime pas, dit Peck.

Il franchit le seuil de la maison pour aller chercher un thé glacé. Il attendit que la maman de Millie entre et invite les convives à s'asseoir. Elle était assise en bout de table. Peck était à sa gauche et Millie à sa droite.

L'Ongle Incarné était assis, la mine boudeuse, à la droite de Millie. Il jetait des regards hargneux à Peck mais ce dernier avait vu pire, quand le fixaient du regard les tortues serpentines.

Le révérend prononça le bénédicité et rendit grâce au Seigneur pour tous ceux qui étaient rassemblés à cette table. Il demanda la bénédiction du repas et de la vie de chacun des convives. Il affirma qu'ils étaient bénis d'avoir rencontré Peck et pria pour que Peck réussisse à l'école.

— À l'école ? demanda Millie, interrompant le révérend. Désolé, Papa.

— *Oui*, dit Peck.

— Quand ? demanda Millie.

— Quand j'arriverai à la Nouvelle-Orléans*se*, dit Peck. Direc', j'commence.

— Si vous voulez mon avis, l'école n'y changera pas grand-chose, dit l'Ongle incarné. On ne fait pas d'un âne un cheval de trait, pas vrai, Révérend ?

— Stephen, sois sage, dit la maman de Millie. Tu es grossier. Comporte-toi en chrétien, mon grand.

— Et c'est un cheval de course, dit Millie. On ne fait pas d'un âne un cheval de course...

— Même si tu allais à l'école, à quoi ça te servirait ? demanda l'Ongle Incarné.

Millie regarda Stephen comme si elle était lassée de sa vulgarité.

— Pourquoi tu me regardes ? Il est trop vieux pour accomplir quoi que ce soit, Millie.

Peck posa sa fourchette et attendit, comme s'il mettait au défi l'Ongle Incarné d'oser lui donner la parole.

L'Ongle Incarné releva le défi en ricanant.

— De toute façon, que ferais-tu d'une telle éducation ? Tu seras toujours un bouseux.

— Je d'manderais à Millie de m'épouser, dit Peck.

Tous les participants laissèrent tomber leurs fourchettes dans leurs assiettes. Millie ouvrit la bouche et se mit à pleurer. Elle resta de marbre, sa main cachant un large sourire.

Le révérend regarda la maman de Millie puis il observa Peck, d'un regard curieux.

— Quelles sont vos intentions, jeune homme ? demanda-t-il.

Peck se leva, se dirigea vers l'ordinateur installé près de la porte du fond et prit son sac de courses. Il revint, s'assit, sortit le paquet, déballa le dictionnaire et le brandit.

— Révérend, Monsieur ? demanda Peck.

Il se tourna ensuite vers la maman de Millie.

— Maman ?

Une fois qu'il eut capté toute leur attention, il commença.

— Je sais que j'suis pas intelligent, et je sais qu'ils sont plus intelligents qu'moi, mais personne aimera jamais Millie plus que moi, ça pour sûr. Alors, Millie a encore trois (il leva trois doigts) semestres à l'université et j'ai tout ce temps et encore plus après pour bien faire les choses, mais j'te promets de tout mon cœur, Chérie, si ton papa, le révérend dit oui et que ta maman dit oui et que tu dis oui, dans trois semestres je connaîtrai tous les mots d'ce livre, et je passerai chaque jour de notre vie à t'en dire un ou deux et ce qu'ils veulent dire.

— C'est vraiment n'importe quoi, dit l'Ongle Incarné.

— Chut, dit Millie. L'homme parle.

— Révérend, Monsieur ? demanda Peck. Si Millie veut bien d'moi quand on aura tous les deux notre école, je peux l'épouser ?

Le révérend ne réfléchit pas. Il regarda simplement Millie.

— Millie ? demanda le révérend.

— Oh, s'il te plaît, Papa, dit Millie.

Le révérend regarda la maman. Elle souriait.

— Ce jeune homme a besoin d'éducation, Maman, dit le révérend. Il ne sait pas pêcher !

— Ça veut dire oui, Papa ? demanda Millie.

— Vous attendrez tous deux d'avoir fini vos études ? demanda le révérend.

— Oui, M'sieur, dit Peck. Promis.

— Alors le oui doit venir de notre chérie, je crois. Millie ?

Millie regarda Peck, les yeux baignés de larmes.

— Oui, oui, je vais t'épouser.

— C'est vraiment n'importe quoi... dit l'Ongle Incarné.

Millie repoussa son siège, se leva et courut dans sa chambre. À son retour, elle portait son poupon, Charlie. Elle s'approcha et le tendit à Peck pour qu'il le berce au creux de son bras. Il s'exécuta et, de l'autre main, planta sa fourchette dans un morceau de poitrine de bœuf. Millie revint vers son côté de la table.

— Stephen, dit Millie. Soit tu restes et te comportes en gentleman, soit tu t'en vas.

Il était neuf heures à Providence quand Sasha marcha avec Gabe dans le hall de l'hôpital.

— Tu as fait deux fois trente mètres aujourd'hui, Chéri, dit Sasha.

— Je suis prêt pour le marathon de Boston, dit Gabe.

— Si tu continues comme ça, tu seras à l'hôtel la semaine prochaine et tu pourras voyager en septembre.

— Et quand pourrons-nous danser ?

— Quand tu me le demanderas, mon chou.

Sasha poussa la porte de sa chambre et entra. Juste avant que Gabe n'atteigne son lit, Sasha le prit par le bras et le mena à la fenêtre.

— Viens par ici, dit Sasha. J'ai une surprise pour toi.

— Qu'est-ce que... commença Gabe.

Sasha ouvrit la fenêtre et passa la tête à l'extérieur.

— Par ici ! s'écria Sasha. Il est dans cette chambre !

Elle rentra la tête et sourit à Gabe tandis qu'un saxophone se mit à jouer *When Sunny Gets Blue* sur la pelouse en contrebas.

— Mon bébé, dit Gabe.

Wouaaaa Wouii Wouii Wouaa Woouuuu Wouaaa Waa WaWa Wa Wa Wouiii Wa...

— Tu es un vrai phénomène.

Les gémissements du saxophone rebondissaient sur les murs de l'hôpital, et les pensionnaires commencèrent à se rassembler sur la pelouse.

— Tu veux danser ? demanda Sasha.

Gabe repoussa son déambulateur et l'enlaça. Il se balança une fois, puis deux. Sasha l'embrassait dans le cou quand elle regarda vers le bas et vit les gyrophares d'une voiture de police approcher.

— Oh oh, on a un petit problème, dit Sasha.

Gabe regarda dehors.

— Vont-ils l'arrêter ou juste lui donner une amende ?

— Je descends, dit Sasha. Garde mon sac.

La plupart du personnel appréciait le jeu du saxophoniste. C'est l'infirmière en chef qui avait appelé la police. Personne n'eut besoin de l'expliquer à Sasha. Elle l'avait deviné à la mine renfrognée de l'infirmière.

— Monsieur l'agent, cria Sasha en courant vers le lieu du drame. C'est de ma faute, Monsieur l'agent. Je suis la seule responsable.

— Donald troublait l'ordre public, Madame, dit le policier. Nous le laissons tranquille tant qu'il reste sous le pont, mais cette fois l'hôpital a appelé pour signaler une nuisance.

— L'infirmière Cratchet là-haut est une garce, Monsieur l'agent, dit Sasha. Tous les autres ont adoré ! Donald jouait pour un vieil homme qui vient de sortir d'une opération.

— Si vous tenez à le défendre, Madame, il faudra l'expliquer au juge, dit le policier.

— Répétez ça, Monsieur l'agent, dit Sasha.

— Je vous demande pardon ? demanda le policier.

— Répétez ce que vous venez de dire, dit Sasha. Au sujet du juge.

— J'ai dit que vous devriez dire ça au juge, Madame.

— Vous êtes le sergent Kelsey, n'est-ce pas ? demanda Sasha.

— On se connaît, Madame ?

— Sergent Brandon Kelsey, dit Sasha.

— C'est moi.

— J'en étais sûre. Je suis douée pour les noms et les voix. Je travaille dans l'immobilier.

— Mais...

— C'est moi qui étais avec le juge Thibodaux dans sa chambre du palais de justice de Carencro, en Louisiane, lorsque vous avez retrouvé un homme vivant et avez été témoin de son testament.

— Je m'en souviens, maintenant. C'est vrai, dit le policier. J'ai fait ça. Alors, vous êtes la...

— C'est moi, dit Sasha en lui serrant la main.

— Eh bien ça alors, dit le policier. Donald, vous avez de la chance ce soir. Je vous laisse partir sans contravention.

— Vous souvenez-vous de cet homme ? demanda Sasha. L'homme pour lequel vous avez témoigné ?

— Je m'en souviens, dit le policier.

Sasha montra du doigt Gabe, qui regardait par la fenêtre trois étages plus haut.

— C'est lui, dit Sasha. Le seul et l'unique Gabriel Jordan.

L'officier leva les yeux vers Gabe et le salua.

— Il vient d'être opéré. Il est sauvé.

Le policier se retourna et regarda Donald.

— Alors, qu'est-ce que tu attends, Donald ?

— J'y vais, j'y vais... dit Donald. C'est bon, je me casse.

— Tu te fous de ma gueule ? lui dit le policier.

— Quoi ?

— Qu'est-ce que tu jouais pour notre ami là-haut ?

— *When Sunny Gets Blue*, dit Donald.

Le policier regarda Sasha.

— Personne ne s'est plaint hormis l'infirmière Cratchet ?

— Absolument personne, dit Sasha.

— Finis le boulot, dit le policier.

— Quoi ? demanda Donald.

— Termine ce morceau, dit le policier. Ou je t'embarque.

Don commença un nouveau riff de *When Sunny Gets Blue*. Le policier invita tout le monde à se disperser, puis dit à Donald de retourner sur le pont une fois qu'il aurait fini. Sasha embrassa le policier sur la joue, le remercia puis retourna à l'intérieur.

Sasha sortit de l'ascenseur. L'infirmière Cratchet se tenait là, comme si elle l'attendait, les bras croisés et un air renfrogné représentatif de sa personnalité. Elle n'était pas prête à admettre que Sasha savait mieux manier la méthode douce, laissant de suaves mélodies divertir les patients.

— Les heures de visite sont terminées.

Sasha se dirigea vers la chambre de Gabe.

— Il va falloir partir, dit l'infirmière Cratchet.

— Un petit instant, dit Sasha en frôlant l'infirmière.

— Maintenant, dit l'infirmière Cratchet. Ou j'appelle la sécurité.

Sasha se retourna d'un seul coup.

— Écoute-moi bien, la méchante sorcière du Nord. J'ignore la raison de ce caca nerveux, mais sache que si cet homme ne fait pas dûment ses promenades, il ne sortira pas d'ici, et je suis sa promeneuse attitrée, alors si tu appelles la sécurité, j'appelle mon avocat, et la semaine prochaine, tu travailleras pour moi, car l'hôpital sera à moi.

L'infirmière Cratchet s'offusqua puis s'en alla.

Gabe était alité dans sa chambre, tout sourire.

— Mon bébé, dit Gabe. C'était quelque chose ! S'il te plaît, remercie Donald pour moi. Dis-lui que c'était super.

— Tu sais qui était ce flic ? demanda Sasha.

— Oui, dit Gabe. Le flic sous le pont.

— Le monde est petit, non ?

— Ton téléphone fait des bruits bizarres, dit Gabe.

Sasha le prit dans son sac.

— C'est un texto, dit Sasha. Écoute ça :

Bonjour Michelle, c'est Millie. Peck a demandé à mes parents s'il pouvait m'épouser après mes études. Ils ont dit oui et moi aussi. Je l'aime tellement. Il voulait que je te le dise à toi et à son père, Gabe. Il va rester ici encore demain puis il prendra le bus pour la Nouvelle-Orléans et commencera l'école. Gros bisous, Millie

— On a tiré le gros lot avec ce garçon, dit Gabe.

— Tu as tiré le gros lot, dit Sasha. J'étais une pute, tu te souviens ?

— Oh là là, dit Gabe en riant. C'est vrai.

— Mais c'est un battant, dit Sasha. Et ça semble être le cas de Millie aussi.

— C'est juste, dit Gabe.

— Alors, où vas-tu vivre en sortant d'ici ? demanda Sasha.

— Combien ai-je mis de côté ?

— Assez pour être à l'aise.

— Je suis de nouveau père, dit Gabe. Tu es agent immobilier. Ai-je assez d'argent pour m'offrir un petit F4 dans le Garden District ?

— Alors, on ne prend pas d'appartement pour Peck ?

— Il vivra avec moi, dit Gabe. Au moins le temps de finir ses études.

— Sans étage, dit Sasha. Comme ça, tu préserveras tes genoux pour la danse. Je vais regarder les maisons de plain pied. Il y a de bonnes affaires.

— On se voit demain, Bébé ? demanda Gabe.

— Yep, dit Sasha. Quarante-cinq mètres, demain.

Sasha embrassa Gabe dans le cou et retourna à l'hôtel.

Dans sa chambre, elle fit trempette dans son jacuzzi, décrocha son téléphone et répondit au texto de Millie :

Thanksgiving ou Noël, c'est toi qui vois. Mais toi et ta famille venez à la Nouvelle-Orléans, et nous ferons la fête, pour toi et Peck. Gros bisous, Michelle.

CHAPITRE 30

À LA MI-OCTOBRE, GABE ET PECK S'INSTALLÈRENT dans un modeste F4 du Garden District. Peck savait compter la monnaie, maîtrisait l'alphabet et lisait comme un élève de CM1. Il prenait des cours de français, l'idée étant que l'apprentissage de la conjugaison et de la syntaxe en anglais serait plus facile pour lui s'il l'apprenait dans une langue qu'il connaissait déjà bien. Sa tutrice constata qu'il était particulièrement doué pour les sciences naturelles, et l'incita à présenter des exposés et à visiter les musées de la ville.

Peck devint un lecteur assidu. Il cherchait le sens des mots dont il n'était pas sûr dans son dictionnaire. Il mémorisait la prononciation des voyelles et des consonnes, et apprenait par cœur des livres pour enfants, les lisant à haute voix plusieurs fois de mémoire, avant de passer au suivant. Chaque jour, il dictait à sa tutrice les messages qu'il voulait envoyer par SMS à Millie, puis elle l'aidait à lire les réponses de Millie.

Pour Thanksgiving, la famille de Millie la rejoignit puis se rendit à la Nouvelle-Orléans pour le week-end de vacances. Le révérend et la maman de Millie séjournèrent chez Sasha, et Millie logea dans la troisième chambre de la maison de Gabe et Peck. Ils apprécièrent tout de suite Gabe, admirant sa gentillesse et sa générosité envers autrui. Ils furent particulièrement impressionnés lorsque Peck les accueillit à l'aéroport avec un "Bienvenue à la Nouvelle-Orléans et Joyeux Thanksgiving", sans la moindre trace de patois. Oh, il pouvait y revenir quand bon lui semblait, mais avec ses nouvelles connaissances en diction, il appréciait vraiment de se sentir intégré à la société. Millie et lui se tenaient la main et étaient inséparables, se promenant dans le Garden District et faisant des visites guidées dans le Quartier. Ils parlaient d'enfants, de jardins, d'élevage d'écrevisses et de poissons-chats. Peck lisait un livre à Millie, qui restait assise, en larmes, sachant que chaque mot qu'il prononçait était comme un *je t'aime* qu'il lui adressait. Elle lui demandait ce qui pousserait le mieux dans le type de sol qu'ils auraient, et il lui répondait des tomates et des oignons, peut-être des courgettes et des melons.

— Beaucoup de poulets, disait-il. Mais il faut les mettre à l'intérieur la nuit pour les protéger des bestioles.

Gabe prépara la dinde et la farce, la maman de Millie fit son pudding aux raisins, et Sasha apporta un ragoût de haricots verts, des viennoiseries et de la salade. Millie prépara les patates douces et les marshmallows, et grâce à ses capacités de lecture et d'arithmétique, et avec un peu d'aide, Peck maîtrisa la recette et les températures du four pour la tarte aux noix de pécan avec du sirop de maïs – et il en fit trois. Il utilisa également sa carte bancaire pour acheter une marmite de soupe à la tortue, pour les curieux.

Tous les matins, Peck et Millie prenaient le tramway et marchaient jusqu'au Café du Monde pour un café et des beignets, se dévorant du regard tandis que Gabe expliquait qu'à la Nouvelle-Orléans le café, la chicorée et les beignets n'étaient pas un luxe, mais une prière matinale.

Un soir, le révérend et la maman de Millie se joignirent à Sasha et Gabe au Charlie's Blue Note, et bien qu'ils n'aient bu que du thé glacé, ils avaient apprécié le riz aux haricots rouges et avaient dansé lentement sur le pur jazz de la Nouvelle-Orléans. En leur absence, Millie et Peck s'empressaient d'exprimer leur passion l'un pour l'autre, tapis à la maison.

— On savait drôlement bien se déhancher, à l'université, disait le révérend.

C'est au Blue Note qu'ils décidèrent, Sasha comprise, que tout le monde viendrait fêter Noël dans le Tennessee. Ils pourraient voir les décorations de Knoxville et bien s'amuser, et il était certain que le Père Noël visiterait cette maison située à la sortie de Kingston. Si le temps le permettait, ils se pourraient même qu'ils pêchent.

Pour leur départ en vacances de Noël, Lily Cup emmena Gabe, Sasha et Peck à l'aéroport. Elle s'arrêta devant le bagagiste, laissant la voiture en marche. Peck et Gabe souhaitèrent un joyeux Noël à Lily Cup et sortirent de la voiture pour prendre leurs valises.

— Que fais-tu pour Noël, ma chérie ? demanda Sasha.

— Maman a besoin de compagnie, répondit Lily Cup. Depuis la mort de Papa, elle est plus heureuse quand on sort quelque part. On trouvera bien quelque chose.

— Nous serons de retour dimanche, dit Sasha.

— Tiens-moi au courant, dit Lily Cup. Je viendrai te chercher.

— Tu es jolie, dit Sasha. Tu vas à une fête ?

— Une fête de Noël à Angola, dit Lily Cup. Je vais voir certains de mes clients, leur apporter un petit quelque chose.

— Tu as le droit de leur donner des cadeaux ? demanda Sasha.

— Ils les ouvrent et les remballent, mais oui, répond Lily Cup. Et les détenus peuvent offrir des cadeaux aux visiteurs. Des choses qu'ils possèdent ou qu'ils ont fabriquées pendant leur séjour. Ça les aide à se sentir membres de la race humaine. À Noël, ils laissent même les détenus qui ont commis des délits non violents rencontrer leurs visiteurs sur des chaises longues dans la salle de séjour principale. C'est comme ça que je verrai André aujourd'hui. C'est un type bien, il a juste été arrêté pour trafic d'armes.

— Je t'aime, dit Sasha.

— Je t'aime aussi, dit Lily Cup.

Elles embrassèrent le vide en guise d'au revoir.

Lily Cup arriva à la prison d'Angola, se gara et sortit du coffre de sa voiture un sac rempli de cadeaux. La plupart étaient de simples bibelots ou des souvenirs qu'elle avait emballés, juste pour qu'un prisonnier puisse déballer un cadeau. Celui d'André était un puzzle.

— Tu es ravissante, dit André. Si pimpante.

— Eh bien, merci, André, dit Lily Cup. Tu as bonne mine. Tu t'es rasé, tu as une belle chemise et tout et tout. Tu es sage au moins ?

— Je distribue le courrier dans mon bloc, je connais presque tout le monde. Je suis un bon garçon pour que tu puisses me faire sortir, dit André.

— Tu peux être bon pour être bon aussi, dit Lily Cup.

— J'ai entendu une histoire, Lily Cup, dit André.

— Une histoire de Noël, André ?

— Un genre de conte de Noël, oui.

— Ouvre d'abord ton cadeau, André.

Lily Cup sortit le paquet de son sac de courses. André l'ouvrit et trouva un puzzle.

— Une roue à aubes, dit André.

— C'est le Mississippi Queen, dit Lily Cup. 500 pièces.

André contempla la boîte comme le ferait un enfant le matin de Noël : les couleurs, le bateau à vapeur, les pélicans le long de la rive...

— Tu as vu les pélicans qui le regardent passer ? Il arrive à la Nouvelle-Orléans, il se dirige vers Bourbon Street, dit André.

— Certaines personnes encadrent leurs puzzles après les avoir assemblés, André. Ils peuvent être très jolis encadrés dans une salle de séjour, un salon ou autre.

— Merci, mon amie, dit André.

André se pencha vers le sol et ramassa une petite boîte enveloppée de papier cadeau et d'un ruban. Il ne la tendit pas à Lily Cup mais la posa sur la table devant lui.

— Tu veux entendre un conte de Noël ? demanda-t-il.

— J'adore les contes de Noël, André, dit Lily Cup.

— Je ne sais plus où j'ai entendu celui-là, Lily Cup. C'est important que tu le saches, dit André. C'était peut-être à la télévision ou quelque chose comme ça.

Lily Cup sentait qu'André cherchait à faire passer un message, en présentant les choses de cette façon.

— D'accord, dit Lily Cup, un peu hésitante.

— C'est un type riche, tu vois ? Il venait d'Angleterre ou d'un endroit comme ça. Ouais, d'Angleterre, c'est ça, dit André. Il voulait acheter un alligator. Oh, il en voulait un gros, pour sûr. Il voulait le faire empailler et l'accrocher au-dessus d'un bar ou quelque part dans son salon ou dans un club.

Lily Cup écoutait.

— Alors, quelqu'un, je ne sais pas qui, peut-être un garde forestier... Tu sais, ces types avec les chapeaux, dit André. Peut-être bien que ce garde forestier a dit à l'Anglais qu'il devrait aller à Choctaw et demander à l'homme aux alligators. Tu sais, un peu comme celui avec la vieille Prudhomme quelque part là-bas, comme si c'était sa grosse. Bref, il dit ça à l'Anglais. Ils vont donc voir l'homme aux alligators et l'Anglais lui dit qu'il voudrait un gros alligator, du genre long de cinq mètres, et qu'il paierait cinq mille dollars pour en tuer un. L'homme aux alligators lui répond que pour cinq mille dollars, il l'emmènerait personnellement, mais qu'il fallait que ce soit au coucher du soleil, quand les alligators et les crocos se réveillent, et que lui et l'Anglais soient dans deux bateaux différents. L'homme aux alligators reste toujours seul dans sa pirogue parce qu'il doit se tenir debout tout le long et ramer à la perche, et il ne veut pas que d'autres gens risquent de faire chavirer la pirogu et de le faire tomber. L'autre bateau doit rester à une distance de dix mètres, et une caméra vidéo sophistiquée avec vision infrarouge filme la nuit sur ce bateau pour s'assurer qu'il ne s'approche pas trop et ne heurte pas l'autre.

Lily Cup écoutait.

— Bref, Lily Cup, ils partent avec deux bateaux, comme le veut l'homme aux alligators, et ils arrivent dans le bayou, là où commencent les marécages. La pirogue se range près d'un vieux cyprès chauve, et un alligator de près de six mètres surgit de derrière comme une bûche qui prend vie. L'homme aux alligators fait signe à l'Anglais dans l'autre bateau de se préparer à tirer, et devine quoi : la pirogue se met à bouger, l'homme aux alligators perd l'équilibre, laisse tomber sa perche et tombe.

— Il est remonté sur son bateau ? demanda Lily Cup.

— Oh, non, dit André.

— Alors, que s'est-il passé ?

— Un jeune alligator n'a pas perdu de temps et lui a arraché la tête d'un coup sec et rapide, puis le grand alligator, celui qui faisait près de six mètres, l'a emporté sous l'eau. L'alligator l'a enterré jusqu'à ce qu'il pourrisse et soit à point pour déguster plus tard. L'homme aux alligators n'a rien senti, du moins c'est ce qu'a dit l'Anglais qui racontait l'histoire.

— A-t-il appelé la police ?

— Je suis content que tu poses cette question, *mon amie*. Tu vois, l'Anglais est descendu sur le rivage. Il a vu ces deux trappeurs vagabonds. L'un d'eux a demandé à l'Anglais de l'argent pour acheter des cigarettes, alors l'Anglais a raconté aux trappeurs ce qui s'est passé et leur a demandé ce qu'il devrait faire. Ils ont regardé sa corde d'ancre et ont vu qu'elle était sèche. Il n'a donc pas pu utiliser la corde d'ancre pour tirer et secouer la pirogue de l'homme aux alligators. Ensuite, ils ont regardé l'enregistrement vidéo et ont vu que les bateaux n'étaient pas proches l'un de l'autre, mais bien sûr ils ont vu le bateau de l'homme aux alligators chavirer et lui tomber dans le bayou.

— Et ?

— L'un d'eux a dit qu'il avait dû heurter une racine. Ils n'ont rien vu qui ait pu faire chavirer le bateau, dit André. L'autre s'est demandé s'il fallait appeler le shérif.

— L'ont-ils appelé ? demanda Lily Cup.

— Le conteur n'a jamais terminé son histoire. Je ne sais pas, dit André.

— Si ces deux-là avaient pris le temps de vérifier la corde de l'ancre et de regarder la vidéo, je crois qu'ils auraient appelé le shérif, dit Lily Cup.

— Comme le dit l'histoire, *mon amie*, l'Anglais leur a donné – aux vagabonds qui lui demandaient de l'argent pour des cigarettes – deux mille dollars chacun et leur a dit d'aller voir la dame Prudhomme et de tout lui donner. Il a compté dans leurs mains : deux mille dollars chacun. Puis il est parti. Je suppose qu'il est parti pour l'Angleterre, la France ou un autre pays où voyagent les riches. Personne n'a jamais dit ce qui s'était passé ensuite.

Lily Cup s'assit. Elle ne dit pas un mot. Elle savait qu'il valait mieux ne pas parler ni poser de questions. Elle savait que tout ce qu'André lui avait dit, il l'avait présenté comme un ouï-dire venant d'une tierce personne. Cela n'avait aucune valeur en tant que preuve, où que ce soit.

André tendit la petite boîte à Lily Cup.

— Joyeux Noël, mon amie, dit André. Ouvre-la plus tard.

— Merci, André. Joyeux Noël.

— Tu peux peut-être l'offrir à quelqu'un d'autre.

Lily Cup resta debout, tenant le paquet, regardant André dans les yeux.

— André n'y voit pas d'inconvénient, *mon amie.*

Lorsque Lily Cup fut arrivée à sa voiture, elle déballa le paquet et l'ouvrit. Il s'agissait d'une grosse bobine de fil de pêche noir de quatre-vingt-dix kilos. La bobine était vide.

Elle envoya un texto à Sasha.

— Coucou, écrivit-elle.

— Coucou, lui répondit Sasha.

— Tu es à Knoxville ?

— À proximité, oui.

— Il est parti.

— Qui est parti ?

— L'homme aux alligators.

— Où ça ?

— Tu ne veux pas savoir.

— Tu as raison. Je ne veux pas savoir.

— Tu ne le sauras jamais.

— Je t'aime, écrivit Sasha.

— Je t'aime, écrivit Lily Cup.

Avant que je n'oublie...

Merci à la Nouvelle-Orléans.

Merci au tribunal pénal du district d'Orléans, en particulier à la conseillère Lindsay Jay Jeffrey pour sa patience à mettre de l'ordre dans ma cour.

Un remerciement sincère à l'estimée Leah Chase, matriarche de l'historique restaurant Dooky Chase et icône de la Nouvelle-Orléans depuis près d'un siècle. Je suis humilié et flatté par les heures que Leah Chase nous a consacrées, à moi et à mon chercheur. Ce que tu m'as appris sur la vie, l'espoir que tu as toujours eu pour l'Amérique, les routes que tu as empruntées m'ont inspiré à peindre une fresque fidèle à mon héritage acadien et à la Nouvelle-Orléans dans mon histoire.

Merci Marty et Corneilius, mes assistants de recherche ; Eddie (Ned) Reid pour mon Gabe - ainsi que la "*Big Easy*" (la Nouvelle-Orléans) et ses légendaires hôtels Pontchartrain et The Columns.

Un remerciement spécial à celle qui a rendu cela possible : la juge Laurie A. White, pour avoir encouragé les membres des tribunaux de la Nouvelle-Orléans à aider les arts, et cette conteuse pour avoir tenté de présenter une image précise des événements dans la ville des saveurs qu'elle aime tant... Et merci au juge Laurie A. White pour avoir fermé les yeux sur mes quelques fautes d'orthographe à la lettre de la loi ici et là, et pour la tournure de l'histoire.

...et merci à Pamela.

JMA